OS FAVORITOS

OS FAVORITOS
LAYNE FARGO

Tradução
LÍGIA AZEVEDO

paralela

Copyright © 2025 by Layne Fargo

A Editora Paralela é uma divisão da Editora Schwarcz S.A.

Grafia atualizada segundo o Acordo Ortográfico da Língua Portuguesa de 1990, que entrou em vigor no Brasil em 2009.

TÍTULO ORIGINAL The Favorites
CAPA Ale Kalko
ILUSTRAÇÃO DE CAPA Adriana Komura
PREPARAÇÃO Larissa Roesler Luersen
REVISÃO Luíza Côrtes e Paula Queiroz

Dados Internacionais de Catalogação na Publicação (CIP)
(Câmara Brasileira do Livro, SP, Brasil)

Fargo, Layne
Os favoritos / Layne Fargo ; tradução Lígia Azevedo. — 1ª ed.
— São Paulo : Paralela, 2025.

Título original : The Favorites.
ISBN 978-85-8439-436-4

1. Ficção norte-americana I. Título.

24-225845   CDD-813

Índice para catálogo sistemático:
1. Ficção : Literatura norte-americana   813

Cibele Maria Dias – Bibliotecária – CRB-8/9427

Todos os direitos desta edição reservados à
EDITORA SCHWARCZ S.A.
Rua Bandeira Paulista, 702, cj. 32
04532-002 — São Paulo — SP
Telefone: (11) 3707-3500
editoraparalela.com.br
atendimentoaoleitor@editoraparalela.com.br
facebook.com/editoraparalela
instagram.com/editoraparalela
x.com/editoraparalela

Para Katarina, Tonya, Surya e todas as outras mulheres fodas que me ensinaram o significado de vencer à sua maneira.

Hoje é o décimo aniversário do pior dia da minha vida.

Com milhões de desconhecidos vorazes para me lembrar dele, é impossível esquecer. Você deve ter visto as reportagens, as capas de revista, os posts nas redes sociais. Talvez esteja planejando se aconchegar no sofá à noite com um pote de pipoca para maratonar a série documental recém--lançada que marca a ocasião. Para se refrescar com a pimenta nos olhos dos outros.

Fique à vontade. Aproveite a vista. Mas não se engane pensando que me conhece. A essa altura, já ouvi de tudo: Katarina Shaw é uma vagabunda, uma convencida, uma má perdedora, uma manipuladora, uma mentirosa. Uma insensível, trapaceira, criminosa. Uma puta que gosta de se exibir. E até uma assassina.

Pode me chamar do que quiser. Não estou nem aí. A história é minha, e eu vou contá-la como patinava: do meu próprio jeito.

Vamos ver quem vence no final.

NARRAÇÃO: A obsessão nacional...

Os patinadores de gelo americanos Katarina Shaw e Heath Rocha sorriem e fazem uma reverência diante da multidão de fãs histéricos nos Jogos Olímpicos de Inverno de 2014, em Sochi, na Rússia.

NARRAÇÃO: Se transformou em escândalo...

Shaw e Rocha, cercados por uma multidão outra vez, agora paparazzi que gritam seus nomes. Uma sequência de flashes dispara enquanto eles saem do hotel onde se hospedam em Sochi. O casal abre caminho com a expressão séria, Heath com o braço sobre os ombros de Katarina.

NARRAÇÃO: E por fim... em tragédia.

O comentarista Kirk Lockwood, da NBC Sports, em uma transmissão ao vivo de Sochi. "Em todos os meus anos cobrindo patinação no gelo", ele diz, balançando a cabeça de maneira solene, "nunca vi nada igual."

NARRAÇÃO: Agora, pela primeira vez, pessoas próximas a Katarina Shaw e Heath Rocha dão suas versões dos fatos, jogando nova luz aos eventos sem precedentes daquela fatídica final olímpica.

Ellis Dean, patinador de gelo olímpico aposentado, dá uma entrevista em um bar em West Hollywood.

ELLIS DEAN: A gente sempre brincava que os dois iam morrer nos braços um do outro ou iam se matar com as próprias mãos. Com eles não existia meio-termo.

A técnica Nicole Bradford é entrevistada na cozinha de sua casa nos arredores de Illinois.

NICOLE BRADFORD: Eles foram os patinadores mais talentosos com quem trabalhei, sem dúvida nenhuma. Mas pensando agora... dava pra ver que aquilo não ia terminar bem.

A juíza Jane Currer olha para a câmera em uma pista de patinação no gelo, no Colorado.

JANE CURRER: Como a gente ia saber? Como qualquer pessoa saberia?

Uma série de imagens passa rapidamente: Katarina e Heath patinando juntos quando crianças. Mais velhos, no primeiro lugar do pódio, sorrindo, com medalhas de ouro no pescoço. Então, gritando um com o outro, ela com a maquiagem borrada, a mão pronta para desferir um golpe.

ELLIS DEAN: Uma coisa é certa: nunca haverá outra dupla como Kat e Heath.

A arena de Sochi surge devagar. Respingos vermelho-vivo mancham os anéis olímpicos.

ELLIS DEAN: Mas quer saber? Talvez isso seja bom.

NARRAÇÃO: Você está assistindo a...

OS FAVORITOS:
A história de Shaw e Rocha

PARTE I
AS PROMESSAS

1

Quando fiquei satisfeita, passei a faca para ele.

Heath se ajoelhou, e eu me estiquei no espaço quente que ele deixou na cama. Observei seu cabelo preto brilhando ao luar e seus dentes pressionando o lábio inferior, em concentração, enquanto a ponta da lâmina trabalhava. Heath foi mais preciso do que eu, desenhando linhas curvas e graciosas sob meus talhos brutos.

Shaw e Rocha, dizia, quando ele terminou. Seria como nossos nomes apareceriam no placar do nosso primeiro campeonato americano de patinação artística, dentro de alguns dias. Seria como nos anunciariam em cerimônias de premiação, como sairíamos nos jornais e como entraríamos para a história. Tínhamos entalhado as letras bem no meio da cabeceira da minha antiga cama de pau-rosa, tão fundo que não desapareceriam nem lixando.

Aos dezesseis anos, tínhamos certeza de tudo.

Nossas malas, com os figurinos e patins organizados, já estavam prontas perto da porta do quarto. Apesar de tantos anos de espera e trabalho, nos dedicando a esse momento, as últimas horas pareciam uma tortura. Eu queria ir naquele instante.

E queria que não voltássemos nunca mais.

Heath deixou a faca na mesa de cabeceira e se acomodou ao meu lado, para admirar o que havíamos feito. "Tá nervosa?", ele sussurrou.

Olhei por sobre seu ombro, para a colagem de fotos em volta da janela trincada — todas de Sheila Lin, minha patinadora favorita. Uma lenda viva, vencedora de duas medalhas de ouro olímpicas em dança no gelo. Ela nunca parecia nervosa, não importava a pressão que sofresse.

"Não", eu disse a Heath.

Com um sorriso, ele subiu a mão pelas costas do moletom que eu sempre usava como pijama, da turnê Stars on Ice de 1996. "Mentirosa."

O mais perto que eu tinha chegado de Sheila Lin havia sido nessa turnê, quando sentei na última fileira, a mais distante da pista. Meu pai chegou a arranjar uma foto autografada dela, que agora integrava meu santuário. Sheila Lin era a mulher — e a atleta — que eu queria ser; não quando crescesse, mas o quanto antes.

Quando Sheila e seu parceiro Kirk Lockwood ganharam o primeiro campeonato americano deles, ela ainda era adolescente. Vencer era uma aposta alta para nós, porque seria nossa primeira competição nacional. Havíamos nos classificado no ano anterior, só que não tínhamos dinheiro para viajar até Salt Lake City. Por sorte, a sede passou a ser Cleveland, então a viagem de ônibus ficaria bem mais curta e acessível. Eu tinha certeza de que o campeonato mudaria tudo para nós.

E estava certa. Só não da maneira como imaginava.

Heath beijou meu ombro. "Bom, *eu* não estou nervoso. Vou patinar com Katarina Shaw." Ele pronunciou meu nome devagar e com reverência, como se estivesse saboreando. "E não há nada que ela não possa fazer."

Ficamos nos olhando no escuro, tão próximos que um sentia a respiração do outro. Mais tarde, seríamos mundialmente famosos por isto: por prolongar à beira do insuportável o momento que antecedesse um beijo, fazer com que a plateia sentisse nosso pulso acelerar, o desejo puro refletido em nossos olhos.

Mas aquilo não passava de coreografia. Isso era real.

A boca de Heath finalmente veio até a minha — suave e sem pressa. Pensávamos que aproveitaríamos a noite toda.

Ouvimos os passos tarde demais.

Nicole Bradford, uma mulher loira de meia-idade usando um cardigã brilhante e maquiagem pesada, está sentada à ilha de uma cozinha formidável, toda branca, em uma casa de luxo.

NICOLE BRADFORD (**técnica de patinação artística**): O interesse sempre aumenta com os Jogos de Inverno. Um monte de meninas acha que vai ser a próxima estrela em ascensão. Mas elas não são *tão* intensas quanto Katarina Shaw.

Fotos de família mostram Katarina criança, vestindo figurinos variados. Ela aparece diante de uma parede coberta de fotos de Sheila Lin, imitando a pose da patinadora na imagem do meio.

NICOLE BRADFORD: Logo na primeira aula, Katarina disse que ia ser uma patinadora famosa como Sheila Lin. As outras meninas detestaram na mesma hora.

Katarina, aos quatro anos, patina sozinha com uma expressão séria e o cabelo dividido em duas marias-chiquinhas bagunçadas.

NARRAÇÃO: Embora tenha feito seu nome na dança no gelo, o início da carreira de Katarina Shaw foi como patinadora artística solo, já que não havia nenhum garoto com quem ela pudesse formar dupla.

Ellis Dean está empoleirado numa banqueta de um bar refinado, segurando uma taça de martíni. Tem quarenta e poucos, um sorriso arteiro e o cabelo cuidadosamente penteado.

ELLIS DEAN (**ex-patinador**): Quase não existem mais homens dispostos a entrar na dança no gelo. Pelo menos a patinação artística tem saltos, e o cara pode jogar uma garota bonita no ar e a pegar pela virilha. Se ele gosta dessas coisas...

NARRAÇÃO: A dança no gelo talvez seja a categoria menos conhecida da patinação artística.

Registros da competição de dança no gelo dos Jogos de Inverno de 1976 em Innsbruck, Áustria — ano em que a modalidade se tornou oficialmente esporte olímpico.

NARRAÇÃO: Derivada da dança de salão, a dança no gelo se baseia em movimentos de pés intricados e uma grande parceria entre os patinadores, em vez dos levantamentos acrobáticos e saltos atléticos vistos nas outras categorias.

ELLIS DEAN: Muitas patinadoras começam treinando com o irmão, porque são os únicos garotos que elas conseguem convencer a dançar. Mas Kat Shaw não tinha essa opção.

2

A porta se abriu com tudo e um cheiro de Marlboro, Jim Beam e suor se espalhou pelo cômodo.

Meu irmão mais velho, Lee.

Heath e eu nos levantamos na hora. Meu irmão não queria que ele viesse em casa, muito menos no meu quarto. O que só nos inspirava a inventar maneiras criativas de fazê-lo entrar. Quando estava sóbrio — coisa cada vez mais rara —, Lee limitava suas objeções a comentários maliciosos, ou talvez um objeto atirado contra a parede.

Quando estava bêbado, não havia limite.

"Mas que porra ele tá fazendo aqui?", Lee perguntou, invadindo. "Eu já te disse..."

"E *eu* já te disse pra não entrar no meu quarto."

Antes eu trancava a porta e deixava a chave de metal enferrujado na fechadura, assim meu irmão não conseguiria ficar espiando pelo buraco. Até que um dia ele arrebentou a tranca com um chute.

"A casa é *minha*." Lee apontou para Heath. "E ele não é bem-vindo."

Heath se colocou na minha frente, como num passe de dança, e abriu um sorriso que ambos sabíamos que só deixaria Lee ainda mais furioso. "Katarina quer que eu fique aqui. Assim como..."

Lee avançou, pegou Heath pelo braço e o puxou para o corredor.

"Para!", eu gritei.

Heath se agarrou ao batente rachado, cravando as unhas ali. Como atleta competitivo, estava na sua melhor forma, porém Lee era bem mais alto e pesado. Heath foi forçado a se soltar por um puxão violento.

"Lee! Já *chega*!"

Desejei ter vizinhos próximos que ouvissem a briga e chamassem a polícia, e não foi a primeira vez. No entanto, nossa casa ficava no meio do nada, cercada por um bosque intocado e a vastidão gelada do lago Michigan.

Ninguém nos ajudaria.

Fui atrás dos dois, agarrando Lee pela gola, puxando o cabelo ensebado dele, fazendo de tudo para contê-lo. Ele me derrubou com uma cotovelada nas costelas.

Heath se esforçou heroicamente para pisar com tudo no pé de Lee, que o jogou contra o balaústre. Eles estavam perto — perigosamente perto — do alto da escada.

Imagens terríveis passaram pela minha cabeça. Heath caído ao fim dos degraus, sobre uma enorme poça de sangue. Ossos quebrados perfurando a pele, de tal forma que ele nunca mais seria capaz de ficar de pé, muito menos patinar.

Eu levantei depressa. Corri para o quarto.

Só voltei à realidade quando já apontava a faca para o rosto do meu irmão.

"Tira as mãos dele." A lâmina estava voltada na direção do queixo barbado de Lee. Ele deu uma olhada, com um sorriso preguiçoso. Não acreditava que eu chegaria a machucá-lo.

Diferente de Heath.

"Katarina." Ele baixou a voz, que saiu rouca, cada palavra farfalhando como se a brisa sacudisse os galhos das árvores. "Por favor. Larga isso."

Era uma faca pequena, da gaveta empoeirada da cozinha. Afiada o bastante para entalhar madeira, mas não para machucar de verdade, quanto menos matar. Mas eu queria machucar Lee, só um pouco. Só o bastante para ele ficar com medo de mim uma vez na vida.

Olhei para Heath, como se estivéssemos bem no meio da pista, e a música prestes a começar. *Pronto?*

Heath fez uma careta e balançou a cabeça. Mantive os olhos fixos nos dele e apertei o cabo com mais força. Heath achava que era uma péssima ideia — mas eu sabia que ele não tinha nenhuma melhor.

Ele baixou o queixo de maneira quase imperceptível. *Pronto.*

Fui para cima de Lee e passei a faca no bíceps dele. Ele deu um grito enfurecido e soltou Heath, mirando em mim. Consegui desviar do golpe, mas soltei a faca quando empurrei meu irmão, na tentativa de escapar. Heath já abria a porta da frente, deixando entrar uma rajada de vento frio. Ele ficou me esperando ao batente, enquanto eu descia os degraus correndo.

Lee tropeçou no fim da escada e disparou vários palavrões. Continuei correndo, com os olhos fixos em Heath. Estava quase lá.

Só que Lee foi mais rápido. Com uma mão, bateu a porta e virou a chave.

Com a outra, pressionou a lâmina contra meu pescoço.

NICOLE BRADFORD: Katarina e Heath se conheceram no gelo, mas ele não fazia patinação.

NARRAÇÃO: Heath Rocha cresceu em lares temporários. Aos dez anos, já havia passado por seis famílias.

NICOLE BRADFORD: Não sei bem como era a vida de Heath e não quero difamar ninguém. Vou só dizer que aquela família dele não parecia muito... envolvida. Ele chegou através de uma instituição beneficente que oferecia às crianças locais a oportunidade de praticar esportes gratuitamente.

Zoom lento em uma foto de meninos vestidos de uniforme de hóquei, destacando Heath aos dez anos. Ele é o único que não é branco.

NICOLE BRADFORD: Heath se inscreveu para jogar hóquei, e depois da aula ficava por ali, como se não quisesse ir pra casa. Quando achava que ninguém estava prestando atenção, ficava sentado na arquibancada, vendo Kat patinar. Estava na cara que tinha uma quedinha por ela. Era fofo.

Surge a foto de Katarina, aos nove anos, treinando no Rinque da Costa Norte, em Lake Forest, Illinois. Uma figura borrada na arquibancada atrás dela é revelada pelo zoom: Heath.

NICOLE BRADFORD: Os dois acabaram ficando amigos e começaram a ir embora juntos, pra jantar na casa dela. Heath até dormia lá às vezes. Já fazia alguns meses que ela não falava sobre a ambição de migrar para a dança no gelo. Achei que talvez tivesse deixado pra lá e decidido se dedicar à patinação artística solo. Mas é claro que Kat não desistiria tão fácil assim.

Registros do lago Michigan no auge do inverno, totalmente congelado.

NARRAÇÃO: Katarina ensinou patinação artística a Heath em segredo, no lago próximo à sua casa.

ELLIS DEAN: Comecei na patinação artística com sete anos e já foi tarde. Heath Rocha tinha quase *onze*.

Jane Currer, uma mulher de ar severo nos seus setenta e poucos anos, cabelo cacheado tingido de vermelho vivo e um lenço de seda chamativo, está sentada perto da pista do Centro Olímpico de Treinamento, em Colorado Springs.

JANE CURRER (juíza de patinação artística): Embora o auge dos atletas de dança no gelo seja em uma idade mais avançada, patinadores que iniciam a carreira mais tarde ficam em desvantagem, independente da categoria. O sucesso futuro depende das habilidades básicas de patinação.

NICOLE BRADFORD: Admito que duvidei bastante. Até ver os dois patinarem juntos.

3

Parei de lutar enquanto Lee me arrastava escada acima e me empurrava para dentro do quarto. O som de seus passos no corredor foi diminuindo até cessar, e eu corri para a janela. Heath aguardava descalço na grama coberta de gelo. Seus ombros relaxaram quando me viu.

O clima até que estava agradável para janeiro: não havia neve acumulada no chão e o lago ainda não tinha congelado. Heath já tinha sido expulso num tempo muito pior. Eu costumava jogar coisas para ele — roupa, comida, cobertas —, mas quando Lee percebeu ele parafusou a janela para que não abrisse mais.

Heath acenou, deu meia-volta e foi em direção ao bosque. Mesmo que Lee não tivesse mais como trancar minha porta por fora, eu estava presa ali até que ele pegasse no sono, o que poderia acontecer a qualquer momento entre a meia-noite e o nascer do sol. Eu sabia onde Heath se escondia em noites assim, mas não podia deixar que meu irmão descobrisse e estragasse isso também.

Espalmei a mão contra a janela, como se tocasse Heath à distância, até que ele desapareceu em meio aos galhos retorcidos das acácias. Então notei que a palma tinha deixado uma mancha vermelha no vidro.

Torcia para que meu irmão ainda estivesse sangrando.

Lee havia assumido o controle desde a morte de nosso pai — embora fosse apenas cinco anos mais velho que eu e mal soubesse cuidar de si mesmo — e considerava Heath má influência. Quanta cara de pau de se preocupar com a "influência" de Heath quando ele próprio trazia uma garota diferente para casa toda semana. Eu já tinha perdido a conta das noites em que passei tampando os ouvidos com o travesseiro, numa tentativa de abafar o barulho dos orgasmos claramente fingidos das pobres coitadas.

A imprensa gosta de retratar minha adolescência com Heath como uma versão sórdida de O jardim dos esquecidos: criados juntos como irmãos (nunca aconteceu), largados para explorar nossa paixão inegável (bem que eu queria).

A verdade, acreditem ou não, é que ainda éramos virgens aos dezesseis anos. É claro que nos beijávamos, nos tocávamos e até tirávamos a roupa para roçar pele contra pele. Sabíamos como fazer o outro arfar, gemer e tremer de prazer. E eu sabia que ele queria ir além. Igual a mim.

Em certo sentido, parecia absurdo esperar. Afinal, até mesmo adultos em relacionamentos longos têm dificuldade de compreender nosso grau de intimidade. Íamos à escola juntos, patinávamos juntos, passávamos praticamente cada momento acordados juntos — e dormindo também, quando ele conseguia vir em casa sem que meu irmão notasse.

Apesar disso, a viagem para o Campeonato Nacional seria a primeira vez que ficaríamos sozinhos de verdade. Na teoria, ainda havia nossa técnica, embora mal conseguíssemos pagar Nicole. No testamento, meu pai dividiu a herança entre mim e Lee, incluindo a casa, porém eu só teria acesso à minha metade aos dezoito anos.

Nicole nos ajudava ao máximo — arranjando bicos na pista de patinação para subsidiar nosso tempo no gelo, ajudando com a coreografia, já que contratar outra pessoa era inimaginável —, mas pedir que abrisse mão de aulas remuneradas para viajar com a gente de graça estava fora de questão. Assim, iríamos só nós e nos hospedaríamos num hotelzinho vagabundo, porque as acomodações oficiais do evento eram caras demais.

Uma adolescente normal ficaria animada com essa falta de supervisão. Mas eu não era uma adolescente normal. Como futura campeã olímpica, não faria nenhuma idiotice que pusesse isso em risco. Por exemplo, esfaquear meu irmão, embora ele merecesse. Ou engravidar e ter que gastar a verba cada vez mais curta dos treinos com um aborto.

Todo mundo acha que Heath Rocha foi meu primeiro amor. Mas não foi.

Meu primeiro amor foi a patinação.

Tudo começou em fevereiro de 1988, com os Jogos Olímpicos de Inverno de Calgary. Eu tinha quatro anos e fiquei acordada até bem tarde para ver a última noite da competição de dança no gelo.

A apresentação de Lin e Lockwood foi a última a acontecer. Enquanto posavam no meio da pista, aguardando a primeira nota da música com a qual iam se apresentar, a câmera deu zoom, tirando Kirk do enquadramento, com seu figurino colado e seu cabelo penteado para trás com gel, e se concentrou apenas no rosto de Sheila.

Os casais que haviam se apresentado antes pareciam totalmente nervosos, rezando aos deuses para que todos os anos de trabalho árduo fossem recompensados pela glória olímpica.

Sheila Lin, não. Ela tinha um sorrisinho nos lábios, que estavam pintados do mesmo tom de rubi das joias brilhantes em seu cabelo preto. Apesar de ser pequena e não saber nada sobre o esporte, eu tinha certeza de que ela ia ganhar. Parecia que já havia acontecido — que ela já carregava a medalha de ouro no pescoço, com a lâmina dos patins fincada no cadáver quente de seus concorrentes.

Não comecei a patinar porque alimentava uma fantasia infantil de usar paetê e ficar girando como um pião. Mas porque queria me sentir *como ela*.

Destemida. Confiante. Uma deusa guerreira coberta de purpurina. Tão segura de mim mesma que tornaria meus sonhos realidade por pura força de vontade.

A patinação foi meu primeiro amor, porém nos anos seguintes se tornou muito mais. Era a única coisa em que eu era boa — minha maior chance de sobreviver, de escapar daquela casa escura e caindo aos pedaços, do meu irmão e de seus acessos de raiva. Se eu me esforçasse, se me tornasse boa de verdade... um dia, seria tão imbatível quanto Sheila Lin.

O Campeonato Nacional era o primeiro passo, o início de tudo. Repetia a mim mesma, olhando para as sombras através da janela do quarto, que logo Heath e eu nos livraríamos daquele lugar.

E, independente do que acontecesse, estaríamos juntos.

4

O sol já estava nascendo quando escapuli de casa.

Lee estava de bruços no sofá da sala. Bitucas de cigarro tomavam a lareira e manchas de garrafas marcavam todo o piso de madeira. O ideal de uma noite tranquila em casa para meu irmão.

Lá fora, a manhã estava calma, fresca e silenciosa, a não ser pelas ondas quebrando gentilmente e meus sapatos esmagando o cascalho da entrada de carros. Acelerei o ritmo e passei trotando pela picape salpicada de lama de Lee para seguir o mesmo caminho que Heath havia feito no escuro.

Minha casa de infância fica em um bairro afastado de Chicago, mais próximo da fronteira de Wisconsin, apelidado de The Heights devido a uma *ligeira* elevação em contraste à paisagem plana que o rodeia. A maior parte da região foi povoada no fim do século XIX, depois de incêndios e revoltas de trabalhadores que fizeram os ricos fugirem do centro de Chicago para a costa norte do lago Michigan, relativamente mais segura. Minha família morava lá havia décadas.

Meu sei-lá-qual-tataravô comprou um terreno extenso diante do lago quando não havia nada além de terra, areia e carvalhos-negrais, curvados pelos ventos que castigavam a água. Um membro da geração posterior construiu uma casa na margem, deixando que o bosque bloqueasse a vista de vizinhos bisbilhoteiros no futuro.

A construção em si é simples: uma casa de fazenda de pedra modesta, com alguns floreios neogóticos. O que tem valor é o terreno. A cada dez anos mais ou menos empreiteiras oferecem uma grana, e quem quer que seja o Shaw residente da época manda todas embora, às vezes do jeito passivo-agressivo do Meio-Oeste, às vezes com o cano de uma espingarda.

Dá para entender de onde vem meu gênio.

Quando pequena, eu odiava a casa. Meus pais a herdaram já em péssimas condições e minha mãe morreu antes de pôr em prática seus grandiosos planos de reforma. Quando eu não estava na escola nem patinando, corria pelo terreno solta — primeiro sozinha, depois acompanhada por Heath. Nos meses mais quentes, o lago era nosso local preferido. Atravessávamos as ondas, subíamos nas pedras e ficávamos vendo os cargueiros e barcos de pesca, ou acendíamos uma fogueira na faixinha de areia que passava por praia privada.

Quando o tempo virava, nos recolhíamos no estábulo. Era como todo mundo ainda se referia à construção, embora já não tivesse cavalos décadas antes de meu pai nascer. O estábulo era feito da mesma pedra acinzentada da casa e ficava próximo do limite ao norte do terreno, ao lado do cemitério da família. Lee se mantinha distante daquela parte do terreno; nunca visitava os túmulos de nossos pais, nem mesmo no aniversário de nascimento ou de morte deles.

Então, pouco mais de uma hora depois do enterro de nosso pai, quando Lee expulsou Heath de casa, o estábulo foi o esconderijo ideal. Por semanas, eu levei itens para ele: velas, lenha, um colchão velho do porão e até mesmo uma caixa de som a pilha.

Assim que entrei no estábulo, percebi que Heath também não havia dormido. Ele tinha puxado o colchão até a baia mais quente, longe da claraboia quebrada que servia de chaminé, e um dos Noturnos de Debussy tocava na estação de música clássica que ele ouvia quando tinha dificuldade de dormir. O fogo da noite anterior não passava de cinzas, e, embora o sol começasse a derreter os cristais de gelo no que restava de vidro nas janelas, fazia tanto frio que a respiração condensava.

Eu tinha trazido o casaco mais quente de Heath, pondo sobre seus ombros antes de me deitar junto a ele. Ele abriu os olhos, e até na pouca luz notei que o direito estava machucado, com um hematoma roxo florescendo entre os cílios e a maçã do rosto.

A ponta dos meus dedos pairaram sobre a pele inchada. O toque deve ter sido leve, mas fez Heath soltar o ar e se inclinar para mim.

"Vou matar o Lee", falei.

"Não tá tão ruim." Os dentes de Heath bateram. Tirei os sapatos e esfreguei minhas meias de lã em seus dedos gelados. "Você consegue cobrir com maquiagem pra apresentação, né?"

Fiz que sim com a cabeça, mas o meu corretivo de farmácia aguado talvez não fosse suficiente.

"Acho que passar a noite congelando meu rabo aqui deve ter melhorado o inchaço." Ele penteou meu cabelo para trás, os dedos parando em um nó. "Que bom que ele não te machucou."

Já fazia tempo que Lee tinha aprendido que a melhor maneira de me atingir era machucando Heath.

Heath permanecia sempre estoico, ignorando os insultos e ferimentos, independente da gravidade. Uma vez, Lee o empurrou contra a parede com tanta força que ele perdeu a consciência por segundos aterrorizantes. Quando recobrou os sentidos, sendo chacoalhado por mim, apenas deu de ombros e disse que podia ter sido pior.

Por mais próximos que fôssemos, eu não sabia quase nada da vida pregressa de Heath. Sua certidão de nascimento dizia que havia nascido no Michigan e que foi registrado com o mesmo sobrenome da mãe. Onde deveria aparecer o nome do pai estava em branco. O sobrenome Rocha era espanhol, ou talvez português, e essa era a única pista de seus antepassados. A maioria das pessoas do Meio-Oeste dava uma olhada para a pele morena e o cabelo escuro e concluía que Heath era mexicano ou do Oriente Médio (levando a outras conclusões menos generosas).

Heath não sabia nada sobre os pais biológicos e insistia que não sentia nenhuma vontade de procurá-los. Eu nunca pus os pés na casa dele, um casebre marrom-escuro de teto baixo próximo aos trilhos do trem, que não parecia grande para abrigar as tantas pessoas que viviam ali. Quando foi morar com a gente, no verão antes do início do oitavo ano, meu pai deixou que ficasse com o quarto de Lee, abandonado por ele aos dezoito anos para dividir um apartamento imundo perto da cidade. O quarto apertado e frio deixou Heath boquiaberto, como se estivesse num palácio real. Aí me dei conta de que ele nunca tinha tido um espaço só para si.

Heath não gostava de falar sobre o passado, e eu não queria me intrometer. Eu só sabia que, se a vida com Lee Shaw era uma melhora, ele devia ter passado por coisas terríveis.

"Matar o seu irmão *parece* um pouco exagerado." Heath já não tremia tanto, e as palavras saíram mais firmes. "Mas eu apoiaria furar os pneus dele."

"Tenho uma ideia melhor. Dá uma olhada no bolso."

Heath revirou o casaco até o metal tilintar. Abriu um sorriso lento quando levantou a chave da picape.

Eu ainda não podia dirigir, mas Heath havia tirado a carta dele no verão anterior.

"Agora Lee é que vai matar a *gente*", Heath comentou.

"Não se a gente der o fora antes que ele acorde."

Heath pegou meu rosto nas mãos, sem soltar a chave, e me beijou. Senti o metal frio na bochecha. "O que foi que eu te disse, Katarina Shaw?"

Sorri e retribui o beijo. "Que não tem nada que eu não possa fazer."

NICOLE BRADFORD: No começo, não havia esperança para Heath. Ele patinava rápido por causa das aulas de hóquei, mas era bruto. A dança no gelo envolve manobras na pontinha das lâminas dos patins, cortando o gelo com precisão e controle.

Vídeo caseiro feito pela sra. Bradford em um dos primeiros treinos de Katarina e Heath juntos. Eles tentam fazer algumas passadas cruzadas simples, de mãos dadas.

NICOLE BRADFORD: Mas os dois tinham uma... conexão.

As pernas de Heath se atrapalham ao tentar seguir o ritmo de Katarina. Ela aperta sua mão. Ele passa a se concentrar nela, em vez de nos próprios pés. Logo os dois se movem em sincronia.

NICOLE BRADFORD: Era como se um lesse a mente do outro. Ele ainda precisava aprimorar muito a técnica. Mas nunca vi ninguém se esforçar tanto quanto Heath.

ELLIS DEAN: Imagine estar tão apaixonado por alguém que, só para passar mais tempo com essa pessoa, você dá um jeito de dominar um *esporte olímpico*.

NICOLE BRADFORD: Quando fizeram treze anos, comecei a sonhar mais alto. O Campeonato Nacional, talvez até o mundial e os Jogos Olímpicos. Eu mesma não fui tão longe.

Katarina e Heath acenam no primeiro lugar do pódio de uma competição regional.

NICOLE BRADFORD: Uma tarde, vi os dois num banco fora do rinque. Estavam abraçados, e quase pensei que... [*Ela pigarreia.*] Bom, mas eles estavam chorando. E estavam tão chateados que achei que alguém tivesse morrido.

Uma série de fotos mostra Katarina e Heath jovens, na pista de patinação e na casa dos Shaw: brincando no lago, dando estrelinha na grama, vendo TV juntinhos sob as cobertas.

NICOLE BRADFORD: Quando finalmente consegui fazer Heath se acalmar, ele me disse que seria transferido para outro lar temporário, a horas de distância. Ele partiria em menos de uma semana.

JANE CURRER: A partida do sr. Rocha provavelmente significaria o fim da carreira da sra. Shaw, a menos que ela desse um jeito de encontrar outra dupla. Desde que passara à dança no gelo, ela desenvolveu um tipo físico que... não era ideal para os saltos da categoria solo feminina.

NICOLE BRADFORD: Também fiquei triste. Mas o que ia fazer? Achei que fosse o fim. No dia seguinte, os dois chegaram de mãos dadas, com um sorrisão no rosto. Então Katarina disse que, no fim das contas, Heath não ia a lugar nenhum.

Foto de Katarina e Heath adolescentes, com o pai dela entre os dois, diante da arena Rosemont Horizon, depois da turnê de 1996 de Stars on Ice, cuja atração especial era Lin e Lockwood. O sr. Shaw está com os braços sobre os ombros dos dois, e os três dão um largo sorriso.

NICOLE BRADFORD: Ela convenceu o pai a se tornar o guardião legal do menino.

5

O aquecedor da picape não funcionava e um vento frio entrava por frestas desgastadas da vedação das janelas. Mesmo assim, minhas lembranças da viagem de carro com Heath parecem banhadas pelo sol.

Nossas mãos enluvadas entrelaçadas sobre o câmbio, o sol de inverno acariciando nosso rosto enquanto cantávamos Savage Garden e Semisonic ao som do rádio. O calor que se espalhava pelo meu peito, chegando até lá embaixo, sempre que ele sorria para mim.

Após quilômetros de plantações de milho, fazendas leiteiras e fábricas com enormes chaminés, Cleveland finalmente apareceu no horizonte. Chegamos horas mais cedo do que se tivéssemos vindo de ônibus — bem a tempo do treino aberto na pista onde seria a competição.

Eu me senti extremamente glamourosa só de entrar na arena, mesmo com o cabelo sujo num rabo de cavalo descuidado e a boca com gosto de café queimado de posto de gasolina — o que hoje me parece ridículo. Um complexo poliesportivo em Ohio não representa exatamente o auge da sofisticação. Naquele dia, no entanto, olhando para o mar de cadeiras azuis da arena, senti que finalmente tinha conseguido.

Enquanto nos alongávamos para aliviar a tensão da noite sem dormir e das horas na picape congelante de Lee, fiquei observando — e julgando — a concorrência.

De cara, identifiquei os medalhistas de prata do ano anterior, Paige Reed e Zachary Branwell, loiros nórdicos arrumadinhos de Minnesota. Apesar de possuírem uma técnica invejável, não havia química ali, mesmo eles sendo um casal fora do gelo. Fora que Paige se apoiava na perna esquerda, por causa de uma lesão recente.

Não reconheci as duas outras duplas presentes, então ou era a estreia no Campeonato Nacional, como o nosso caso, ou a performance no ano anterior havia sido tão ruim que nem foi transmitida pela tv. A moça magra e de peito reto e o rapaz de rosto sardento não eram uma ameaça; seus saltos edge, que partem das bordas das lâminas, até que eram bons, mas os movimentos deles não eram fluidos, e eles se mantinham a um braço de distância um do outro, como se estivessem numa dança de escola.

A terceira dupla — os dois de rabo de cavalo, o dele preto e preso com fita, como se fosse da nobreza, o dela platinado e tão puxado para trás que parecia que tinha feito plástica — até que não era ruim, mas também deixava a desejar em termos de conexão. Patinavam um ao lado do outro, e não um *com* o outro.

Heath e eu podíamos vencê-los, pensei, sentindo uma vibração vertiginosa no peito.

Então uma música estilo big band começou a tocar nos alto-falantes, e uma nova dupla entrou no rinque.

Em vez de roupas de aquecimento, eles já usavam os figurinos e a maquiagem. O vestido dela era estilo retrô, brilhante como um globo de discoteca azul. Ele usava suspensórios combinando sobre uma camisa preta sob medida para ressaltar sua postura impecável. Os dois não estavam apenas se aquecendo ou repassando a apresentação. Já performavam como se fosse de verdade, finalizando cada passo com um sorriso para a arquibancada, como se já estivesse ocupada pelos fãs.

Aquela era a verdadeira ameaça.

Girei meu anel no dedo, tentando aplacar a ansiedade. Desde minha primeira competição, usava a aliança de noivado art déco da minha mãe para dar sorte. Quando eu era pequena, a usava numa correntinha de ouro. Aos dezesseis, passei a aliança para o dedo do meio — sem nunca tirar, porque Lee penhoraria o diamante caso pusesse as mãos nele e beberia todo o valor lucrado.

"Não se preocupa com eles", Heath disse. Ele previa o meu humor como meteorologistas preveem o tempo. "Vamos fazer o nosso melhor, é só o que importa."

Eu não queria saber do "nosso melhor", a menos que fosse *o* melhor. Fazia tanto tempo que éramos os melhores da nossa região que aquilo deixou de ter significado. Se queríamos continuar evoluindo — nos tornar atletas de nível olímpico —, precisávamos ser pressionados, ser desafiados. E ali estava o desafio perfeito, um borrão de paetê azul na nossa frente.

Segurei a mão de Heath ao entrar no gelo. Enquanto dávamos algumas voltas, a outra dupla encerrou a apresentação — e então voltou para o centro da pista. A música deles começou a tocar de novo e eles repetiram a coreografia, passo a passo, sorriso a sorriso. Não pareciam nem um pouco cansados.

Heath ergueu as sobrancelhas, como se dissesse: *Vamos?* Sorri e o puxei para mim, sem me dar ao trabalho de corrigir sua mão baixa demais, pousada na base da minha cintura.

Começamos com giros pela pista, sincronizando os movimentos com a música. Era assim que nos alongávamos em casa — chegávamos cedo e improvisávamos ao som de qualquer que fosse a música que estivesse tocando, fosse um hit pop no último volume nos horários em que a pista ficava aberta para todos ou as de desenho animado que embalavam os aniversários infantis.

Nossos pés seguiram primeiro a harmonia bombástica dos instrumentos de sopro, então aceleraram para perseguir a linha do contrabaixo. Giramos cada vez mais rápido, até meu cabelo se soltar, os cachos ricochetearem no meu rosto e a competição ser esquecida. No êxtase, éramos apenas eu e ele, apenas o gelo, as lâminas dos patins e o ritmo.

Até que eu não estava mais nos braços de Heath.

Estava caída de bruços, com o quadril torcido em um ângulo estranho, o gelo queimando a palma das minhas mãos. Senti respingos de gelo nos olhos quando um par de patins parou a centímetros do meu nariz.

"Tudo bem com você?", uma voz chegou do alto.

Os patins de couro branco estavam impecavelmente limpos, pareciam novos em folha, com os cadarços bem amarrados. Eu limpava os meus toda noite antes de ir para a cama, e eles nunca ficavam assim.

"Katarina." Era Heath falando agora, respirando na minha orelha. "Você consegue se levantar?"

Senti derreter o gelo nos olhos. Ou talvez estivesse chorando, não sabia ao certo. Continuei olhando para aqueles patins. Havia algo gravado nas lâminas. Palavras numa caligrafia delicada e fluida. Um nome.

O nome dela. *Isabella Lin.*

Kirk Lockwood, que vimos anteriormente como comentarista dos Jogos Olímpicos de Sochi, se senta ao banco sob a janela da sala de sua casa em Boston.

KIRK LOCKWOOD (ex-patinador): É hora de falar sobre Sheila?

JANE CURRER: Para entender Katarina Shaw, primeiro é preciso discutir Sheila Lin.

KIRK LOCKWOOD: Sheila começou a treinar no meu centro no verão de 1980. Ela estava à procura de um parceiro. Acho que já tinha tentado com alguns caras, o que não é incomum. Mas ela era tão boa. Eu não conseguia entender como alguém deixava a Sheila. Ou por que eu ainda não a conhecia.

Externa do Centro de Treinamento Lockwood, nos arredores de Boston.

NARRAÇÃO: Enquanto Sheila Lin pareceu surgir do nada, Kirk Lockwood era descendente de uma longa linhagem de patinadores. Sua família fundou o Centro de Treinamento Lockwood, conhecido por formar campeões da patinação artística, incluindo a mãe de Kirk, Carol, medalhista de prata nos Jogos de Cortina d'Ampezzo.

JANE CURRER: Foi um escândalo Kirk trocar a parceira por Sheila. Fazia quase dez anos que ele e Deborah Green estavam juntos. Os dois tinham acabado de ser ouro no mundial júnior.

KIRK LOCKWOOD: Se eu fosse uma pessoa melhor, diria que me arrependo. Mas não é verdade. Formar dupla com Sheila foi a primeira decisão que eu mesmo tomei, sem a influência dos meus pais.

JANE CURRER: Sheila o manipulou. Ela queria Kirk porque ele era o melhor.

KIRK LOCKWOOD: Sheila era melhor do que eu, assim ela me tornaria um patinador melhor do que eu jamais seria com Debbie. O parceiro precisava se elevar ao nível de Sheila, porque ela não nivelaria por baixo.

Vídeos antigos e meio falhados mostram Sheila e Kirk fazendo uma série de rodopios lado a lado em sincronia, também conhecida como twizzle. Kirk perde o equilíbrio e cai. Sheila nem diminui o ritmo.

KIRK LOCKWOOD: E se você não chegasse ao nível dela, problema seu.

6

Aceitei a mão estendida de alguém.

Percebi só quando estava de pé que quem me ajudava era o rapaz com suspensórios de paetê azul.

Se a garota era Isabella Lin, ele só podia ser seu irmão gêmeo, Garrett. A semelhança de ambos com a mãe famosa era incontestável. Tinham as mesmas maçãs do rosto pronunciadas, os lábios cheios e o cabelo de propaganda de xampu. E claramente haviam herdado o talento para patinar.

Levar o ouro em dois Jogos Olímpicos consecutivos já era raridade, e Sheila Lin havia conseguido algo ainda mais raro: continuar competindo depois de se tornar mãe. Os gêmeos nasceram depois dos seus primeiros Jogos. No segundo, eles já estavam na primeira fileira da plateia.

Era fato que Isabella e Garrett estavam seguindo os passos da mãe, mas eu ainda pensava neles como as criancinhas no colo de Sheila que eu tinha visto durante a cobertura dos Jogos de Calgary. Eles eram mais novos que Heath e eu, mas não muito: aos quinze anos já competiam como profissionais, superando duplas uma década mais velhas. É impressionante o que se pode alcançar com a melhor técnica do mundo.

"Você se machucou?", Heath perguntou, me abraçando.

Eu ainda segurava a mão de Garrett Lin. Aí me afastei e limpei o gelo da legging. "Tô bem. Só fiquei com falta de ar."

Patinadores estão acostumados a cair. Eu sabia como absorver o impacto e prevenir lesões, só que me deixei levar pelo momento e dei de cara com o chão antes de perceber o que estava acontecendo.

"Mil desculpas." Garrett parecia mais chateado do que eu. "Eu não..."

"Não peça desculpas a eles."

Diferente de Garrett, que tinha mais de um metro e oitenta e ainda devia estar em fase de crescimento, Isabella era baixinha como a mãe. Mal batia no meu queixo, e, mesmo assim, parecia me olhar de cima.

"Foi culpa deles", ela concluiu.

Os dedos de Heath cravaram na minha pele. Uma dor latente irradiava do meu ombro.

"*Vocês* trombaram com a gente", ele disse.

Isabella cruzou os braços. "Era a nossa música tocando."

"Isso dá a preferência durante o treino", Garrett explicou. O tom era doce e nem um pouco condescendente. "Mesmo assim, a gente devia ter prestado atenção. Você tá bem mesmo? Não bateu a cabeça nem..."

"Ela tá bem." Heath me conduziu até a lateral da pista. A cada movimento, a dor em minhas costas se intensificava a partir da lombar.

Eu não podia me machucar. Era o Campeonato Nacional. Teríamos três dias de competição pela frente. Tínhamos nos esforçado tanto.

"O que estão fazendo no Campeonato Nacional", Isabella gritou, "se não sabem nem..."

"Bella."

Uma voz suave chamou a atenção dos gêmeos como se fosse uma ordem militar. Acompanhei o olhar deles, e lá estava ela.

Sheila Lin.

Tão deslumbrante em pessoa quanto nas fotos na parede do meu quarto. Seu cabelo estava mais curto, seguindo perfeitamente a linha do maxilar anguloso. Ela estava toda de branco, com calça justa e blazer de couro tão impecável quanto os patins da filha.

Poucos passos me separavam da mulher que idolatrei desde a tenra infância. E ela tinha me visto cair como uma amadora e quase derrubar seus filhos junto.

Heath mal notou a presença de Sheila. Ao me tirar da pista e me dirigir a um banco, se ajoelhou para pôr os protetores nas lâminas dos meus patins.

"Do que você tá precisando? Posso ir pegar gelo. Ou chamo um médico pra dar uma olhada se não tem nenhuma..."

"Tô bem", repeti. Meus quadris estavam rígidos, pulsando de dor no lado direito. Ajudaria se eu me mexesse. "Vou descansar só um segundo e a gente já volta pra lá."

"Vou buscar um médico."

Heath se afastou antes que eu pudesse impedi-lo. Ele se sentiria melhor sendo útil, embora eu soubesse que meu orgulho estava mais ferido que o corpo.

Na lateral da pista, os gêmeos conversavam com Sheila. Provavelmente sobre a garota ignorante com quem haviam trombado porque não conhecia as regras básicas do treino coletivo. Fechei os olhos, na tentativa de conter as lágrimas.

"Por favor, diz que foi de propósito."

Ergui a cabeça. Era o cara de rabo de cavalo que eu tinha visto antes. De perto, ele era tão magro, menos como alguém da nobreza e mais como um menino de rua perturbadoramente alto da era vitoriana.

"O quê?", perguntei.

"Trombar com os Lin." Ele se sentou ao meu lado, com um sorrisinho torto no rosto pálido. "Por favor, diz que você fez de propósito."

"Foi um acidente. Eu não estava olhando direito e..."

"Que pena. Achei que você fosse desse tipo."

"Que tipo?" Eu não sabia se ele estava tirando sarro de mim ou não.

"Que faz qualquer coisa pra vencer." Ele estendeu a mão. "Ellis Dean."

Eu a apertei. "Katarina Shaw."

"Prazer, Katarina Shaw." Ao se inclinar, sua voz virou um sussurro. "Da próxima vez, mira na frente da lâmina. Aí ela é quem vai comer gelo."

Como se tivesse ouvido Ellis do outro lado da pista, Isabella olhou feio para nós. Ele sorriu e deu um aceninho, que ela não retribuiu.

"Pode acreditar", ele disse, entredentes. "Isabella merece."

Quando o olhar dela se concentrou em mim, não me dei ao trabalho de dar um sorriso falso. Fiz cara feia também, sem piscar até meus olhos começarem arder.

Finalmente, Isabella se virou para tomar um gole de sua garrafa de água incrustada de cristais Swarovski.

Minha primeira vitória contra Bella Lin. E eu jurei que não seria a última.

Garrett Lin, agora com seus quase quarenta, descansa em um sofá de couro na sua casa, em San Francisco.

GARRETT LIN (filho de Sheila Lin): Se vocês estão achando que eu vou contar todos os podres da mamãe, dizer que ela era ruim com a gente ou qualquer coisa do tipo, esqueçam. Não foi por isso que eu concordei com essa entrevista.

Fotos espontâneas de Sheila grávida são seguidas pelo anúncio formal do nascimento. Os gêmeos parecem idênticos, com cabelo preto e envoltos em panos dourados.

KIRK LOCKWOOD: Sheila era a pessoa mais focada e motivada que eu conheci. Aí engravidou de gêmeos aos vinte e dois anos. Fiquei chocado.

ELLIS DEAN: Bella e Garrett nasceram *exatamente* nove meses depois dos Jogos de Sarajevo. Sheila não revelou quem era o pai, mas só podia ser alguém com quem ela tinha ficado na Vila Olímpica.

KIRK LOCKWOOD: Mas eu não sou o pai. Tenho orgulho de ser medalhista de ouro e gay cinco estrelas.

GARRETT LIN: Mamãe não planejou a gravidez, mas é quase como se tivesse. Nascemos pra ser uma dupla de dança no gelo. Ela botou patins em nós quando ainda nem conseguíamos ficar de pé.

NARRAÇÃO: Após a revelação da gravidez, Sheila Lin se afastou da vida pública. Embora não tivesse anunciado a aposentadoria, todos presumiam que não voltaria a competir.

Série de fotos de paparazzi com Sheila empurrando um carrinho duplo na rua.

KIRK LOCKWOOD: Ficamos meses sem nos falar. Quando ela finalmente entrou em contato, dizendo que começaria a treinar para os Jogos de 1988, quase mandei a mulher à merda. Desculpa o palavrão. Mas sério... Sheila achava que eu estava à toa esperando por ela? Bom, talvez eu até estivesse, mas essa não é a questão.

Sheila amarra o cadarço dos patins no Centro de Treinamento Lockwood, olhando determinada para o gelo.

KIRK LOCKWOOD: Achei que talvez fosse melhor parar no auge. Mas ela tinha certeza de que venceríamos de novo. E, quando Sheila Lin queria alguma coisa, só um idiota ficaria no caminho.

7

Na manhã seguinte, a dor no meu quadril havia piorado. Eu tentei me convencer de que era por causa do incômodo provocado pelas molas do colchão do hotel, fora o barulho do trânsito lá fora e os gritos de prazer *nada* fingidos que chegavam do quarto vizinho.

Liguei a torneira de água quente no máximo e me alonguei debaixo do chuveiro, na tentativa de relaxar os músculos. A competição começaria no fim da manhã, terminando no meio da tarde. Sobraria o restante do dia para pegar leve e me recuperar.

Naquela época, o início das competições de dança no gelo era marcado pela dança compulsória, na qual as duplas precisavam realizar exatamente os mesmos passos. Era de longe a parte que menos me agradava. Infelizmente, ela só foi eliminada quase no fim da minha carreira. A dança original era melhor, que permitia que as duplas apresentassem sua versão do estilo de dança definido para cada temporada, porém eu preferia infinitamente a última apresentação, de dança livre, porque escolhíamos a música e a coreografia que quiséssemos.

Depois do banho escaldante e de muito alongamento, enfrentei a dança compulsória ao estilo quickstep sem grandes problemas. Não consegui subir tanto a perna, porém Heath ajustou seus giros para que nossos patins alinhassem. Não foi nossa melhor apresentação, mas nos garantiu o sétimo lugar.

Apenas no dia seguinte, ao me vestir para a dança original, notei o hematoma. Sem orçamento para figurinos extravagantes, Heath usava o mesmo conjunto sem graça de calça e camisa preta nas três apresentações, enquanto eu guardava um vestido mais elaborado para a dança livre. A peça da dança compulsória e original era simples, de veludo preto e alcinha, com uma fenda na perna — agora amoldurando perfeitamente a grande mancha roxa do quadril ao joelho.

"Tá bem feio", Heath comentou.

"Pelo menos agora a gente combina."

Eu fui capaz de esconder o olho roxo de Heath, mas nem quilos de corretivo fariam desaparecer o hematoma na minha perna. Continuava chamativo mesmo sob minha meia-calça mais grossa. O vestido da dança livre era mais comprido — um corpete estruturado com uma saia de tecido leve transparente, que eu tinha feito a partir de um vestido de formatura comprado num brechó. Escolhi usá-lo no segundo dia, ignorando as pontadas na coxa toda vez que a saia roçava nela.

O estilo exigido era dança de salão latina, e eu e Heath apresentaríamos uma rumba, com o clássico "Perhaps Perhaps Perhaps", numa versão que misturava Desi Arnaz e o cover do Cake, que possibilitaria o tipo de inovação que os juízes procuravam em uma apresentação equilibrada.

Mais adiante em nossa carreira, danças latinas se tornaram nossa especialidade, uma vez que valorizavam nossa química natural (fora que muitos juízes acreditavam que Heath era latino, e ele não se prestava a corrigir se levasse a notas mais altas). Naquela época, ainda não éramos tão refinados, porém danças latinas já constavam como um dos nossos pontos fortes. Enquanto o quickstep dependia de movimentos precisos e controlados, a rumba exigia formalidade na metade superior do corpo e movimentos mais amplos e sensuais na metade inferior.

Não era a melhor das combinações na condição em que eu me encontrava. Nos primeiros segundos, Heath já percebia a dor que eu sentia e parecia desesperado para interromper a dança e se certificar de que eu estava bem.

Mas não podíamos parar. Seria o fim. Assim, me deixei ser levada pelos passos, e conseguimos terminar. Heath manteve um braço na minha cintura durante todo o trajeto até a área onde aguardaríamos as notas. Ele não ia deixar que ninguém me visse mancando. Principalmente os Lin, que estavam prestes a entrar no gelo para o aquecimento do último grupo.

Quando voltamos para o hotel naquela noite, nevava tanto que a placa de neon quase passou batido. A dor era tanta que só saí do carro com a ajuda de Heath. Ele entrou no quarto comigo em seus braços, como se fôssemos recém-casados.

Enquanto Heath atravessava a neve para ir à farmácia do outro lado da rua, fiquei deitada na cama, entrando em pânico ao ouvir o vento chacoalhar as janelas frágeis.

A dupla que levou o sexto lugar havia caído durante o twizzle, assim pulamos para quinto — logo atrás de Ellis Dean e Josephine Hayworth. Faltava apenas uma apresentação, e estávamos perto do pódio. Só precisávamos conquistar mais uma posição: além de ouro, prata e bronze, o Campeonato Nacional premiava os quartos colocados com uma medalha de estanho.

A dor se concentrava principalmente na articulação do quadril, porém qualquer movimento fazia irradiar para todo o meu corpo. No geral, a aliança da minha mãe ficava larga no dedo, mas minhas mãos estavam tão inchadas que eu nem conseguia tirá-la.

Heath voltou com neve até nos cílios, trazendo paracetamol, pomada para dor muscular e uma bolsa de gelo. Alternava entre o frio da bolsa, o calor de suas mãos e a estranha combinação de ambos da pomada. Nada ajudava.

Eu odiava precisar de cuidados assim, como se fosse uma criança indefesa. Só uma vez na vida tinha deixado Heath fazer algo parecido.

No dia da morte do meu pai.

Ele sempre nos buscava na pista de patinação ao voltar da faculdade onde lecionava história. Quando não apareceu naquela tarde, pensei que devia ter esquecido, ou se distraído e perdido a noção da hora. Quando eu era pequena, às vezes ele passava horas sentado, olhando para o papel de parede, como se esperasse encontrar o rosto da minha mãe na estampa. Um costume indescritivelmente triste, por isso nunca falávamos a respeito.

Depois que Heath se mudou para nossa casa, meu pai acabou melhorando. Parecia mais presente. Às vezes até chegava mais cedo na pista. Ele se sentava na arquibancada, ficava vendo a gente patinar e conversava com os outros pais — na verdade, a maioria era mãe. Aquelas mulheres *amavam* ele. Imagino que meu pai tinha aquele tipo de charme de professor distraído e desajeitado.

Nicole me deixou usar o telefone do escritório. Liguei para o número da faculdade, mas ninguém atendeu. Depois de uma hora, Nicole decidiu nos levar ela mesma para casa. A casa parecia estar às escuras, exceto por uma única luz acesa. Do escritório dele.

Fui inundada por uma estranha mistura de raiva e alívio. Eu estava certa, ele tinha esquecido. Por isso, ao entrar pela porta da frente, em vez de dizer oi, olhei para Heath e levei o indicador aos lábios. Atravessamos o corredor na ponta dos pés.

Queríamos pegá-lo de surpresa para dar um susto. Uma pegadinha como vingança. Meu pai gritaria, depois daria risada, e estaríamos quites. Então ele prepararia algo para o jantar — descongelaria waffles ou faria macarrão pré-cozido, porque seu dote culinário era limitado — e deixaria Heath escolher um disco da sua coleção para ouvirmos comendo. Como uma família normal, nós nos sentaríamos à mesa e bateríamos papo.

Heath sempre teve inveja de eu ter crescido com um pai, um irmão e uma casa, mas a verdade era que minha família só ficou um pouco normal de fato quando ele se juntou a nós. Talvez porque Heath e meu pai tinham certa afinidade musical, talvez porque Heath ouvisse admirado as divagações frequentes do meu pai. Ou talvez porque Heath fosse uma criança que meu pai podia amar sem ser assombrado pelas lembranças da minha falecida mãe. O importante era que a presença de Heath acendeu a chama em seus olhos que havia ameaçado acabar para sempre.

A porta do escritório se encontrava ligeiramente entreaberta. Empurrei o carvalho com a mão espalmada. As dobradiças rangeram e eu me encolhi. Não tinha mais como entrar sem ser notada.

No entanto, meu pai não se moveu. Estava na poltrona preferida, de couro craquelado, virada para a janela ampla, porque ele gostava de olhar o lago enquanto pensava. O brilho da luminária de mesa refletia no vidro, revelando seu rosto como um espelho.

A pele pálida. A boca caída. Os olhos arregalados, fixos e vazios.

Morto.

Eu me lembro da mão de Heath nas minhas costas, me virando para ele e me abraçando forte, como se estivéssemos dançando.

Minutos depois, ou talvez horas: os dedos de Heath apertando os meus, nós dois juntos na varanda assistindo a ambulância ir embora. A sirene desligada, as luzes apagadas. E o que havia sido meu pai fechado em um saco preto na maca.

Heath foi quem chamou a ambulância. E ligou para dar a trágica notícia ao meu irmão. Depois me pôs na cama e ficou ao meu lado até que eu pegasse no sono. Quando acordei soluçando e tremendo quase uma hora depois, Lee ainda não tinha chegado, mas Heath continuava ali.

Estendi o braço, e Heath não hesitou: entrou debaixo das cobertas comigo. Eu me agarrei a ele como se fosse ser abocanhada pela escuridão e Heath fosse a única coisa que me impedisse de cair e cair e cair.

Foi a primeira noite em que dividimos a cama. Desde então, tenho dificuldade de dormir sem ser envolvida por seus braços. Pude contar com Heath quando não havia mais ninguém.

No hotel em Cleveland, peguei no sono com a bochecha apoiada no peito dele e seus dedos acariciando gentilmente meu cabelo. Na manhã seguinte, havia parado de nevar. Meu quadril gritava de dor.

Bastou uma olhada para Heath dizer: "Você precisa ir ao médico, Katarina".

Não tínhamos como pagar. Sabíamos que, se não nos apresentássemos naquele dia, seria o fim da nossa carreira na dança no gelo. Conquistar um lugar no pódio era a maior chance de chamar a atenção de patrocinadores, alguém melhor para nos treinar ou *qualquer coisa* que nos livrasse de implorar migalhas ao meu irmão.

Pensei em Isabella e Garrett Lin acordando revigorados depois de oito horas de sono no luxuoso Ritz-Carlton. Comendo ovos e frutas frescas oferecidos literalmente em uma bandeja de prata. Sendo levados à arena por um motorista, sem ser tocados pelo vento vindo do lago.

Pessoas assim não sabiam lutar. Porque nunca precisaram.

Sentei na cama, os pés apoiados no carpete encardido verde-amarelado. O rosto de Heath se contraía, como se sentisse a dor à medida que eu me erguia.

Apesar disso, Heath sabia que era melhor não tentar me impedir.

ELLIS DEAN: Kat Shaw sempre foi uma vadia teimosa. [*Ele toma um gole do martíni e ergue as sobrancelhas.*] Quê? É um elogio. Com certeza ela concorda.

GARRETT LIN: Pra ser um atleta de elite, na hora da verdade é preciso ir além do próprio limite.

JANE CURRER: Nunca queremos que patinadores entrem machucados na competição. Dito isso, a decisão cabe aos atletas e treinadores. A federação não pode ser responsabilizada.

NICOLE BRADFORD: Se eu estivesse lá, teria tirado os dois da competição e levado Kat direto para o hospital. [*Ela fica em silêncio, com os lábios franzidos.*] Ou pelo menos tentaria.

GARRETT LIN: A questão é que, quando ir além do limite é tudo o que você sabe, quando isso é o normal... fica difícil lembrar que existe um limite. Até ele ser esfregado na sua cara.

8

Dividi tudo em pequenos passos executáveis, como no treino.

Primeiro, precisava tomar banho. Depois me vestir. Então ir até o carro, sem escorregar no estacionamento.

Enfrentei o dia um momento excruciante por vez, até Heath e eu estarmos na lateral da pista, esperando a nossa vez enquanto a dupla do sexto lugar concluía a apresentação.

Ele estava atrás de mim, com a mão espalmada na minha barriga. Respiramos devagar e fundo, até sincronizar nossa pulsação. Apesar da dor, uma calma me tomou, como sempre acontecia quando Heath e eu nos tocávamos.

Se aquela ia ser nossa última competição, eu queria ter certeza de que fiz o meu melhor.

Patinamos até o centro da pista, e deixei tudo para trás. Não apenas a dor — tudo. O barulho do público. As lâminas raspando no gelo. Nossos nomes sendo anunciados. O restante sumiu, reduzindo meu foco ao calor dos dedos de Heath entrelaçados aos meus.

Não lembro de muita coisa da dança livre. Dançamos ao som de um medley de músicas do álbum *Ray of Light*, da Madonna, ancorado em "Frozen", que na época tocava o tempo todo no rádio. Eu ouvira sem parar a fita que Heath havia gravado para mim, até Lee socar a parede e gritar para desligar "aquela merda".

Eu lembro do seguinte dessa nossa primeira final nacional: o modo como meu corpo assumiu o controle ao ouvir os acordes sintetizados tão familiares. A respiração de Heath no meu pescoço enquanto nos retorcíamos no giro combinado. A queimação nas pernas no último minuto da apresentação, uma sensação mais prazerosa do que dolorida.

Encerramos com um giro de pé que nos deixou cara a cara, Heath com as mãos na minha cintura. O público aplaudiu ao fim da última nota — e aplaudiu ainda mais o beijo rápido e comportado que trocamos. Bom, comportado em comparação à maneira como nos beijaríamos mais para a frente.

No trajeto para sair do gelo, eu não conseguia parar de sorrir. Tínhamos conseguido. Eu não permiti que a dor me contivesse; na verdade, quase nem a sentia mais. Essa havia sido a nossa melhor apresentação. Rendeu a certeza de que subiríamos ao quarto lugar. Ou até mais.

Ninguém havia jogado flores nas nossas duas primeiras apresentações, porém agora elas choviam sobre nós. Heath entregou uma única rosa vermelha para mim.

Éramos a única dupla cujo técnico não estava presente, por isso ficávamos sentados só os dois enquanto aguardávamos as notas. Eu tinha achado meio esquisito no começo, mas agora até que estava bom. Nicole teria tentado nos impedir de entrar no gelo, o que seria um erro. Íamos subir no pódio do Campeonato Nacional, como eu vinha sonhando desde os quatro anos. Aquele seria o início da nossa carreira, e não o fim.

As notas técnicas saíram primeiro. Não recebemos nenhum seis, mas houve vários cincos. Eu segurava a rosa e mantinha a outra mão no joelho de Heath. Sempre nos saíamos melhor na parte artística.

As notas técnicas são uma questão de matemática — agora ainda mais, com o sistema de pontuação complexo e imbatível implementado pela União Internacional de Patinação. Já a parte artística é pura mágica. É a ela que o público responde. Sua paixão, sua conexão, a maneira como você interpreta cada nota musical com braços e pernas dramáticos e o queixo sutil. Se você conseguir fazer cada pessoa presente, da primeira à última fileira, sentir alguma coisa, então você venceu.

"Agora as notas da parte artística."

Prendi o fôlego. O braço de Heath pressionou meus ombros com mais força.

O primeiro número apareceu, e foi como se eu nem soubesse respirar.

ELLIS DEAN: Foi roubo. E olha que eles ficariam no meu lugar no pódio.

JANE CURRER: A apresentação foi cativante, mas era o Campeonato Nacional, e não um mero show.

Imagens da apresentação de Katarina Shaw e Heath Rocha ao som de "Frozen" no Campeonato Nacional de 2000, em câmera lenta, com zoom no rosto deles. Mesmo durante as partes mais complicadas, eles não tiravam os olhos um do outro.

NICOLE BRADFORD: Entendo por que alguns juízes não gostaram tanto daquele estilo. A música da Madonna, o vestido de Kat... era um pouco mais ousado do que as outras equipes.

JANE CURRER: A apresentação é importante, e isso inclui cabelo, maquiagem, figurino... o conjunto da obra.

ELLIS DEAN: Claro, era o vestido mais horroroso do mundo, mas ela usou o mesmo na dança original, e eles não tinham baixado a nota por isso.

Katarina e Heath reagem às notas da parte artística. Ela parece querer quebrar alguma coisa. Ele aperta a mão dela. Ouvem-se vaias dispersas na multidão.

JANE CURRER: Patinação no gelo é um esporte conservador, e para mim isso não é algo negativo. Os jovens medalhistas do Campeonato Nacional viajam pelo mundo como embaixadores do nosso país. Eles precisam agir de maneira apropriada. Dentro *e* fora do gelo.

ELLIS DEAN: Eles olhavam para Kat Shaw e viam uma pobretona cafona, olhavam para Heath Rocha e viam um estrangeiro. Ele era tão americano quanto qualquer um daqueles juízes esnobes, mas e daí?

JANE CURRER: Como eu disse, ainda concordo com minhas próprias notas e decisões. No Campeonato Nacional de 2000 e em todas as competições seguintes.

PRODUÇÃO (fora da tela): E quanto a sua decisão sobre...

JANE CURRER: Próxima pergunta, por favor.

9

Havia sido a melhor apresentação da nossa vida, e caímos para o sexto lugar. Os Lin ficaram em segundo, logo atrás de Elizabeth Parry e Brian Alcona, que repetiram a vitória do ano anterior. Reed e Branwell, em terceiro e Hayworth e Dean, em quarto.

Heath nem perguntou se eu queria ficar para assistir à cerimônia de premiação. Em pouco tempo eu perderia o controle das emoções que vinha reprimindo desde que as notas absurdas da parte artística haviam aparecido na tela, e ambos pretendíamos estar na estrada antes que aquilo acontecesse.

Voltaríamos para casa, onde meu irmão talvez nos matasse por pegar a picape sem permissão. Eu quase desejava que ele fizesse isso, ou teria que encontrar uma maneira de sobreviver até meu aniversário de dezoito anos sem o que havia me feito viver até então.

Com aquelas notas, ninguém melhor que Nicole ia querer nos treinar. Nenhum patrocinador nos levaria a sério. Ninguém se lembraria de nós.

Tinha voltado a nevar, por isso Heath se ofereceu para buscar a picape enquanto eu aguardava no saguão. Meu quadril gritava por causa de tudo a que eu o havia submetido, só que a dor não se comparava à humilhação abrindo um buraco no meu peito. Eu me apoiei na parede e enfiei as mãos nos bolsos do casaco, piscando rápido para segurar as lágrimas.

Eu não era uma campeã. Não era especial. Não era nada.

Quando levantei a cabeça, lá estava ela.

Sheila Lin.

Cheguei a pensar que era uma alucinação. Ela estava toda de branco de novo, mas agora com um vestido acinturado. A luz dos postes do outro lado das janelas do saguão a fazia brilhar como se fosse uma deusa. Ela era tão bonita e impecável que foi impossível não ficar encarando.

Inexplicavelmente, ela também estava olhando para mim.

Endireitei a postura caída, ignorando um espasmo muscular. Devia estar ridícula, toda suada e desgrenhada, com aquele trapo de saia idiota despontando do casacão. E com a boca entreaberta, porque, na verdade, Sheila Lin não estava apenas me olhando, mas *vindo até mim*.

Ela parou, mas continuei ouvindo o eco do seu salto alto. "Srta. Shaw."

Fiquei tão embasbacada com o fato de Sheila Lin saber meu nome que esqueci como formar palavras.

"É srta. Shaw, não?"

Engoli em seco. "Isso. Oi. Pode me chamar de Katarina. Ou Kat. É como a maioria das pessoas me chama, mas eu não..."

Ela estendeu a mão. "Sheila Lin."

Quase ri. *Sheila Lin* estava se apresentando para *mim?* Como se existisse alguém no mundo que não a conhecesse. Minha mão tremia ao retribuir o aperto. *É isso*, pensei, esse é o auge da minha carreira. Participei do Campeonato Nacional, toquei em Sheila Lin; agora é ladeira abaixo.

"É a primeira vez que você participa do Campeonato Nacional."

Eu ia concordar com a cabeça, mas parei ao notar que ela não havia feito uma pergunta.

"Não vi o treinador de vocês. Onde treinam?"

"No Rinque da Costa Norte, perto de Chicago. Com Nicole Bradford."

Não havia por que explicar nosso estranho acordo, ou os problemas financeiros. Sheila com certeza não conhecia Nicole. Heath e eu éramos a primeira dupla desse rinque a se classificar no Campeonato Nacional.

"Parabéns por hoje. É raro ver uma dupla tão jovem com tanto talento bruto."

Cravei os dentes no lábio, sem ideia de como responder.

Sheila arqueou uma sobrancelha perfeitamente feita. "Não acha que se saíram bem?"

"Eu podia ter ido melhor."

"A gente *sempre* pode ser melhor. Mas não deixe isso te impedir de se portar como uma campeã. Se você não acredita que é a melhor, ninguém vai acreditar. Entendido?"

"Entendido", respondi, embora não entendesse. Ainda não.

Heath parou a picape lá fora e desceu. Eu já estava imaginando como seria apresentá-lo para Sheila, mas quando a porta giratória foi empurrada, me lembrei do olho roxo. O suor havia limpado parte da maquiagem, revelando o hematoma que parecia resultado de uma derrota em briga de bar.

Disparei uma olhada para Heath, que estancou na mesma hora. O pisca-alerta da picape brilhava atrás dele. Sheila não pareceu notar nada.

"Me diga uma coisa, srta. Shaw. Quais são seus planos para o verão?"

10

Os nós dos dedos de Heath estavam brancos, de tão forte que segurava o volante, impedindo que a picape deslizasse em meio à neve cada vez mais intensa. Sabia que ele precisava se concentrar, mas não conseguia calar a boca sobre a conversa com Sheila Lin.

"Tem *duas* pistas de patinação na escola dela, as *duas* no padrão olímpico! E professores especializados em todos os estilos de dança, e outros em técnica, e..."

"Por que a gente?", Heath perguntou.

"Por que *não* a gente? Como você não tá empolgado com isso?"

Enquanto avançávamos lentamente na direção oeste da I-80, eu floreava o conto de fadas que tinha imaginado. Ficamos em sexto, tá. Só que Sheila tinha visto algo especial. Algo que havia despertado seu interesse a ponto de gravar meu nome, ir atrás de mim e me convidar — *em pessoa!* — para participar do programa de treinamento intensivo de verão da Academia Lin, em Los Angeles.

Ela me entregou o cartão de visita, então foi ver os gêmeos receberem a prata. Agarrei o papel grosso tão forte que cortou a pele. Mas não importava. A dor ardida era um lembrete de que tudo havia sido real.

"Ela disse quanto custaria?", Heath perguntou.

Aquilo não importava. A chance de treinar com Sheila Lin não tinha preço.

"A gente dá um jeito."

Lee daria um jeito de cortar minhas asinhas.

E era por isso que eu não tinha nenhuma intenção de contar nada.

Ao chegar em casa, pedi desculpas por ter pegado a picape. Lee ficou tão surpreso — e estava tão bêbado — que aceitou a chave sem fazer cena e nem abriu a boca enquanto Heath me ajudava a subir até o quarto.

No dia seguinte, com a ressaca, Lee enfim encontrou algumas palavras e me deu um tapa na cara, porém mal assimilei o golpe. A dor no quadril estava melhorando, e eu me sentia invencível. Dali a alguns meses deixaria aquele lugar para trás em direção ao meu futuro.

Quando chegaram os formulários de inscrição, interceptei o envelope e falsifiquei os garranchos de Lee no campo de assinatura de pais ou responsáveis. Eu só teria acesso legal à herança depois de completar dezoito anos, porém Heath e eu tínhamos economizado com uns trabalhos braçais de meio período na pista de patinação para pagar a reserva que garantiria nossos lugares no programa. Também compramos passagens de avião — as mais baratas, com uma escala de seis horas em um aeroporto doméstico do Texas. No entanto, mesmo depois de meses pegando todos os turnos extras e guardando as economias atrás de uma tábua quebrada do estábulo, ainda estávamos bastante longe de bancar o verão inteiro em Los Angeles.

Lee já tinha vendido tudo de valor que restava na casa. E Heath ia tentar me dissuadir da única alternativa.

A aliança de noivado da minha mãe era minha última ligação com ela. Eu era muito nova quando ela morreu e guardava apenas vagas lembranças suas: o cabelo rebelde caindo sobre as costas em ondas como o meu, do mesmo tom de castanho que revelava um brilho dourado ao sol. Sua voz de contralto suave que flutuava pelo céu azul enquanto eu corria na praia. Seus braços fortes me envolvendo na água, me mantendo junto a ela enquanto eu aprendia a nadar, depois me soltando.

No último dia em Illinois, eu disse a Heath que precisava resolver algumas coisas e peguei um ônibus até a melhor joalheria do centro de Lake Forest. O proprietário tentou me enganar, imaginando que eu fosse uma adolescente idiota que não fazia ideia do valor da aliança. Só que eu sabia o que tinha em mãos e quanto deveria receber. Saí da loja com a bolsa cheia de notas e não olhei para trás.

Não conheci de verdade minha mãe, mas gosto de pensar que ela teria ficado orgulhosa.

Na volta, Heath estava acendendo uma fogueira na praia. Decidimos passar a noite acampados, para ver o sol nascer sobre as ondas uma última vez — e evitar Lee até que ele não pudesse nos impedir. As malas estavam prontas e escondidas debaixo da minha cama. De manhã cedo, pegaríamos um táxi para o aeroporto. Eu não tinha certeza de qual seria a reação do meu irmão ao descobrir nossa partida. Mas desconfiava que ele não se daria ao trabalho de ir atrás de nós.

Apesar do vento, a noite estava quente. Uma chuva de verão adiantada parecia se formar acima do lago. Heath pôs pedras nas pontas de uma manta estendida para que não saísse voando.

Eu estava torcendo para que ele não percebesse, mas seu olhar foi direto para minha mão.

"Katarina." Ele passou a mão pelo cabelo. "O que foi que você fez?"

"Era só um anel. Posso comprar um muito melhor quando for uma medalhista de ouro olímpica, rica e famosa."

A noite caía rápido, e o vento ganhava força. Abracei Heath pela cintura.

"E você?", perguntei. "O que vai querer quando formos ricos e famosos?"

Ele franziu a testa.

"O melhor aparelho de som do mundo? Um carro metido a besta?"

Heath balançou a cabeça. "Não preciso de nada."

"Não foi o que perguntei. O que você vai *querer*?"

Ele me beijou, bem quando um raio cortou o céu sobre o lago. Logo estávamos emaranhados sobre a manta ao lado da fogueira. Mesmo quando um trovão ecoou, com a tempestade se aproximando, estávamos seguros na nossa pequena praia.

Tão de repente quanto tinha começado, Heath parou de me beijar. Ele pegou minha mão e ficou avaliando meu dedo sem anel à luz da fogueira.

"O que foi?", perguntei.

Embora Heath tivesse feito a parte dele dos preparativos, quanto mais a data de partida se aproximava, mais ele se recolhia no seu próprio mundo. Eu não conseguia entender aquela falta de entusiasmo. Era *eu* que ia abandonar o único lar que conhecia. Ele tinha passado a infância indo de um lugar para outro — que diferença fazia se mudar mais uma vez? Heath não via que aquela era uma oportunidade única, a melhor coisa que já havia nos acontecido?

"A aliança."

Suspirei. "Heath, já foi."

"Era tão importante pra você." Ele engoliu em seco. "E você só..."

"Vai valer a pena. Quando a gente estiver na Califórnia, você vai ver."

À luz dançante da fogueira castigada pelo vento, seus olhos pretos pareciam tão perturbados quanto a água que se agitava. As ondas quase levaram a resposta dele embora.

"Espero que você tenha razão, Katarina."

Agora, olhando para trás, penso: se eu não tivesse tão envolvida pela fantasia de ser a pupila de ouro de Sheila Lin, teria enxergado a hesitação de Heath pelo que ela realmente era. Sim, ele estava acostumado a mudanças. Acostumado a perdas. Assim como estava acostumado a tudo o que parecia bom demais para ser verdade, tudo o que parecia simplesmente bom, sendo arrancado dele de repente.

Não à toa ele se agarrava a mim com tanta força.

"Você sabe como é ser uma mãe aposentada aos vinte e seis anos?"

Em um vídeo de televisão do fim dos anos 1990, Sheila Lin aparece em um estúdio, frente a frente com uma entrevistadora.

"Tenho minhas medalhas de ouro", Sheila prossegue. "Meus contratos publicitários. Kirk e eu estrelamos o Stars on Ice durante anos. Não foi suficiente. Eu queria construir um legado."

"Para os seus filhos?", a entrevistadora pergunta.

Sheila responde, sem hesitar. "Pra mim mesma."

NARRAÇÃO: Sarajevo transformou Sheila Lin em uma estrela. Ganhar uma segunda medalha de ouro, em Calgary, quando todos imaginavam que sua carreira tinha acabado, a tornou uma lenda.

Imagens de encontros com os fãs durante as turnês de Stars on Ice mostram Sheila posando para fotos e distribuindo autógrafos.

KIRK LOCKWOOD: Com o fim da nossa última turnê profissional, o Lockwood Center ofereceu a Sheila uma vaga como técnica, que ela recusou. Quando perguntei por que, ela disse: "Você quer mesmo seguir os passos dos seus pais, Kirk?".

JANE CURRER: Todos os principais centros de treinamento ficariam encantados em ter Sheila na equipe. Mas ela fazia tudo do próprio jeito.

KIRK LOCKWOOD: Se Sheila não tivesse me questionado, eu provavelmente trabalharia como técnico até hoje. E seria infeliz.

De volta à entrevista dos anos 1990: "Você se considera um modelo?, a entrevistadora pergunta. "*Como a primeira mulher sino-americana a conquistar o ouro na dança no gelo, você...*"

Sheila interrompe: "*Acho que você quer dizer primeira mulher* americana".

"*Perdão?*"

"*Fui a primeira e até agora a única americana a conquistar o ouro olímpico na dança no gelo. Antes de Lin e Lockwood, o melhor desempenho nacional havia recebido o bronze.*" *Sheila sorri.* "*Então, sim, eu me considero um modelo a ser seguido — por todas as mulheres americanas.*"

KIRK LOCKWOOD: Quando ela me ligou pra contar os planos dela, eu disse que era ela louca. Sheila desligou na minha cara. [*Ele ri.*] Bom, aí eu liguei de volta e expliquei que o que *quis* dizer era que ela era a única pessoa louca o bastante pra fazer algo do tipo, e que eu saiba que seria um grande sucesso.

Fotos antigas mostram o bairro de Grange, em Los Angeles, antes da revitalização: prédios negligenciados, com janelas quebradas, e trilhos de trem levando a lugar nenhum.

NARRAÇÃO: Alguns dos imóveis mais caros e arquitetonicamente ousados de Los Angeles se encontram em Grange. Nos anos 1990, entretanto, o bairro se resumia a fábricas abandonadas.

Na sequência da entrevista, Sheila apresenta uma maquete da Academia Lin: um complexo vanguardista de vidro e metal em dois depósitos vazios, ligados por um saguão.

"*A construção está em andamento. Receberemos os primeiros atletas na próxima temporada e abriremos um programa de treinamento intensivo no verão para patinadores promissores de todo o mundo.*"

"*Parece maravilhoso*", *a entrevistadora diz.* "*Mas também um projeto extremamente ambicioso para uma jovem sem experiência no mundo dos negócios. E com dois filhos para criar.*"

"*Bom, muitas pessoas se preocuparam dessa mesma forma quando decidi competir em Calgary, e deu tudo certo.*" *Sheila sorri.* "*Não é verdade?*"

11

Quando chegamos em Los Angeles, o sol se pondo cobria a cidade com uma luz dourada, mas eu estava cansada demais para admirar a vista. Com a cabeça apoiada no ombro de Heath, acabei dando umas pescadas, enquanto o ronronar do motor do táxi parado me embalava no trânsito da Sepulveda.

Ao abrir os olhos, estávamos diante do centro de treinamento. Eu sabia que a Academia estava em um nível muito superior a tudo com que Heath e eu tínhamos nos acostumado. O Rinque da Costa Norte era um espaço típico para a classe média do Meio-Oeste americano, com iluminação fluorescente, crianças gritando e um cheiro constante de água de salsicha e suor.

A Academia Lin era uma catedral. Entramos no saguão emudecidos, impressionados com o vidro brilhando ao pôr do sol. O teto alto parecia esculpido em gelo, e as duas portas de aço refletiam como espelhos. O piso, que a princípio eu supus ser de concreto, era de uma borracha resistente à lâmina dos patins. Tudo era elegante, moderno e novo em folha.

Mas o lugar estava vazio. Chegamos mais tarde do que o planejado, graças a um atraso no voo que estendeu em muitas horas a escala que já era longa. Enquanto Heath verificava as portas — ambas trancadas —, me aproximei da vitrine bem iluminada na parede dos fundos como se eu tivesse sido magneticamente atraída. Ali estavam expostas fotos de Sheila, além de algumas de suas medalhas — embora não os ouros olímpicos.

O retrato do meio, com moldura de cristal, mostrava Sheila e Kirk Lockwood no degrau mais alto do pódio de Calgary. Eu já conhecia a imagem: os dois jovens e lindos, usando as jaquetas da delegação dos Estados Unidos, com a mão sobre o peito. Aquela versão estava cortada para mostrar apenas Sheila e Kirk. Na original — impressa nas revistas e mostrada na TV depois dos Jogos de 1988 —, a soviética Veronika Volkova, arquirrival de Sheila, olhava feio do segundo degrau, seu cabelo loiro armado lembrando uma cobra pronta para dar o bote.

Havia exigido muita coragem voltar a competir depois de ter sido descartada por todos. Diferente do que os céticos pensavam, Sheila ainda era assunto décadas depois.

Um dia, pensei, olhando para a vitrine. *Um dia eu vou ser assim.*

A porta do lado esquerdo do saguão se abriu, deixando escapar uma lufada de ar gelado e o aroma fresco e químico do gelo bem conservado. O último treino do dia havia terminado, e os patinadores deixavam a pista principal. Alguns moravam na região e frequentavam a Academia Lin o ano todo, porém a maioria tinha vindo para o programa de verão, assim como nós.

Identifiquei rostos familiares: outras duplas que participaram do Campeonato Nacional, os últimos campeões franceses e um jovem casal apontado como herdeiro da dupla britânica lendária que havia se aposentado algumas temporadas antes. Nenhum sinal dos Lin.

Parte dos novos colegas de treinamento nos lançaram olhares desconfiados; o restante simplesmente nos ignorou. Embora estivessem todos encharcados de suor, Heath e eu parecíamos em pior estado, com roupas amarrotadas de brechó e o cheiro da fumaça da fogueira da noite anterior impregnado em nossos cabelos.

Sem nem pisar no gelo, a competição já havia começado. E estávamos perdendo.

Finalmente, a nossa presença foi reconhecida.

"Ora, ora, ora. Katarina Shaw. Não imaginei que fosse te ver aqui."

Era Ellis Dean, o rapaz que eu tinha conhecido em Cleveland que torceu para que meu esbarrão com Bella Lin tivesse sido de propósito. Havia cortado o cabelo nos últimos meses, porém continuava caindo em ondas na altura do maxilar bem delineado.

Ellis veio com a bolsa dos patins nos ombros, avaliando Heath de cima a baixo. "Não vai me apresentar seu parceiro belíssimo?"

"Heath, Ellis Dean. Ellis, Heath Rocha."

Heath apertou a mão estendida de Ellis, embora parecesse desconfortável. Odiava que um estranho o tocasse, e considerava um desconhecido qualquer pessoa que não fosse eu.

"Vocês acabaram de chegar?", Ellis perguntou, e eu confirmei com a cabeça. "De onde?"

"Chicago." Ou quase.

"Então bem-vindos."

O decote em V profundo da camiseta de Ellis deixava à mostra o peitoral suado. Obviamente o treino era puxado ali. Eu não me lembrava da última vez que tinha suado daquele jeito. No Rinque da Costa Norte, precisávamos ficar sempre atentos a ranhuras no gelo, e aos cones de trânsito que a gerência às vezes usava para sinalizá-las, em vez de consertá-las, portanto não patinávamos a toda a velocidade.

"Vocês devem querer ajeitar suas coisas. Ei, Josie!"

Josie ergueu um dedo e continuou cochichando com Gemma Wellington, a ruiva magrinha da dupla britânica. As duas estreitavam os olhos para nós de tempos em tempos, então eu fazia ideia do assunto da conversa.

"Ah, ela parece uma querida."

Pelo olhar perplexo de Heath, me dei conta de que expressei o pensamento em voz alta. Merda. Ellis era a única pessoa que parecia disposta a nos dar atenção. Eu não podia afastá-lo antes mesmo de desfazer as malas.

Ellis se inclinou, exatamente como havia feito para falar de Bella.

"Josephine Hayworth é uma traíra do caralho. Não conte nada a ela a não ser que você queira que toda a Costa Oeste saiba."

Só que segundos depois, quando Josie se despediu de Gemma e veio até nós, Ellis foi muito sorridente, e eu decidi que seria melhor não confiar em nenhum deles.

"Josephine, meu bem, você faria a gentileza de levar a srta. Shaw ao quarto dela?"

"Com prazer". A expressão de Josie contrariava suas palavras. "O alojamento feminino tá..."

"Espera." Heath segurou minha mão com mais força. "Achei que a gente fosse ficar no mesmo quarto."

Josie riu até perceber que ele estava falando sério. "Homens não podem entrar no alojamento feminino."

Eu nem tinha pensado sobre onde dormiríamos, só cerrei os dentes ao descobrir o valor exorbitante da estadia e alimentação. Também não gostava da ideia de nos separarem.

Era apenas temporário, passaríamos o dia todo juntos, treinando. Fora que não havia opção; ninguém assinaria um contrato de aluguel com um casal de adolescentes de dezesseis anos sem grana.

"Tudo bem." Com os olhos, implorei em silêncio para que Heath não fizesse uma cena.

Os alojamentos ficavam no andar de cima, o masculino no prédio norte e o feminino no prédio sul. Segui Josie até a escada, enquanto Heath acompanhava Ellis com relutância. Josie subiu dois degraus por vez e ficou parada no patamar brincando com a correntinha de ouro com pingente de cruz enquanto eu arrastava minha mala escada acima.

"Acordamos às quinze para as seis", ela avisou, e eu me esforçava para acompanhar seu ritmo no corredor. "Tomamos café às seis. O treino começa às sete."

O alojamento da Academia lembrava mais um resort de luxo do que um centro de treinamento esportivo. Cada um tinha o próprio quarto, e os banheiros compartilhados contavam com sauna, toalhas felpudas e tantos produtos de beleza que mais parecia uma Sephora, generosamente fornecidos pelas marcas parceiras de Sheila.

"Para uso livre de todos", Josie informou, fazendo questão de fungar. "Caso você precise... se refrescar."

Estava mais do que claro que ela achava que eu não merecia estar ali. Como se a opinião dela importasse... O único ouro que Josephine Hayworth carregaria no pescoço era da correntinha dada pelos pais ricos.

Logo eu mostraria a ela — e a todos — *exatamente* o que eu merecia.

12

Na nossa primeira noite na Califórnia, eu estava mais exausta do que nunca.

Mas não conseguia dormir.

Não apenas pela ausência de Heath. Os quartos eram bem equipados, mas igualmente austeros e modernos, com paredes bem brancas e ângulos retos como caixas. Mesmo de olhos fechados, o lugar parecia claro demais.

Passei horas me revirando na cama, embolando o lençol de algodão egípcio — e branco — nas pernas. O barulho de Los Angeles também era diferente: as buzinas dos carros na estrada, o zumbido constante do ar--condicionado, os uivos distantes que se revelariam coiotes vagando pelos cânions da cidade.

Assim, com os nervos à flor da pele, ouvi uma batida repentina na janela que fez com que eu desse um pulo.

Do lado de fora da janela — da janela do *segundo andar* —, Heath sorria e acenava.

"Me deixa entrar", ele sussurrou.

Abri a janela. Heath se equilibrava no peitoril, se segurando num cano frágil de drenagem para não se quebrar todo no concreto lá embaixo.

"O que você tá fazendo? Se te pegarem aqui..."

"Quer que eu vá embora?" Heath abriu um sorriso travesso e soltou uma mão. Meu coração subiu para a garganta.

"Não assim! Entra antes de quebrar o pescoço."

Ele acabou aterrissando no espaço estreito entre a cama de solteiro e a cômoda branca minimalista. Fechei a janela e a persiana, deixando o ar abafado de fora.

"Não acordei você, né?"

Balancei a cabeça. "Não consigo pegar no sono."

"Nem eu."

Heath enlaçou minha cintura e me puxou para um beijo. Me derreti contra ele, e recuamos até minhas pernas baterem na beirada do colchão.

"Se você for ficar", eu disse, "a gente vai dormir."

Ele beijou meu pescoço e enfiou a mão por dentro do elástico da calça do meu pijama.

"Dormir de verdade", esclareci.

"Tá bom, Katarina." Senti a maciez do rosto recém-barbeado no meu pescoço. "Vamos dormir."

Eu me deitei na cama estreita, com as costas coladas na parede. Heath se deitou de frente para mim e puxou o lençol para nos cobrir. Passou os dedos pelo meu cabelo lavado e inspirou fundo.

Eu tinha *me refrescado* com os produtos do banheiro — mas só depois de Josie sair, porque não queria dar a ela a satisfação. O cheiro de tudo era açucarado e caro, como doces de uma confeitaria chique. Minha pele nunca havia ficado tão macia.

Heath estava com o cheiro de sempre: xampu dois em um e pós-barba amadeirado. Foi meu pai quem o ensinou a se barbear, e Heath continuou usando a mesma loção.

Los Angeles era o mais distante que eu já havia estado de casa. Parte de mim ainda não acreditava naquilo tudo. Parecia bom demais para ser verdade, como se fosse acordar na minha cama em Illinois, com Lee socando a porta.

Talvez isso explique por que, mesmo com Heath ao meu lado, não consegui descansar aquela noite. Por volta das duas da madrugada, desisti e quebrei minha própria regra, passando os dentes no lóbulo dele e as unhas nas suas costas para provocá-lo.

Depois, finalmente dormi algumas horas, ainda que mal. Às quinze para as seis em ponto, quando o alarme disparou, Heath já tinha ido embora.

JANE CURRER: Nunca entendi todo o alvoroço em torno da Academia Lin. Era só uma pista de patinação cheia de fru-fru.

KIRK LOCKWOOD: Aquilo era muito mais do que uma pista de patinação. A Academia é o legado de Sheila.

Francesca Gaskell, uma loira simpática e sardenta, ainda um pouco juvenil, apesar de seus trinta e poucos anos, aparece sentada em uma estufa repleta de flores.

FRANCESCA GASKELL (ex-patinadora): Quando eu era pequena, sonhava em treinar na Academia Lin.

GARRETT LIN: Reconheço que minha irmã e eu tivemos muita sorte. Éramos muito privilegiados.

Vídeo de Bella e Garrett treinando sozinhos na Academia Lin, aos quinze anos.

GARRETT LIN: E muito pressionados.

Garrett tropeça. Bella tenta segurá-lo e os dois caem.

GARRETT LIN: Ninguém tirava os olhos da gente. Esperavam que déssemos o exemplo, como modelos.

KIRK LOCKWOOD: Os gêmeos nem eram nascidos e já se falava na "dinastia Lin", o que... bom, não demonstrava grande repertório cultural, vamos dizer assim.

JANE CURRER: A principal dupla do país tinha vinte e muitos anos, então havia uma expectativa de que se aposentassem depois dos Jogos de 2002. Isabella e Garrett eram o futuro dos Estados Unidos na dança no gelo.

GARRETT LIN: Treinar com a concorrência pode parecer estranho. Mas quando todo dia era como uma competição, as competições de verdade não passavam de um dia comum.

KIRK LOCKWOOD: Sheila queria treinar os filhos do seu jeito, com as próprias regras.

GARRETT LIN: Essa era a ideia do intensivo de verão. Mamãe queria motivar a gente, cercar de patinadores, técnicos e especialistas do mundo todo, para que tivéssemos tudo para sermos os melhores.

Sheila vê os filhos caírem, dá as costas e vai embora.

GARRETT LIN: Mas ela também queria que a gente não esquecesse que podíamos ser substituídos a qualquer momento.

13

Assim era treinar na academia de patinação no gelo de elite de Sheila Lin:

Éramos sempre observados: técnicos, coreógrafos, instrutores de dança, personal trainers, fotógrafos, repórteres e colegas, todos sempre estavam atentos, à espera de quedas e falhas. Cada momento era uma competição. Cada dia envolvia uma série de vitórias e derrotas, altos e baixos.

Passávamos tantas horas na pista que caminhar em terra firme nem parecia mais natural. Narizes escorrendo, lábios ressecados, calcanhares rachados, unhas dos pés sangrando. Meu corpo doía como se fosse um grande hematoma. Eu só sentia o sol na pele através das janelas, porque começávamos a treinar antes do dia nascer e só parávamos bem depois do crepúsculo. Eu pegava no sono assim que a cabeça pousava no travesseiro à noite.

Uma fome constante me roía por dentro — não só por causa das porções de verduras orgânicas, proteínas magras e vitaminas probióticas, controladas por nutricionistas, mas porque fiquei mais perto do que nunca da coisa que mais desejava e estava louca para abocanhá-la. Para sentir seu gosto e cravar meus dentes para que nunca escapasse.

Sem folga. Sem intervalos. Sem desculpas. Em certos momentos, eu achava que não ia suportar.

No entanto, a cada dia me sentia mais feliz que nunca.

Infelizmente, não era assim com Heath.

Ele fazia de tudo para esconder, só que eu o conhecia bem demais. Sabia que só tolerava aquilo — os horários rígidos, o escrutínio constante, a lista infinita de regras aparentemente arbitrárias e expectativas tácitas — por me amar. Eu percebia que os únicos momentos que ele não odiava eram nossas horas roubadas no meio da noite, quando suas pernas não estavam cansadas demais para subir até a minha janela.

Não é como se eu não me importasse com a insatisfação de Heath. Eu só achava que ele superaria isso. Quando começássemos a vencer, ele veria que os longos dias de trabalho duro e sacrifício haviam valido a pena.

Quanto a mim, tinha uma única reclamação em relação à Academia Lin. Sheila Lin quase nunca estava lá.

Um dia, ela estava na lateral do rinque, analisando cada movimento nosso. No outro, ela participava de um desfile em Seul, ou filmava um comercial de champanhe em Paris, ou marcava presença na première de um filme em Manhattan.

Estávamos nas boas mãos da comissão técnica. Só que eu havia ido para a Califórnia para treinar com Sheila, e depois de mais de um mês o mais perto que cheguei dela foi passando pela vitrine de troféus do saguão. Mesmo quando ela estava presente, a maior parte de seu tempo se concentrava nos gêmeos. O restante de nós recebia feedback por meio dos outros técnicos e especialistas, numa espécie de telefone sem fio.

Eu disse que não tínhamos folga, mas na verdade houve uma naquele verão: o Dia da Independência. Estávamos livres do treino formal no feriado, mas a pista permaneceria aberta para quem quisesse. Parecia um teste. Qual jovem seria dedicado e deixaria de lado os prazeres patrióticos de passar o dia bebendo e vendo fogos de artifício em troca de mais tempo no gelo?

Heath queria passar o dia na praia. Fazia uma semana que falava nisso. Queria nadar no Pacífico, ver o sol se pôr no mar. *Um dia inteiro, só nós dois.*

Parecia maravilhoso. E um desperdício do nosso tempo limitado.

Ainda que o regime de treinamento em Illinois deixasse a desejar, estávamos acompanhando os outros atletas. Não éramos os melhores — ainda não —, tampouco os piores. Um dia a mais de treino talvez não significasse vantagem. Abrindo mão dele, por outro lado, também daríamos margem para outras equipes nos passarem. Não havia um ranking oficial na Academia, porém todos sabíamos as posições exatas na hierarquia.

Bella e Garrett Lin ocupavam o topo. No último treino antes do Quatro de Julho, a maior parte dos patinadores estava um pouco distraída e histérica, já contando os minutos para as vinte e quatro horas preciosas de liberdade. Enquanto os gêmeos ficaram tão focados quanto de costume.

Eles passaram uma hora inteira aperfeiçoando o twizzle da dança original, depois se apossaram de uma pista para repassar as apresentações. Ambos vestiam peças de elastano branco, e as tiras cruzadas nas costas de Bella deixavam à mostra seus ombros tonificados. Ela sempre usava o cabelo em uma complexa coroa de tranças, sem que escapasse um único fio, mesmo depois de um dia inteiro de treino. Enquanto isso, meu coque alto havia passado de cuidadosamente bagunçado para uma nuvem de explosão nuclear, e fazia horas que eu e Heath estávamos com as roupas ensopadas de suor.

Ficamos esperando nossa vez, treinando fora do gelo com Sigrid, especialista em levantamento com formação no Cirque du Soleil, em uma área forrada por colchonetes próxima à pista. Na Academia, não precisávamos dividir o espaço com jogadores de hóquei ou patinadores de velocidade, de modo que ela havia sido especialmente projetada para a patinação artística — sem a barreira de proteção lateral, era só uma extensão branca imaculada que parecia fluir rumo ao horizonte, como uma piscina infinita.

"Ativa o abdome!", Sigrid não parava de gritar com a gente, seu sotaque escandinavo pesado cortando o jazz suave da trilha sonora dos Lin. "De novo!"

Até aquele momento da nossa carreira, só havíamos feito levantamentos relativamente básicos. Se queríamos competir em nível internacional, precisávamos melhorar — o que significava que Heath precisaria fazer muito mais do que apenas me erguer e abaixar sem me derrubar.

No levantamento daquele dia, eu precisava fazer uma retroflexão apoiada nas coxas de Heath. Já estava sendo difícil parados no chão; em alta velocidade no gelo parecia quase impossível. Quanto mais treinávamos, mais as mãos de Heath escorregavam na minha legging encharcada de suor. Toda vez que eu escapava, seus nobres esforços para me segurar acabavam com nós dois caindo de bunda no chão.

Mas eu estava determinada. E ver os Lin arrasando no foxtrote a passos de distância só me motivava mais. Não conseguia entender como faziam tudo parecer tão fácil. De alguma forma, os dois eram ao mesmo tempo rápidos e lentos, a lâmina dos patins raspava em staccato crescendo ao puxar de cada corda, enquanto deslizavam pelo gelo acompanhando o vocal lânguido da música. Quando concluíram a apresentação, precisei apertar os punhos para não aplaudir.

Então chegou a nossa vez. Nossa dança original, criada por alguém da equipe de coreografia, era ao som de um medley de Cole Porter. O conceito envolvia interpretarmos celebridades em uma soirée da Era de Ouro de Hollywood. Heath odiava — os movimentos sequenciais de pés, a postura formal, a ausência de tempo para nossa química natural se revelar. Estávamos acostumados a escolher nossa própria música, a passar horas deitados no chão ouvindo várias, até que uma nos fizesse querer levantar e dançar. Mas não era assim que as coisas funcionavam na Academia.

Sempre que Heath resmungava, eu pedia que confiasse em Sheila. Nada acontecia na Academia sem sua aprovação, e ela sabia o que estava fazendo. Eu torcia para que ficasse mais fácil entrar na personagem quando os figurinos estivessem prontos. O de Heath era um tipo de smoking feito de um tecido mais propício ao movimento, e o meu era um vestido que ia até o joelho, sem manga e com gola alta. Até na roupa teste de musselina que experimentei para o modelo da Academia eu já tinha me sentido uma estrela de cinema — e então descobri quanto o vestido pronto custaria e fui lembrada de que era uma zé-ninguém de classe média do Meio-Oeste.

Quando entramos no gelo, tentei visualizar como ficaríamos competindo: Heath com as lapelas realçando a mandíbula. Eu estaria de batom da mesma cor do paetê do vestido e com o cabelo preso em um coque sofisticado. Nas posições iniciais — cara a cara, eu com a mão no peito dele, como se estivesse dividida entre afastá-lo e puxá-lo para perto —, nossos olhos se encontraram. Focados, calmos, prontos.

Quando a música começou, a fantasia se desfez. Exaustos, fizemos uma apresentação toda atrapalhada, atrasados nos primeiros compassos da música, depois quase tropeçando para nos recuperar. Passamos pelo foxtrote sem um desastre — embora meus joelhos estivessem rígidos demais e Heath não parasse de baixar os olhos para nossos pés se movimentando rapidamente. Até chegarmos ao levantamento.

Os problemas ficaram evidentes no momento em que minha lâmina tocou a perna de Heath. Ele não conseguiu me segurar direito, e eu não tive como me erguer a tempo de executar certinho a retroflexão. Meus joelhos começaram a vacilar. Ativei o abdome, apertei as panturrilhas e cerrei os dentes, fazendo de tudo para salvar o movimento. Só que era tarde demais. Eu ia cair.

Heath desistiu do levantamento e brecou, me segurando pela cintura. Me preparei para irmos ao chão, mas ficamos de pé por um milagre.

"Você tá bem?", Heath perguntou, com a respiração curta e acelerada. "Desculpa, achei que..."

"Por que você parou?"

Era Sheila. Bem ali. Nos observando na lateral da pista.

14

Eu não sabia que Sheila estava na Academia. E nem ninguém, a julgar pelo silêncio desconfortável que se instalou depois que nossa música foi interrompida.

"Fiz uma pergunta, sr. Rocha."

Ela cruzou as mãos, à espera da resposta. Alguns técnicos gritavam com os atletas, mas os silêncios de Sheila Lin eram mais angustiantes do que qualquer grito.

Heath engoliu em seco. "Achei que ela fosse se machucar."

"Ela está bem. Não é, srta. Shaw?"

Confirmei com a cabeça. A mão de Heath soltou minha cintura, mas eu ainda ouvia seu coração batendo acelerado nas minhas costas.

"Eu só queria ter certeza", ele explicou. "E se..."

"E se fosse o campeonato mundial? Os Jogos Olímpicos? Pararia para dar uma descansadinha no meio da apresentação, sr. Rocha?"

Heath soube que era melhor nem responder.

"Vocês não podem parar. Não importa o que aconteça. Todo patinador comete erros, mas os melhores seguem com a apresentação apesar deles. Vamos de novo. E dessa vez..." — Sheila olhou diretamente para Heath — "não pare."

O corpo de Heath praticamente vibrava de fúria enquanto retornávamos à posição inicial. Pressionei a mão no seu peito com bastante força, na tentativa de acalmá-lo.

"Tá tudo bem", sussurrei.

Uma inspiração trêmula e profunda se seguiu. "Não quero te machucar."

"Você não vai."

Heath parecia hesitante. Mas quando a música voltou a tocar, ele estava lá comigo.

Patinávamos em perfeita sincronia. Remexemos os ombros a cada batida de percussão que iniciava a música. Passamos suavemente para outra parte quando entraram os instrumentos de sopro e deslizamos pelo restante do foxtrote enquanto Ella Fitzgerald cantava *you are the one*.

Então veio o levantamento. Heath pegou meu tornozelo e apoiou minha lâmina na dobra do quadril. As mãos se apoiaram atrás do meu joelho e escorregaram para cima enquanto eu me erguia e posicionava a outra perna.

E pronto! Com os patins equilibrados de cada lado da cintura dele, meu corpo se alçava alto e orgulhoso, uma bela flor estendendo as pétalas ao sol. Heath dobrou os joelhos e se segurou às minhas coxas para oferecer um contrapeso à pose final: minhas costas arqueadas, meus braços estendidos para trás, enquanto cortávamos o gelo em uma curva graciosa.

Tínhamos conseguido. Finalmente. E então...

Perdemos o controle.

Os pés de Heath vacilaram. Meu quadril se projetou demais. Não caímos, porém a saída do levantamento foi um emaranhado desajeitado de membros, que fez com que atrasássemos vários passos na coreografia.

A música entrou no ritmo mais rápido de "Too Darn Hot", e tivemos que correr até alcançá-la. Lutamos a cada compasso, brigamos a cada movimento. Não foi bonito. Não foi bom. Mas não paramos.

Ao fim, estávamos arfando, tremendo e encharcados de suor. Na última nota, Heath me soltou e dobrou o corpo para a frente. Quando se endireitou, notei que estava sangrando.

A lâmina provavelmente cortou sua coxa durante a confusão. Tanto a perna da calça como a pele, deixando uma marca vermelho-vivo.

"Merda. Você tá bem?"

"Terminamos. Isso é o que importa." Ele olhou feio para Sheila. "Não é?"

Ela estava de costas para a pista, dando instruções à dupla francesa, Arielle Moreau e Lucien Beck. Nos esforçamos ao máximo na apresentação, e Sheila nem tinha visto.

Heath não aguardou autorização — ou que eu o acompanhasse — para sair do gelo. Quando tirei os olhos de Sheila, ele já estava sentado na arquibancada, examinando o corte.

Patinei até ele, pensando no que dizer. Garrett Lin foi mais rápido que eu.

"Ela te acertou, né?" Ele estendeu um kit de primeiros socorros a Heath. "Acontecia com a gente o tempo todo. Perdi a conta de quantas calças Bella destruiu."

Os Lin podiam se dar ao luxo de perder infinitas peças de roupas pelo levantamento perfeito. Heath tinha apenas duas calças de treino razoáveis, e eu acabei estragando uma.

Minha dupla não se moveu para aceitar o kit de primeiros socorros, então eu mesma fiz isso por ele e o coloquei ao seu lado. Ele estava tão preocupado em não me machucar, e eu nem notei quando eu o machuquei.

"Não se sinta mal", Garrett disse. "O segredo é garantir que o apoio está bem no meio da lâmina e... Acho que é mais fácil mostrando. Você se importa?"

Mesmo sem olhar para Heath, eu sabia que ele *super* se importava. Só que Garrett estava falando comigo e não com ele. Me posicionei para o levantamento, estendendo a perna.

Garrett tinha uma pegada mais leve. Ele foi tão rápido que não tive tempo nem de pensar. Estava no chão, e de repente estava no ar.

Enquanto me inclinava na retroflexão, não me senti uma flor delicada sendo exibida, e sim uma deusa talhada na proa de um navio, que fazia o mar se abrir para sair de seu caminho. Nunca tinha me sentido assim. Graciosa, mas poderosa. Eu podia ficar naquela posição por horas.

Ele iniciou um desmonte mais complicado — me projetando de modo que meus quadris passassem por seus ombros a caminho da descida, algo que eu já tinha visto Garrett fazer com Bella.

Olhei na direção de Heath. Com o maxilar tenso, ele segurava o kit de primeiros socorros tão forte que ia quebrar o plástico.

"Isso foi ótimo!", Garrett disse. "E sem cortes, viu?"

As lâminas haviam deixado apenas pequenos vincos na calça branca, sem maiores danos. O maior dano, talvez, tenha sido no orgulho de Heath.

"Obrigada", falei.

"Imagina." Garrett sorriu. "Fico contente em ajudar."

E era verdade. Garrett nunca se envolvia com rivalidades mesquinhas ou os jogos de poder na Academia — e nem parecia perceber nada disso. Todo mundo gostava dele.

Bom, quase todo mundo.

Heath terminou de cuidar do corte e veio até mim, posicionando uma mão possessiva nas minhas costas. Garrett continuou sorrindo.

"Então, o que vocês vão fazer no feriado?"

"A gente estava comentando que..."

"Não definimos nada", eu o cortei. "Por quê?"

"Mamãe dá uma festinha no feriado todo ano", Garrett disse. "Se não tiverem planos, a gente adoraria que vocês fossem."

Eu duvidava muito que "a gente" incluísse Bella — que estava do outro lado da pista, fazendo uma série de alongamentos pós-treino, ignorando nossa conversa com seu irmão.

Eu não tinha roupa para ir. No Meio-Oeste, "uma festinha" significava churrasco no quintal, com salsicha e cerveja, e se a pessoa quisesse esbanjar colocava marshmallow com chocolate no fogo. Os convidados estariam todos de short jeans e chinelo. O que viesse dos Lin devia ser mais formal.

Mas se fosse uma chance de passar mais tempo com Sheila...

"Vamos pensar", Heath respondeu.

"Eu topo", eu disse a Garrett.

ELLIS DEAN: Ah, sim, a festa Vermelho, Branco e Ouro de Sheila Lin. Foi assim apelidada porque, a não ser que você fosse aluno da Sheila, só medalhistas de ouro poderiam entrar.

KIRK LOCKWOOD: Não é verdade. Alguns medalhistas de prata também iam. Aliás, em 1994 uma figura *muito* importante da patinação artística ficou bêbada e acabou vomitando no canteiro de flores.

Inez Acton, uma mulher de trinta e poucos anos com um coque bagunçado preso por uma caneta, aparece sentada no escritório do blog feminista TheKilljoy.com, no Brooklyn.

INEZ ACTON (blogueira): Sou uma grande fã de patinação artística, mas às vezes é difícil conciliar isso com meu posicionamento político. Os custos para se manter como patinadora competitiva ultrapassam os quarenta mil ao ano. A menos que seus pais sejam ricos, você está ferrada.

ELLIS DEAN: Os pais de Josie eram ricos. Os Lin eram praticamente da *realeza*.

KIRK LOCKWOOD: A festa era uma grande oportunidade de fazer contatos. Ser bom no gelo é importante, claro. Mas conhecer as pessoas certas também ajuda.

ELLIS DEAN: A Vermelho, Branco e Ouro representava tudo o que havia de errado com o esporte. A patinação no gelo já era pra lá de elitista sem o evento.

PRODUÇÃO (fora da tela): Então você nunca foi à festa?

ELLIS DEAN: Até parece. Eu não perderia por nada.

15

O calor diminuiu bem na hora da festa, como se Sheila tivesse negociado com o próprio clima para garantir as condições ideais.

Havia um conversível branco parado na frente da Academia Lin. A capota abaixada revelava o interior cor de carne crua. Ellis Dean estava apoiado no carro, com os tornozelos à mostra cruzados, balançando a ponta do pé no mocassim de couro.

Até que me viu chegando. Então se endireitou, baixou os óculos escuros para a ponta do nariz.

"Uau, olha só pra *você*."

Arielle tinha se oferecido para me emprestar algo do seu guarda-roupa cheio de peças de designers franceses naturalmente chiques. Isso logo virou um *glow up* total de emergência. Tudo o que eu estava usando, dos grampos no coque ao batom que combinava com a estampa de rosas do vestido, pertencia a ela.

Eu me senti maravilhosa quando Arielle mostrou o resultado no espelho. Daí comecei a ter dúvidas. As alças do vestido eram tão finas que ficava impossível esconder as alças do sutiã; então experimentei ficar sem, o que deixou tudo obsceno, ainda mais que a fenda da saia já expunha uma boa parte da minha perna.

Antes da Academia, eu nunca tinha gastado tempo pensando no meu corpo para além da capacidade física. Aos dez anos, uma menina do Rinque da Costa Norte disse que minhas coxas pareciam troncos de árvore, o que não entendi como um insulto, de verdade. Árvores são altas, fortes e lindas. Por que eu não ia querer parecer com uma?

Atletas de dança no gelo não precisavam ter o porte de fadinhas como as que competiam em duplas, ou ter a magreza pré-púbere das que competiam solo. No entanto, minhas curvas e pernas musculosas chamavam a atenção, assim como o fato de eu ter quase a mesma altura do meu parceiro. Era uma coisa difícil de esquecer quando estava cercada por duplas com certo tipo físico e diferenças de tamanho mais convencionais.

Ajeitei as alças do vestido emprestado. "Tá bom assim?", perguntei a Ellis. "Não sei se tá de acordo com o dress code."

"Sério mesmo? Você tá uma *gata*. Heath vai pirar. Cadê o seu homem, aliás?"

Eu não via Heath desde o treino do dia anterior. Era o máximo de tempo que passávamos separados em anos. Ainda assim, nem me veio à cabeça que ele podia me dar um bolo.

"Heath vai chegar logo", garanti a Ellis.

"Ótimo. Quanto mais tarde a gente sair, pior o trânsito."

Enfim a porta de vidro se abriu e Heath apareceu.

O que quer que o tenha atrasado, não foi por ter se arrumado demais. Heath tinha a barba por fazer e estava vestindo uma camiseta preta lisa e uma calça jeans surrada. Embora nenhum de nós tivesse roupas chiques, ele havia trazido coisas melhores que *aquilo*.

"Oi." Estendi a mão para pegar a dele, mas Heath a manteve no bolso. "Tá pronto?"

Ele fez que sim com a cabeça sem me olhar e entrou pelo banco de trás. O tênis dele deixou uma mancha na porta do passageiro. Eu a limpei antes de ocupar o banco da frente.

"Carro legal o seu", eu disse a Ellis. O sol havia deixado o couro quente, mas não pude evitar passar a mão. Era macio como manteiga.

"Né?" Ellis acariciou o volante. "Josie ganhou quando fez dezesseis anos. Aí quando tinha dezoito enjoou da cor e os pais deram uma BMW azul no aniversário dela, e eu fiquei com esse aqui."

"O que ela vai ganhar aos vinte e um?", Heath murmurou. "Um jatinho?"

"Acho que o presente tradicional de vinte e um anos em Orange County é uma cobertura com vista pro Pacífico. Mas o que eu sei? Sou um zé--ninguém da Flórida."

Eu nunca teria imaginado que Ellis era da Flórida. Para começar, sua pele era tão branca que quase chegava a ser translúcida. Fora o sotaque — genérico como o meu, sem traços sulistas. Levei bastante tempo para perceber que tudo em Ellis Dean era uma performance. Como os melhores patinadores, ele se esforçava para parecer que era natural.

Ellis passou pelas estações de rádio até encontrar uma música que valia aumentar o volume — "Try Again", da Aaliyah —, então saiu com o carro.

Fazia semanas que estávamos em Los Angeles, mas não tínhamos visto nada além do aeroporto e da Academia. Depois de tanto tempo cercada por uma paisagem imaculada, a vista do trajeto parecia vívida demais para ser real. As folhas verdes das palmeiras contrastando com o céu azul, o tom violento de magenta das primaveras floridas sobre os paredões de rocha vermelha dos dois lados da estrada. Quanto mais perto do mar, mais fresca a brisa.

Percorridos alguns quilômetros sinuosos pela Pacific Coast Highway, Ellis deu seta. A princípio, foi como se estivéssemos prestes a cair de um despenhadeiro, mas logo vi o portão.

Um segurança uniformizado anotou nossos nomes e a placa do veículo antes de permitir a entrada. Do outro lado, um caminho de pedras brancas subia pela lateral de uma colina íngreme. Foi só com mais algumas curvas que a casa de Sheila Lin surgiu no campo de visão.

"Bem-vindos ao Palácio de Gelo", Ellis disse.

16

Eu estava esperando uma arquitetura austera e moderna, como a do complexo esportivo. Mas a casa de Sheila exalava puro glamour hollywoodiano.

A fachada era toda branca, com tijolos pintados, telhas esmaltadas feitas sob encomenda e janelas em arco. Colunas com linhas verticais ladeavam a porta da frente, que só se alcançava através de uma escadaria imperial íngreme. Passei a infância maravilhada com as mansões da Era Dourada da Costa Norte, nos arredores de Chicago, mas o Palácio de Gelo deixava todas no chinelo. Parecia ter sido construído para uma estrela de cinema. Ou uma rainha.

Ellis jogou a chave do carro para o manobrista — que estava mais bem-vestido que Heath —, e subimos a escadaria. Eu erguia os pés igual a um cavalo trotando, e mesmo assim as sandálias plataforma de Arielle pegavam nos degraus. Heath levou a mão à minha cintura para dar sustentação, mantendo-a ali enquanto entrávamos.

O interior também era todo branco: o piso, as paredes, a mobília, a estrutura da lareira de mármore na sala de pé-direito alto, com janelas que iam até o teto. O único toque de cor vinha das medalhas de ouro olímpicas de Sheila, penduradas acima da lareira, como troféus de caça.

Não vi Sheila, mas o lugar estava lotado de estrelas do esporte. No meio da sala, vi o antigo parceiro dela, Kirk Lockwood, apoiado nas costas de uma poltrona escultural, com aquela arrogância "aqui-é-o-meu-lugar", o tipo que eu e Heath vínhamos tendo dificuldade de copiar para nossa apresentação ao som de Cole Porter. Desde a aposentadoria como atleta, Kirk trabalhava como comentarista, e era estranho ouvir sua voz suave de barítono ao vivo, em vez de na TV.

Os outros convidados não ficavam atrás. Além de muitos medalhistas olímpicos, havia estrelas de cinema, estrelas do rock, estilistas, modelos e políticos — incluindo o pai de Josie Hayworth, que era senador, e sua segunda esposa, uma loira de farmácia.

Perto das enormes portas de correr que davam para o quintal, os três Hayworth estavam conversando com Garrett Lin. Josie tocava o braço dele e ria tão alto que até eu ouvia, apesar do grupo de jazz tocando lá fora.

"O que acha?", Ellis perguntou. "Vamos comer primeiro ou salvar Garrett antes que Josie abra a bocarra e engula ele por inteiro?"

"Por que você faz dupla com ela?"

Ellis podia não ser o patinador mais talentoso do mundo, mas era bom, e a demanda por homens era tamanha que até os medianos podiam escolher parceiras.

Ele deu de ombros. "Os pais dela pagam bem."

"Eles te *pagam*?", Heath perguntou.

"Eles pagam tudo. Treinos, hospedagem, equipamento, figurinos, viagens. Só assim pra alguém aguentar a filhinha querida deles por mais de uma temporada. Sou o terceiro parceiro dela. Ou quarto? Sempre esqueço."

Do outro lado do cômodo, Garrett esbarrou no batente da porta na tentativa de se afastar de Josie. Em vez de se tocar, ela chegou mais perto e apertou o bíceps dele.

"Pelo visto, ela tá louca pra fazer com que Garrett Lin seja o quinto", comentei.

"Nem sonhando. Ele é rico demais pra ser comprado e legal demais pra largar a irmã."

Garrett notou que olhávamos em sua direção. Um sorriso iluminou seu rosto. Ele pediu licença aos Hayworth — deixando Josie e a madrasta com uma expressão azeda — e atravessou o cômodo para nos cumprimentar.

"Ei! Vocês vieram." Garrett beijou minha bochecha. Heath apertou minha mão. "Estão com fome? Posso pegar uma bebida, ou..."

"A gente tá bem", Heath disse.

Garrett ignorou a tentativa de Heath de falar por mim. "Kat?"

"Água seria ótimo. Obrigada."

"Ah, vai. É uma festa! Eles fazem uns daiquiris de romã maravilhosos." Garrett sorriu. "Sem álcool, claro."

"Tá, eu aceito um." Não consegui evitar sorrir de volta. Garrett tinha só quinze anos, mas seu charme era contagiante.

"Eu também quero", Ellis falou.

Garrett fingiu anotar os pedidos. "Saindo dois daiquiris. Não quer nada mesmo, Rocha?"

Heath balançou a cabeça, sua boca uma linha reta. Assim que Garrett se dirigiu ao bar, sussurrei na orelha de Heath. "Ele só tá sendo simpático."

"Já notei o quão Garrett Lin é *simpático* com você, pode deixar."

Ele nem se deu ao trabalho de sussurrar — assim como Ellis não se deu ao trabalho de esconder que estava adorando aquela tensão óbvia.

Puxei a mão de Heath. "Vem, vamos pegar algo pra comer."

Ele ficou aguardando, com as mãos nos bolsos, enquanto eu enchia um prato de comida para nós dois. Qualquer pessoa acharia sua expressão neutra, porém eu o conhecia bem demais e identificava a aversão em seus olhos.

Uma fortuna como a dos Lin era incompreensível para mim, portanto eu só imaginava como devia ultrajar alguém com o histórico de Heath. Aquela casa enorme para apenas três pessoas, uma festa que custava mais do que o salário anual de tantas pessoas, montanhas de comida refinada que provavelmente viraria lixo ao fim da noite.

Ainda assim, nós éramos convidados. Não havia necessidade de grosseria.

"Ei." Deixei o prato e peguei o rosto de Heath, forçando-o a retribuir o olhar. "Não fica assim."

"Assim como?"

"Mal-humorado." Dei um beijo nele. Sua boca se manteve rígida, sem ceder. "Quietão."

"Você sabia que eu não queria vir, Katarina."

Soltei seu rosto. "Então era só não ter vindo. Ninguém te forçou."

Eu não tinha mais certeza se falávamos da festa ou da vinda para Los Angeles. De qualquer maneira, fiquei cansada daquela negatividade.

Garrett reapareceu trazendo uma bebida avermelhada em um copo de drink com açúcar na borda. "Um daiquiri sem álcool para a moça." Ele tirou uma garrafinha do bolso do paletó e ofereceu a Heath. "E para você trouxe uma água. Você gosta com gás?"

Por um momento, pressenti que Heath ia atirar a garrafa no chão. Mas ele deu um sorriso sarcástico e aceitou. Com um olhar que reservava apenas ao meu irmão.

"Água com gás tá perfeito, fico *muitíssimo* grato."

O sorriso simpático de Garrett perdeu força. "Ah, bom, se quiser mais alguma coisa é só falar."

Assim que ficamos fora do radar de Garrett, cravei as unhas no pulso de Heath. "Qual é o seu problema?"

"Qual é o *seu* problema? A Katarina que eu conheço tiraria sarro desses babacas metidos em vez de puxar o saco deles."

"É você quem tá sendo um babaca, e não Garrett. Assim como você, ele não escolheu o modo como foi criado."

Eu estava tocando em um ponto sensível, mas não me importei. Heath se soltou de mim e largou a garrafa de água com gás com tudo na mesa mais próxima.

"Heath."

Ele se virou, o atrito do tênis contra o piso produzindo um barulhinho agudo, e saiu para o quintal.

"*Heath.*"

Eu chamei tão alto que duas mulheres — atrizes que reconhecia vagamente de uma série dramática do horário nobre — se viraram. Baixei a cabeça para o copo, na intenção de esconder o rubor que se espalhava pelo rosto.

"Aonde ele foi com tanta pressa?"

Ellis Dean apareceu ao meu lado, segurando o próprio daiquiri. Heath já estava tão distante que parecia névoa no ar. Eu não sabia se ia esfriar a cabeça ou se ia embora de vez, e por mim tanto fazia. Ele podia muito bem ir andando até Grange que eu não estava nem aí.

"Heath... não tá se sentindo bem."

"Sei." Ellis me ofereceu o cotovelo. "Vamos lá nos misturar?"

Enlacei o braço dele e circulamos juntos pela hora seguinte. Ellis era tão destemido numa festa quanto eu no gelo. Fiquei observando e tentando absorver como se inseria na conversa de famosos que não conhecíamos — sempre atenta à minha bebida, morrendo de medo de derrubar o líquido avermelhado na decoração imaculada de Sheila Lin.

Quando o sol já se punha, finalmente a vi — e Bella. Elas estavam lado a lado no pátio, iluminadas por trás. Sheila usava um vestido branco com um decote estilo deusa grega e alças retorcidas; Bella usava um vestido azul-claro com um bordado delicado, muito parecido com o que eu tinha pegado emprestado de Arielle. Só que nela o tecido parecia deslizar sobre a pele, em vez de ficar agarrado. Bella e a mãe eram muito parecidas. Não apenas fisicamente, mas também nos gestos, na postura e nos sorrisos calculados.

Pensei em puxar Ellis até lá — abordar Sheila seria menos estressante se ele conduzisse a conversa —, porém mãe e filha estavam ocupadas conversando com uma mulher mais velha de cabelo vermelho crespo.

"Quem é essa?", perguntei. Parecia familiar.

"Jane Currer", Ellis disse.

"A juíza?"

Jane era a juíza responsável pela nota da parte artística que havia feito Heath e eu acabarmos sem medalha. Agora ela ria com Sheila e Bella, iguais velhas amigas.

"Não vai me dizer que você achava que a patinação artística era justa", Ellis disse. "Que gracinha!"

Ele apontou para outros convidados. "Ela também é juíza. E ele. E aquele cara é o vice da Federação Americana de Patinação Artística, mas já vai ser o chefão no começo da temporada, se depender de Sheila."

"Como você sabe de tudo isso?"

"Eu presto atenção." Ellis ergueu o copo e fez um gesto amplo. "Se quiser vencer no gelo, primeiro precisa vencer aqui."

Eu não queria acreditar nele. Pensava que meu talento e trabalho duro seriam o suficiente.

Para você ver o quão jovem e tola eu era.

Depois que o sol se pôs e a temperatura caiu, os convidados voltaram do pátio. Fecharam as portas, barrando o ar da noite, e o agradável zum-zum-zum de conversas e música suave se tornou uma cacofonia que reverberava pelo teto abobadado.

E nenhum sinal de Heath. Uma dor de cabeça começava a despontar por causa do barulho, da bebida doce demais e dos sorrisos forçados, então deixei Ellis e Lucien, o parceiro de Arielle, trocando anedotas sobre a vida noturna parisiense e saí sozinha para o quintal.

O que para os californianos talvez fosse uma noite gelada, para mim era um bálsamo. O silêncio predominava, apesar dos fogos de artifício adiante na costa. Tirei os sapatos e pisei descalça na grama.

Não sentia falta de casa. Obviamente, nem do meu irmão. Mas sentia falta daquela sensação. Da brisa na pele, da grama entre os dedos dos pés, das ondas quebrando à distância. Fechei os olhos e aproveitei a tranquilidade, tentando me convencer a voltar para a casa.

Aí eu a vi.

Bella Lin. Sentada na mureta de pedra que cercava a piscina. Era a primeira vez que eu via seu cabelo solto, e passava dos ombros.

Ela não tinha me notado. Avaliei as opções. Se fosse rápida, podia passar despercebida.

Mas não fui. Bella levantou a cabeça, e eu me preparei para mais um olhar cortante.

Que nunca veio. Seu olhar me pareceu mais suave do que nunca, e sua postura perfeita de bailarina estava curvada. E não apenas de cansaço.

Bella Lin parecia solitária.

Dei um passo adiante. Ela também tinha tirado os sapatos, e os pés descalços pairavam sobre a água, o esmalte refletindo o azul sombrio das luzes da piscina.

"O que tá fazendo sozinha aqui?", perguntei.

"Não estou mais sozinha, né?", ela retrucou, sem emoção.

Eu estava tentando ser legal — tá, não *legal*, mas pelo menos educada —, e ela nem ligava. Quanto mais deixasse que me tratasse assim, mais poder ela teria sobre mim. Era melhor esclarecer tudo.

"Olha." Cruzei os braços. "Sei que você não gosta de mim. Eu trombei em você no Campeonato Nacional, *por acidente*, e você não me quer por perto. Nem nessa festa nem na Academia."

Bella ficou apenas me encarando. Com a mesma expressão indecifrável de Sheila durante o treino.

"Mas eu não vou a lugar nenhum", prossegui. "Então a gente vai ter que arranjar um jeito de se dar bem, ou pelo menos..."

"Você tá errada."

"Oi?"

"Eu quero você aqui", Bella disse.

Soltei uma risada descrente. "Ah, é?"

"É." Ela ergueu o queixo. "Fui eu que pedi pra mamãe te convidar."

GARRETT LIN: O mundo da patinação no gelo é pequeno, sobretudo o da patinação de elite.

ELLIS DEAN: Beira ao incestuoso. Todo mundo conhece todo mundo, todo mundo sabe tudo sobre todo mundo.

GARRETT LIN: Ninguém de fora do esporte entende a sua vida. E todo mundo do esporte é seu colega. Ou concorrente.

ELLIS DEAN: Sabe aquela história: "mantenha os amigos por perto e os inimigos ainda mais?"

FRANCESCA GASKELL: Óbvio que é possível ter amizade com as pessoas que competem com você!

Katarina e Bella, ainda adolescentes, posam abraçadas para uma foto nos bastidores de uma competição. Ambas estão maquiadas e usando a jaqueta da Academia Lin.

ELLIS DEAN: Era o plano de Bella Lin: manter o inimigo o mais perto possível. Exatamente como a mãe tinha ensinado.

FRANCESCA GASKELL: Talvez não seja *fácil*. Mas é possível.

INEZ ACTON: A narrativa da disputa entre as duas é muito reducionista. Essas mulheres disputavam medalhas de ouro. Não era uma rixinha boba.

GARRETT LIN: Katarina Shaw foi a melhor amiga da minha irmã.

Surge a mesma imagem de Katarina e Bella. Há um zoom lento na mão de Katarina, que crava com as unhas a manga de Bella. A tela escurece. Uma música sombria toca.

GARRETT LIN: Até... bom, a gente vai chegar lá, né?

17

Fiquei aturdida.

"*Você* pediu pra ela me convidar? Por quê?"

"Porque você é boa."

Ela disse sem que parecesse um elogio. Soou mais como um fato: a grama era verde, a água era molhada e eu era boa.

"Não tanto quanto eu", Bella prosseguiu. "Mas até poderia ser."

"Obrigada, acho."

"De nada." Ela desceu da mureta e caminhou até a piscina. Mesmo descalça, se movia como se estivesse equilibrada nas lâminas dos patins.

"Então você queria a minha presença... como sua rival?"

Bella confirmou com a cabeça. "Você me motiva, eu te motivo e nós duas evoluímos."

"Tipo sua mãe e Veronika Volkova."

"Eu prefiro que você não ponha lâminas de barbear dentro dos meus patins, mas, de resto, sim."

"Isso aconteceu mesmo?"

"Ah, e foi o de menos. Eu sei de cada uma..."

Com os Jogos de 1988 se aproximando, a imprensa havia se aproveitado ao máximo da rivalidade entre Lin e Volkova, transformando-a num circo, com especulações sobre sabotagens e casos amorosos secretos. Eu imaginava que a maior parte era distorcida, considerando a obsessão de se pôr mulheres poderosas umas contra as outras.

Desde a aposentadoria como patinadora, Veronika treinava atletas russos — e *apenas* russos — na dança no gelo. Diferente dos principais técnicos do mundo, ela se recusava a treinar patinadores de outros países, não importava quanto dinheiro os pais desembolsassem. Sua sobrinha, Yelena — dupla do filho mais velho do seu antigo parceiro —, era sua grande protegida. As pessoas estavam ansiosas pelo encontro de Yelena e Bella numa competição, torcendo para que a Batalha das Rainhas do Gelo da nova geração retomasse o drama (e o alto ibope) para a dança no gelo.

Talvez Bella visse a nossa rivalidade como uma disputa menor que a ajudaria a se preparar para a guerra de verdade. Eu não me importava. Tudo o que ouvi foi: eu poderia ser tão boa quanto ela.

Isso não seria suficiente, claro. Eu tinha que ser ainda melhor. E melhor que Yelena Volkova. Mas era um começo.

Bella se sentou na beira da piscina. Sentei ao seu lado.

"Então." Ela cruzou as mãos sobre o joelho, como se estivéssemos em um programa de entrevistas. "Qual é o seu objetivo?"

"Meu objetivo?"

"Aquilo que, se você conquistar, vai fazer tudo valer a pena."

"Hum…" Eu sabia a resposta, mas parecia bobo dizer em voz alta. Por outro lado, alguns meses antes, a ideia de treinar com Sheila Lin também era um sonho impossível, e agora eu estava no quintal da casa dela. "Quero ir pra Olimpíada. Salt Lake vai ser difícil, mas talvez Turim, em 2006."

"Só?"

Para ela e Garrett, chegar à Olimpíada não se tratava do maior objetivo. Era o mínimo.

"Não. Não é só isso. Quero ser campeã nacional, campeã mundial e campeã olímpica."

Bella sorriu, e achei que fosse rir de mim, que aquela cena não tivesse passado de um truque para que eu confessasse meus sonhos de grandeza, e só depois ela me traria de volta ao chão, onde era o meu lugar.

Então ela disse: "Claro que sim. Ou você não estaria aqui".

Ninguém nunca tinha falado comigo daquele jeito. Meu pai, mesmo no auge do seu apoio, considerava a patinação no gelo um passatempo de infância que eu acabaria deixando para trás. Já meu irmão interpretava minha ambição como um ataque pessoal.

Sua putinha arrogante. Acha que é melhor que eu? Você não vale nada. Você não é ninguém.

"E você?", perguntei a Bella. "Qual é o seu objetivo?"

"Eu? Quero tudo isso também. E por que parar como campeã olímpica?"

"Você quer ser bicampeã, igual a sua mãe?"

"Quero que mamãe seja apenas uma nota de rodapé na minha página da história."

Se alguém chamasse Bella de puta arrogante — na cara dela, digo, porque muita gente a chamava de coisa pior pelas costas —, ela apenas diria sorrindo: *Com absoluta certeza.*

E, se ela desejava motivação, eu ia motivá-la.

"Vamos entrar na água?", perguntei.

"Tá falando sério?"

Fiquei olhando para Bella, sem piscar, os olhos faiscando ao desafiá-la.

"Tá um gelo", ela disse.

"Você acha? É clima de praia lá em casa."

O vento havia ganhado força, e na verdade estava meio friozinho, pela proximidade do mar. Mas eu é que não ia desistir.

Nem Bella. Ela se levantou e tirou o vestido pela cabeça. Por baixo, usava um conjunto de sutiã tomara que caia e calcinha bege. Então se virou e mergulhou, tão hábil que a água mal respingou.

Bella jogou o cabelo para trás, como uma sereia. "Agora é sua vez, Shaw."

Puxei o vestido por baixo. Bella não desviou os olhos de mim, e senti certo constrangimento pela minha lingerie muito menos glamourosa: sutiã *push-up* barato e calcinha de algodão acinzentada de tanto lavar.

Mergulhei de cabeça também, sem a mesma graciosidade.

Ao superar o impacto, caí na real.

"É aquecida?"

Ela riu. Joguei água em Bella, que virou uma silhueta cintilante ao mergulhar em meio às luzes.

Claro que era aquecida. Tudo do bom e do melhor para os Lin.

Bella voltou à superfície, e ficamos boiando em silêncio. A piscina era relativamente rasa, as pontas dos meus dedos raspavam no fundo.

"Por que você não disse nada?", perguntei. "Até hoje?"

"Não me leva a mal, mas não é fácil se aproximar de você. Mal trocou uma palavra com alguém além de Heath desde que chegou."

Quis retrucar, mas ela estava certa. Heath e eu estávamos acostumados a ter apenas um ao outro.

"Faz quanto tempo que vocês estão juntos?"

Será que ela estava falando da vida pessoal ou profissional? Heath e eu nos conhecemos aos dez anos e começamos a patinar logo depois, mas nosso relacionamento... não teve um marco, ou um antes e um depois. O primeiro beijo havia sido no gelo: um roçar de lábios durante uma coreografia, o contato tão fugaz que interpretei como um acidente — até se repetir na apresentação seguinte e durar por tanto tempo que atrapalhou uma sequência de passadas diagonais. Eu amei Heath antes de saber o que era amor.

"Faz uns seis anos que a gente patina juntos." Era a resposta mais simples. Seis anos. Uma eternidade e nada ao mesmo tempo.

Nicole achava que eu não tinha notado a presença de Heath quando ele começou a ficar lá depois do treino de hóquei. Porém, senti seus olhos em mim e o magnetismo entre nós — ainda que não entendesse o que significava — desde o primeiro dia.

Eu vivia esperando que ele viesse falar comigo — pelo menos dar oi. Até perder a paciência. Na tarde seguinte, fiquei aguardando junto à porta e o interceptei antes que se recolhesse no fundo, no banco de sempre.

"Por que você sempre fica me vigiando da arquibancada?"

Ele não respondeu de imediato. Parecia sentir um pouco de medo de mim. Já tínhamos mais ou menos a mesma altura, mas com os protetores nas lâminas dos patins eu ficava centímetros mais alta.

"Sua música", Heath disse afinal. "Lembra... tipo, uma tempestade."

Dei de ombros. "Acho que sim."

O trecho de "Verão", das *Quatro estações*, havia sido a escolha de Nicole ao rejeitar minha sugestão — Paula Abdul. Apesar das tentativas do meu pai de me educar, toda música clássica soava igual aos meus jovens ouvidos. Foi Heath que acabou me ensinando a apreciar os infinitos tons e texturas das emoções que uma orquestra era capaz de evocar. Mas eu adorava como a música me permitia patinar rápido, com os movimentos de pés calculados para acompanhar as cordas vigorosas de Vivaldi.

"Você é muito boa", Heath comentou.

Joguei o cabelo para trás, o que deve ter sido ridículo. Eu costumava treinar de maria-chiquinha, uma sempre mais grossa que a outra, as duas se desfazendo.

"Eu sei. Então, se vai assistir, pelo menos senta num lugar melhor."

Heath sorriu — e depois passou a ocupar a primeira fila.

"Vocês dois são muito fofos", Bella comentou. "Mas posso dar um conselho? É melhor ser um pouco mais discreta."

Abri a boca para argumentar. Ela me impediu arqueando a sobrancelha.

"Seu quarto é vizinho do quarto de Gemma. E ela é superamiga de Josie."

Merda. "Então todo mundo sabe?"

Bella fez que sim com a cabeça.

"Até a sua mãe?"

"Sempre presumo que mamãe sabe tudo."

"Acha que..." Eu não ia dizer em voz alta.

"Ah, relaxa. Ela não vai expulsar vocês. Não por isso. Mas se afetar o desempenho de vocês..."

"Não vai acontecer."

Na época, eu não imaginava que nossa conexão significasse nada além de uma vantagem no gelo.

"Então é *amor*?", Bella brincou, com a voz toda melosa. "Ou só sexo?"

Fiquei tão surpresa com a objetividade que não soube o que dizer. Eu devia ter dito que Heath era meu namorado; era verdade, afinal. Mas a palavra soava insuficiente para descrever nosso relacionamento. Não importava quão irritada eu estivesse por ter ido embora de cara feia — ele era meu melhor amigo, minha família, minha pessoa favorita no mundo.

"É complicado", eu disse.

Bella riu — menos contida dessa vez, soltando um leve ronco que me fez gostar ainda mais dela. "Com certeza. Mas toma cuidado."

"Como assim?"

"Misturar patinação e romance é difícil."

"E você tem bastante experiência?"

A porra daquela menina, aos quinze anos, dando pitaco sobre o meu relacionamento, tentando me oferecer conselhos sábios. Provavelmente nunca tinha beijado. Nem imaginava o que Heath e eu sentíamos um pelo outro. Éramos almas gêmeas.

"Não. Eca." Enfim, Bella falou como alguém da própria idade. A água da piscina estava dissolvendo sua maquiagem, o que fazia com que aparentasse ser mais nova. "Não tenho tempo pra garotos. Vou ganhar o primeiro ouro olímpico aos vinte e dois anos. Não posso me distrair."

"Acho que é uma das vantagens de fazer dupla com o próprio irmão."

"Mas também traz outros problemas."

Eu nem imaginava o que seriam. Sentia inveja de Bella, mas não por causa do dinheiro ou da mansão da família, ou do talento no gelo. Eu invejava sua *confiança* — a crença inabalável de que tinha nascido com o necessário, merecia o melhor e estava destinada a *ser* a melhor.

Ouvimos um barulho nas sombras, na lateral da casa. Passos. Bella e eu nos viramos na água.

"Katarina?", Heath chamou.

18

Eu não sabia ao certo o que Heath tinha ouvido. Ele parecia perplexo, mas talvez por eu estar com minha suposta inimiga de calcinha e sutiã na piscina.

"Eu estava te procurando", Heath disse.

"Ela estava bem aqui comigo." Mesmo ensopada, Bella conseguia ser autoritária. "Você não deve ter procurado muito."

O maxilar de Heath tensionou, igualzinho a quando Garrett tinha me levantado. Bom, eu também estava irritada com ele. Além de ter ido sei lá para onde, sei lá por quanto tempo, Heath com certeza tinha bebido. Apesar do cloro e do perfume das flores abertas com a noite, o cheiro de álcool era evidente. E me lembrava de Lee.

"Ellis já vai embora", ele disse. "Se a gente quiser carona..."

"Já?" Perdi a noção da hora ali com Bella. Tínhamos que estar na pista logo cedo, como sempre. Embora o treino fosse ser uma merda, com meu parceiro de ressaca.

"Fica", Bella me disse. "Você arranja outra carona."

Heath esperava que eu fosse sair da piscina na mesma hora e ir embora sem hesitar, apesar da maneira como ele tinha me tratado a festa toda.

Foi pensando nisso que tomei minha decisão.

"Vou ficar. A gente se vê depois."

Heath nem se mexeu. Bella deu um tchauzinho, fazendo com que água espirrasse na sua calça jeans.

"Até mais. Obrigada por ter vindo."

Heath retornou à escuridão, com os ombros bastante tensos.

"Ele é possessivo, hein?", Bella comentou. "É sempre assim?"

"Heath não fica à vontade com gente nova", respondi, com a voz fraca.

"Mas foi bom você ficar", Bella continuou, "porque eu queria te perguntar uma coisa. O que você tá planejando pra próxima temporada?"

Eu vinha tentando não pensar no que aconteceria em agosto, depois do fim do treinamento intensivo.

"Não sei. Acho que vamos pra Illinois. Voltar a estudar e treinar. Quem sabe a gente se classifica de novo pro campeonato americano?"

Precisaríamos de um milagre para o meu irmão deixar a gente voltar para casa. E um milagre ainda maior para ele não quebrar as pernas de

Heath na minha frente, num acesso de fúria, como punição por termos fugido. Talvez Nicole deixasse a gente ficar com ela, o que não resolveria nada a longo prazo. Fora que não tínhamos nenhum dinheiro.

"E se você não voltar pra Illinois? E ficar aqui?"

Senti um friozinho na barriga. Ela estava brincando comigo. Não podia ser real.

"Garrett e eu estamos procurando uma dupla com quem treinar já faz um tempo", Bella prosseguiu. "Mas ainda não deu certo com ninguém."

"E você acha que Heath e eu..."

"Como eu falei, você me motiva e eu te motivo. Sei que Heath e Garrett não são exatamente melhores amigos, mas meu irmão conquista qualquer um com o tempo."

Eu duvidava muitíssimo que ele pudesse conquistar Heath. Não que importasse. Os dois não precisavam se dar bem para treinar juntos. Talvez o desprezo de Heath pelos Lin impulsionasse seus treinos.

"Não sei se..." Engoli em seco. Que humilhação. "Seria difícil juntar dinheiro."

Eu nem vislumbrava quanto poderia custar uma temporada inteira na Academia. Faltava mais de um ano para que eu pudesse acessar minha herança, e não havia mais nenhuma joia de família para vender.

Bella diminuiu a importância daquilo com um gesto. "Ah, não se preocupa com dinheiro. A gente dá um jeito."

Aquela confiança de novo. A ideia de se preocupar com algo tão mundano como *dinheiro* nem passava pela cabeça de Bella Lin.

A menina de maria-chiquinha bagunçada que exigiu ser vista da primeira fileira também tinha essa confiança inabalável e quase delirante, ao próprio modo. Entretanto, depois de anos de perdas e decepções, tendo que me virar com poucos recursos e me agarrando a Heath, porque era tudo o que eu possuía, fui obrigada a deixar essa menina de lado, a confiná-la numa caixinha dentro de mim.

Aquela noite, na piscina, Bella estava me entregando a chave dessa caixinha.

"Vou falar com Heath", prometi.

Uma gota de água cintilava em seus cílios quando Bella respondeu com uma piscadinha. "Você dá um jeito de convencer ele."

Bella acabou me convidando para passar a noite. *A gente tem bastante espaço*, ela disse.

Isso era quase um eufemismo. A casa dos Lin contava com pelo menos uma dúzia de quartos, embora alguns já tivessem sido ocupados pelos convidados medalhistas de ouro que eram de fora da cidade.

Imaginei como seria acordar sob o mesmo teto que Sheila Lin. Me sentar à mesa do café com ela e os filhos. Ir com eles para a Academia. A cara de Josie e Gemma quando eu saísse do carro com motorista.

Depois pensei em Heath, se revirando na cama de solteiro. Absolutamente mais confortável do que no estábulo de casa. Só que tão solitário e abandonado quanto.

E a outra oferta de Bella me provocava uma agitação no peito. Eu tinha que contar a Heath. Fazer com que enxergasse essa chance incrível. Talvez fosse a *única* chance de nos tornarmos os atletas que eu sabia que poderíamos ser.

Peguei um táxi até a Academia, mas não fui direto para meu quarto.

Em vez disso, me esgueirei ao prédio norte. Não havia um cano de esgoto perto da janela de Heath; mas uma árvore pequena de raízes rodeadas por concreto. Com os sapatos na mão, escalei o tronco, fazendo careta quando o vestido de Arielle enganchava na casca. Lá em cima, bati com o salto no vidro.

Heath abriu a janela. "Katarina? Mas o que..."

"Você faz isso parecer muito mais fácil." Puxei a saia do vestido, fazendo as folhas farfalharem. "Não vai me deixar entrar?"

"Tá tarde." Ele tinha tomado banho e escovado os dentes, e não cheirava mais a álcool.

Era mesmo tarde. Mas de jeito nenhum que eu esperaria até a manhã seguinte. As palavras zumbiam na minha língua, como se eu tivesse prendido uma colmeia inteira de abelhas.

Passei para o peitoril da janela. Heath agarrou meus pulsos para me ajudar a entrar em segurança, mas ficou resmungando baixo.

"Olha", comecei a dizer assim que os pés tocaram o chão. "Eu estava falando com Bella e..."

Ele fez careta. "Então agora vocês são amigas?"

"E daí?"

"Você não pode confiar nela."

"Você nem conhece a garota."

"Nem você. Primeiro ela te odiava, mas de repente..."

"Ela quer que a gente fique."

"Que a gente fique?" Heath recuou um passo. "Como assim?"

"Ela quer que a gente fique aqui, em Los Angeles. Na Academia. Treinando com eles."

Eu não queria que Heath me contrariasse. Pretendia antecipar as ressalvas antes que ele pudesse expressá-las.

"Bella disse que dinheiro não seria um problema, que podemos dar um jeito. A gente não teria que se preocupar com a escola, porque teria tutores algumas horas por dia, que nem ela e o irmão, e no restante do tempo poderíamos treinar."

Heath abriu a boca, mas continuei falando.

"Nunca mais precisaríamos ver meu irmão. Seríamos livres."

"Não sei, Kat."

Eu o conduzi pela mão até a cama desfeita, então fiz com que se sentasse comigo.

"Podemos ficar juntos", eu disse. "Como a gente sempre quis."

Ele ficou me encarando, seus olhos refletindo o brilho dos postes do outro lado da rua.

As palavras de Bella soaram na minha cabeça. *Você dá um jeito de convencer ele.*

"A menos que..." Eu me inclinei. Uma das alças frágeis do vestido de Arielle escorregou do ombro. "A menos que você não queira isso."

Ele enfiou o dedo sob a alça, como se fosse arrumá-la. Mas ficou enrolando o tecido.

"Lógico que eu quero que a gente fique junto." A voz saiu rouca. A respiração, entrecortada. "Mas..."

Eu o deitei na cama e montei na sua cintura, como se fôssemos executar um levantamento. Seus olhos se arregalaram quando tirei o vestido pela cabeça e o lancei ao chão.

"Certeza?", ele perguntou. "Tem certeza..."

"Tenho."

Eu queria tudo. A Califórnia, medalhas de ouro e a confiança inabalável de Bella Lin. Queria que ficássemos tão bons, famosos e ricos que nunca mais precisaríamos nos preocupar com nada.

E Heath. Eu o queria muito. Estava cansada de esperar.

Eu queria tudo, e teria tudo.

"Tenho certeza", repeti. "De tudo. Mas se você..."

Eu sabia que Heath me queria — mas e quanto ao mesmo futuro? Eu precisava ouvi-lo dizer que sim antes de seguir em frente.

"Sei que é pedir muito. Morar na Califórnia por tanto tempo."

"Katarina."

"Sei que é muito dinheiro e que estamos longe de casa, e..."

"*Katarina.*"

Fiquei em silêncio. Heath me puxou para si, tão perto que eu não distinguia a batida do nosso coração.

"*Você* é minha casa", ele disse.

PARTE II
OS RIVAIS

Katarina Shaw e Heath Rocha sobem no segundo degrau do pódio em uma competição na Alemanha, o Troféu Nebelhorn 2001. Katarina se inclina para receber a medalha. A fita fica presa em seu rabo de cavalo, e Heath a ajeita com delicadeza.

KIRK LOCKWOOD: Depois de um ano treinando na Academia, Katarina e Heath já tinham melhorado absurdamente.

Os Lin sorriem do primeiro lugar do pódio de Nebelhorn, com as medalhas de ouro no pescoço.

GARRETT LIN: Kat e Heath nos seguiam de perto. E esse era mesmo o plano.

Katarina e Bella sorriem uma para a outra ao som do hino nacional dos Estados Unidos.

GARRETT LIN: Minha irmã se saía melhor sob pressão. Quanto mais as notas deles se aproximavam das nossas, mais motivação ela tinha.

FRANCESCA GASKELL: Era inspirador ver patinadoras só um pouco mais velhas que eu realizarem tanta coisa. Kat e Bella me faziam pensar: talvez eu também consiga.

ELLIS DEAN: O restante de nós pensava: qual é o sentido? A gente já sabia que não ia vencer os Lin. E de repente também tinha que disputar um lugar no pódio com Kat e Heath.

KIRK LOCKWOOD: Mas eles ainda precisavam evoluir bastante. Principalmente ele.

Gravação da competição entre 2001 e 2002 mostra Katarina e Heath apresentando um tango na dança original.

KIRK LOCKWOOD: Os saltos edge dele deixavam a desejar. E as transições eram malfeitas.

Zoom nos patins de Heath mostram a diferença técnica entre ele e Katarina. Corte para os juízes. Com uma expressão severa, Jane Currer observa por cima dos óculos.

GARRETT LIN: Heath patinava com muita paixão, apesar da dificuldade nos detalhes. Eu me ofereci várias vezes pra dar dicas, mas ele não quis saber.

De volta à cerimônia de premiação do Troféu Nebelhorn. Katarina abraça Bella, depois Garrett.

GARRETT LIN: O cara praticamente só falava com Kat. Bella reclamava o tempo todo que ele não era suficiente para Kat, no gelo e fora. Eu tinha a impressão de que Heath era... acho que "tímido" não é a melhor palavra. Orgulhoso, talvez. Ou inflexível.

Heath, de cara feia, fica de lado enquanto Katarina abraça os Lin.

GARRETT LIN: Depois de um tempo, parei de tentar.

19

A primeira vez a gente nunca esquece.

No nosso caso, foi o Skate America de 2001. Um dia antes de eu completar dezoito anos.

Não deveríamos nem estar participando: éramos reservas. Mas Parry e Alcona foram afastados por uma lesão, e Reed e Branwell desistiram, achando que não seria seguro viajar. O evento ocorreu apenas seis semanas depois do Onze de Setembro, e todo mundo estava com os nervos à flor da pele. Heath foi selecionado para uma revista supostamente aleatória no aeroporto de Los Angeles, a desconfiança óbvia dos agentes de segurança diante de sua ambiguidade étnica e do documento de identificação do estado de Illinois.

Do outro lado da barreira de segurança, fui ficando cada vez mais furiosa ao vê-lo sendo apalpado. Ele era um adolescente e um cidadão americano, indo representar seu país em um evento esportivo importante. Como ousavam tratá-lo daquela maneira? Heath suportou tudo com seu típico ar de impassividade, mas depois que o liberaram e nós demos as mãos, a dele ficou tremendo até muito depois do embarque.

Apesar disso, chegamos a Colorado Springs — com alguns dias de antecedência, para nos acostumar com a diferença de altitude. No último dia de competição, estávamos em segundo lugar, atrás dos canadenses Olivia Pelletier e Paul McClory. O papo motivacional pré-gelo de Sheila se concentrava em continuar à frente da dupla italiana e garantir a medalha de prata.

A coreografia e o conceito da nossa dança livre eram simples à primeira vista, com movimentos modernos à la Bob Fosse ao som de um novo arranjo para o clássico "Fever". Sheila insistia que essa era a vitrine perfeita para nossa química, mas para mim parecia forçado, como se Heath e eu tentássemos representar o que sempre foi natural. Os figurinos também pareciam óbvios demais: veludo e tecido telado pretos, com chamas ofuscantes envolvendo nosso dorso.

Do primeiro movimento sincronizado dos quadris à linha de baixo hipnótica, percebi que Sheila estava certa. O público ficou encantado com cada articulação do nosso corpo, com o calor a cada olho no olho. Heath e eu patinamos com o poder de brasas cujo fogo pode sair do controle a qualquer momento, e todos adoraram. Todo mundo adorou a gente. O nervosismo passou, abrindo espaço para a determinação e o desejo. O desejo pelo ouro, pelo amor do público, por Heath — era tudo a mesma coisa, ardendo forte dentro de mim.

Na nossa pose final, o público na Broadmoor World Arena comemorou tão alto que Heath precisou gritar no meu ouvido.

"Talvez a gente ganhe", ele disse.

Durante o trajeto até onde aguardaríamos o resultado, os aplausos me deixaram tão desnorteada que parecia que faltava oxigênio na atmosfera. Nunca tínhamos tirado notas tão altas, só que ainda faltava a apresentação dos canadenses para descobrir se ficaríamos em primeiro lugar.

Nos bastidores, fiquei sentada entre Sheila e Heath, sacudindo o joelho contra a seda fresca da calça dela. Os gêmeos estavam em Los Angeles, se preparando para o Sparkassen Cup, que seria seu primeiro Grand Prix da temporada. Uma vez na vida, éramos o principal foco de Sheila.

Na divulgação das notas finais, Heath me abraçou com tanta força que minhas lâminas saíram do chão. Sheila deu tapinhas no meu ombro e disse: "Muito bem, Katarina". Receber minha primeira medalha de ouro no profissional foi incrível, mas essas palavras foram o verdadeiro prêmio.

Quando entramos na Academia para o primeiro treino depois do Skate América, me senti uma celebridade. Todos vinham nos dar os parabéns, com sorrisos calorosos e os olhos gélidos de inveja. Enfim, *eles* tinham inveja de *nós*.

Exceto pelos Lin, que não tinham inveja de ninguém.

"Chegou a aniversariante *e* medalhista de ouro!", Bella exclamou. Ela cruzou o saguão e me envolveu com um braço, mantendo o outro nas costas.

"Parabéns", Garrett disse. "Vocês dois mereceram. E como foi de aniversário, Kat?"

A maior parte do dia seguinte à vitória foi consumida por entrevistas, a apresentação na noite de gala e o jantar formal da federação. Sheila ficou ao nosso lado o tempo todo, recebendo os elogios com tanta calma, confiança e até certa soberba que me davam vontade de injetá-las nas veias. Fora que eu nunca tinha passado tanto tempo na sua presença.

Na última noite em Colorado Springs, Heath chegou a convencer os colegas de dormitório a deixar o quarto só para nós. Contei aos gêmeos o que ele tinha feito de romântico no Sheraton: velas enfileiradas na cômoda de madeira, pétalas de rosa artificiais espalhadas sobre o edredom, Portishead no aparelho de som. Ele arranjou até um bolo de chocolate com cobertura, do tipo que meu pai sempre comprava no meu aniversário.

"Que fofo", Bella comentou. "Tenho uma coisinha pra você também."

"Não precisava ter comprado nada."

Ela revirou os olhos. "Para de ser tão caipira. Aqui na Califórnia, quando alguém dá um presente, a gente agradece."

Ela revelou o que estava escondendo: a caixinha de alguma loja. Heath observou enquanto eu rasgava o papel metálico. Dentro, tinha um retângulo de plástico vermelho, repleto de botões. Um celular.

"Olha, é igual ao meu." Bella mostrou o aparelho dela, na cor azul. "Ainda nem vende nos Estados Unidos. Toca música e tal. A gente pode ouvir a da nossa apresentação durante a viagem."

"Obrigada." Virei o aparelho. "Nunca tive um celular."

"É, eu sei. Achei que já era hora de você entrar no século XXI."

Apertei um botão, e a tela acendeu. Bella já tinha salvado seu número e o de Garrett.

"Vamos jantar também", Bella disse. "Te mando tudo por mensagem. Mas não esquece de deixar no silencioso. Se tocar durante o treino, mamãe *vai* confiscar esse troço."

"É mesmo uma boa ideia sair pra jantar?", Heath perguntou assim que os gêmeos se afastaram. "Ainda não recebemos o dinheiro do prêmio e..."

"Não tem problema. Agora já vou ter a minha herança, lembra?"

A quantia que meu pai havia deixado no testamento não chegava nem perto de ser uma fortuna, mas bastaria para nos manter por um tempo. No último ano, Heath e eu tínhamos pagado as contas trabalhando nos muitos eventos que aconteciam na Academia à noite e nos fins de semana. Em alguns meses, havia uma chuva de gorjetas distribuídas pelos convidados ricos das exposições, desfiles de moda e eventos beneficentes que Sheila organizava; em outros, procurávamos notas amassadas pelos cantos e implorávamos por mais prazo para pagar os treinos. Eu era grata pelo trabalho, mas também ficava ressentida. Como venceríamos os Lin se passávamos nosso tempo fora do gelo vestindo uniforme de garçom, enquanto os dois confraternizavam com a elite de Los Angeles?

Os Lin circulavam pelo mundo com a maior a tranquilidade, conseguindo o que queriam sem nenhum esforço, conquista ou pedido. Quando eu estava com eles, sentia que bastava seguir seus passos. Assim, chegaria aonde queria.

Desde que ficasse atrás.

No intervalo do almoço, peguei o celular novo e fui para o vestiário ligar para o banco. Segurar o aparelho era estranho — era como manusear um brinquedo de plástico —, mas me senti uma adulta ao me apresentar e explicar por que ligava.

"Feliz aniversário atrasado, srta. Shaw", disse a mulher do outro lado da linha. "Vou verificar isso para você."

Passei os dados da conta e ouvi o barulho de teclas enquanto ela inseria as informações. Tudo corria de acordo com o plano. Heath e eu estávamos nos aproximando da concorrência. Tínhamos recebido as primeiras medalhas de ouro. Se nos apresentássemos bem no nosso segundo Grand Prix, em São Petersburgo, talvez chegássemos à final, o que seria uma excelente preparação para o Campeonato Nacional. Nesse ritmo, poderíamos até nos classificar para o mundial, na primavera.

Com certeza haveria oportunidades de patrocínio. Apenas campeões olímpicos ficavam ricos com esse tipo de contrato, mas a herança nos daria pelo menos uma folga. Não precisaríamos nos preocupar por ter aceitado um simples convite para jantar fora. Talvez pudéssemos até arranjar um lugar só nosso. Provavelmente uma quitinete em uma região meio esquisita da cidade, mas um lugar *nosso*.

"Obrigada pela paciência, srta. Shaw. De fato, agora que completou dezoito anos, a senhorita tem acesso à conta em questão, mas ela está vazia."

Apertei o celular na mão. "Como?"

"O saldo atual é zero. Bem, na verdade, negativo, com as taxas do cheque especial. A senhorita gostaria de quitar a dívida hoje?"

Atletas profissionais são ensinados a visualizar o futuro ideal. Cada passo de uma apresentação impecável. A vista do lugar mais alto do pódio. O peso de uma medalha olímpica no pescoço. No entanto, basta um segundo — um deslize da lâmina, um lapso de concentração, uma faísca de dúvida — para tudo desmoronar.

"Quem fez os saques?" Procurei manter a calma, mas a voz saiu trêmula. Só podia ser um erro. O advogado devia ter passado o dinheiro para outra conta, ou...

"O titular da conta", a mulher disse. "Leland Shaw."

20

Eu não podia contar para o Heath sobre o dinheiro. Ele ficaria tão furioso que provavelmente torraria o pouco que restava em passagens de avião, só para dar um soco nos dentes de Lee lá em Illinois.

Lee era *meu* irmão. *Meu* problema. Eu estava determinada a resolver a situação sozinha.

Por isso, apertei com força o número da minha antiga casa no celular. Chamou e chamou, tantas vezes que eu quase desisti.

Finalmente, alguém atendeu. "Alô?" Uma voz de mulher, rouca e provocante.

"Oi." Tentei não transmitir raiva. Seja lá quem ela fosse, não tinha culpa. "Lee está?"

"Quem fala?"

O ciúme ficou evidente mesmo sob a influência da substância que ela havia usado, qualquer que fosse. Eu não conseguia entender como o imbecil do meu irmão conseguia a atenção de todas aquelas mulheres, e que, ainda por cima, competissem por ele.

"Katarina. A irmã dele."

Ouvi um farfalhar enquanto ela passava o telefone.

"Oi?", Lee disse, e com essa única palavra entendi que estava chapado. Mais velha, soube reconhecer o vício de Lee como a doença que de fato era. Mas, aos dezoito, só enxergava que o cretino do meu irmão mais velho tinha me ferrado de novo.

"Cadê, Lee?"

"Katie? É você mesm..."

"O que você fez com meu dinheiro?"

"*Seu* dinheiro?" Ele deu uma risada que virou uma tosse seca. "Tá querendo me foder, né?"

"Papai deixou esse dinheiro pra mim. Fiz dezoito, então..."

"Então o quê? Você sabe muito bem que já recebeu mais do que merecia."

"Do que você tá falando?"

"Todas as aulas pra rodopiar no gelo e os vestidinhos bonitos custam dinheiro, princesa. Sabe o que papai me deixou quando morreu? Uma confusão do caralho."

Balancei a cabeça. "Não. É mentira. Você gastou tudo com droga, ou..."

"Ele fez vários empréstimos pra você e aquele esquisitão boca-livre. Odeio te dar essa notícia, mas metade de nada é nada."

Eu sabia que a patinação no gelo era um esporte bem caro e que nossa família não era exatamente bem de vida. Só que meu pai nunca reclamou nem insinuou que tinha dificuldades financeiras. Só continuou assinando os cheques.

Se Lee precisou fazer uso da herança para pagar as dívidas, deveria no mínimo ter conversado comigo antes. Não que eu tivesse dado abertura nos anos anteriores, mas Lee também não fez nenhum esforço para me encontrar.

"Se você tá tão liso, então vamos vender a casa", falei.

"A gente *não* vai vender a casa", Lee retrucou, de repente sem falar arrastado.

"Por que não?"

"Nossa família construiu essa casa com as próprias mãos, Katie, isso..."

"Para de me chamar de Katie."

"Nossos pais estão enterrados aqui."

"E mesmo assim você nunca foi visitar o túmulo, *Leland*."

"E daí? Você foi embora. Me deixou sozinho."

Foi o mais perto que meu irmão chegou na vida de dizer que sentia minha falta.

Silêncio.

"Lee?" Cravei as unhas no celular, arranhando o acabamento acetinado. "*Lee*."

Ele tinha desligado na minha cara.

Com um grito frustrado, fechei o celular.

"Tá tudo bem?"

Ergui a cabeça e me deparei com a porta do vestiário aberta, Garrett Lin encostado no batente. Ótimo.

Outra coisa que eu havia aprendido na Academia Lin: parecer sempre calma e controlada quando eu não estava calma muito menos controlada. Respirei fundo, tentando desacelerar a pulsação. Medalhistas de ouro, além de não gritar, só choram de maneira fotogênica.

"Tudo bem", falei. "Só... recebi más notícias."

Garrett franziu as sobrancelhas. "Sinto muito. Posso ajudar com alguma coisa?"

"Não, não. Foi um problema de comunicação, na verdade. Meu irmão mais velho gastou um dinheiro que seria pra pagar os treinos do mês que vem."

E do mês anterior, e de todos os meses até o Campeonato Nacional.

"Não sabia que você tinha irmão." Garrett se ajeitou. Parecia mais alto a cada dia. Já devia estar uns trinta centímetros maior do que Bella. "Ele mora em Illinois?"

Confirmei com a cabeça. Apesar do tempo que passava com os Lin, raramente falávamos sobre algo que não fosse patinação no gelo. Ninguém da Academia sabia sobre meu passado. A única parte que valia a pena carregar havia sido Heath.

"Bom, eu posso falar com a mamãe", Garrett disse. "Com certeza não seria um problema você atrasar um pouco o pagamento."

Eu não queria falar para ele que sua mãe já tinha estendido generosamente vários prazos. Com o prêmio do Grand Prix dos Estados Unidos, conseguiríamos acertar as contas, mas sem a herança voltaríamos à estaca zero. As chances de vencer a próxima etapa eram mínimas com os Lin e os russos na disputa.

"Não precisa", falei. "Eu dou um jeito."

"Talvez eu possa ajudar", Garrett insistiu.

"Muito obrigada, Garrett." Se ele sentisse pena de mim, talvez eu o odiasse, mas Garrett era sempre fofo e sincero. Queria saber como seria ter um irmão como ele, em vez do vagabundo a quem eu estava presa. "Mas não posso aceitar nenhum empréstimo."

"Não quis dizer isso." Ele deu um passo à frente e deixou a porta se fechar. "O que você vai fazer no sábado? Talvez eu consiga te arranjar um trabalho."

Garrett explicou que se tratava de uma sessão de fotos para a campanha publicitária de uma marca de roupas esportivas e casuais. Não era grande, sendo seu maior público asiático, mas estava sempre procurando modelos que ficassem bem diante da câmera.

"Não paga muito. O cara é um velho conhecido da mamãe. Se ele gostar de você, pode te chamar para mais trabalhos."

"Obrigada pela oferta." Hesitei, mordendo o lábio.

"Mas?"

"Mas não sou exatamente... uma modelo."

"Como assim?" Ele sorriu. "Você é maravilhosa."

Ele só tá sendo simpático. Era o que eu tinha dito a Heath na festa do Dia da Independência. E foi o que eu repeti a mim mesma naquele vestiário, com Garrett Lin diante de mim olhando bem nos meus olhos.

Heath não ia gostar disso. Mas ele nem precisava saber — sobre o trabalho de modelo, sobre a perda da herança, sobre nada. Eu cuidaria de tudo sozinha, e seguiríamos em frente, rumo ao segundo ouro.

"Obrigada", eu disse a Garrett. "Eu topo."

GARRETT LIN: Admito que minha irmã e eu crescemos com certos privilégios, claro. Mas também sofríamos muita pressão.

KIRK LOCKWOOD: Os Lin fecharam uma temporada incrível. Shaw e Rocha se saíram bem, mas o ponto alto foi sem dúvida o ouro no Skate America.

No Campeonato Nacional de 2002, em Los Angeles, Bella e Garrett ficam em segundo lugar pelo terceiro ano consecutivo. Katarina e Heath terminaram em quarto, a última posição do pódio.

GARRETT LIN: Ainda éramos praticamente crianças, mas sendo os filhos de *Sheila Lin*, não podíamos nos contentar em apenas competir. Esperavam que a gente ganhasse.

JANE CURRER: Alguns acharam que estávamos cometendo um erro ao escalar os Lin apenas como reservas nos Jogos Olímpicos de Salt Lake.

GARRETT LIN: Pra mim, ser reserva estava ótimo. Nossa hora ainda não tinha chegado. Mas pra minha irmã...

KIRK LOCKWOOD: Logo depois dos Jogos é o momento perfeito pra uma nova geração de patinadores assumir o posto, garantindo sua posição no novo ciclo olímpico.

JANE CURRER: O mundial acontece algumas semanas depois dos Jogos Olimpícos, por isso muitos dos que competem neles optam por não competir no mundial. Ou anunciam que vão se aposentar.

Nos Jogos Olimpícos de Inverno de 2002, em Salt Lake City, Utah, Elizabeth Parry e Brian Alcona, até então a principal dupla de dança no gelo dos Estados Unidos, têm um desempenho decepcionante, com uma apresentação cheia de erros. Na coletiva de impressa, eles confirmam a aposentadoria imediata.

KIRK LOCKWOOD: Anos olímpicos representam uma oportunidade ímpar de participar do mundial.

JANE CURRER: Parry e Alcona se aposentaram, Reed e Branwell optaram por não ir... Isso ofereceu a duplas mais para baixo no ranking a chance de competir.

GARRETT LIN: As duplas do mundial de 2002 foram Bella e eu, Kat e Heath e Josie e Ellis.

ELLIS DEAN: Ninguém achava que Josie e eu éramos uma ameaça. Bom, talvez o pai de Josie, mas ele considerava Ronald Reagan o maior presidente da história dos Estados Unidos, então...

Imagens dividem a tela: Katarina e Heath no topo do pódio no Skate America, Bella e Garrett recebendo a medalha de ouro na Copa da Rússia de 2001.

ELLIS DEAN: Veja bem, era os Lin contra Shaw e Rocha. Esse acabou sendo mesmo o maior confronto. Mas não do jeito que esperávamos.

21

Quando acordei na manhã da final do Campeonato Mundial de 2002, estava certa de que seria o melhor dia da minha vida.

As danças livres só seriam à noite, por isso Bella sugeriu que passássemos o dia nos mimando. Ela convidou o irmão e Heath para irem junto. Garrett recusou, preferindo visitar santuários xintoístas com um grupo de competidores. Heath recusou sem explicação.

"E quanto vai custar esse dia de spa?", ele tinha me perguntado enquanto eu me vestia, à luz cinza da manhã. Estava deitado sobre um futon fino no chão; para conseguir um quarto no hotel oficial do evento, tivemos que nos contentar com as acomodações ao estilo japonês de que os outros competidores não asiáticos haviam fugido.

"Sei lá. Bella vai pagar." Eu já estava atrasada. Meu celular não parava de vibrar com as mensagens dela.

"Claro que sim." Ele se ajeitou nos travesseiros de trigo-sarraceno e pegou o walkman. Nine Inch Nails vazava dos fones de ouvido. "É melhor ir. Sua Alteza Real não pode esperar."

Os Lin estavam hospedados em um hotel quatro estrelas a alguns quarteirões de distância. Encontrei Bella no silêncio sepulcral do saguão, e ela conseguiu me esgueirar para o restaurante, onde enchi o prato de sobá e maçã gala. Aí um carro nos levou até um balneário termal no interior, onde passamos horas alternando entre água fria e quente, o que deixou meus músculos relaxados e minha pele luminosa.

"Vocês têm chance no bronze", Bella disse no caminho de volta a Nagano. Estávamos juntas no banco de trás, cheirando à mistura exclusiva do spa de essências de plantas sazonais colhidas à mão na cordilheira, que formava um borrão ao passar pelas janelas com filme escuro do carro.

"Acha mesmo?"

Ela confirmou com a cabeça. "Podem até ficar com a prata, se os russos errarem de novo."

Depois da dança original, Heath e eu alcançamos o quarto lugar, colados nos franceses e bem à frente do casal canadense do Skate America. Os russos chegaram ao mundial com a expectativa de dominar o pódio, como havia acontecido nos Jogos, mas erros incomuns para eles já haviam deixado uma dupla fora da disputa, e Yelena Volkova e seu parceiro — que ficaram com o bronze em Salt Lake e eram os favoritos ao título do mundial —, em segundo, atrás dos Lin.

"Arielle e Lucien passaram a temporada com dificuldade no giro combinado", Bella disse. "Fora que eles não têm *nenhuma* química, o que vai ficar ainda mais óbvio quando entrarem no gelo depois de vocês. Se fizerem uma apresentação limpa, podem ficar na frente deles."

Na época, me senti lisonjeada. Agora compreendo o que ela realmente quis dizer: Heath e eu tínhamos chance de medalha, mas o ouro estava fora de alcance. Porque não íamos ganhar dela e de Garrett de jeito nenhum.

Para ser justa, nunca tínhamos ganhado. Heath não entendia por que isso me incomodava tanto. Ele gostava de ganhar, porém não era devorado pela ambição como eu, não tinha o poço sem fundo dentro de si, exigindo mais, mais e mais mesmo depois de receber exatamente o que queria.

Com Bella, eu não precisava explicar. Ela sentia exatamente o mesmo. O que ignificava que me entendia de uma maneira que Heath — apesar de toda a nossa história — nunca entenderia.

Bella tinha feito reserva para o almoço em um restaurante famoso pelos cortes tenros de vacas alimentadas com as mesmas maçãs doces que havíamos comido no café da manhã. A contragosto, Heath acabou concordando em se juntar a nós.

Quando o carro deixou Bella e eu perto do templo Zenkoji, Heath tomava vento na calçada nos esperando. Mal senti o frio. Era como se tivesse um pequeno sol dentro de mim, cujo brilho quente se espalhava pelo corpo.

"Como foi lá?", Heath perguntou, estendendo a mão.

"Incrível!" Dei um beijo nele. Os lábios estavam frios como mármore. "A água tinha minerais especiais e..."

"Tô *morrendo* de fome", Bella me interrompeu. "Comeria uma vaca inteira."

Ela enlaçou meu braço para me puxar. Heath veio atrás de nós. O restaurante ficava numa ruazinha lateral, afastado do fluxo de turistas rumo ao templo. Nagano era uma estranha mistura do antigo e do moderno, os quarteirões com prédios de escritórios feitos de vidro e aço, além de lojas de roupa com telhado de pagodes e jardins para meditação. Havia até um jardim zen tradicional atrás do hotel, cuja entrada era guardada por leões de pedra sorridentes. Heath demonstrou interesse em visitá-lo, mas eu argumentei que era melhor esperar o fim da competição.

Bella acelerou o passo, ziguezagueando entre os turistas lentos, e eu permiti que me levasse junto — até ver algo que me fez parar, boquiaberta.

"Que foi?", ela perguntou. Então viu também.

Um outdoor, na lateral de um prédio à frente, com uma foto gigantesca de dois modelos posando em roupas pretas coladíssimas.

Garrett Lin. E eu.

Quando ele comentou que a marca era mais popular na Ásia, imaginei um anúncio impresso nas páginas brilhantes das revistas de moda da Coreia do Sul, talvez em um cartaz em um ponto de ônibus ou outro em Pequim. Nada como *aquilo*.

"Sua cachorra!" Bella me deu um tapinha no bíceps com as costas da mão, de brincadeira. "Você está *gostosa*."

Se antes os passos de Heath eram apressados, tentando nos alcançar, de repente pararam.

"Que porra é essa?", ele rosnou.

22

O dia da sessão de fotos não passava de um borrão na minha memória. Luzes fortes, música eletrônica pulsante, alguém gritando *Arqueie as costas, incline a cabeça, mais, isso, isso, assim mesmo, segura, fica assim*. O lugar estava congelando, e eu precisava me concentrar ao máximo para não me encolher sempre que as mãos frias de Garrett roçavam minha pele. A experiência toda foi bizarra e desconfortável. Nem um pouco sexy.

No entanto, ninguém imaginaria isso ao ver o resultado. Garrett aparecia sem camisa no outdoor, com a calça tão apertada quanto a de um bailarino; eu usava um short e um top de alcinha que mal segurava os seios. Minha perna envolvia seu quadril, sua mão agarrava minha coxa nua, e olhávamos nos olhos um do outro.

Só que não foi nada assim — me lembro claramente de me concentrar na orelha dele, ou no cacho que caía sobre sua testa, porque encará-lo era desconfortável demais. Apesar disso, parecia que eu não estava apenas olhando nos olhos de Garrett, mas para a alma dele.

E agora Heath não olhava na minha cara.

"Não tô mais com fome", ele murmurou, dando meia-volta.

Eu ia atrás dele, mas Bella segurou meu braço.

"Deixa o cara. Ele tá sendo um babaca."

"A gente tem que competir hoje à noite."

"Então você vai implorar por perdão? Foda-se. Você não fez nada de errado."

Eu tinha mentido para Heath — ou, no mínimo, omitido algo. Porque sabia como seria a reação.

Meu instinto dizia para, como de costume, apaziguar os sentimentos feridos dele. Mas diante do outdoor, eu não queria ser a Katarina de sempre. Queria ser a mulher confiante e destemida que via estampada ali. A mulher que não pediria desculpas, não rastejaria, não se explicaria.

"Você tem razão." Voltei a enlaçar o braço de Bella. "Vamos comer."

Não vi Heath até a hora de partir. O ônibus estava tão cheio que ele foi obrigado a se sentar do meu lado, mas obviamente puto. As outras duplas conversavam entre si ou cantavam junto com o J-Pop que tocava no rádio, mas ele permaneceu calado durante todo o trajeto para a M-Wave Arena.

O lugar havia sido projetado para mimetizar a paisagem montanhosa de Nagano, remetendo mais a um tatu agachado na grama salpicada de gelo. Assim que entramos lá pela primeira vez, meu coração palpitou com a consciência de que eu estava em um dos locais dos Jogos Olímpicos de 1998. Aos catorze anos, Heath e eu tínhamos acompanhado tudo pela TV; quatro anos depois, estávamos prestes a disputar ali nossa primeira final de mundial.

Prestes a competir e sem trocar uma palavra. Cumprimos a rotina separados. Eu me alonguei sozinha, usando as paredes de concreto em vez das mãos de Heath para me apoiar.

Torcia para que, quando entrássemos no gelo, nossa memória muscular — ou a força do hábito — assumisse o controle. No entanto, Heath nem pegou minha mão durante o aquecimento em grupo. Depois de me maquiar, eu aplicava delineador nele — um traço sutil na raiz dos cílios, valorizando suas expressões até para quem se sentasse no fundo da arquibancada —, mas Heath decidiu fazer isso também. A linha preta ficou tão trêmula que o deixou com a aparência meio selvagem. Nós ficamos próximos à lateral da pista, rígidos e desconfortáveis, com um espaço entre nós, enquanto os outros competidores giravam e passavam em perfeita sincronia.

Os técnicos observavam perto do gelo. A equipe técnica canadense se posicionou entre Sheila e Veronika Volkova, como se houvesse necessidade de uma barreira. O cabelo da russa estava ainda mais claro do que em seus tempos de patinadora, e ela vestia um casaco de pele com um colarinho dramático que realçava as feições angulosas. Veronika era uma das poucas mulheres da dança no gelo mais altas do que eu — embora seu parceiro, Mikhail, medisse muito mais de um metro e oitenta sem patins.

Yelena Volkova tinha a pele clara e os olhos estreitos e felinos da tia, só que fora isso as duas eram completamente diferentes. Yelena tinha acabado de fazer dezesseis anos. Era tão pequena e, à primeira vista, tão frágil que podia se passar por mais nova. Seu parceiro — Nikita Zolotov, filho de Mikhail — tinha seus vinte e poucos anos, o que acentuava mais a impressão de que ela não passava de uma menininha fora do rinque.

Quando faltavam apenas dois minutos de aquecimento, Sheila acenou para que Heath e eu nos aproximássemos. Me preparei para o pior. Por outro lado, se ela tirasse Heath da fossa, valeria a pena.

Assim que pôs os protetores nas lâminas, ele foi embora, me deixando sozinha com Sheila.

"Desculpa." A palavra que eu me recusava a dizer acabou escapando da minha boca diante do olhar intimidador da nossa técnica. "Heath tá bravo comigo porque..."

Sheila ergueu a mão. "Não quero saber. Vocês se apresentam em cinco minutos. Faça as pazes com ele."

"Por que *eu* que tenho que me desculpar?"

Antes mesmo de terminar de falar, já quis engolir as palavras. Ninguém se dirigia a Sheila Lin desse jeito.

Para minha surpresa, ela pegou mais leve. "Sei como você se sente, pode acreditar. Mas o que é mais importante: seu desempenho ou seu orgulho?"

Eu não entendia por que precisava escolher. Só que, no campeonato mundial, estávamos perto da medalha de bronze.

Fui atrás de Heath, pronta para dizer ou fazer o que fosse necessário para ele me perdoar — pelo menos até o fim da dança livre. Treinando na Academia, passei a patinar melhor, mas também aprendi a me apresentar sob pressão. Independente de estar infeliz, com dor ou tão puta que só queria gritar, precisava manter o sorriso no rosto. E convencer todo mundo — o público, os juízes e até o parceiro — de que era genuíno.

Avancei dois passos nos bastidores antes que Garrett me interceptasse. "Ei, tá tudo bem?"

"Tá, sim." Tentei enxergar além dele, mas seus ombros impediam a visão. A jaqueta da delegação americana ainda cobria o tecido cinza transparente que os gêmeos usaram na dança em homenagem às vítimas do Onze de Setembro, ao som de uma peça orquestral lúgubre. A coreografia havia sido definida meses antes dos ataques, porém Sheila Lin sabia reconhecer uma boa oportunidade. "Você viu...?"

"Bella me contou sobre o outdoor. Disse que Heath ficou chateado." Garrett se inclinou mais perto. "Se quiser, posso falar com ele. Confirmar que nada... aconteceu, ou..."

"Obrigada, mas tá tudo sob controle."

Ou estaria, se eu encontrasse Heath a tempo. A dupla japonesa, que estava em quinto lugar, já iniciava a performance. O tempo estava correndo.

"Beleza", Garrett disse. "Então boa sorte. Vocês dois estão arrasando."

"Vocês também." Sorri para ele. "A gente se vê no pódio?"

"A gente se vê no pódio."

Garrett foi embora, não sem antes apertar rapidamente meu ombro. A música dos japoneses entrou na parte mais lenta e lírica, indicando a metade da apresentação. Eu precisava encontrar Heath.

Mas ele já tinha me encontrado.

Se antes eu havia levado um gelo, agora meu parceiro ardia em fúria. Mesmo à distância, dava para sentir o calor emanando dele, como se eu estivesse perto demais de uma chama.

"Desculpa", ele disse. Exatamente o que eu queria ouvir, mas não dessa maneira. "Vocês dois queriam privacidade?"

"Para com isso." Eu o puxei para trás dos monitores, onde se via a dupla japonesa realizando um giro combinado intricado. "Garrett estava só..."

"Ele estava te tocando."

"Ele *apertou meu ombro*."

"Eu percebo como ele te olha. E não só na porra daquele outdoor."

"A gente só tá aqui por causa da 'porra daquele outdoor'."

Heath franziu a testa. "Como assim?"

"Sem o dinheiro da sessão de fotos, a gente teria abandonado a Academia meses atrás." O que Garrett julgava pouco era tanto dinheiro como eu não via fazia tempos, o bastante para cobrir os custos do restante da temporada.

"E a sua herança?"

"Lee gastou. Tudo. Se Garrett não tivesse me arranjado o trabalho..."

"Não tô nem aí..."

"*Se não fosse por Garrett*, não teríamos nem chegado ao mundial. Você deveria agradecer a ele."

Heath ficou em silêncio. Achei que as próximas palavras seriam: *Por que não me contou?* Ou: *Vou matar esse cara* — fosse Lee, Garrett ou os dois.

Em vez disso, Heath apenas disse: "Você tá a fim dele?".

Revirei os olhos. "Para com isso."

"Sim ou não?"

Aplausos ressoaram enquanto a dupla japonesa se curvava ao fim da dança. Nós já deveríamos estar lá, preparados para entrar no gelo assim que os dois se sentassem para aguardar as notas.

"Foi só uma sessão de fotos. Agora vamos, temos que..."

"É uma pergunta simples, Katarina. Sim ou não?"

Isso era um insulto e merecia uma resposta à altura.

"É claro que sinto atração por Garrett. Ele é atraente."

Heath abriu a boca, mas continuei falando.

"Se você confiasse em mim, não se importaria."

"Confiar em você?", Heath desdenhou. "Como posso confiar em você se mente pra mim? Se guarda segredos e age pelas minhas costas com..."

"Fiz isso porque sabia que você ia reagir assim! Posso ter outros amigos além de você, Heath."

Mais aplausos. As notas haviam saído. Perdemos a oportunidade de nos aquecer.

"Você vira uma pessoa diferente quando tá com eles", Heath disse. "Mal te reconheço."

Eu achava que aquele era o motivo da nossa entrada na Academia: mudar. Melhorar. Nos tornar nossa melhor versão possível. Heath tinha razão. Eu mudei.

O problema era que ele não havia mudado nem um pouco. Continuava sendo o mesmo garoto que eu conhecia fazia quase uma década — ferido, teimoso, tão solitário que eu constituía todo o seu mundo.

Heath também guardava um poço sem fundo dentro de si, mas não de ambição. Independente do amor que eu desse a ele, nunca seria o bastante. Ele queria ser tudo para mim, assim como eu era tudo para ele.

Só que eu sempre ia querer mais.

"*Agora, representando os Estados Unidos, Katarina Shaw e Heath Rocha!*"

"É a nossa vez." Estendi a mão. "A gente tem que ir."

Por causa do atraso, um burburinho percorreu a multidão. Se não entrássemos no gelo em dois minutos, seríamos desclassificados.

"Heath, por favor. Chegamos até aqui. É o nosso sonho, nosso..."

"Não, Katarina." Ele suspirou e pegou minha mão. "É o *seu* sonho."

Katarina Shaw e Heath Rocha entram na pista no mundial de 2002, em Nagano.

KIRK LOCKWOOD: No momento em que eles entraram, todo mundo viu que tinha algo errado.

Zoom no rosto de Katarina, depois no de Heath. A expressão dos dois é tensa. "Fever" começa a tocar.

ELLIS DEAN: Eu nunca tinha visto nada tão passivo-agressivo, e olha que eu sou do Sul, meu bem.

Mais imagens da dança livre de Katarina e Heath. Eles simplesmente realizam a sequência de movimentos prevista, sem qualquer conexão, sem troca de olhares. Durante o twizzle, Katarina fica um tempo à frente de Heath, que tropeça no último giro.

KIRK LOCKWOOD: Era como se o fogo tivesse apagado.

JANE CURRER: Foi uma pena. Mas esse é o problema quando você depende de... química.

Katarina estende o braço para Heath, mas os dois estão mais distantes do que o ideal. Seus dedos apenas se roçam, sem se segurar.

GARRETT LIN: Fiquei péssimo. Eles brigaram por minha culpa.

Corta para Veronika Volkova, sentada com as costas perfeitamente eretas em um sofá de veludo vermelho em seu apartamento em Moscou. Ela está com sessenta e poucos anos, o cabelo todo branco.

VERONIKA VOLKOVA: Esse drama infantil não seria tolerado na Rússia.

Katarina e Heath chegam ao fim da apresentação. Os dois logo desfazem a pose final, como se não suportassem se tocar por mais um segundo.

VERONIKA VOLKOVA: No gelo, não há espaço para os sentimentos. Muitas vezes Mikhail e eu não suportávamos olhar um para o outro, mas dava para perceber isso nas apresentações? Não. Porque éramos profissionais.

GARRETT LIN: Eu não devia ter assistido. Ver os dois assim... mexeu comigo.

KIRK LOCKWOOD: Naquele dia, os Lin também não se saíram bem como sempre.

Na dança livre no mundial de 2002, Garrett perde o equilíbrio ao sair de um levantamento, quase deixando Bella cair. Ele consegue se reequilibrar no último minuto, mas ela olha feio para o irmão antes de se recompor.

GARRETT LIN: A culpa foi minha. Pareceu o fim do mundo. Anos depois, eu ainda ficava acordado à noite, pensando naquilo. Eu tinha falhado com mamãe, minha irmã e comigo mesmo. Nada poderia ser pior. Eu tinha pouca imaginação aos dezessete anos.

23

"*Em primeiro lugar, os campeões do mundo de dança no gelo de 2002...*"

Flashes iluminam a arena, em uma sequência de pequenas explosões. "*Yelena Volkova e Nikita Zolotov, da Rússia!*"

Yelena e Nikita avançam pelo gelo de mãos dadas, com os figurinos artisticamente transparentes esvoaçando atrás deles, depois sobem no tapete vermelho estendido no rinque.

"*Em segundo lugar, os medalhistas de prata Arielle Moreau e Lucien Beck, da França!*"

Os solenes instrumentos de sopro me levavam ao limite. Continuei aplaudindo, e sorrindo, enquanto Arielle e Lucien ocupavam o pódio. Não queria parecer uma má perdedora.

Heath estava sentado ao meu lado, com as mãos sobre as pernas. Não parecia mais bravo, só cansado. Derrotado. Era estranho ficar tão perto sem tocá-lo.

Eu não conseguia nem olhar para ele. Ou começaria a gritar.

"*Em terceiro lugar, os medalhistas de bronze, Isabella Lin e Garrett Lin, dos Estados Unidos!*"

Se a medalha teria sido nossa maior conquista, para eles não passava de um prêmio de consolação. Quando Bella ia receber o bronze, ficou tensa como se a fita da medalha fosse o laço de uma forca.

Ingrata, pensei. Mas continuei sorrindo.

"*Por favor, levantem-se para ouvir o hino nacional russo.*"

Nós nos levantamos. Heath encostou de relance nos nós dos meus dedos, e eu cerrei a mão em punho. Deveríamos estar no pódio, com a bandeira americana hasteada. E não assistindo na arquibancada.

Ele fechou a mão em torno dos meus dedos contraídos e se inclinou para que eu conseguisse ouvi-lo apesar dos acordes triunfantes do hino russo. "A gente vai se sair melhor da próxima vez."

Eu me distanciei. Heath se encolheu como se eu tivesse batido nele.

"O que te faz pensar que vai ter uma próxima vez?"

Quando chegamos ao mundial, estávamos em ascensão como uma dupla em quem ficar de olho. Tínhamos virado piada. Sheila não nos dirigiu uma palavra desde que as notas tenebrosas haviam surgido na tela; seria um milagre se concordasse em nos treinar por outra temporada. Ou por caridade, o que era ainda pior. Com um técnico menos importante — na minha opinião, todos em comparação a Sheila Lin —, não teríamos nenhuma chance de recuperar relevância.

Talvez fosse o que Heath desejava, de forma consciente ou não. Deixar a Academia seria deixar a Califórnia. Deixar os Lin. Ele me teria toda para ele de novo.

"Senhoras e senhores, os medalhistas mundiais de 2002!"

Os atletas se reuniram no degrau mais alto do pódio para as fotos oficiais, depois seguiram com uma volta olímpica pela pista. Desci os degraus, sem olhar se Heath ia me seguir.

Quando encontrei Bella e Garrett, dei um sorriso maior. O esforço fez meu maxilar doer.

"Parabéns!"

Bella estava mais próxima, por isso a abracei primeiro, mas fiz questão de abraçar Garrett por mais tempo. Sabia que Heath estava vendo. E que ficaria magoado. Era o que eu queria.

"Obrigada." Bella enrolou a fita da medalha no pulso. "Sinto muito por..."

Dispensei os pêsames. "Tudo bem. A gente tem que comemorar."

Os olhos de Bella se iluminaram. "Quer comer carboidrato?"

"Com certeza. Aonde vamos?"

"Katarina."

Heath nos alcançou. Me virei para encará-lo, mas permaneci entre os gêmeos, calculando o campo de batalha. Garrett ficou desconfortável ao meu lado.

"Podemos conversar?", Heath pediu.

"Vamos sair." Soei tão fria que me senti coberta por uma camada de gelo.

"Quando você voltar, então."

"Não sei quando volto."

"Katarina, por favor, eu..."

"Não espera acordado."

24

"De onde está vindo esse frio todo?", Bella reclamou no caminho entre o carro e a entrada do restaurante. "Afe, as cerejeiras já estão quase florescendo."

Resisti à vontade de revirar os olhos. A temperatura havia caído desde a nossa ida ao spa, mas não estava frio a ponto de nevar. A umidade no ar variava entre chuva e névoa. Isso me lembrava das manhãzinhas de primavera no lago Michigan — sentada de pernas cruzadas na beira da água, acompanhada de Heath, assistindo à crista espumosa das ondas através da neblina.

Eu supunha que ele tinha voltado ao hotel para ficar se ressentindo. Garrett tinha preferido pedir serviço de quarto, então Bella e eu ficamos sozinhas de novo.

O restaurante era aconchegante e acolhedor, com lanternas de papel multicoloridas penduradas acima das mesas baixas de madeira. A recomendação havia partido de alguém da delegação japonesa, e a maioria dos clientes parecia ser local — embora o lugar devesse receber turistas ocasionais, visto que o garçom logo pôs um garfo e uma colher ao lado do meu prato. Para Bella, ele levou hashis pretos com desenhos dourados delicados.

Bella não tirou o casaco e ficou bem perto de mim para se esquentar enquanto olhávamos o cardápio. Eu sentia a madeira do piso através da almofada fina, e meus quadris doíam tanto que eu nem acreditava que havia feito massagem aquela manhã. Era impressionante como as coisas mudavam em um único dia.

Heath e eu nunca havíamos brigado assim. Eu não fazia ideia de como era terminar um relacionamento, porque nunca tinha passado por isso.

Bella fez o pedido por nós duas, segura do próprio japonês. Por terem passado a infância vagando pelo mundo, os gêmeos falavam fragmentos de uma dúzia de línguas.

Eu só descobri o que íamos comer quando os pratos começaram a chegar, com macarrão, raízes em conserva num caldo saboroso de missô e bolinhos delicadamente moldados, com raiz-forte ralada em cima. Em vez de estar morrendo de fome por causa da competição, uma náusea me impedia de fazer qualquer coisa além de revirar a comida no prato.

Entre mordidas, Bella dissecava os resultados da dança livre, especulando sobre juízes tendenciosos e movimentações nos bastidores que haviam rebaixado ela e Garrett ao terceiro lugar.

"Tá, sei que a gente errou os twizzles. Mas Nikita se desequilibrou *sério* na última sequência. Os juízes estavam cegos, por acaso?"

Quando a sobremesa chegou — um bolo com creme de castanha-portuguesa com cobertura feito neve —, eu não consegui mais me conter.

"Você só tem dezessete anos."

"E?" Bella levou um belo pedaço à boca.

"Você só tem dezessete anos e é a terceira melhor *do mundo*. Isso é bom, né?"

"A gente podia ter ganhado. Ou pelo menos ficado com a prata."

"Mas e Heath e eu teríamos *tanta* sorte de levar o bronze, né?" Enfiei o garfo na cobertura, provocando uma avalanche de marrom-glacê.

"Não foi isso que quis dizer." Bella pôs a mão na minha antes de a sobremesa ser mais atacada. "E o que aconteceu com vocês, aliás? Não pode ter sido aquele outdoor idiota."

"Ele acha que tem alguma coisa rolando entre mim e seu irmão."

Ela arqueou uma sobrancelha. "E tem?"

Bella não era muito fã de Heath, mas a pergunta soou um pouco esperançosa demais.

"Claro que não. Heath e eu..."

"Passaram, tipo, a metade da vida juntos. Mas a gente não tá na Inglaterra vitoriana, você tem todo o direito de falar com outros caras." Ela deu uma mordida e sorriu. Estava com cobertura nos dentes. "Mas ele tem razão. Garrett gosta de você."

"Garrett gosta de todo mundo."

"Não gosta, não. Vai por mim." Bella equilibrou os hashis na beira do prato. "Posso te contar uma coisa?"

"Pode."

"Jura que não vai contar pra ninguém?"

Com Heath e eu mal nos falando, nem havia para quem contar. "Eu juro."

Bella chegou perto e baixou a voz, embora as únicas pessoas ao nosso redor fossem duas senhorinhas japonesas de cabelo grisalho e óculos redondos enormes.

"Mamãe finalmente vai deixar Garrett e eu trocarmos duplas na próxima temporada."

"Quê? Por quê?"

Sempre invejei Bella por já ter nascido com um parceiro. Garrett não se exibia como outras estrelas da dança no gelo, mas era um patinador consistente, uma presença estável que permitia que ela brilhasse.

No entanto, nada bastava para Bella. Por isso éramos amigas, nada bastava para mim também.

"Sabia que irmãos nunca ganharam os Jogos Olímpicos na dança no gelo?"

"Vocês podem ser os primeiros. São incríveis juntos."

"Tá, a gente domina a parte técnica. Mas somos limitados na coreografia, não tem muito o que fazer sem que fique esquisito. E, desde o último estirão dele, a diferença de altura tem sido um problema."

"Com quem você quer formar dupla?"

Patinadores masculinos estavam sempre em falta no mundo da dança no gelo. E era ainda mais difícil encontrar um do calibre de Garrett. Desde a revelação de Ellis de que os Hayworth o pagavam para ser o par de Josie, eu tinha ouvido histórias malucas de até onde as mulheres iam para conseguir parceiros. Suborno, chantagem e acordos debaixo dos panos com federações estrangeiras, beirando ao tráfico de pessoas.

Bella não precisaria recorrer a métodos tão absurdos. Os homens formariam fila como participantes de um programa de namoro na tv, dispostos a renunciar a própria cidadania, abandonar as parceiras e fazer o que fosse necessário por uma chance de ser a dupla da única filha de Sheila Lin.

"Tô pensando nas opções. Zack Branwell demonstrou interesse."

"Ele não está mais com Paige Reed?"

Reed e Branwell tinham ficado entre os dez melhores em Salt Lake, mas por causa de uma lesão não foram ao mundial. Todo mundo esperava que voltassem a competir logo e chegassem aos Jogos de Turim, em 2006.

"Você não ouviu isso de mim, mas..." Bella se aproximou. Os olhos brilhavam à luz das lanternas. "Não tem lesão nenhuma. Paige tá *grávida*."

Isso explicava muita coisa. Os pais deviam estar trancafiando Paige em casa, em Minnesota, para evitar que a notícia vazasse.

"Ele é o pai?"

Bella deu de ombros. "Não é problema meu. Mas ela vai estar fora a temporada inteira, no mínimo. E, depois que ele patinar comigo, não vai voltar pra ela. Paige é bem mais ou menos."

Embora o estilo bastante masculino de Zack não fosse do meu agrado, ele era obviamente a estrela da dupla. Além de ser vários centímetros mais baixo que Garrett, fisicamente melhor para Bella. Apesar do jeito tranquilo de garoto do interior, no gelo ele era como um modelo de revista adolescente, com cabelo dourado, maxilar bem definido e lábios cheios. Bella já era linda sozinha; com Zack ao lado, pareceria tanto uma princesa como uma estrela de cinema.

"E Garrett?", perguntei. "Quem vai ser a dupla dele?"

Sem dúvida, poderia escolher qualquer uma. Todas as dançarinas no gelo do mundo rastejariam sobre cacos de vidro por um parceiro como Garrett Lin.

"Essa é a melhor parte." Bella estendeu as mãos na mesa para pegar as minhas. "*Você* pode ser a dupla de Garrett."

INEZ ACTON: A patinação artística é um esporte estranho, porque depende muito de imagem e narrativa. Você precisa arrasar no gelo, mas também representar um papel e contar uma história envolvente. E uma troca de parceiro é uma bela de uma reviravolta.

KIRK LOCKWOOD: A troca de parceiro é bem comum na dança no gelo, principalmente entre quem forma dupla ainda criança.

Em um vídeo caseiro, Bella e Garrett patinam juntos, aos três anos. Ele usa um smoking do seu tamanho e mantém a expressão séria; ela sorri e acena, rodando a saia do vestido cintilante.

KIRK LOCKWOOD: E o início do ciclo olímpico é o momento perfeito para fazer isso.

GARRETT LIN: Eu entendia o desejo de Bella de mudar.

VERONIKA VOLKOVA: É raro que irmãos formem uma dupla competitiva no nível mais alto. Por mais talentosos que sejam, só podem pintar com algumas cores da paleta.

JANE CURRER: A dança no gelo não precisa envolver romantismo. Duplas de irmãos têm uma ampla gama de possibilidades. Insinuar que existe desvantagem é, na verdade, um absurdo.

INEZ ACTON: Na patinação, a dança no gelo é a modalidade que mais recorre aos papéis tradicionais de gênero. Espera-se que até mesmo atletas claramente LGBTQIA+ finjam que estão apaixonados pela dupla, no gelo e às vezes até na vida. O público adora uma história de amor.

ELLIS DEAN: É *claro* que dança no gelo é sobre sexo! Se você não consegue imaginar uma dupla transando, ela não faz o menor sentido.

VERONIKA VOLKOVA: Não fiquei nem um pouco chocada quando soube de Isabella e Garrett. Sheila só sairia ganhando com a separação.

KIRK LOCKWOOD: Foi uma pena separarem os gêmeos, mas fez sentido. Sheila teria duas chances de conquistar o ouro com os filhos.

VERONIKA VOLKOVA: Ao juntar cada um com seus maiores concorrentes, ela neutralizaria ameaças. E, pondo um contra o outro, faria ambos irem mais longe, nos treinos e nas competições.

GARRETT LIN: Eu só queria que minha irmã fosse feliz. Não estava pensando em mim.

VERONIKA VOLKOVA: No lugar dela, eu teria feito o mesmo.

GARRETT LIN: A verdade é que eu não sabia o que queria. Mas Bella sabia. Sempre soube.

25

"Eu, dupla de *Garrett*? Você não tá falando sério."

"Vocês ficaram incríveis na foto da campanha", Bella disse. "E você é alta, então a altura dele não seria um problema como é comigo. As coisas se equilibrariam."

Heath e eu éramos impetuosos e apaixonados — no entanto, como ficou claro no desastre da dança livre, nosso fogo podia apagar tão rápido quanto acendia. Garrett era o oposto: constante, calmo. Às vezes, calmo demais. Eu poderia despertar a paixão dele, e ele poderia manter a minha sob controle. Bella tinha razão. O irmão dela e eu combinaríamos perfeitamente no gelo.

Mas eu sabia que Heath nunca me perdoaria.

"Sua mãe já sabe?", perguntei.

Depois do fracasso no mundial, eu imaginava que Sheila não ia querer continuar trabalhando comigo, muito menos permitiria que eu formasse dupla com seu filho precioso e perfeito.

Bella confirmou com a cabeça. "Ela sabe que você e Heath andam tendo problemas."

Eu e ele estávamos nos distanciando. Desde a mudança para Los Angeles, e eu não podia mais negar. Para o bem *e* para o mal, éramos incapazes de deixar nossos sentimentos fora da pista. Se terminássemos, seria o fim da parceria na patinação. Heath não gostava de patinar. Só gostava de mim.

No entanto, ele não conseguia me acompanhar no gelo. Eu precisava nivelar por baixo, em vez de tentar voar mais alto.

"Vocês podem continuar namorando", Bella comentou, "mesmo se você formar dupla com Garrett. Talvez seja até melhor, separar a patinação e o romance."

Balancei a cabeça. "Heath vai ficar arrasado."

"Ele vai superar."

Não era verdade. Heath tinha sido abandonado por várias pessoas. E agora eu estava considerando fazer o mesmo.

Ainda assim, eu disse a mim mesma que não estaria abandonando Heath *de verdade*. Poderíamos continuar juntos na vida, como Bella tinha sugerido. E morar juntos, como sempre planejamos.

Na patinação artística, nada é garantido, mas ter um parceiro como

Garrett Lin era o máximo em termos de garantia. Com as oportunidades de patrocínio, eu não precisaria mais me preocupar com dinheiro. Nem Heath. Eu continuaria perseguindo meu sonho, além de oferecer tempo e apoio para ele descobrir qual era o próprio sonho.

"Posso pensar um pouco?", perguntei.

"Claro", Bella respondeu. "Mas pensa no que é melhor pra *você*, tá?"

Depois do jantar, Bella voltou de carro para o hotel. Eu disse que preferia caminhar.

"Fica à vontade. Só não morre congelada!"

A névoa havia cedido espaço a uma garoa leve e fria, revigorante para alguém acostumado ao inverno no Meio-Oeste. Segui uma rota tortuosa, andando devagar pelas ruas silenciosas de Nagano, com as mãos nos bolsos do casaco.

Tentei pensar — no que *eu* queria, independente do relacionamento com Heath —, só que minha mente estava embaçada. Quando eu me sentia assim em casa, ia ao lago e ficava olhando para a água até que tudo ficasse claro. Em Nagano, sem praia, eu precisava me contentar com a segunda opção.

O jardim ficava perto do hotel, mas precisei de algumas tentativas até encontrar os leões de pedra no escuro. Ao passar por eles, senti que havia atravessado um portal para outro mundo. Meus ombros relaxavam enquanto eu descia pelo caminho molhado de pedra e seguia até a beira da água, que corria sob uma ponte de madeira em miniatura. Fechei os olhos e fiquei só ouvindo. Não era o lago Michigan, mas dava para o gasto.

"Desculpa, mas é aqui que *eu* choro as pitangas."

Me virei na hora. Ellis Dean estava sentado na sombra do caramanchão, fumando.

"Ellis." A fumaça fez meus olhos arderem. "Se Sheila te pegar com..."

"Você vai contar pra ela?" Ellis deu uma tragada, o brilho da ponta iluminando as bochechas encovadas.

Eu não. Se Ellis pretendia detonar o pulmão, eu teria um concorrente a menos com quem me preocupar.

Me sentei do outro lado do banco. "Sinto muito por você e Josie."

Hayworth e Dean mal conseguiram se classificar para a dança livre. No fim, ficaram em vigésimo segundo lugar. Por mais decepcionada que estivesse com nosso resultado, poderia ter sido muito pior.

"Ah, sempre tem a próxima temporada", Ellis disse. "A menos que ela me troque por um modelo mais novo. Cadê a sua outra metade? Problemas no paraíso?"

"Pois é."

"Quer conversar?"

Hesitei, pressionando as mãos contra a pedra fria.

"Pode confiar em mim", Ellis disse.

Eu não acreditei nisso nem por um segundo. Mas precisava me abrir com alguém e não estava pronta para encarar Heath. Precisava entender como estava me sentindo, sem que a cabeça quente ou a nossa história atrapalhasse meu julgamento.

"Os Lin estão procurando outros parceiros."

"Sério?" Ellis soltou a fumaça devagar. "Não conta pra Josie, ou ela vai ter um orgasmo. Alguma ideia de quem vão escolher?"

Mordi o lábio. Ele me encarou.

"E você seria a dupla de Garrett." Ellis apagou o cigarro e me encarou. "O que pretende fazer?"

"Não sei."

Ellis franziu os lábios. "Sabe, sim."

"Tenho que..."

"Teria que ser uma idiota completa pra recusar essa chance. E você pode ser muitas coisas, Kat Shaw, mas não é uma idiota."

"Mas..." Engoli em seco, sentindo o coração palpitar. "E Heath?"

"É fácil arranjar um namorado. Um parceiro como Garrett, nem tanto."

Sobretudo no caso de mulheres como eu — com meu biotipo e minha altura. Se recusasse aquela oportunidade, Garrett teria uma centena de garotas implorando para patinar com ele na manhã seguinte. E eu e Heath enfrentaríamos a concorrência de mais uma dupla de alto nível.

Isso se Heath ainda quisesse seguir comigo. Talvez essa indecisão toda não importasse. Talvez, assim que chegasse no hotel, encontraria Heath pronto para acabar com tudo de vez.

"Olha, Kat." Ellis deixou a arrogância de lado. Seu rosto ficou mais suave, talvez até bonito. "Gosto de você."

Dei risada. "Sei."

"Sempre gostei. Você tem garra. A maioria das outras garotas são umas putinhas, mimadas como Josie. Você até pode ser uma puta, mas não é mimada."

"Uau, obrigada." Revirei os olhos, apesar de ter sido um elogio, vindo de Ellis.

"Você quer vencer, né?"

"Claro que sim. Você não quer?"

Ellis deu de ombros. "No começo, sim. Mas chega uma hora em que é preciso ser realista. Então a pergunta é: você acha que consegue chegar no mesmo nível com Heath?"

Eu poderia ter hesitado. Ter fingido pensar no assunto. Ter mentido. Em vez disso, olhei bem nos olhos dele e disse a verdade.

"Não. Não consigo."

Foi um alívio dizer isso em voz alta. Exalei, e o ar condensou. A chuva caía com mais força agora, criando um mosaico na água.

"Ele tá me segurando. Já faz alguns anos."

"Bom..." Ellis sorriu e pegou outro cigarro do maço. "Então pronto."

Ele não estava mais olhando para mim. Olhava para mais além, na direção da entrada. Comecei a me virar, para ver por mim mesma, ainda que já tivesse suspeitas.

Havia alguém entre os leões de pedra. Estava escuro demais para distinguir as feições, mas dava para ver a silhueta de ombros curvados, o que bastava para mim.

"Heath." O nome escapou num sussurro horrorizado.

Olhei em pânico para Ellis. Ao levar o cigarro aceso aos lábios, ele nem escondia o sorrisinho.

Ellis sabia o tempo todo que Heath estava ouvindo. Queria que ele ouvisse.

Eu me levantei. "Espera, Heath!"

Heath desapareceu na chuva. Corri atrás dele. Meus sapatos escorregaram na pedra úmida, e eu caí de joelhos no cascalho.

Quando consegui me erguer, ele tinha sumido de vista. Voltei a correr, chamando seu nome até doer a garganta. As poucas pessoas na rua me olhavam estranho, mas não parei. Não podia parar. Precisava encontrá-lo. Precisava dar uma explicação.

Finalmente, o vi ao longe, com a cabeça baixa, sob a chuva alguns quarteirões à frente.

"*Heath!*", gritei.

Ele parou por um momento. Mas não se virou.

Então eu entendi que o havia perdido.

GARRETT LIN: Ah, bem que eu queria saber o que aconteceu aquela noite.

ELLIS DEAN: Sei *exatamente* o que aconteceu aquela noite.

GARRETT LIN: Se eu pudesse ter feito alguma coisa pra impedir... mas, quando descobri, já era tarde.

ELLIS DEAN: Achei que Kat fosse alcançar Heath, que eles teriam uma briga superromântica na chuva, aos gritos, e então voltariam ao hotel e fariam um sexo selvagem. Pensava de verdade que estava fazendo um favor aos dois, deixando tudo às claras, pra poderem superar e seguir em frente.

GARRETT LIN: Eu sou suspeito pra falar, mas Kat não merecia aquilo.

ELLIS DEAN: Como eu ia saber que aquela seria a reação do cara? Heath é o homem hétero mais dramático que conheci na vida.

GARRETT LIN: Kat merecia... bom, ela merecia coisa melhor.

26

Eu continuava em negação quando deixamos o país.

Nem sei por quanto tempo procurei Heath. Até que a chuva congelante encharcasse a pele, passando pela jaqueta fina e o agasalho.

Uma hora, desisti e voltei ao hotel, mas não quis entrar no banho — e se ele viesse me procurar e a gente se desencontrasse? Eu me deitei e fiquei tremendo debaixo das cobertas até o sol nascer, sem conseguir dormir.

Naquela manhã, arrastei minha mala sozinha até a estação de trem, imaginando que Heath estaria me esperando lá. Ou no aeroporto. Ou na Califórnia. Eu o abraçaria pelo pescoço e o beijaria até perder o fôlego. E ele também.

Ninguém sabia o que dizer. Os outros competidores no voo me evitaram, como se meu fracasso e minha tristeza fossem contagiosos. Depois da decolagem, Garrett insistiu para que trocássemos de lugar e eu ficasse com Bella. Nunca tinha viajado de primeira classe. Ela dividiu seu fone de ouvido e pôs um filme péssimo na tela do encosto da frente, demonstrando consideração ao fingir que não notava as lágrimas rolando pelo meu rosto.

Em algum momento ao passar pelo estreito de Bering, caí num sono inquieto. Sonhei com meus pés esmagando gelo e água fria inundando meus pulmões quando eu tentava gritar.

Na chegada a Los Angeles, eu ardia em febre.

Os gêmeos sugeriram que eu fosse para casa com eles e ficasse em um dos quartos de hóspedes. Mas eu queria ficar sozinha, então fui para o dormitório. Passei dias na cama, suando e tremendo. O único indício da passagem do tempo era a luz mudando através das minhas pálpebras fechadas.

Bella trazia comida e remédios — não canja de galinha ou descongestionante nasal, mas coisas que eram a cara de Los Angeles: sucos verdes, caldos de ossos orgânicos, pacotes de ervas com etiquetas com caracteres chineses escritos à mão.

Nada ajudou. Eu não ficava tão doente desde criança. Na época, por pior que me sentisse, pelo menos tinha Heath ao meu lado.

Foi em fevereiro de 1994. Era a primeira vez que os Jogos de Inverno seriam realizados em um ano diferente dos Jogos de Verão. Também era o primeiro ano da minha amizade com Heath.

As pessoas falam do inverno nos Grandes Lagos como se fosse congelante do Dia de Ação de Graças até a Páscoa, mas o mês de fevereiro que é preocupante. Depois de semanas de temperaturas baixas, metros de neve caem durante a noite — até no Meio-Oeste significa que as aulas serão canceladas.

Eu sabia que Heath ficaria péssimo, preso o dia todo na casinha onde morava com a família adotiva, e não me agradava em nada a perspectiva de passar horas ouvindo meu irmão gritar com o Sega dele. Por isso, sugeri irmos ao lago.

A cada inverno, o lago congelava no mínimo uma vez — ainda que a camada de gelo logo se revelasse perigosamente fina. Meu pai tinha me ensinado a tomar cuidado: o gelo transparente com um tom azulado é o mais forte; o branco leitoso requer atenção; se estiver cinza ou lamacento, é melhor não pisar nele; e se o gelo começar a quebrar sob os pés...

Não corra. Só vai piorar as coisas.

O vento forte havia carregado a neve para perto do lago, o que nos deixava com uma pista de patinação particular, cercada pelo céu. Encontrei dois pares de patins velhos nas profundezas do porão. Heath nem tinha patins; o par caro com que eu treinava não devia tocar nada além de um rinque imaculado.

A princípio, fomos desajeitados, como filhotes de cervo cambaleando sobre as lâminas cegas e enferrujadas. Mas ganhamos ritmo em minutos, deslizando pela superfície do lago, com as luvas entrelaçadas e sorrisos alucinantes.

Já fazia meses que Heath assistia ao meu treino, mas foi a primeira vez que patinamos juntos. Ele começou a me girar num passo simples de valsa, e eu fechei os olhos para imaginar que fazíamos uma apresentação campeã diante de uma multidão de fãs.

Às vezes, acho que, por toda a minha carreira, tentei recuperar a alegria daquele dia de inverno, com o vento nas bochechas, a mão de Heath na minha, me movendo tão rápido como se voasse. Eu não tinha ideia de quanto tempo ficamos no lago, ou o quanto havíamos nos embrenhado nele.

Até ouvir o gelo rachando.

Só doeu por um segundo. Depois fiquei entorpecida. Minhas pernas estavam submersas. Cacos de gelo envolviam minha cintura, porém o choque me impedia de gritar. Mas não Heath.

"Katarina!"

Todo mundo me chamava de "Kat" quando eu era pequena, inclusive Heath. Até aquele momento. Ele continuou gritando meu nome sem parar, como se as sílabas extras pudessem encurtar a distância entre nós.

"Katarina, me dá sua mão!"

Eu só afundei mais, a água gelada preenchendo as fibras do casaco e me puxando para baixo. Heath agarrou meus ombros, mas eu estava sendo levada rapidamente. E agora o arrastava para o buraco que havíamos aberto.

"Katarina, *por favor*."

Ele me puxou, e eu tentei projetar o corpo para a superfície. Só anos depois compreendi como havia dado certo, ao treinar levantamentos, confiar no contrapeso, na adrenalina e em pura confiança para realizar coisas que pareciam impossíveis. Na época, só entendi que havia saído da água.

Desabei em cima dele. Nosso peso fez o gelo produzir um ruído.

Em algum momento, meu gorro havia caído, e meu cabelo agora cobria como uma cortina em volta do nosso rosto. Precisávamos nos levantar, sair do lago, retornar à terra firme. Mas estávamos congelados no lugar, olhando para os olhos arregalados um do outro.

Por fim, recuperamos o fôlego e voltamos para casa, para nos aquecer diante da lareira. À noite, ambos sofríamos de calafrios e tosse, e Heath acabou passando dias em casa, até que a gente se recuperasse. Pensei que a família adotiva dele não fosse gostar disso, só que eles pareceram aliviados por não precisar cuidar de uma criança doente. Nós passávamos horas no sofá, num ninho de cobertas, assistindo às competições de patinação artística que eu tinha gravado em fita. A febre contava com uma vantagem, porque assim Heath não podia ver que eu ficava vermelha toda vez que ele me olhava. Toda vez que eu pensava em como havíamos ficado próximos um do outro.

Oito dias depois de voltar de Nagano, a febre finalmente passou. Eu ainda não tinha notícias de Heath.

Passando tanto tempo deitada, meu corpo estava tenso, ansioso e inquieto. Eu precisava me movimentar.

Precisava patinar.

Era quase meia-noite. Eu não fazia ideia se conseguiria entrar em um dos rinques da Academia, mas decidi tentar. Vesti uma legging puída e minha camiseta velha do Stars on Ice, peguei a bolsa dos patins e desci, com os músculos da perna reclamando a cada passo.

A porta da pista principal estava fechada, mas dava para ver que a luz estava acesa lá dentro. Não as luzes brancas fortes do teto, mas os holofotes azuis suaves das apresentações. Uma música qualquer tocava, tão baixo que só consegui identificar depois de entrar.

"The Good Fight", do Dashboard Confessional. E ali, girando no gelo ao som dos lamentos de Chris Carrabba, estava Garrett Lin.

Em vez de roupas de grife feitas sob medida para ele, Garrett vestia uma calça de moletom larga e uma regata que deixava à mostra os ombros musculosos. Suor escorria pelos braços e peito, deslizando pela gola da regata quando ele arqueou as costas e girou em um pé só. Devia fazer horas que estava patinando.

Outra música começou. Não a reconhecia, mas tinha a mesma angústia, a mesmo vibe emo. Apesar da roupa casual e daquela intensidade, cada movimento impecável de Garrett constituía uma verdadeira aula em termos de técnica.

Ele era hipnotizante. Eu nem sabia há quanto tempo eu estava observando como uma esquisitona, até Garrett parar tudo e olhar para mim.

Por um segundo, ele ficou assustado. Depois sorriu e acenou, como se tivéssemos nos trombado na rua.

"Kat." Sem fôlego, e meu nome saiu apressado. "Você devia estar na cama."

A camiseta encharcada de suor esticava à medida que seu peito subia e descia, revelando cada músculo. Fora do gelo, Garrett às vezes parecia um adolescente desajeitado, inseguro e desconfortável no próprio corpo.

Não no gelo. No gelo ele parecia um homem. E um artista. Garrett não era apenas uma tela em que Bella podia exibir seu talento. Ele também era uma estrela, que se segurava para não roubar o brilho da irmã.

"Tô me sentindo melhor", falei. Se eu soubesse que haveria outra pessoa ali, pelo menos teria tomado banho ou penteado o cabelo.

Ele patinou até a lateral da pista e pegou a garrafa de água. "Então deve ter jogado fora aquele suco verde nojento que Bella te deu."

"Claro que não." Sorri. "Eu joguei no ralo."

Garrett riu. "Sábia decisão."

"Sua mãe dava isso pra vocês quando ficavam doentes?"

"Mamãe, não. A babá." Ele tomou o restante da água; uma gota de suor escorreu pelo pomo de adão. "Que bom que tá melhor, mas por que tá acordada assim tão tarde?"

"Te pergunto o mesmo."

"Jet lag. Sempre passo umas semanas meio zoado. Quando volto ao normal, já é hora de pegar outro avião."

"Sua mãe não se importa de você vir aqui no meio da noite?"

"Se for pra treinar, não." Ele coloca a garrafa no chão. "Na verdade, foi bom te encontrar. Precisava conversar com você, mas estava esperando que se recuperasse."

"Ah. Conversar sobre o quê?"

"Sobre o que Bella te contou no Japão."

Senti o estômago embrulhar. Ele ia me dizer que tudo era apenas um mal-entendido. Por que Garrett Lin ia querer formar dupla comigo, quando podia ter quem quisesse? E, agora que eu havia estragado tudo com Heath, ficaria sozinha, não classificaria para os Jogos e...

"Eu nunca teria pedido pra Bella tocar no assunto se achasse que terminaria..."

"Você pediu pra sua irmã falar comigo?"

"Pedi. Por quê? O que ela disse?"

"Só que vocês iam se separar e estavam procurando outros parceiros pro novo ciclo olímpico."

"Eu não queria estragar tudo entre você e Heath, de verdade. Mas dava pra ver que estava difícil. E na sessão de fotos... bom, pensei... sei lá, talvez fosse coisa da minha cabeça."

"Não é coisa da sua cabeça."

Era a primeira vez que eu admitia, para mim ou para quem quer que fosse, que tinha sentido algo durante o ensaio fotográfico. Não exatamente atração, ainda que Garrett fosse extremamente bonito. Era mais compatibilidade. Tínhamos passado pelas poses com tanta facilidade que eu fiquei imaginando como seria patinar com ele.

Uma nova música fez com que eu fosse sacudida por uma lembrança estrondosa.

I'll be your dream, I'll be your wish, I'll be your fantasy.

Heath e eu aos dezesseis anos, no carro para Cleveland, cantando essa música acima do barulho do motor do carro, pensando que nos amaríamos para sempre. E agora eu nem sabia em que continente ele estava. Não fazia ideia se ia voltar a vê-lo.

"Você tá bem?", Garrett perguntou.

"Tô, eu..." Engoli em seco. "Adoro essa música."

"Eu também." Ele estendeu a mão. "Vamos?"

Hesitei. Se posar com Garrett havia sido uma traição, o que seria aquilo? Eu nunca tinha patinado com mais ninguém.

"Entendo que vocês dois..." Balançou a cabeça. "Tá, não entendo nem um pouco. Mas sei que existe toda uma história."

Heath me conheceu quando eu era uma menininha desajeitada com os joelhos ralados e grama no cabelo. Ele me viu aos soluços, fraca, tremendo furiosa diante da minha impotência. Sabia como mexer comigo. E como me provocar.

Garrett não tinha me conhecido como Kat Shaw, dos cafundós de Illinois. Eu poderia abandonar aquela menina, de forma tão abrupta e cruel quanto Heath havia me deixado. Com Heath, eu podia ser eu mesma. Com Garrett, poderia ser alguém melhor.

E, se Heath quisesse me ver de novo, que fizesse isso pela televisão, comigo recebendo medalhas de ouro ao lado de Garrett Lin.

PARTE III
OS CAMPEÕES

Diante do saguão com paredes de vidro da Academia Lin, Katarina Shaw e Garrett Lin posam para fotos ao lado de Bella Lin e Zachary Branwell, anunciando as novas parcerias na primavera de 2002.

JANE CURRER: Duplas novas costumam levar um tempo para dar certo.

GARRETT LIN: Kat e eu demos certo logo de início.

As duas duplas trocam apertos de mão e sorriem para as câmeras como se fossem reis e rainhas do baile. Katarina está diferente: loira, com maquiagem profissional e roupa combinando com a de Garrett.

ELLIS DEAN: De Rainha do Caos a Rainha do Gelo. É impressionante o poder de uma repaginada.

JANE CURRER: Só percebi o potencial da srta. Shaw depois de se juntar ao sr. Lin.

Imagens da dança original de Shaw e Lin na temporada de 2002 a 2003: uma valsa suave ao som de "Kiss from a Rose", do Seal. Eles giram no gelo em perfeita sincronia: a saia esvoaçante de Katarina, em camadas que remetem a pétalas de rosa, em torno de suas pernas.

JANE CURRER: Katarina Shaw acabou se tornando uma jovem encantadora.

INEZ ACTON: Eles transformaram Katarina na porra da Barbie Patinadora. Inacreditável.

GARRETT LIN: Kat e eu despertamos o melhor um no outro. Todo mundo fala como se ela fosse difícil, mas na minha experiência não era nada disso. Kat tornou tudo mais fácil para mim.

KIRK LOCKWOOD: Ninguém parava Shaw e Lin. Ganharam o campeonato americano no primeiro ano, o que era quase inédito.

FRANCESCA GASKELL: Começaram a chamar a dupla de *Karrett*. E eles só venciam.

Uma montagem mostra Katarina e Garrett em um pódio após o outro: recebendo o ouro em três campeonatos nacionais consecutivos e a prata em dois mundiais.

VERONIKA VOLKOVA: Admito que eram um bom par. Mas não para destronar Yelena e Nikita.

FRANCESCA GASKELL: Já Bella e Zack... tiveram muito mais dificuldade.

Imagens da dança livre de Lin e Branwell na temporada de 2002 e 2003: eles patinam ao som da música do filme Titanic, *com figurinos inspirados em Jack e Rose.*

INEZ ACTON: Fazia sentido Bella buscar apresentações mais românticas, considerando o histórico com o irmão. Mas... não deu certo.

Close na coreografia: Bella se esforça ao máximo para se conectar, enquanto Zachary mal faz contato visual com ela.

ELLIS DEAN: Ela tinha mais química com o irmão.

Fotos de paparazzi de Bella e Zachary juntos em Los Angeles, vestindo roupas de festa, mas parecendo entediados. Katarina e Garrett estão alguns passos atrás deles, de braços dados.

ELLIS DEAN: Na segunda temporada, Bella desistiu de tentar convencer o mundo de que os dois eram um casal. Ninguém ia comprar aquilo. Sabiam que ele continuava ligado a Paige.

GARRETT LIN: Zack sofreu por ficar longe da família. Principalmente com tanto trabalho para se recuperar da lesão no joelho.

ELLIS DEAN: Às vezes eu me pergunto se ele não se machucou de propósito, na intenção de cair fora. Parecia a Hollywood de antigamente: os Lin procuravam esconder o filho de Zack.

JANE CURRER: Não é uma metáfora que me agrada, mas as pessoas costumam dizer que o ciclo olímpico é como uma campanha política.

Fotos dos primeiros anos da parceria de Katarina e Garrett. Eles cumprimentam fãs, dão autógrafos e fazem pose.

JANE CURRER: São anos de preparação, e um esforço intenso ao final. O sucesso se conquista com mais do que proezas atléticas.

GARRETT LIN: A pressão às vésperas do mundial de 2005 era enorme. Nos nossos três anos juntos, aquele era o único título que não tínhamos ganhado. E íamos competir em Moscou, ou seja, nossos maiores rivais estariam em casa. Sem mencionar que seria a estreia do novo sistema de pontuação.

KIRK LOCKWOOD: Na temporada de 2004-2005, a União Internacional de Patinação reformulou o sistema de pontuação. O objetivo era tornar o esporte mais justo e menos subjetivo.

Um gráfico explica a nova métrica: níveis de um a quatro são atribuídos a cada elemento com base em grau de dificuldade, somados a uma nota maior ou menor com base em execução, em suma, quão bem a dupla desempenha o elemento.

JANE CURRER: Foi um ajuste necessário. Sempre fui objetiva no julgamento, mas o antigo sistema deixava a porta aberta para corrupção.

VERONIKA VOLKOVA: Os americanos não conseguiam nos derrotar, por isso mudaram as regras.

ELLIS DEAN: O novo sistema de pontuação era um pé no saco. Eu sabia conquistar o público e dar um show, mas essa coisa de grau de dificuldade e grau de execução... Pelo amor de Deus. Mas Josie e eu tínhamos ficamos irrelevantes desde o fracasso em Nagano. Sheila continuou aceitando nosso dinheiro, mas não demonstrou nenhum interesse no nosso progresso.

GARRETT LIN: Todo mundo acha que mamãe pressionava a gente pela vitória ou perfeição, sei lá. Mas a verdade é que nem precisava. Eu mesmo botava pilha. Claro que não era normal, mas dizia a mim mesmo que *nós* não éramos normais. Éramos Lin. Esperavam que fôssemos extraordinários. E com as dificuldades de Bella e Zack, tudo caía sobre meus ombros. Eu tinha que ganhar.

27

"E, *agora, os últimos competidores, dos Estados Unidos, Katarina Shaw e Garrett Lin!*"

De mãos dadas, Garrett e eu patinamos até o centro da pista. Não tínhamos assistido à dança livre de Yelena e Nikita, mas com base no suspiro coletivo do público do Palácio dos Esportes Luzhniki, ao som de O *lago dos cisnes*, havia sido cometido pelo menos um erro óbvio.

Garrett e eu assumimos a liderança com uma apresentação impecável da dança compulsória, ao som de "Midnight Blues". Então ampliamos nossa vantagem com a melhor performance da temporada na dança original, cuja trilha foi um medley do musical *Rua 42*. Agora, tudo o que havia entre nós e nosso primeiro título mundial eram os quatro minutos de dança livre. Uma apresentação limpa garantiria a entrada no ciclo olímpico seguinte como os campeões.

A dança livre também era ao som de Tchaikóvski — mais precisamente, a sinfonia inspirada em A *tempestade*, de Shakespeare. Foi Sheila quem deu a ideia de travar uma guerra psicológica sutil, mostrando à concorrência que arrasaríamos com uma peça do mesmo compositor (uma lenda russa, ainda por cima).

O figurino de Garrett tinha um delicado redemoinho pintado, enquanto o meu era atravessado por um raio brilhante no peito. Éramos o mar e a tempestade, forças brutas da natureza se chocando apaixonadamente. Na minha opinião, os elementos conceituais ficaram um pouco exagerados. A coreografia tradicional de Volkova e Zolotov, por outro lado, parecia simplesmente batida. Já tínhamos ganhado deles na final do Grand Prix, em Pequim.

Os rivais que nos ameaçavam já estavam fora da disputa. Eu não falava com Bella desde a noite anterior, quando ela e Zach se retiraram oficialmente por causa de uma dança original sem brilho que fez com que ele saísse mancando. Os dois simplificaram bastante as performances, porque o problema no joelho dele só piorava; mesmo que tivessem chegado ao fim, não ganhariam medalha. Zach passaria por uma cirurgia depois do mundial, e os médicos previam a volta ao gelo para o outono. Mas nada era garantido.

Assumi a posição inicial: abraçando Garrett, com a cabeça apoiada no ombro dele. Passadas três temporadas juntos, eu ainda sentia como se mal o conhecesse, apesar de uma certeza: Garrett Lin sempre morria de medo quando pisava no gelo. À distância, parecia sereno e confiante, mas de perto dava para sentir o cheiro de seu suor e a pulsação acelerada contra minha têmpora. De alguma maneira, o pânico dele me tranquilizava, como se fôssemos um pêndulo balançando até parar.

Respirei fundo enquanto aguardava a primeira nota da melodia tranquila de cordas e metais.

Então eu o vi.

Nos degraus que levavam à arquibancada, à esquerda da mesa dos juízes. Com um casaco de lã preto, o cabelo escuro raspado.

Parecia completamente diferente do Heath que eu conhecia e amava. No entanto, reconhecê-lo fez meu coração bater como um sino.

"O que foi?", Garrett sussurrou. Sem perceber, eu estava com a cabeça erguida e o corpo tenso nos braços dele.

Era tarde demais para explicações. A música começou, e nossa apresentação teve início — com um pouco de atraso, mas Garrett conseguiu compensar sem pular nenhum passo.

Quando patinava com Heath, eu sempre ficava prestes a perder o controle. Com Garrett, tudo era calculado. Correto. Medido. Precisava fabricar o que vinha naturalmente com Heath. Eu tinha que me lembrar de sorrir, olhar nos olhos dele, procurá-lo nos momentos certos, com a dose certa de paixão e desejo. Isso se tornava parte da coreografia, mais uma coisa para aprender, além dos passos, giros e levantamentos.

De início, aquilo me incomodava. Mas naquele dia fui grata. Quando chegamos à primeira sequência de twizzles — sincronizada com a chuva de floreios dos instrumentos de sopro que antecedia a tempestade musical —, a memória muscular tomou conta e a apresentação foi impecável como sempre.

Aproveitei o fim de um giro para dar uma olhadinha nos degraus.

Ele tinha sumido.

Eu devia estar imaginando. Deixando o nervosismo levar a melhor. Fazia anos que tinha parado de procurar por Heath — depois de as autoridades informarem que, se um adulto some por vontade própria, não pode ser considerado desaparecido; depois de os contatos dos gêmeos no mundo da patinação artística não resultarem em nada; depois da bronca de Sheila sobre eu precisar me concentrar no presente, porque preocupações pessoais não tinham espaço na hora de patinar com o filho dela.

Eu parei de procurar, mas não fechei os olhos. Quantas vezes naqueles três anos não tinha me preocupado que Heath pudesse aparecer na arquibancada durante uma competição? Quantas vezes não tinha confundido um desconhecido de cabelo escuro com ele, na multidão da cidade, ou aguardando na fila para embarcar ou comprar um café?

Nunca passava disso. Outro fantasma conjurado por minha raiva, tristeza, meu medo de que Heath tivesse desaparecido para sempre.

Não havia tempo para medo. Precisava vencer. Por isso, mergulhei de cabeça na dança, ganhando velocidade enquanto a tempestade de Tchaikóvski se intensificava com um estrondo de tremer os tímpanos. Quando chegávamos ao ápice, com os instrumentos de corda e pratos turbulentos se chocando como ondas contra as pedras, Garrett me pegou para o levantamento mais dramático da apresentação. Me equilibrei com um pé apoiado na sua perna e abri os braços como uma bruxa lançando um feitiço, a saia se esvoaçando ao cortarmos o gelo com tanta força quanto se criássemos a própria ventania, até que...

Lá estava ele outra vez. Agora mais próximo, assistindo perto da barreira de proteção.

Heath. Não podia ser ele. Mas era.

Minha perna começou a tremer. Garrett me apertou, tentando salvar o levantamento. Quando eu ia cair, ele improvisou: me passou para o quadril como se fosse um movimento desajeitado de Lindy Hop. O raciocínio rápido nos poupou de uma queda, mas não foi nada bonito e gastou tempo demais.

Tentei fazer os cálculos mentalmente para estimar o quanto meu erro havia custado. De acordo com as novas regras, sofreríamos um desconto de pelo menos um ponto por estourar o tempo limite do levantamento. E mais pelo desmonte desajeitado. Apesar de uma boa vantagem em relação aos russos, outro erro poderia ser o fim.

Mal lembro o que aconteceu depois. De olhos bem abertos, tudo o que enxergava era Heath, com aquela expressão odiosa e o cabelo raspado. Quando vi, a multidão aplaudia e Garrett me abraçava.

No caminho até onde aguardaríamos a notas, Garrett me entregou um dos bichos de pelúcia jogados no rinque — um cachorrinho com pelos dourados e desgrenhados. Na espera, eu o segurava como se fosse enforcá-lo.

Ainda observava a arquibancada quando as notas apareceram na tela. Só fiquei sabendo da vitória quando Garrett me tirou do chão e comemorou com um grito. Sheila nos abraçou, sorrindo como se ela mesma tivesse levado o ouro.

Sou campeã mundial, foi a primeira coisa que me veio na confusão mental.

A segunda foi: *Bella vai me odiar.*

Garrett e eu fomos levados direto para uma sequência de entrevistas. Com microfones e câmeras enfiados na nossa cara, vozes se atropelavam ao fazer perguntas em sei lá quantas línguas. Ele deu conta da maior parte das respostas, enquanto eu segurava firme seu braço.

Sorria, repetia internamente. *É o melhor dia da sua vida.*

Achei que a ficha ia cair quando a medalha de ouro estivesse no meu pescoço. Mas eu me sentia entorpecida, acenando para a multidão do degrau mais alto do pódio. O hino nacional americano começou a tocar, e eu levei uma mão ao coração e a outra à medalha, na tentativa de me acalmar respirando fundo e sentindo o frio do ouro na palma.

Não era ouro de verdade, mas prata banhada. Com o arranhão certo, logo saía a cobertura.

Lágrimas cintilavam nos olhos de Garrett enquanto ele cantava o hino. Meus lábios também se moviam, mas nenhum som saía.

Então lá estava ele outra vez. Sob a bandeira, num lugar que eu com certeza o veria. Quase tudo em Heath havia mudado nos três anos desde Nagano, menos os olhos. A pálpebra pesada, os cílios compridos, as íris tão escuras que se confundiam com a pupila. Tão intensos que me prendiam no chão, tal qual uma mão no meu pescoço. Eu reconheceria aqueles olhos em qualquer lugar.

A gente devia ficar no pódio para as fotos oficiais e dar a volta olímpica. As cerimônias de premiação haviam se tornado tão rotineiras que eu já conhecia o protocolo.

No entanto, assim que o hino acabou, passei meu buquê para as mãos de Garrett. Ele olhou para mim, perplexo, mas eu já estava descendo do pódio, rumo à saída.

Pensei ter perdido Heath. Até que, no saguão, vislumbrei as costas do seu casaco escuro atravessarem as portas de vidro do estacionamento. Ainda de patins, corri o mais rápido possível. Não parei nem para pôr os protetores, que poupariam as lâminas de um estrago. Eu passei a usar patins customizados, com meu nome gravado em letra cursiva, igual a Bella e Garrett.

O clima estava gélido a semana toda, e agora a neve caía — redemoinhos brancos se formavam na calçada, lascas de gelo faziam meus olhos arderem. Depois de anos morando em Los Angeles, eu tinha me desacostumado com o frio, mas nem o notei. Prendi o fôlego e observei o estacionamento, da fonte central aos cedros delimitando o espaço. Heath tinha desaparecido.

Talvez nem estivesse passado ali.

"Kat!" Garrett me alcançou. "O que você...?"

"O que pensa que está fazendo?", Sheila perguntou, a poucos passos do filho. Enquanto ele parecia genuinamente preocupado com meu comportamento, ela estava apenas furiosa.

"Ela precisa de um tempo", Garrett disse.

Sheila se virou para encará-lo. Garrett se encolheu feito um menininho tímido, em vez de um atleta campeão de vinte anos.

"Desculpa." Minhas pernas tremiam sobre as lâminas curvas, como se eu estivesse balançando no convés de um navio. A certeza absoluta de que era Heath já dava lugar à dúvida. "Eu..."

"Agora você é uma campeã mundial", Sheila me cortou. "Então aja como uma."

Ela voltou depressa para dentro.

"Vem." Garrett cobriu meus ombros com a jaqueta da delegação americana. "Todo mundo tá esperando a gente."

Eu tinha sacrificado tanto por aquele momento. Coisas que não havia como recuperar, mesmo se quisesse. E valeu a pena, né? Garrett e eu éramos campeões mundiais. Seríamos os favoritos ao ouro nos Jogos Olímpicos.

Então aja como uma.

GARRETT LIN: Foi como se Kat tivesse visto um fantasma em Moscou.

Close em Katarina Shaw durante a cerimônia de premiação do mundial de 2005. Seus olhos estão arregalados de choque. Garrett e os outros medalhistas a observam abandonar o pódio, confusos.

GARRETT LIN: Ela não me disse o que aconteceu, e eu não quis me intrometer.

Corta para a coletiva posterior ao evento. Os medalhistas estão sentados, dispostos em uma mesa longa, com o nome e um microfone diante de si. Alguém da imprensa pergunta:

"Por que a saída abrupta durante a cerimônia de premiação, Katarina?"

Ela se ajeita, com um sorriso largo sem espontaneidade.

"Sempre foi meu sonho vencer o mundial. Acho que... a emoção tomou conta de mim enquanto eu ouvia o hino nacional."

A resposta parece ensaiada, falsa como o sorriso. Garrett passa um braço pelos ombros dela e abre um sorriso que desarma todos na sala.

"Kat não queria ser vista chorando. E olha que eu já estava me desfazendo em lágrimas..."

Garrett ri, e os repórteres também. Katarina parece mais relaxada e se inclina na direção de Garrett.

ELLIS DEAN: É, ninguém acreditou naquele papinho. Sheila podia ter se esforçado mais.

JANE CURRER: Foi pura falta de espírito esportivo da parte da srta. Shaw.

VERONIKA VOLKOVA: Uma falta de respeito muito grande. Minha Yelena nem sonharia em fazer algo do tipo.

GARRETT LIN: Alcançar um marco assim nunca é como a gente imagina. Eu também não fiquei muito a fim de comemorar, porque a minha irmã estava arrasada.

Bella Lin e Zack Branwell assistem à dança livre do fundo da arquibancada. Bella tem uma bandeira americana amarrotada sobre as pernas e parece aborrecida. Mas quando percebe que está sendo filmada, se anima e começa a sacudir a bandeira e a dar cotoveladas em Zack até que ele siga o exemplo.

GARRETT LIN: A maior vontade de Bella era ir para os Jogos Olímpicos. O que aconteceu com Zack foi muito azar, mas eu sabia que ela daria um jeito de ir para Turim. Minha irmã sempre conseguia o que queria. Não importava como.

28

No nosso último dia na Rússia, Sheila nos levou para tomar brunch em um restaurante com toalhas brancas engomadas e uma vista deslumbrante da Praça Vermelha. Bella chegou atrasada — e sozinha.

Ela não tinha me dito nada depois da final do mundial, ou pelo menos nada além de um mero "parabéns", muito menos convincente do que o que eu havia lhe dado quando conquistou o bronze, em 2002. Ao me tornar dupla de Garrett, eu tinha me mudado para a casa dos Lin, onde ocupava um quarto no mesmo corredor das suítes dos irmãos, que ficavam lado a lado. A princípio, a experiência era como uma festa do pijama sem fim, na companhia da irmã que eu nunca tive. No entanto, quanto mais dificuldades Bella e Zack enfrentavam, mais ela se afastava.

Aguardei com paciência ao longo da sequência de pratos deliciosos, incluindo caviar, servidos em travessas de prata ornamentadas, antes de perguntar sobre a ausência do seu parceiro.

"Zack tá bem", Bella disse. "Voltou pra casa mais cedo."

"Pra Los Angeles?"

"Pra Minnesota. Ele vai passar um tempo com os pais."

Isso significava passar um tempo com a antiga parceira e supostamente ex-namorada: Paige. O filho deles já devia estar andando, e Paige morava com os Branwell desde o nascimento do menino. Zack os visitava sempre que possível — um dos muitos pontos em que ele e Bella divergiam, porque reduzia o tempo dos treinos.

Bella estava tão certa de que ela e Zack se tornariam a dupla medalha de ouro, e que eu e Garrett ficaríamos à sua sombra... Agora, ela encarava a possibilidade de um ano olímpico sem parceiro, enquanto eu e seu irmão adquirimos o status de concorrência.

"O que você vai fazer?", perguntei.

Ela tomou um gole de chá Russian Caravan, segurando a alça dourada da xícara de vidro. "Não se preocupa comigo. Vou dar um jeito."

Fiquei aliviada ao vê-la tão calma, dadas as circunstâncias.

Eu devia ter questionado o motivo.

Depois do voo de quase treze horas de Moscou até Los Angeles, Sheila disse que podíamos dormir até mais tarde no dia seguinte — apenas uma hora a mais. Nem mesmo campeões mundiais tinham direito a um dia de folga.

Meu quarto na casa dos Lin era ao mesmo tempo luxuoso e simples, com tudo branco: as paredes, a roupa de cama e os móveis esmaltados de uma loja exclusiva que só atendia com horário marcado. Viajávamos tanto que eu não me dei ao trabalho de decorar nem de desfazer totalmente a mala. Aquele espaço parecia tanto meu lar quanto a interminável rede de hotéis em que nos hospedávamos durante a temporada.

Mas a cama lembrava uma nuvem — o colchão era viscoelástico, a roupa de cama era lavada pela empregada dia sim, dia não. No entanto, não consegui dormir. Fiquei acordada no avião também, apesar da poltrona totalmente reclinável, da máscara de olhos feita de seda e com cheirinho de lavanda, além dos outros confortos da primeira classe.

Eu não sofria tanto de insônia desde os meses que se seguiram ao desaparecimento de Heath. Na época, me revirava nos lençóis, tentando imaginar o paradeiro dele e o que estava fazendo. Estaria na cama também, ou em um fuso horário diferente, onde já era dia? Estaria sozinho? Eu odiava pensar nele sozinho, mas odiava ainda mais pensar nele com outra pessoa.

Era ele mesmo que eu tinha visto em Moscou, ou eu estava ficando maluca?

Um pouco depois das cinco, desisti de tentar dormir e fui mais cedo para a pista. Garrett liberava seu Audi SUV sempre que eu precisava pegar emprestado, e eu ia devagar pela Pacific Coast Highway, que graças a Deus estava livre, com as janelas abertas, desfrutando da brisa fresca marítima no rosto enquanto o sol se erguia sobre as palmeiras.

Talvez um tempo sozinha no gelo fosse ideal. Sem público, sem concorrência, sem pressão.

Embora eu não esperasse encontrar ninguém até por volta de sete, quando o treino começava, arrumei o cabelo e me maquiei. Sheila insistia na importância de estar sempre arrumada; não se sabe quem pode estar vendo e julgando.

Entrei na pista principal alguns minutos antes das seis, só para constatar que não teria o lugar só para mim. Havia outro patinador.

Com roupas pretas coladas ao corpo, ele passava num borrão. Ainda que não tocasse música, de alguma forma eu ouvia um ritmo — no raspar das lâminas sobre o gelo liso, nos movimentos sutis dos quadris e até mesmo na extensão dos dedos.

O cara era bom. *Muito* bom. Quando mudou de direção, se inclinou tanto que pensei que fosse cair. Surpreendentemente, manteve o controle total.

Quando parou no centro da pista, seus patins levantaram um arco cintilante de gelo. Então olhou diretamente para mim, como se me observasse também.

Cambaleei para trás, como se tivesse levado um soco.

Heath entreabriu os lábios, corado pelo esforço. Exatamente como ficava depois de horas me beijando.

"Oi, Katarina", ele disse.

29

Katarina.

Heath era o único que me chamava assim, além de jornalistas e comentaristas. No passado, ao usar meu nome inteiro, o pronunciava como se cada sílaba lhe desse prazer e fosse sua palavra preferida.

Agora, ele o lançava como um insulto.

"Parabéns pelo título mundial", Heath disse, no mesmo tom.

Fazia quase exatamente três anos que ele tinha fugido de mim, sob a chuva gelada de Nagano. Heath parecia outra pessoa. Com a postura mais ereta e os ombros abertos como os de um bailarino. Ele estava quase esquelético — a maciez havia sido levada, deixando o rosto anguloso demais, quase severo. A floresta de cachos volumosos cortada quase na raiz. Havia uma pequena cicatriz branca na bochecha esquerda, que enfatizava a crueldade dos olhos.

Para mim, ele continuava lindo. Isso talvez fosse o pior de tudo.

Dava para ver que Heath também estava catalogando as minhas mudanças. Ao longo desse tempo separados, eu fiz o melhor para domar tudo o que havia de rebelde em mim: descolorindo e alisando o cabelo, me submetendo a clareamento, depilação e quaisquer tratamentos de beleza que Bella e a mãe recomendassem. Tinha até perdido peso para reduzir as curvas.

A nova aparência fazia com que eu me sentisse uma profissional no controle, como uma patinadora de elite, que merecia formar dupla com Garrett Lin, o menino de ouro. No entanto, na mira do olhar duro de Heath, me achei ridícula, uma menininha usando uma fantasia que não caía bem.

Heath via através daquilo, por dentro de mim. Como sempre.

Eu tinha muitas perguntas: *Por onde andou?*, *Por que me deixou?*, *Como pôde ter sido assim cruel?* Mas a única que saiu foi: "O que você tá fazendo aqui?".

"Fui convidado", ele disse.

"Por quem?"

A porta do saguão se abriu com tudo e Bella entrou na pista, seguida por Garrett.

Os dois tinham se vestido às pressas. O cabelo de Bella estava preso num coque descuidado, em vez da coroa de tranças que ela sempre usava. Não havia passado brilho labial.

Eles deviam ter acordado, percebido que eu já tinha ido para a Academia e saído correndo para tentar impedir aquele encontro.

As peças começaram a se encaixar na minha cabeça. Heath ter aparecido em Moscou. A tranquilidade pouco característica de Bella ao falar sobre a partida de Zack. A culpa alucinante nos olhos dela enquanto olhava de mim para Heath, e de novo para mim.

Bella não precisava de um novo parceiro porque já tinha um.

Heath não havia voltado por mim. Mas por *ela*.

"Olha", Bella disse, "eu não queria que você descobrisse assim. Mas todo mundo sabe que Zack vai ficar um bom tempo sem competir, se é que vai voltar um dia, e..."

"E você é *Bella Lin*! Pode ter o parceiro que quiser!"

"Você sabe que não é tão simples."

"Até parece. É só sua mãe mexer os pauzinhos, trazer um pobre coitado..."

"É tarde demais. Falta menos de um ano pros Jogos."

Não havia tempo para regularizar a cidadania de um patinador estrangeiro. No entanto, mesmo se limitando aos Estados Unidos, mesmo considerando o tanto que Bella tinha caído no ranking nas temporadas com Zack, ainda havia opções.

Heath ficou parado assistindo à discussão, como se fosse uma apresentação para seu bel-prazer.

"Bella achava que você não era bom pra mim", eu disse a ele. "E de repente você é bom pra ela?"

Heath respondeu apenas com um sorriso — muito diferente dos que costumava me dirigir. Um sorrisinho do tipo que reservava ao meu irmão, quando queria provocá-lo.

"Kat." Garrett pôs a mão no meu ombro. "Por que não respiramos fundo e..."

Eu me esquivei do toque. "Você sabia disso?"

"Fiquei sabendo hoje de manhã."

"Se soubesse, teria me contado?"

Garrett hesitou. Seus olhos procuraram a irmã. Daí minha resposta. E claro que Sheila sabia também. Pensei nas palavras de Bella aquela noite na piscina: *A mamãe sabe tudo.* A ideia talvez tivesse sido da própria Sheila.

Na época, eu disse a mim mesma que só estava brava por causa da falta de honestidade deles. Agora, admito que não é verdade. Em nenhuma circunstância eu aceitaria bem a dupla de Heath e Bella.

A traição dela doía, mas a dele era pior. Porque Heath não tinha simplesmente melhorado depois de me abandonar — ele se *transformou*. Não era o mesmo patinador da nossa dupla. Era o patinador que eu sempre sonhei que poderia vir a ser.

Seu amor por mim não o motivou para que atingisse seu pleno potencial. Seu ódio, por outro lado, tornava Heath capaz de tudo.

ELLIS DEAN: O filho da puta desapareceu da face da Terra por três anos. Aí surgiu do nada. Não parece a porra de uma novela? Eu queria ter estado lá pra ver a cara da Kat.

GARRETT LIN: Depois de Nagano, fiquei com medo de que Heath pudesse... ter atentado contra ele mesmo. Mas nunca disse nada a Kat. Imagino que isso também tenha passado pela cabeça dela.

Imagens de um treino na Academia Lin no verão de 2005. Heath se aquece, improvisando uma coreografia ao som da música de outra dupla ensaiando na pista. Vários patinadores param para observá-lo. Ele não demonstra notar a atenção.

FRANCESCA GASKELL: Ele sempre foi bom na parte de expressão e atuação. E agora tinha técnica. Heath praticamente se *tornava* a música.

KIRK LOCKWOOD: Não é impossível um patinador melhorar tanto em tão pouco tempo. Mas é improvável.

ELLIS DEAN: O cara só pode ter usado esteroides.

GARRETT LIN: Ele não tomava nada. Não há muitos casos de doping na dança no gelo, porque o doping não ajuda muito. É possível melhorar a resistência, claro, mas essa modalidade depende de talento artístico. Não existe pílula mágica.

JANE CURRER: A Federação Americana de Patinação Artística tem tolerância zero para drogas de desempenho. É tudo o que vou dizer sobre o assunto.

ELLIS DEAN: Ele sempre foi bonitinho e tal, mas não tinha aqueles músculos, não.

GARRETT LIN: Mamãe obrigava todo mundo na Academia a fazer exames semanais. Todo mundo mesmo, incluindo os filhos. Se Heath estivesse tomando bomba, ela teria descoberto e expulsado o cara.

ELLIS DEAN: Kat deve ter se martirizado por ter deixado ele. Todo mundo só falava disso. Patinadores do Canadá à China apostavam quanto tempo demoraria antes que Kat Shaw e Bella Lin arrancassem os olhos uma da outra.

GARRETT LIN: Mamãe não toleraria essa disputa interna sem sentido. Todos queríamos a mesma coisa: ir pros Jogos Olímpicos. Não tínhamos tempo pra mais nada.

Sheila treina Katarina e Garrett, enquanto Bella e Heath patinam ao fundo.

GARRETT LIN: Bella e Kat se evitavam na maior parte do tempo. Uma coisa triste, porque elas foram próximas durante um bom tempo. Mas quem conhecia Bella sabia que ela escolheria a patinação acima de tudo, e de todos, sempre. Na situação inversa, com certeza Kat faria o mesmo.

30

Eu estava determinada a ignorar Heath e Bella. Não podia me dar ao luxo de desperdiçar energia com eles — não se queria conquistar o ouro olímpico.

Mas os dois não facilitavam nada. Sempre que eu me virava, estavam lá: entrelaçados no gelo, ou sentados na arquibancada. Quando Heath me notava, se aproximava de Bella, arranjava desculpas para tocá-la — e Bella não o desencorajava.

Doía admitir que eram bons juntos. Heath melhorou tanto que fazia qualquer estilo — da polca ao mambo — parecer fácil. A combinação da baixa estatura de Bella e dos músculos que Heath desenvolveu durante sua ausência misteriosa permitia que eles executassem levantamentos e manobras que a maioria dos concorrentes não era capaz.

Chovia boatos sobre onde Heath tinha treinado — afinal, havia um número limitado de instrutores de elite no ramo da dança no gelo, e menos ainda no nível de Sheila Lin. Alguns técnicos tentaram levar o crédito pela transformação de Heath, que se recusava a confirmar ou negar qualquer coisa. O fato era que, seja lá como, ele tinha evoluído de um atleta médio para um de ponta em poucos anos.

Já Garrett e eu começamos a enfrentar dificuldades. A dança livre daquela temporada seria ao som de um medley R&B. Uma coreografia sexy, com desejo no olhar e levantamentos em que minhas pernas entrelaçavam a cintura de Garrett. Já tínhamos feito apresentações românticas, mas nada assim. A parte técnica estava sob controle, mas o panorama geral parecia desconfortável e forçado — principalmente quando o único homem que eu já tinha amado observava do outro lado da pista.

Não havia jeito de evitar Heath na Academia, mas comecei a treinar fora do gelo em um lugar diferente. Não era como se estivesse *fugindo*, pensava. Só precisava de ar fresco. De uma mudança de cenário, de um novo desafio.

Na época, eu já sabia que era tudo papo furado.

Meu lugar preferido para treinar era em um cânion próximo à casa dos Lin. Centenas de degraus de concreto subiam por uma encosta íngreme. Já seria desafiador em um clima ameno, logo no calor escaldante de Los Angeles virava uma tortura. A dor bastava para afastar a mente da verdadeira fonte de sofrimento.

No outono, eu ia até lá três vezes por semana, e às vezes mais, se houvesse uma brecha entre as sessões no gelo, as aulas de danças e os compromissos com os patrocinadores. Era um lugar silencioso: não se ouvia nada além do canto dos pássaros, do impacto dos meus tênis no concreto e da minha respiração ficando ofegante conforme eu chegava ao topo.

Até o começo de uma tarde de outubro, quando minha solidão foi invadida por passos rápidos atrás de mim.

Eu encontrava trilheiros de vez em quando, só que a maioria começava lá em cima e descia os degraus. Raras vezes alguém subia correndo — raríssimas quando conseguiam me acompanhar nessa velocidade.

Os passos aceleraram, encurtando a distância entre nós, até que a pessoa passou do meu lado, quase me jogando contra o corrimão enferrujado.

Antes que pudesse protestar, eu o vi.

Heath. Foi impossível ignorar as coxas esculturais com aquele short de corrida.

Parei, soltando um suspiro de frustração. "Agora você tá me seguindo, é?"

Heath parou vários degraus acima e me olhou. Seu cabelo estava mais comprido, com ondas nas pontas, e brilhava ao sol.

"Parece que é você que tá me seguindo."

Heath voltou a correr, de dois em dois degraus para aumentar a vantagem sobre mim. O fôlego do imbecil nem se abalava.

Eu nunca o deixava ganhar quando corríamos na margem do rio, ainda crianças, e não ia começar agora. Por isso, fui a toda a velocidade.

Quanto mais subíamos, as sombras ficavam escassas. Suor escorria pelas minhas costas, e os músculos das pernas queimavam como se eu estivesse ao fim de uma dança livre — mas pelo menos estava conseguindo me aproximar.

A escada se estreitava num trecho de zigue-zague, e havia um tronco caído no caminho. Era a oportunidade de ultrapassá-lo. Fui com tudo, passando tão perto que nossos quadris quase se tocaram, então cheguei à frente, a apenas alguns degraus, sentindo a respiração de Heath na minha nuca...

Até a ponta do meu tênis relar numa rachadura na beirada do último degrau e eu me estatelar na terra quente. A dor descia pelas canelas.

Antes de eu me recuperar, Heath me pegou pelos ombros e me pôs de pé. Era a primeira vez que ele me tocava desde aquela noite em Nagano. Ele me soltou rapidamente, como se tivesse se queimado. Já eu me inclinei em sua direção, como uma flor buscando a luz, e me odiei por isso.

Heath ficou só vendo, de braços cruzados, enquanto eu mancava até uma pedra coberta de grafites. Minhas pernas estavam arranhadas dos joelhos aos tornozelos, com cascalho incrustrado na pele ardendo. Tentei limpar, mas as mãos também estavam sujas e esfoladas.

Heath suspirou. "Para. Só vai piorar."

Ele soltou uma garrafinha do cinto e se ajoelhou à minha frente. Tão perto que dava para sentir seu calor. A cicatriz sob o olho pareceu mais delicada. Eu podia simplesmente limpá-la com a mão.

Agarrada à pedra, raspei as unhas na superfície áspera. A céu aberto, a vista era deslumbrante, das montanhas de Santa Monica até o Pacífico, mas naquela tarde havia neblina misturada à poluição transformando tudo num borrão aquarelado. Heath lavava meus machucados com água morna — seus dedos roçavam minha panturrilha, talvez por acidente —, e me forcei a me concentrar na névoa cinza. Qualquer coisa era melhor do que olhar para ele.

Era óbvio por que eu estava com tanta dificuldade de me conectar com Garrett no gelo: Heath me lembrava do que era desejo de verdade.

De pé, ele limpava o suor da testa com a barra da camiseta. Eu me obriguei a não ficar secando o tanquinho ou a cintura estreita, ou...

As cicatrizes. As costas de Heath estavam cobertas delas, muito mais proeminentes do que a da bochecha. Perdi o ar.

"O que aconteceu com você?"

Heath ajeitou a camiseta. "Nada."

As cicatrizes eram de tamanhos e formas diferentes, espalhadas aleatoriamente, sem nenhum padrão ou simetria identificável. Não eram recentes, mas eu conseguia imaginar as marcas frescas e latejando, a pele fina como a das minhas pernas raladas.

Eu queria abraçá-lo e dizer que nada mais o machucaria. Queria descobrir quem havia feito aquilo e esfolar a pessoa viva.

Mas quando estendi a mão, ele se esquivou.

"Heath." Me encolhi com meu próprio tom brando.

"Ah, *agora* você se importa."

"É claro que..."

"Quer saber o que aconteceu comigo?", ele cuspiu. "*Você*. Você me deixou e..."

"Eu te deixei?" O que Heath vinha dizendo a si mesmo todos aqueles anos, depois que eu o persegui pelas ruas, gritando por ele? "*Você* me deixou."

"Ah, por favor... Ouvi tudo o que você disse a Ellis."

"Eu só estava *conversando*. Não tinha tomado nenhuma decisão."

"Você deixou claro que eu estava te segurando. Que eu não era bom o bastante. Que você nunca venceria comigo. E a gente sabe que isso é tudo que importa."

"Então você decidiu pelos dois. E agora a gente nunca vai saber."

"Acho que não." Ele foi para a escada. Todo o cuidado que tinha demonstrado havia sido substituído por frieza. "Aproveita o restante da corrida, Katarina. Tenta não quebrar nada na volta."

Ele começou a descer os degraus — rápido demais para ser alcançado, mesmo se eu quisesse.

Fiquei furiosa no topo da escada, minhas canelas ardendo de novo por causa do sal do suor. Eu não tinha me machucado de verdade, mas foi por pouco. Podia ter quebrado um osso ou aberto os pulsos na tentativa de amortecer a queda.

Quase joguei todos esses anos de treino fora ao perseguir Heath, como se ainda fôssemos duas crianças selvagens.

Aquele era o *meu* ano. A minha temporada olímpica. E ninguém iria estragar isso.

Nem mesmo Heath.

KIRK LOCKWOOD: Todo mundo achava que Turim seria um novo embate olímpico entre americanos e russos. Todo mundo esperava por isso, desde que Sheila e eu tínhamos enfrentado a dupla Volkova e Zolotov original, em Calgary.

Durante a cerimônia de premiação dos Jogos Olímpicos de Inverno de 1988, Sheila Lin e Kirk Lockwood sorriem no topo do pódio, enquanto Veronika Volkova e Mikhail Zolotov parecem furiosos no segundo lugar.

KIRK LOCKWOOD: Mas como qualquer fã de patinação sabe, nem sempre as coisas acontecem como o esperado.

Corta para um noticiário da TV estatal russa. Dublagem em inglês por cima do âncora dando as últimas notícias.

"Nikita Zolotov, filho de Mikhail Zolotov, medalhista olímpico na dança no gelo, anunciou hoje oficialmente sua aposentadoria do esporte. Nikita Zolotov vinha lidando com lesões desde o campeonato mundial, realizado este ano em Moscou, quando ele e sua parceira, Yelena Volkova, sofreram uma derrota inesperada contra os americanos Katarina Shaw e Garrett Lin.

"Volkova e Zolotov estavam entre os favoritos na dança no gelo nos vigésimos Jogos Olímpicos de Inverno, que se realizarão em Turim, na Itália. Agora, a poucos meses dos Jogos, Volkova está sem parceiro."

VERONIKA VOLKOVA: Yelena ficou arrasada.

ELLIS DEAN: Yelena provavelmente ficou aliviada. Nem conheço a mulher, mas sempre achei que ela morria de medo de Nikita. E da tia.

VERONIKA VOLKOVA: Ela ainda era jovem. Eu disse isso a ela. Poderia participar dos próximos Jogos, com outro parceiro. Alguém melhor. Eu estava certa de que ninguém se lembraria de Katarina Shaw em quatro anos.

KIRK LOCKWOOD: Com Volkova e Zolotov fora, Shaw e Lin eram com certeza a maior ameaça. Depois de um título mundial, a confiança aumenta consideravelmente. Você passa a se comportar diferente. A competir como um campeão.

Katarina Shaw e Garrett Lin apresentam sua dança livre da temporada de 2005-2006, ao som de Sade, cantora britânica de R&B. Ela usa figurino todo branco, com saia transparente e corpete encrustado de cristais. Garrett está de preto, com cristais idênticos nos ombros.

KIRK LOCKWOOD: Todo mundo achava que Kat e Garrett conquistariam uma sequência de títulos, fechando a temporada com o ouro em Turim. Mas, como eu disse, a patinação no gelo é cheia de surpresas. E a surpresa daquele ano foi Bella e Heath juntos.

No Troféu Nebelhorn 2005, a primeira competição da dupla, Bella e Heath patinam ao som da trilha do filme Grandes esperanças, *de 1998. Bella usa vestido verde com saia esvoaçante. Heath veste smoking de cetim com caimento impecável.*

Na transmissão televisiva, Kirk Lockwood comenta: "Os dois passam a impressão de terem se unido há muito mais tempo do que poucos meses. Desse jeito, vão ficar com o ouro".

GARRETT LIN: Kat e eu não participamos das primeiras competições da temporada, também íamos a Grands Prix diferentes de Bella e Heath, para não competirmos diretamente até a final, em dezembro, se todos nos classificássemos.

ELLIS DEAN: Foi como se Sheila tivesse planejado que as duplas não se encontrassem até a hora da verdade.

GARRETT LIN: Foi um alívio pra mim, mais por causa de Kat. Eu sabia que estava sendo difícil pra ela, principalmente a dança livre. Mas ganhamos nossos Grands Prix.

Katarina e Garrett acenam do primeiro lugar do pódio no Skate America, realizado em Atlantic City, e depois no Trophée Éric Bompard, em Paris.

KIRK LOCKWOOD: Mesmo se saindo bem, foi um choque quando Bella e Heath ficaram com a prata no Grand Prix do Canadá, a segunda competição dos dois juntos e a primeira com forte concorrência internacional. Depois eles ficaram com o ouro no Japão.

Bella e Heath aparecem de olho no placar do Troféu NHK, em Osaka. Quando suas notas saem, eles sorriem e se abraçam.

"É isso aí", Kirk anuncia. "Lin e Rocha estão classificados para a final do Grand Prix."

GARRETT LIN: Sabíamos que Bella e Heath iam dar trabalho.

KIRK LOCKWOOD: Na minha opinião, ia ser apertado. Mas todo mundo achava que Kat e Garrett venceriam. Eles tinham mais experiência. Eram os campeões mundiais.

Na final do Grand Prix, em Tóquio, Katarina e Garrett aguardam suas notas da dança livre, ao lado de Sheila. A dança original deixou a dupla em primeiro, o que significa que sua apresentação foi a última. As notas saem e a expressão de Katarina se transforma.

"Inacreditável!", Kirk Lockwood comenta. "Na primeira temporada juntos, Isabella e Heath levam o ouro na final do Grand Prix!"

Corta para Bella e Heath comemorando a vitória nos bastidores. Bella dá um beijo na bochecha dele, deixando uma marca rosa de batom. A imagem retorna a Katarina e Garrett. Ela parece furiosa. Garrett aperta seu joelho e sorri, talvez para lembrá-la de ser uma boa perdedora, mas é tarde demais. A reação já foi transmitida para o mundo todo.

ELLIS DEAN: Olha, qualquer pessoa ficaria chateada se tivesse perdido para o ex-namorado e a ex-melhor amiga.

Katarina, agora com a expressão mais neutra, e Garrett vão embora. Sem falar com ninguém, ela passa direto pelos microfones dos repórteres.

ELLIS DEAN: Mas Heath e Bella não pararam aí.

31

Depois da derrota em Tóquio, tudo o que eu queria era que chegasse logo o Campeonato Nacional, em janeiro, para que Garrett e eu tivéssemos a chance de nos redimir ao defender nosso título.

Infelizmente, Sheila havia fechado um acordo para que as duplas de dança no gelo mais experientes da Academia se apresentassem em um evento beneficente na véspera de Ano-Novo. Nem me lembro quem era o beneficiado — baleias, crianças, ou qualquer outra coisa que sempre precisava ser salva —, mas seríamos o entretenimento da noite, performando à beira-mar numa pista de patinação no Hotel del Coronado.

O lugar era impressionante: parecia um transatlântico da Era Dourada encalhado na areia imaculada de uma ilha na costa de San Diego. Quando chegamos na manhã do evento, a decoração natalina permanecia, com luzinhas nas torres e uma árvore de Natal tão alta que encostava no teto.

Já a pista de patinação deixava a desejar: era uma estrutura temporária, montada no inverno para os turistas se aventurarem com patins alugados enquanto tomavam chocolate quente. Sem muita trégua do sol californiano, a camada superior de gelo amolecia e dava a sensação de lama.

Depois do treino, enquanto a maioria dos patinadores curtia a praia ou conhecia o resort, fui direto para o quarto, exausta. Tínhamos deixado Los Angeles logo cedo, e meu assento no ônibus fretado oferecia uma vista bem desimpedida de Bella encostada no ombro de Heath enquanto ele ouvia seu iPod — presente de Natal dado por ela. Em vez de voltar para casa depois do Troféu NHK, os dois ficaram algumas semanas no Japão até a final do Grand Prix, visitando as atrações turísticas e sei lá o que mais.

Eu nem queria pensar nisso. Mas não conseguia parar de pensar nisso.

O elevador do saguão do hotel era uma geringonça antiquada, com um ascensorista grisalho e corcunda usando um uniforme completo e chapeuzinho. Ao fechar a porta retrátil, ele assoviava uma versão animada de "Auld Lang Syne".

"Então a senhorita é uma das patinadoras?"

Confirmei com a cabeça. O ascensorista começou a assoviar o hino olímpico.

"E vai para os Jogos Olímpicos?"

"Espero que sim."

Foi uma resposta educada e humilde, treinada para dar nas entrevistas, para que eu não parecesse uma mocreia egocêntrica. A verdade era que eu tinha certeza de que ia para a Olimpíada.

Apesar da vitória inesperada de Bella e Heath na final do Grand Prix, Garrett e eu ainda éramos a principal dupla de dança no gelo dos Estados Unidos. O Campeonato Nacional classificava para os Jogos, mas não passava de uma formalidade para nós. Duas duplas americanas competiriam em Turim, e seríamos uma delas. Meu sonho de infância finalmente viraria realidade.

Só que a classificação não bastava mais para mim.

Eu tinha passado anos *desesperada* para competir nos Jogos Olímpicos. Agora que estava quase lá, competir não era o suficiente. Eu queria ir para os Jogos como campeã americana. Nunca mais ficaria em segundo lugar.

O elevador chegou ao meu andar. O ascensorista abriu a porta retrátil. Diante dos meus olhos, Bella erguia o punho para bater na porta do meu quarto.

"Ah", ela disse. "Você tá aí."

"Estava me procurando?"

Essa foi nossa conversa mais longa desde que eu tinha descoberto que Bella e Heath formariam uma dupla.

"É... eu estava pensando se..."

A frase morreu no ar, seus dedos estavam inquietos. Nunca a tinha visto tão insegura. Admito que estava gostando.

"Algumas meninas vão se arrumar no meu quarto. Você é bem-vinda. Se quiser, digo."

Como de costume, o convite de Bella Lin podia ser tanto uma oferta de paz como uma armadilha, e ela me daria o bote assim que eu baixasse a guarda.

Decidi arriscar. Eu também sabia dar o bote.

"Que horas?", perguntei.

Ouvi o barulho à distância no corredor — as vozes uma por cima da outra, as risadinhas, o baixo contagiante de uma música da Beyoncé.

Parei do lado de fora, segurando apertado na barriga o estojo de maquiagem. Cogitei dar meia-volta. O que haveria por trás da abertura repentina de Bella? Mas se voltasse atrás agora, ela venceria. Outra vez.

A porta estava entreaberta. Com uma expressão simpática no rosto, eu a abri completamente.

"Kat!" Torcia para que seu sorriso fosse sincero. "Entra."

Ao me tornar parceira de Garrett, eu não ficava mais em hotéis baratos. No entanto, não havia como comparar meu quarto standard com aquela suíte de luxo, onde janelas panorâmicas ofereciam uma vista maravilhosa do sol se pondo no Pacífico.

As garotas estavam na sala de estar. Josie Hayworth passava gloss cor-de-rosa da Lancôme nos lábios franzidos. Ela e Ellis não tinham sido selecionados, mas o pai dela senador provavelmente estava na lista de convidados, logo os dois desfrutariam da comida e bebida grátis sem a pressão de ter que se apresentar.

Eu conhecia as outras três — Amber, Chelsea e Francesca, a Frannie — só de passagem. Andava evitando a Academia, fugindo de Bella, Heath e qualquer coisa que me distraísse dos meus objetivos. As meninas eram novas promessas da dança no gelo, tendo passado recentemente para o nível profissional. Haveria todo o futuro à frente — ainda que meus anos de experiência permitiam saber que a maioria não sobreviveria até a temporada seguinte.

Eu sentei num pufe estofado e comecei a passar a maquiagem, deixando a conversa rolar sem me concentrar muito. Elas trocavam dicas para fazer a francesinha perfeita, falavam sobre o novo filme de *Harry Potter* e cantavam "Naughty Girl" em coro, Frannie usando uma lata de spray para cabelo com glitter como microfone.

Jovens normais faziam isso no sábado à noite? Eu tinha só vinte e dois anos, mas me sentia indescritivelmente velha. Não tinha nada a acrescentar, nenhum interesse além de patinação artística. Era mais fácil dar uma entrevista que seria assistida por milhões de pessoas do que tagarelar com garotas da minha idade.

Na maior parte do tempo, Bella também ficou em silêncio, concentrada em puxar o delineado perfeito até as têmporas. Eu imaginava que ela e Heath fossem repetir a dança livre, mas ela talvez optasse por um visual mais dramático do que no Grand Prix.

Enquanto eu aplicava a última camada de pó compacto, Bella se dirigiu a mim. "O que vai fazer no cabelo?"

"Não sei." Naquela temporada, eu preferi pelo mais simples: prender metade com uma presilha coberta de cristais, que combinava com o figurino, para impedir que cabelo caísse no rosto.

"Quer que eu faça uma trança?"

Quando comecei a patinar com Garrett, Bella fazia meu penteado em quase toda competição. Eram algumas das minhas lembranças preferidas, nós duas sentadas no chão de quartos de hotel, de Spokane a São Petersburgo, ela trançando meu cabelo com dedos hábeis e prendendo com grampos.

"Claro", falei.

Ela fez sinal para que eu me sentasse à sua frente e se recostou no sofá atrás de mim. Assim eu fiquei no meio do grupo, com os joelhos batendo nas pernas da mesa de centro metálica. Bella passou as mãos pela minha cabeça, desemaranhando os nós, e um formigamento desceu pela minha espinha. Eu tinha sentido falta disso. Falta dela.

Alguém trocou o CD da Beyoncé por *Confessions on a Dance Floor*, da Madonna, e logo surgiu o assunto inevitável: caras gatos.

Frannie tinha uma quedinha por um patinador sul-coreano e planejava se aproximar quando estivessem na mesma cidade, durante o Campeonato dos Quatro Continentes.

"Mostra uma foto", Josie pediu.

Frannie pegou o celular de flip. As outras se reuniram ao redor.

"Nossa, ele é *lindo*", Amber soltou.

Chelsea apertou os olhos para a tela. "Parece um Garrett mais jovem."

"Parece mesmo", Frannie concordou, com um suspiro.

"Em primeiro lugar, os asiáticos não são todos iguais", Bella disse. Frannie começou a se desculpar, mas ela continuou. "E seria *ótimo* se vocês não ficassem babando pelo meu irmão na minha frente."

"Desculpa." Amber deu de ombros. "Mas Garrett é muito fofo."

Eu me ajeitei no lugar, puxando os joelhos até o queixo.

"Sossega", Bella me disse.

Frannie chegou mais perto. Quase não tinha se maquiado além de um pouco de rímel e um hidratante com cor, que valorizava suas sardas. Basta pouco quando se tem dezesseis anos. A mãe de Frannie era CEO de um conglomerado farmacêutico, o que significava que sua família era ainda mais rica que a de Josie. Ela parecia ser bem fofa, e não uma pirralha mimada. Talvez fofa *demais* para sobreviver a um esporte tão cruel.

"Sempre me perguntei se...", Frannie começou, "... você e Garrett, tipo..."

"Somos só amigos", confirmei.

Ela franziu a testa. "Sério? Mas vocês ficam perfeitos juntos."

"Ele é um ótimo parceiro."

Era o tipo de resposta que eu daria em entrevistas — e era a verdade. A gente sempre se deu bem, e muita gente supunha que namorávamos. A princípio, negávamos, mas depois Sheila nos aconselhou a ignorar. *Que pensem o que quiserem*, ela dizia.

Então permitíamos os boatos. Às vezes, até os alimentávamos, sem querer querendo — andando de braços dados, com a naturalidade de pessoas que passam horas por dia se tocando, pegando comida do prato um do outro nos jantares pós-competições, contando aos repórteres o quanto *amávamos* trabalhar juntos.

Parte de mim sempre esperou que Garrett tomasse a iniciativa. Em Nagano, Bella tinha dito que o irmão gostava de mim — e ele demonstrava mesmo adorar minha companhia. Garrett nunca namorou ninguém do mundo da patinação artística, e não tínhamos tempo de conhecer pessoas de fora.

Eu podia ficar decepcionada, ou até ofendida. Mas, de certa maneira, era um alívio. Não sabia como reagiria se Garrett tentasse mudar a natureza do nosso relacionamento. Seria melhor manter tudo como estava, apenas parceiros e bons amigos. Eu fiquei calejada ao descobrir como podia terminar um romance entre uma dupla de patinadores.

Concluindo que eu era uma péssima fonte de fofocas, as meninas se voltaram para Bella. Ela tinha quase terminado meu cabelo: já enrolava as tranças, prendendo grampos na minha nuca.

"E você, Bella?", Amber perguntou.

"É, e você?" Chelsea ergueu as sobrancelhas recém-feitas.

Bella ficou rígida e me machucou ao puxar uma trança com força.

"Conta, vai", Frannie disse. "Ninguém acredita que você e Heath Rocha são só amigos."

32

"Heath e eu somos parceiros", Bella disse. "Só isso."

Sua voz assumira o mesmo tom suave e político que Sheila adotava quando faziam uma pergunta cabeluda. Ela ficou desconfortável porque as meninas estavam falando daquele jeito na minha frente ou porque havia alguma verdade em suas insinuações?

"Até parece", Amber insistiu. "A gente vê como ele te olha."

Frannie confirmou com a cabeça. "E as fotos de vocês no Japão? Muito fofas!"

"A gente só estava turistando."

"Ah, tá." Chelsea deu uma piscadinha que mostrou melhor a sombra azul-cintilante. "*Turistando*."

Eu tinha visto as fotos, como todo mundo. Heath e Bella posando diante do templo Sensō-ji, ele com o braço na cintura dela. Os dois sorrindo e tomando matchá no jardim do Meiji Jingu. Dançando com as bochechas coladas sob o brilho neon da região do Harajuku, enquanto músicos de rua dedilhavam violões pintados à mão.

Eu não acreditava que os dois estivessem envolvidos em algo tão mundano quanto um *namoro*. Não, aquilo era o trabalho da máquina de relações públicas dos Lin. Bella sempre insistiu que não tinha tempo para namorados. Ela tinha sido virgem até os dezoito anos: depois de uma análise implacável dos possíveis candidatos, passou uma noite com um patinador francês, no mundial de 2003. Para Bella, sexo era uma tarefa numa lista, outra obrigação antes das verdadeiras prioridades.

"Que fotos fofas", Josie comentou, olhando bem para mim. "Principalmente aquela em que Heath aparece atrás de você e..."

"Já chega", Bella a cortou.

Josie fechou a boca na hora. As meninas também ficaram em silêncio. Ao fundo, Madonna dizia "desculpa" em vários idiomas, embalada por uma batida pulsante.

"Tá ficando tarde." Bella pôs o último grampo no meu cabelo. "É melhor a gente se trocar."

As outras voltaram para seus quartos. Eu me demorei um pouco, fingindo estudar meu penteado no espelho da porta. Bella tinha estendido a mão, e eu me sentia obrigada a retribuir.

"A gente precisa conversar", eu disse, assim que ficamos a sós.

"Sobre o quê?" Ela ia passar pó compacto no delineado ainda impecável.

"Sobre Heath."

Se Heath sentisse alguma coisa por Bella, não agiria dessa maneira — todo simpático e sedutor. Devia ser uma encenação para uma única pessoa: eu.

"Olha", comecei a dizer, "não sei o que tá rolando entre vocês e nem quero saber." Respirei fundo. "Independente de onde Heath passou esses anos e do que estava fazendo, ele não voltou só pra patinar. Depois que ele conseguir o que quer, vai..."

"E o que exatamente ele quer? Você?"

"Não é isso que..."

"O mundo não gira ao seu redor, Kat." Ela fechou o estojo do pó compacto. "Fora que você não dá a mínima pra ele."

"Quê?"

"Você não quis Heath. Trocou ele pelo meu irmão."

"Porque *você* me disse pra trocar!"

"Como se alguém conseguisse convencer *Katarina Shaw* a fazer o que ela não tem vontade."

Isso soou como algo que Heath diria. Talvez ele tenha dito a ela, quando estavam a sós, depois do treino, ou durante um longo voo.

Ou na cama, num quarto de hotel de Tóquio, sussurrando no escuro.

"Nossa amizade nunca significou nada pra você, né?", perguntei sem esperar a resposta. "Você só pensa em ganhar."

"Você também." Bella me deu as costas, enfiando pincéis e sombras na bolsinha de maquiagem com seu monograma. "Por isso somos amigas."

Abri a porta com tudo. "Não mais."

Enquanto me encaminhava para o rinque depois de escurecer, minha cabeça ainda fervilhava. Se a apresentação daquela noite fosse para valer, pelo menos eu poderia concentrar a fúria em vencer Heath e Bella.

Mas essa seria apenas uma festa fútil de um bando de executivos do sul da Califórnia que iam tomar um porre de champanhe superfaturado, com as esposas-troféu a tiracolo e os paletós de grife. Não haveria vencedores nem medalhas. Eu não ficaria satisfeita.

Garrett me aguardava ao lado da pista. O brilho da fogueira refletia nos cristais que decoravam seus ombros, como flocos de neve. As chamas dançavam sobre pelotas de pedras falsas, então nem dava para sentir o cheirinho reconfortante da lenha queimando, só fedor químico.

"Você tá bem?", Garrett perguntou, assim que me viu.

As tranças faziam minha cabeça doer — talvez Bella as tivesse apertado demais de propósito. A maquiagem já derretia na noite amena. Sentia os cristais do corpete esfregando meus braços como palha de aço. Minha ex- -melhor amiga provavelmente estava transando com o único homem que eu já tinha amado, e eu queria gritar até que cada cretino endinheirado da ilha Coronado se virasse para mim, horrorizado.

"Tô ótima", falei. "Quando começamos?"

"A qualquer minuto. Vamos ser a segunda dupla."

"Hã? Quem vai ser a primeira?"

Garrett deu de ombros. Em competições, os melhores se apresentavam sempre por último. Em um evento daquele, em que o público ia se distraindo (e ficando bêbado) ao decorrer da noite, a abertura seria o auge. Eu só queria me apresentar logo e concentrar toda a atenção no Campeonato Nacional.

As luzes mudaram. Projeções de flocos de neve rodopiavam no gelo. "*Senhoras e senhores*", uma voz masculina anunciou pelo alto-falante. "*Recebam, por favor, os patinadores da Academia Lin!*"

Um holofote iluminou o lado oposto da pista e uma música começou ao toque de trompetes.

Eu conhecia aquela melodia. Não que tivesse ouvido durante o treino.

Heath pisou no gelo, vestido de preto, com os braços à mostra, exceto por uma tira de couro no bíceps esquerdo. Ele estendeu a mão. Sua parceira foi iluminada por um brilho dourado ofuscante. O público suspirou, encantado.

Mas eu, não. Mal respirava. Porque ali estava Bella, usando o vestido de Cleópatra da mãe, sorrindo da mesma maneira que ela nos Jogos Olímpicos de Calgary.

Como se já tivesse vencido.

INEZ ACTON: Até quem não sabe nada de dança no gelo conhece a apresentação de Lin e Lockwood como Cleópatra e Marco Antônio.

Sheila Lin e Kirk Lockwood entram no gelo para apresentar sua dança livre nos Jogos de Inverno de 1988, vestidos como a rainha Cleópatra e Marco Antônio, amantes de fim trágico. O figurino de Kirk lembra uma armadura de couro. O vestido de Sheila é ouro puro, assim como sua coroa, em forma de serpente, com joias vermelhas nos olhos.

FRANCESCA GASKELL: Só nasci em 1989, mas é claro que conheço essa apresentação!

INEZ ACTON: Tem milhões de visualizações no YouTube. É icônica.

JANE CURRER: De tirar o fôlego.

ELLIS DEAN: Legendária pra caralho.

KIRK LOCKWOOD: O padrão-ouro, digamos assim. [*Ele ri.*]

Sheila e Kirk apresentam uma sequência de passos acelerados ao som de pratos e tambores no ritmo da trilha de Cleópatra, *filme de 1963 protagonizado por Elizabeth Taylor. Segue-se uma transição para o tema romântico do filme, e os dois patinadores se aproximam.*

KIRK LOCKWOOD: O interessante foi que nossos rivais russos também tinham escolhido um tema de realeza para a dança livre.

Nos Jogos de Inverno de 1988, Veronika Volkova e Mikhail Zolotov fazem uma apresentação inspirada no casamento de Catarina, a Grande, com o imperador Pedro III. Veronika usa um vestido de veludo vermelho com adornos em dourado. Mikhail usa uma roupa vermelha também, com uma faixa militar.

VERONIKA VOLKOVA: Nossa apresentação não precisava de um artifício cinematográfico barato. Meu figurino era inspirado na Coroa Imperial de Catarina no retrato da sua coroação. Nossa música era do compositor da Corte preferido dela e estava praticamente esquecida quando a Orquestra Nacional Russa a gravou especialmente pra nós. Trabalhamos com dançarinos do Bolshói para montar a coreografia. Estávamos honrando nossa linhagem. Honrando a Rússia.

JANE CURRER: Na preparação para os Jogos, só se falava no reencontro de Lin e Volkova, que a imprensa apelidou de "Batalha das Rainhas do Gelo".

ELLIS DEAN: Eu tinha uns seis anos na época, mas ô se lembro. A cada dois minutos a TV anunciava: "Não percam a Batalha das Rainhas do Gelo, terça-feira, com transmissão ao vivo!".

VERONIKA VOLKOVA: Catarina não foi uma rainha. Foi uma imperatriz.

KIRK LOCKWOOD: Chamar de "batalha" era exagero. Na minha opinião, não dava para comparar. Veronika Volkova fingia ser uma rainha, mas Sheila...

Mais adiante na apresentação de Marco Antônio e Cleópatra, Kirk pega o rosto de Sheila, como se fosse puxá-la para um beijo apaixonado. Antes que seus lábios se encontrem, Sheila se vira, assumindo o comando.

KIRK LOCKWOOD: Sheila *era* uma rainha. E não iria embora sem a coroa.

INEZ ACTON: Requer *muita* coragem usar um vestido dourado na final olímpica, quando todo mundo pensa que você está em decadência e não tem como ganhar.

Ao fim da apresentação, Sheila e Kirk caem no gelo de maneira dramática, fingindo morrer nos braços um do outro. A música termina, dando lugar ao silêncio absoluto. Então há uma explosão de aplausos, com o público de pé.

INEZ ACTON: Como eu disse, foi icônico. Não era à toa que Katarina Shaw idolatrava Sheila.

Sheila e Kirk se curvam para o público, depois acenam. Zoom em Bella e Garrett Lin, ainda crianças, sentados na primeira fileira com as babás.

Os gêmeos usam abafadores de som. Garrett observa em volta, perplexo com a comoção. Bella mantém os olhos fixos na mãe.

GARRETT LIN: Minha irmã e eu estávamos lá. Não lembramos de nada, claro. Tínhamos três anos.

Garrett fica no colo de Kirk, e Bella no de Sheila, enquanto a dupla aguarda as notas. Anunciam o ouro, e a arena explode em aplausos outra vez. O rosto de Garrett se contrai em um choro e ele tenta se soltar de Kirk e se afastar das câmeras. Bella aplaude e dá um grande sorriso. Sheila beija a bochecha da filha.

GARRETT LIN:. Era muita pressão para que superássemos as expectativas. A gente viveria sempre à sombra da grandeza de mamãe. Já Kat... ela queria isso. Realmente *queria* passar a vida tentando se equiparar à grande Sheila Lin.

33

Eu havia me imaginando fazendo aquela apresentação tantas vezes, com aquele vestido. Nos braços de Heath.

Conhecia cada passo, cada gesto, cada nota. Saberia dizer na hora se eles errassem, mesmo que escondessem bem do público.

Mas os dois foram perfeitos.

Os quadris de Bella marcavam cada batida dos tambores. A mão de Heath pousava na lombar dela. O desejo magnético pulsava entre ambos quando se aproximaram para se beijar, depois se afastaram, e se reaproximaram. Os lábios entreabertos, um inspirando o outro.

Eu odiava os dois. Queria estar naquele lugar. Não conseguia desviar os olhos.

Cada expressão e movimento, exatamente iguais aos de Lin e Lockwood, dezessete anos antes.

Até o fim da apresentação.

Eles se lançaram ao chão, do jeito de Sheila e Kirk, o gelo brilhando nas pregas da saia dourada de Bella, ela e Heath agarrados, fingindo convulsionar até a morte à medida que o ritmo crescia ao fim da música.

Eu sabia o que estava prestes a acontecer. Ele morreria primeiro, e ela sucumbiria, ainda em seus braços.

Só que Heath não morreu. Não ficou imóvel. Pegou o rosto de Bella e alisou seu cabelo.

E depois pressionou os lábios contra os dela.

GARRETT LIN: Não havia nada entre minha irmã e Heath.

FRANCESCA GASKELL: Todo mundo sabia que tinha *alguma coisa* rolando.

Imagens do fim da apresentação de Bella Lin e Heath Rocha como Cleópatra e Marco Antônio. Quando ele a beija, a câmera se aproxima do rosto de ambos.

ELLIS DEAN: Por que eu acho que Heath fez aquilo? Ah, por favor. Você sabe o motivo.

Heath e Bella se curvam. As bochechas dela estão coradas. Os dois não deixam de se olhar nem por um minuto.

GARRETT LIN: Estávamos todos concentrados na Olimpíada. Mesmo que Bella tivesse interesse nele... não teria se arriscado. De jeito nenhum. Foi encenação.

Corta para Katarina Shaw, na primeira fileira, a única que não aplaude. Enquanto Bella se curva uma última vez, os olhos de Katarina e Heath se encontram. Ele continua sorrindo. Ela tem uma expressão assassina no rosto.

INEZ ACTON: Não vou fingir que eu sabia o que rolava entre Heath e Bella na época. Era confuso e envolvia manipulação e pura filha da putagem da parte dele.

ELLIS DEAN: Por isso tantas duplas acabam transando. Acontece com atores no set. Duas pessoas trabalhando o tempo todo juntas, se tocando, fingindo estar apaixonadas. Você acaba criando sentimento, seja amor ou ódio.

VERONIKA VOLKOVA: Certos homens têm um talento especial: olham nos seus olhos e fazem você se sentir a mulher mais bonita do mundo. Nunca se deve confiar nesse tipo. Se fazem você se sentir assim, podem fazer com que qualquer mulher se sinta.

ELLIS DEAN: Aquilo era um jogo, não só pra Heath, mas pra todo mundo. Eles sabiam exatamente o que estavam fazendo uns aos outros. E não iam parar até que alguém vencesse.

34

Heath beijou Bella para me magoar. Para enfiar fundo a faca que já estava cravada. Aquela era a única explicação.

O mundo não gira ao seu redor, Kat, a voz de Bella ecoou na minha cabeça.

Eles queriam acabar comigo. E eu não ia deixar.

Heath e Bella saíram da pista. Garrett e eu éramos os próximos. Nossos nomes foram anunciados. O público aplaudiu. Todos aguardavam.

Algo roçou na minha mão. Pensei que fosse Garrett, tentando me conduzir ao gelo.

Uma fração de segundo. Garrett já estava lá, tirando os protetores das lâminas. Era Heath que se encontrava ao meu lado. Foi ele que me tocou. Ele me olhava como um gato diante da presa, ferida e relutante.

A alguns passos, Ellis Dean nos olhava, por cima de um prato de aperitivos, enfiando um canapé na boca como se fosse pipoca.

Passei por Heath e me juntei a Garrett sem olhar para trás. Hora do show.

Na pose de abertura, ficávamos olhando um para cada lado, o único ponto de contato sendo a mão dele estendida para trás, apoiada no meu quadril. A linha de baixo da música "Turn My Back on You", de Sade, começou a soar. Garrett me girou com um movimento rápido de pulso que fez minha saia fina e branca esvoaçar feito uma teia de aranha numa tempestade, e assim fomos adiante.

Eu disse a mim mesma para não pensar em Heath. Para me concentrar no momento, me manter presente no meu corpo. Sentir o tecido deslizando pelas coxas, a brisa fresca do oceano, o toque do ombro quente de Garrett. O contraste de texturas entre o veludo e o strass.

Mas eu não parava de pensar. No beijo. Nos nós dos dedos de Heath roçando nos meus. No seu sorriso convencido e triunfante.

Apesar da distração, consegui acompanhar Garrett. A primeira parte da apresentação — com os movimentos influenciados pelo hip-hop, as passadas dinâmicas, o flerte entre nós — não envolvia grande dificuldade, apesar das restrições da pista compacta.

Os problemas sempre vinham na segunda metade, quando a música mudava para "Haunt Me", embalada pelo violão clássico e piano suave. Não importava o quanto treinássemos, parecia contraintuitivo — a energia cinética se acumulava até que pisássemos no freio, numa sequência de passos contidos, acompanhando a música mais lenta.

Chegamos à transição. Parados no meio da pista, respirei com os braços de Garrett envolvendo meu corpo e minha cabeça apoiada no seu ombro. Geralmente, eu aproveitava para fechar os olhos e me concentrar. Naquela noite, os mantive abertos.

Então avistei Heath, na primeira fileira. Nossos olhos se encontraram. Minhas mãos se contraíram, as unhas se tornaram garras na nuca de Garrett. Ele soltou um ruído e se encolheu.

Heath sorriu.

Apesar de tantos meses trabalhando naquela apresentação, de ensaios incessantes, eu ainda errava. Não utilizar a energia acumulada não era contraintuitivo. Era o objetivo. "Turn My Back on You" era sobre sedução — um morde e assopra de desejos conflitantes, eu fingindo ceder num momento, depois forçando Garrett a me seguir como um cachorrinho.

Assim, quando chegávamos a "Haunt Me", a tensão ficava quase tântrica. O erro vinha sendo abafar o fogo, em vez de mantê-lo em mim pelo máximo de tempo possível. Tudo o que eu sentia aquela noite — raiva, ciúme, frustração, desejo — serviria de combustível para aquele verdadeiro inferno.

Garrett correspondeu à minha intensidade súbita. O giro combinado sempre saía um pouco confuso e mecânico; agora, nossos corpos se curvavam como nuvens de fumaça. Ele tocou meu rosto, e seu desejo se estendia da ponta de cada dedo. Quando chegamos ao levantamento principal, sincronizado com o solo de saxofone suntuoso, eu me joguei nos seus braços. Sem hesitar, sem me segurar. Giramos no gelo, eu com a coluna arqueada, estendendo a mão para pegar minha lâmina, mantida no alto apenas pela força dos dedos entrelaçados de Garrett.

Senti como se estivesse voando. Foi como se tivesse vencido.

Quando terminamos, parecia que os aplausos nunca iam parar. Não voltei a olhar para Heath na plateia. Em vez disso, meus olhos procuraram por Sheila. Ela estava ao lado da fogueira, com um vestido de paetê iridescente, que refletia as chamas e a transformava em uma deusa emergindo de uma pira.

Sheila não aplaudia. Apenas sorria para nós, e abaixou o queixo de leve, numa sutil aprovação. Garrett e eu nos entreolhamos. Sabíamos o significado disso.

Estávamos prontos.

35

Enquanto trocava o figurino por uma roupa da festa — um vestido longo de veludo, decotado na frente e nas costas, e sapatos de grife com salto agulha que imitavam pele de cobra, um presente que ganhei depois de uma sessão de fotos para uma revista — continuava tomada pela adrenalina.

Garrett e eu estávamos chegando ao auge na hora certa. Finalmente, nossa dança livre se tornou coesa, em vez de uma série de elementos costurados. Para vencer o Campeonato Nacional, bastava obter um desempenho como o daquela noite, obrigando os juízes a nos entregar o título — isso carimbaria nosso passaporte para Turim.

E daí se Bella tinha usado o figurino antigo da mãe e feito uma performance nostálgica para impressionar um bando de pessoas que não distinguiria um twizzle de um giro em uma perna só? Aprender aquela coreografia devia ter levado semanas — tempo em que poderiam ter aperfeiçoado seu programa competitivo. Sheila tinha que ter pensado nisso. Na verdade, eu estava quase certa de que ela tinha pensado. A treinadora podia até ter posto Bella e Heath em destaque aquela noite, mas Garrett e eu ainda éramos a grande ameaça.

O elevador estava vazio; o ascensorista que gostava de assoviar já devia ter ido embora. Entrei e examinei o painel de controle, que possuía direções além de botões dos andares.

Então senti um movimento, outro passageiro.

"Descendo?", Heath perguntou.

Ele agora usava terno preto bem ajustado e sapatos de couro de bico fino. Era interessante que ele aceitasse que Bella o vestisse igual uma boneca, considerando o quanto cismava com os tênis surrados e os jeans rasgados quando estávamos juntos.

Apertei uma combinação de botões. Nada. Heath deu um passo adiante.

"É só..."

"Pode deixar." Afastei-o e arrisquei outra sequência.

O elevador começou a descer. Fechei a porta retrátil.

Heath estava atrás de mim. Seu calor irradiava bem na minha coluna. Ficamos imóveis, como se fosse começar uma música. Mas soavam só as engrenagens.

Eu o encarei. Recuei um pouco. Meus ombros bateram na lateral do elevador, e as grades frias de metal fizeram um arrepio percorrer meu corpo.

Não havia saída. Pior ainda: eu não *queria* ir a lugar nenhum. Heath avançou na minha direção, suas mãos agarraram as grades, seu quadril pressionou o meu, e eu senti sua respiração na boca. Isso parecia mais natural do que tudo que eu já tinha feito com Garrett Lin.

Meu corpo se lembrou do que eu fiz tanto esforço para esquecer.

O elevador parou. Não nos movemos. Ninguém estava esperando. Nenhuma testemunha para ver a gente contra o metal.

Nossa respiração ficou sincronizada, ele acelerando para me acompanhar, como acontecia antes de entrarmos no gelo. As pontas dos seus dedos roçaram na minha orelha, não para domar fios rebeldes, mas para evidenciar uma mecha rebelde.

Eu poderia ter alcançado o painel e apertado o número do meu andar. Poderia ter levado Heath ao quarto, para minha cama, e fingido que os três anos e meio anteriores haviam sido apenas um sonho ruim — ao menos por algumas horas.

Era o que ele queria. Que eu me esquecesse de mim mesma. Que eu esquecesse tudo pelo qual tinha trabalhado.

Por isso, eu o afastei. Me atrapalhei ao abrir a porta retrátil, quebrando uma unha na pressa.

Heath disse meu nome. Como uma oração, uma promessa. Como costumava dizer.

Como se, no fim das contas, ele ainda me amasse.

Agarrei a porta com tanta força que o metal chacoalhou. Não. Eu não ia me virar. Era mais encenação. Parte do show. E eu me recusava a ficar para o bis.

Saí cambaleando. No saguão, corri para o ar da noite. Só parei na festa diante de uma estranha escultura de gelo na forma de uma criatura marinha, onde peguei uma garrafa de champanhe. Então corri até os saltos afundarem na areia.

O hotel ficava na área oeste da ilha, de frente para o mar, e não para as luzes do centro de San Diego. Durante o dia, a vista era linda: uma extensão infinita de cobalto refletindo o céu aberto do inverno.

Agora, eu via apenas escuridão. A lua não passava de uma lasquinha no céu, e eu mal distinguia a crista irregular do quebra-mar ao fim da praia. Deixei os sapatos ao lado de uma espreguiçadeira de madeira e vaguei rumo ao som das ondas, segurando a garrafa de champanhe pelo gargalo. Sentindo a água fria nos pés molharem a barra do vestido, fechei os olhos e tentei fingir que tinha voltado para casa, na margem do lago.

Não funcionou. A areia era macia demais, o vento estava quente demais. O ar tinha gosto de sal.

Abri os olhos. Minha visão tinha se ajustado e eu conseguia ver melhor as ondas batendo contra o quebra-mar.

E duas figuras enroscadas na enseada.

Garrett. E Ellis Dean.

KIRK LOCKWOOD: A patinação no gelo tem fama de ser um esporte supergay.

ELLIS DEAN: Tem vários esportes mais gays do que patinação no gelo.

KIRK LOCKWOOD: Na verdade, é heteronormativo pra caramba.

ELLIS DEAN: Luge, futebol americano, vôlei de praia. Luta livre, pelo amor de deus.

KIRK LOCKWOOD: Na minha época, havia pressão pra não sair do armário, pelo menos oficialmente. Tipo: "faça o que quiser no privado, desde que não fale a respeito em público". Por sorte, o esporte se tornou muito mais aberto e acolhedor.

ELLIS DEAN: Ainda hoje, vários patinadores, mais do que você imagina... eu citaria nomes, mas sou um *cavalheiro*... bom, vários patinadores continuam no armário. Isso não era uma opção pra mim. Era como se eu usasse no pescoço uma placa neon gigante com todas as cores do arco-íris.

GARRETT LIN: Mamãe nunca disse pra eu esconder minha sexualidade. Nunca tocou no assunto, aliás. Não tenho nem certeza de que ela sabia que eu era gay.

KIRK LOCKWOOD: É claro que Sheila sabia de Garrett. As mães sempre sabem.

GARRETT LIN: Sempre tive uma... sensação... de que eu precisava me comportar de certa maneira. Ser um tipo de homem, dentro e fora do gelo. Eu queria ser perfeito.

ELLIS DEAN: Quanta merda eu tive que aguentar, como um homem gay orgulhoso de ser assumido. Não tô chamando Garrett Lin de covarde. Mas se ele tivesse saído do armário, na posição que ocupava, com os privilégios

que tinha, a passabilidade de ser um homem supostamente hétero bonito...
Bom, facilitaria muito as coisas.

GARRETT LIN: Se pudesse voltar no tempo, teria feito diferente. Mas eu não
era honesto nem comigo mesmo naquela idade. Como falaria a verdade
aos outros?

ELLIS DEAN: Fico feliz que o esporte esteja se atualizando. Por outro lado,
eu não estaria onde estou hoje sem a auto-aversão patética daqueles que
me antecederam. É como eu sempre digo: se chupar o pau de um cara, ele
vai ficar satisfeito por uma noite; se deixar que *ele* chupe *o seu* pau num
quarto de hotel do mundial de patinação artística, você pode chantageá-lo
pelo resto da vida.

GARRETT LIN: Acho que uma parte de mim queria que me descobrissem,
assim seria obrigado a encarar quem eu realmente era. Verdade seja dita,
fico surpreso que tenha demorado tanto.

36

Foi Ellis quem me viu primeiro. Garrett estava ocupando demais beijando a pele à mostra do colarinho aberto dele.

Dei um passo em falso para trás, escorregando na areia molhada. "Desculpa, eu..."

Garrett se virou também.

"Merda", ele disse. Pela primeira vez, eu o ouvia dizer um palavrão.

"Já tô indo", falei.

"Não." Ellis se afastou de Garrett, enfiando a camisa para dentro da calça. "Eu vou. Vocês precisam conversar." Ele olhou para Garrett. "Obviamente."

Ellis seguiu na direção do hotel, deixando Garrett e eu sozinhos na praia.

Eu não fazia ideia do que dizer. Constatar que Garrett gostava de homens não chegava a ser um choque. Na verdade, explicava muita coisa. Constatar que ele mentia tão bem foi o que me deixou sem chão.

"Então." Olhei para Ellis, que tinha virado uma sombra alta e magra, ao brilho distante das luzes da festa. "Você e Ellis Dean."

"Olha, Kat..." Garrett engoliu em seco. "Não é o que..."

"Não vou contar pra ninguém. Caso você esteja preocupado."

Ele suspirou, e os ombros relaxaram. "Obrigado."

"Mas tô curiosa pra saber por que você nunca me contou. Tanto tempo... eu achava que só não era o seu tipo."

Tentei fazer graça e sorri. Garrett pegou minha mão, olhou bem nos meus olhos, aparentemente cem por cento sincero.

"Eu bem que queria que você fosse meu tipo, Kat. Você nem imagina."

"Não faz diferença pra mim. Espero que saiba disso."

De certo modo, aquilo tornava tudo bem mais fácil. Se eu soubesse na época em que Heath e eu namorávamos... todo o ciúme que ele sentia de Garrett, quando na verdade não havia com o que se preocupar.

"Quem mais sabe?", perguntei.

"Ninguém."

"Nem..."

"Não."

"Por que não?"

Bella não ligaria. Sheila, eu não sabia bem. Ela não era homofóbica. Sheila e Kirk haviam permanecido próximos depois da aposentadoria, e ela tinha participado de muitos eventos de arrecadação de fundos para o tratamento de pessoas diagnosticadas com aids nos anos 1980 e 1990. Ao mesmo tempo, Sheila tinha passado décadas investindo na marca da família, vendendo Garrett como um belo príncipe, com quem todas as fãs podiam fantasiar. Ele ser gay não se encaixava no plano de negócios.

"Primeiro, tive medo", Garrett contou. "Eu sentia que precisava me entender antes de contar pra alguém. E agora..." Ele coçou a nuca. "Acho que gosto de uma parte minha não ser pública."

"Bom, seu segredo está guardado. E se quiser que pensem que a gente tá junto, tudo bem por mim."

Ele sorriu. "Está mesmo se voluntariando pra ser minha namorada de fachada?"

"Bom, eu meio que já sou, né?"

"A apresentação de hoje provavelmente vai alimentar os boatos."

"Acho que sim."

Garrett apontou para a garrafa de champanhe na minha mão. "Um brinde?"

"Não sei abrir", admiti.

"Deixa comigo."

Garrett tirou a rolha com jeitinho, derramando espuma na areia. Então deu um gole antes de me passar a garrafa. O champanhe estava em temperatura ambiente, e embora fosse obviamente caro, meu rosto se contraiu por causa do gosto adstringente. Me obriguei a engolir, depois tomei mais.

Nós nos sentamos nas pedras mais planas do quebra-mar, de frente para o hotel. As apresentações já haviam terminado, mas a festa continuava, ao som de músicas pop remixadas. Identifiquei o refrão de "Somewhere Only We Know" chegando com a brisa.

Garrett pôs o paletó sobre meus ombros, e nós passamos alguns minutos revezando a garrafa de Dom Pérignon.

"Quer voltar lá?", ele perguntou.

"Pra um velhote que poderia ser meu avô tentar passar a mão na minha bunda quando a terceira esposa não estiver olhando? Não, valeu." Tomei um gole de champanhe. "Fora que prefiro ficar longe de..."

"Heath?"

Quase contei a Garrett sobre o episódio no elevador. Quão perto estava de estragar tudo.

"Deve ser difícil pra ele. Ver você com outro cara."

Garrett Lin sempre se colocava no lugar do outro, sendo empático até mesmo com quem não merecia.

"Heath odiava tudo isso", comentei. "Curtir as festas, puxar o saco de gente rica. Agora se sai nisso melhor do que eu. Só de olhar pra mim eles percebem."

"Percebem o quê?"

"Que sou uma pobretona caipira do Meio-Oeste."

Depois de descobrir o segredo de Garrett, meu próprio segredo parecia insignificante.

Ele franziu a testa. "Achei que você fosse de Chicago."

"Da periferia no norte de Chicago. Um lugar minúsculo, The Heights. *Muito* diferente de Chicago."

Nos anos anteriores, eu tinha passado a maior parte do tempo com Garrett, só que quase não conversávamos sobre nada além de patinação no gelo. Finalmente começamos a nos conhecer de verdade, ali, na praia.

"Acredita em mim, essa galera se sente tão desconfortável quanto você. Vivem preocupados demais consigo mesmos que nem olham duas vezes pra quem quer que seja."

"É fácil dizer isso quando você é rico."

"Mamãe que é rica."

"Dá na mesma. Você cresceu nesse mundo."

"É verdade. Mas ela, não."

Olhei bem para ele. "Quê?"

"Mamãe cresceu em Sugar Land, no Texas. A família tinha uma papelaria."

"*Quê?*"

"Eles moravam em cima da loja. O nome dela nem é Sheila."

"E qual é o verdadeiro?"

"Lin Li-Mei. Mamãe mudou quando saiu de casa, acho. Meus avós morreram nos anos 1990, e constava nos obituários: 'deixam uma filha, Lin Li-Mei'."

Garrett voltou a tomar um gole de champanhe, depois me passou a garrafa; restava só um pouquinho. Minha cabeça estava girando, mas eu não sabia se por causa do álcool ou da revelação.

"Bella nunca mencionou nada disso", comentei.

"Ela não sabe. Acho que não sabe, pelo menos."

Mais segredos entre os gêmeos. Eu realmente achava que os dois falavam sobre tudo.

"Eu sempre soube que mamãe escondia parte do passado. Achei que fosse... sei lá, algo escandaloso ou chocante. Mas parece que meus avós eram supernormais."

Devia ter sido exatamente por esse motivo. A normalidade deles não se encaixava na narrativa que ela queria criar. Na lenda de Sheila Lin.

Uma vez, Bella tinha contado que, na infância, ela e Garrett passavam horas vendo notícias de jornal sobre os medalhistas de ouro dos Jogos de Sarajevo, em busca de alguém que se parecesse com eles. *Por que apenas medalhistas de ouro?*, cheguei a perguntar.

Porque o nosso pai devia ser excepcional, seja lá quem fosse, respondeu. *Ou ela não teria decidido ter a gente.*

Agora que conheço Garrett melhor, entendo o que ele estava querendo dizer: a Sheila Lin que eu idolatrava não era real. Havia sido uma personagem cuidadosamente construída, uma bela máscara através da qual nem mesmo os filhos conseguiam ver. Mas, na vertigem do champanhe caro e do sonho olímpico, eu não ouvi nada disso.

Saber que Sheila havia saído do nada não me desiludiu. Passei a alimentar a esperança de que eu mesma poderia me transformar tão completamente quanto ela.

A garrafa de champanhe estava vazia. Eu cambaleei um pouco — eis o lado negativo de não estar acostumada a beber, além de ter a gordura corporal de uma atleta de elite. Garrett também se levantou, mas precisou se segurar a uma pedra para se equilibrar.

"A gente devia comer alguma coisa", ele comentou. "Talvez tenha sobrado comida na festa."

"Ou a gente pode ser antissocial e pedir serviço de quarto."

Os convidados provavelmente estavam bêbados demais para notar o nosso estado, mas eu não ia arriscar.

Garrett passou meu braço pelo dele, e nós cambaleamos pela praia até onde eu tinha deixado os sapatos. Quando me abaixei, o paletó escorregou dos meus ombros e caiu na areia. Garrett voltou a me cobrir com a peça, fechando-o um pouco mais. Me senti aquecida e bem cuidada, mais próxima dele do que nunca. Se não tivesse visto Garrett com Ellis, pensaria seriamente em beijá-lo à meia-noite.

"O que a gente pede?", Garrett perguntou, enquanto voltávamos para o hotel.

"Alguma coisa com *queijo*."

Ele riu e me deu uma trombadinha. Depois enlaçou minha cintura por baixo do paletó. "Você pode até ter deixado o Meio-Oeste, mas o Meio-Oeste não deixou vo..."

Ele parou. Alguém impedia a passagem.

Heath.

37

"Heath." Garrett soltou minha cintura. "A gente estava só..."

"Juntos na praia", Heath completou. "Você sempre amou a praia, não é, Katarina? Não se cansava dela quando a gente era mais jovem. Tantas noites à margem do lago."

Fiz cara feia. "Já terminou?"

"Acho que sim." Heath saiu do caminho fazendo um gesto exagerado. "Ela é toda sua."

Garrett balançou a cabeça. "Não, não. Não é nada disso."

As emoções conflitantes no rosto de Garrett eram visíveis. Eu sabia o que ele estava prestes a fazer e não ia permitir. Não por minha causa.

Então, de novo, escolhi Garrett. Peguei sua mão. Me virei para Heath e cuspi: "Você não tem o direito de sentir ciúme. Não é nada pra mim".

"Kat", Garrett disse, puxando minha mão. "Vamos."

Mas eu não consegui parar. O champanhe me deu a coragem que havia faltado mais cedo. Como Heath se atrevia a me constranger? Como ousava sugerir que eu era sua propriedade, que ele estava abrindo mão de mim? Eu não tinha dono.

"Você achou mesmo que podia passar *três anos* sei lá onde, fazendo sei lá o quê, e as coisas voltariam ao normal?" Eu rangia os dentes.

"Nada vai ser como antes", Heath retrucou, com a voz baixa e perigosa, os olhos congelados de fúria. "Você fez questão disso, né?"

"Você desapareceu!" Meus gritos ecoavam pela fachada elegante do hotel. "Podia ter morrido, e eu nem ficaria sabendo. Onde você estava?"

"Aí estão vocês."

Bella. Chegando da festa, com uma versão dourada e mais sexy do figurino de Cleópatra.

"Chamaram os patinadores na pista para o brinde da meia-noite", ela avisou.

Ninguém se moveu. A tensão estalava no ar. Bella pôs as mãos na cintura.

"Beleza, o que tá rolando?" Ela revirou os olhos. "Se isso é por causa do beijo, eu..."

"O mundo não gira ao *seu* redor, Bella."

Ela se encolheu diante das minhas palavras, parecendo genuinamente magoada, ainda que eu só tivesse repetido o que ela havia dito horas antes.

"Não fala assim com ela", Heath disse.

"Você costumava dizer coisa muito pior dela." Olhei para Bella. "Ele sempre te odiou, sabia? E eu sempre te defendi."

"Eu não odiava Bella. Odiava quem você virava perto dela."

Começaram a contagem regressiva. Os convidados erguiam as taças de champanhe.

Dez, nove, oito...

Soltei a mão de Garrett e me aproximei de Heath. Levei os lábios à orelha dele.

Sete, seis, cinco...

"Você odiava o fato de eu ser melhor que você", sussurrei. "De não precisar de você."

Suas narinas se dilataram e suas mãos se fecharam em punho.

Quatro, três, dois...

"O que você odiava era não ser suficiente pra mim. E ainda não é."

Eu me afastei. Os olhos de Heath ficaram fixos em mim. Bella e Garrett continuavam ao nosso lado, como se fossem os reservas de um duelo. Mas podiam ser até fantasmas.

Tudo o que Heath via era eu, e vice-versa.

Um.

Feliz Ano-Novo!

Fogos de artifício se espalharam pelo céu. As pessoas comemoraram, brindaram e se beijaram sob uma chuva de confete. O quarteto de cordas começou a tocar "Auld Lang Syne".

Era 2006, o ano dos Jogos Olímpicos de Turim. O ano em que meus sonhos se tornariam realidade.

O ano em que eu faria Heath se arrepender de tudo e mais um pouco.

GARRETT LIN: Tudo mudou depois da virada do ano.

Durante um treino, alguns dias antes do Campeonato Nacional de 2006 em Saint Louis, Missouri, a jovem patinadora Frannie Gaskell e seu parceiro, Evan Kovalenko, ensaiam um passo de valsa. O caminho deles cruza com o de Katarina Shaw e Garrett Lin.

FRANCESCA GASKELL: Era a primeira vez que eu competia no profissional. Não esperava ganhar medalha, fiquei animada só de dividir o gelo com tantos patinadores que eu admirava. Como Kat.

Katarina não diminui o ritmo. Frannie e Evan precisam se encolher contra a parede para evitar uma colisão. Garrett olha para trás, com uma cara de quem pede desculpa. Katarina segue em frente.

ELLIS DEAN: Kat sempre foi intensa, mas aquilo era diferente. Ela parecia um tubarão no gelo. [*Ele cantarola a música-tema do filme* Tubarão.] Quem se atrevia a ficar no caminho dela era mastigado.

JANE CURRER: O número de vagas olímpicas depende do desempenho de cada país no mundial anterior. Embora a sra. Shaw e o sr. Lin tivessem conquistado o título, nenhuma outra dupla americana havia ficado entre as primeiras, por isso os Estados Unidos só podiam mandar duas duplas para os Jogos.

ELLIS DEAN: Antes do campeonato americano, nenhuma decisão oficial é tomada sobre quem vai para os Jogos. Mas todo mundo sabia que, a não ser por uma ação bizarra divina, uma vaga iria para Kat e Garrett e a outra para Bella e Heath.

KIRK LOCKWOOD: As primeiras duas danças aconteceram no mesmo dia. Shaw e Lin ficaram em primeiro na compulsória, e tudo indicava que aumentariam a vantagem na original. Até os últimos momentos da apresentação.

Katarina e Garrett apresentam sua dança original latina — ao som do ritmo acelerado de Shakira — no Campeonato Nacional de 2006. No meio de uma sequência intricada de passos enquanto "Ojos Así" toca, Katarina se atrapalha e fica fora de sincronia em relação a Garrett.

GARRETT LIN: Idealmente, antes de uma competição importante, você maneira no treino, pra sobrar energia no dia da competição.

ELLIS DEAN: Kat continuou dando cem por cento. Uma hora isso ia se voltar contra ela.

Bella e Heath apresentam sua dança original latina no Campeonato Nacional, mais lenta e sensual, ao som de uma versão trip hop de "Bésame Mucho".

GARRETT LIN: A gente foi bem. Mas Bella e Heath se saíram melhor.

KIRK LOCKWOOD: Eles ficaram um ponto à frente.

Katarina e Garrett dão uma entrevista na saída da pista, imediatamente depois da dança original. Ambos ainda usam os figurinos da dança latina. O rosto deles brilha de suor.

"Fico feliz pela minha irmã", Garrett diz. "E por Heath. Eles têm trabalhado duro e foram fantásticos hoje."

"É difícil enfrentar os antigos parceiros? Principalmente quando..."

Garrett corta a pergunta com um sorriso simpático. "Ah, Bella e eu competimos desde o útero. Mamãe não ia querer que fosse diferente."

As pessoas riem. Garrett passa um braço sobre os ombros de Katarina. Ela continua olhando inexpressiva para a frente, com a postura rígida.

O repórter enfia o microfone na cara da patinadora: "Agora diga, Kat: qual é o plano para a dança livre de amanhã?".

Ela o encara, ainda sem expressão. "O 'plano'?"

Garrett parece nervoso. Ele abraça Katarina mais forte.

"O plano é vencer", ela diz.

38

Nas competições de patinação artística, a pior parte não é a pressão.

É o tempo de espera.

O Campeonato Nacional de 2006, nesse sentido, foi pior do que a média. Depois de nos desdobrarmos numa apresentação seguida da outra no primeiro dia de competição, tivemos dois dias inteiros de descanso antes da final. Alguns patinadores assistiram às outras categorias. Os demais aproveitaram o clima inesperadamente quente em Saint Louis para visitar os pontos turísticos, subir até o topo do Gateway Arch ou conhecer a estrebaria da Anheuser-Busch. À noite, quem tinha idade para beber (e até quem não tinha) descia para o bar do hotel oficial do evento, para passar a noite fofocando.

Eu, não. Sheila tinha reservado quartos para a gente no Chase Park Plaza, um hotel de luxo a alguns quilômetros do local do evento, e eu só saía do quarto para treinar.

Fazia alongamento. Pedia refeições ricas em proteínas. E, na maior parte do tempo, sonhava acordada — não apenas os detalhes da performance, mas tudo o que viria depois da vitória. De olhos fechados, deitada como uma estrela-do-mar na cama king-size, eu repassava incessantemente um filme na minha mente.

Quando cheguei no Savvis Center para a dança livre, minha fantasia me parecia tão real que era como se já tivesse se concretizado. As outras competidoras nem se aproximaram de mim no vestiário, como se um campo de força rodeasse meu corpo. Nada poderia me abalar.

Nem mesmo Heath e Bella. Ao sair, já com o figurino e a maquiagem pronta, os dois ainda estavam com a roupa do aquecimento, ouvindo o discurso motivacional de Sheila.

Eu não precisava desse discurso. Nem de nada, além de vencer no gelo. O grau de dificuldade da nossa dança livre era mais alto que o deles; se fizéssemos uma apresentação sem erros, como eu vinha visualizando havia dias, venceríamos.

Chegou a hora do último bloco de apresentações, as cinco duplas mais bem classificadas. Gaskell e Kovalenko. Hayworth e Dean. Fischer e

Chan, sólidos mas sem brilho, que treinavam perto de Detroit. Garrett e eu. Heath e Bella.

Eles seriam os últimos, e daí? Isso só significava que todos os olhos estariam grudados neles durante sua derrota.

Assim que fomos liberados para o aquecimento, disparei tão rápido que Garrett se apressou para me alcançar.

"Tudo bem?", ele perguntou ao pegar minha mão.

"Por que não estaria?"

Nem olhei para ele. Tínhamos transformado a rotina de aquecimento em uma ciência: dávamos duas voltas completas pela pista, lado a lado, fazíamos deslizes progressivos para a frente e para trás entre diferentes movimentos de dança, depois repassávamos elementos mais complicados da apresentação para garantir nossa sincronia.

"Você parece..." Garrett chegou perto. "Distraída."

Distraída? Que ridículo. Eu estava mais concentrada do que nunca. Distraída eu estava antes, quando as trapaças de Heath me afetavam, mas isso era passado. Eu queria ir para os Jogos Olímpicos antes mesmo de saber que ele sequer *existia*.

De canto de olho, notei um borrão de seda cor de esmeralda — Bella e Heath passando depressa, a saia rodada dela chegando a roçar na minha perna.

Garrett me puxou para deixar o caminho livre. Fiquei puta. Eles é que deviam sair do *nosso* caminho.

O aquecimento terminaria em dois minutos. Mais uma sequência de passos e twizzles. O filme voltou a passar rápido na minha mente.

Primeiro, nossa dança livre impecável, mais ainda do que em San Diego.

Garrett e eu no topo do pódio, com o hino nacional coroando nosso tetra Campeonato Nacional. Heath e Bella sem importância no segundo degrau.

Então a convocação para os Jogos. O voo para a Itália. A chegada em Turim. A cerimônia de abertura, o uniforme da delegação americana. Até o momento em que a medalha de ouro estaria no nosso pescoço. Shaw e Lin, os primeiros americanos campeões olímpicos na dança no gelo desde Lin e Lockwood, em 1988.

No último giro da sequência, eu já sorria. Estava tão perto. Logo tudo seria meu. O ouro, a fama, a segurança. Tudo o que eu desejava desde os quatro anos.

Estendi a mão. Garrett retribuiu. Atrás dele, um borrão verde e preto.

Depois um branco ofuscante indo ao meu encontro.

GARRETT LIN: É claro que foi um acidente.

ELLIS DEAN: Aquela vagabunda fez de propósito.

Katarina Shaw e Bella Lin se trombam durante o aquecimento para a dança livre do campeonato americano de 2006. Katarina tenta se apoiar nas mãos, mas sua reação é lenta. Ela bate com a cabeça no gelo.

JANE CURRER: A srta. Shaw deveria ter prestado mais atenção. Às vezes, parecia esquecer que não era a única patinadora na pista.

Garrett se agacha para acudir Katarina. Ela se levanta sozinha. Parece se desequilibrar um pouco, e ele segura seu braço. Na imagem, sem áudio, Bella parece perguntar se Katarina está bem. Heath se mantém ligeiramente afastado, assistindo à cena. É difícil distinguir sua expressão.

VERONIKA VOLKOVA: Prefiro não opinar. Nunca dei muita atenção ao campeonatinho americano.

Ao sair do gelo, Katarina dá um encontrão de ombros em Bella. Garrett a segue. Heath os encara até que a parceira pega sua mão.

ELLIS DEAN: Tô dizendo. Vê o vídeo.

Replay em câmera lenta mostra o momento em que Bella e Heath patinam na direção de Katarina e Garrett. Parece que as duas duplas têm espaço o bastante, mas no último segundo Bella e Katarina se trombam.

ELLIS DEAN: Bella dá uma boa olhada e muda de direção. Tá na cara.

Outro replay em câmera lenta, com zoom no rosto de Bella. No impacto, ela está observando Katarina, com ar de determinação.

GARRETT LIN: Bella e Heath estavam na frente. E ela também podia ter se machucado.

A equipe médica intercepta Katarina para examiná-la, embora ela tente se esquivar. Katarina é levada para uma sala, a porta é fechada.

GARRETT LIN: Todos nós queríamos vencer. Mas não assim.

Sheila Lin entra na sala onde Katarina se encontra. Garrett fica do lado de fora, andando de um lado para o outro. O aquecimento é encerrado. Bella e Heath vão para os bastidores. Os olhos dele se mantêm na porta fechada.

VERONIKA VOLKOVA: Só tenho a dizer o seguinte: com certeza isso é algo que Sheila Lin faria.

39

"Srta. Shaw, sabe me dizer onde está agora?"

Pisquei diante da luz da lanterna com a qual o médico verificava a dilatação das minhas pupilas. Sheila estava atrás dele, de braços cruzados por cima da jaqueta de couro branca.

"Saint Louis, Missouri. No Savvis Center."

Na competição mais importante da minha carreira. Nenhuma pressa, imagina.

Frannie e Evan tinham terminado sua apresentação ao som da trilha de *O Senhor dos Anéis*, e as primeiras notas de "Mambo No. 5", de Lou Bega, já tocavam na arena, indicando a vez de Josie e Ellis no gelo. Eu já tinha respondido detalhadamente sobre os sintomas (uma dor fraca, sem náusea, nem vista embaçada) e listado os meses do ano na ordem inversa para provar minha lucidez. No entanto, o cara continuava os questionamentos inúteis, pondo a porcaria daquela lanterna nos meus olhos.

"E que dia é hoje?"

Soltei um suspiro. "Sexta-feira, 13 de janeiro de 2006."

Eu havia ouvido alguns competidores brincarem que finais de campeonato numa sexta-feira 13 davam azar. Patinadores já são supersticiosos normalmente — amarram os cadarços sempre da mesma maneira antes de competir, levam amuletos para o gelo, repetem orações sussurradas ao entrar na pista.

Achava tudo um absurdo. Não precisava de sorte. Tinha talento, determinação e um desejo implacável de vencer.

O médico se afastou e desligou a lanterna.

"E então?", Sheila perguntou.

"Possivelmente uma concussão leve."

"Então posso competir. Certo?" A cabeça ainda latejava, mas a culpa podia muito bem ser da música de Josie e Ellis.

O médico hesitou. "É melhor você ser examinada no hospital. Vão fazer exames e dar um diagnóstico mais conclusivo."

"Posso fazer isso depois de competir."

Eu me levantei. Fiquei um pouco tonta, mas logo passou.

Quatro minutos. Era o tempo que eu precisava. Depois poderia ser submetida a qualquer exame no hospital.

Garrett aguardava do lado de fora. Ele, sim, parecia nauseado. Veio correndo de braços abertos, aí os recolheu, como se tivesse medo de me machucar.

"Você tá bem? Sua cabeça..."

"Tô bem."

Nos monitores, Josie e Ellis aguardam as notas. Tanya Fischer e Danny Chan entram no gelo para se aquecer por dois minutos. Depois seria nossa vez.

"Certeza?", ele perguntou. "Pareceu bem feio."

Dei de ombros. "Talvez tenha sido uma concussão leve, mas nada que não..."

"Uma concussão? Isso é sério, Kat."

Ele olhou para a mãe, que não disse nada.

Já a irmã não teve receio de se meter na conversa.

"Não pode patinar com uma concussão", Bella disse.

Eu me virei para ela. "Você ia adorar, né? Esse era seu plano?"

Quando trombamos no treino do primeiro Campeonato Nacional, em Cleveland, havia sido apenas um acidente. Agora, eu não tinha certeza. Bella não parecia nem um pouco chateada.

"Agora chega." A lâmina fina da voz de Sheila ecoou. "Não preciso lembrar vocês de onde estamos."

Nos bastidores de uma competição importante, cada passo nosso sendo observado por patinadores, técnicos, funcionários e repórteres. A câmera ficava a uma distância respeitosa, mas sem dúvida era onde o zoom estava focado.

Heath também se manteve a alguns passos, recostado na parede. Sem tirar os olhos de mim.

"Vamos." Peguei a mão de Garrett. "Tá quase na hora."

Tomei a direção do túnel que levava dos bastidores à pista, onde aguardaríamos nossos nomes serem anunciados.

Heath impediu a passagem. "O que você pensa que tá fazendo?"

Olhei feio para ele. "Sai da frente."

A sonata de Chopin, de Fischer e Chan, entrou no movimento final. Garrett e eu já deveríamos estar na boca do túnel.

Heath se virou para ele. "Você vai deixar que ela..."

"Ele não vai *deixar* nada", falei. "A decisão é minha."

"A decisão é dela", Garrett repetiu, num tom monótono e entorpecido.

"Vocês já são tricampeões. Mesmo sem competir, vão pros Jogos. Podem entrar com um... como chama?"

"Recurso", Bella respondeu. "Heath tem razão. Vocês podem entrar com um pedido para ir aos Jogos independente do que acontecer hoje."

Garrett se dirigiu a Sheila. "Acha que mandariam a gente mesmo assim?"

Sheila deu de ombros. "Talvez sim, talvez não. Não é certeza."

Pensei em perguntar o que ela faria na minha situação, mas eu sabia a resposta. Sheila Lin não desistiria a não ser que estivesse morta.

Sim, minha cabeça doía, mas não era nada em comparação com a agonia pela qual passei para chegar àquele momento. Não apenas a dor física do corpo no seu limite, mas todo o esforço e sofrimento. Inclusive emocional.

Eu não podia parar. Não quando estava tão perto. Já conseguia ver a cena — o restante da minha carreira se estendendo à minha frente, como um tapete vermelho. Garrett e eu seríamos tetracampeões nacionais e levaríamos o ouro nos Jogos Olímpicos.

"Eu consigo", falei. Nunca havia me sentido tão segura.

Sheila assentiu. "Tudo bem então."

Bella franziu os lábios e virou de costas. Garrett baixou os olhos para os patins, com a respiração lenta e profunda.

Heath segurou meus ombros, como se tentasse me fazer cair na real. "Katarina, você tá *machucada*. Não pode..."

"Não encosta em mim."

Tentei me soltar, mas ele foi firme. Minha visão embaçou, senti uma dor forte entre os olhos.

"Por favor." A voz de Heath era um sussurro. Ele falava só para mim. "Não faz isso. Se algo acontecer..."

Fiquei aliviada quando ele não concluiu a frase. Assim, eu continuaria acreditando que se tratava apenas de outra manipulação, da sua trama de vingança. Heath não estava falando sério. Não se importava com o que aconteceria comigo.

Segui para o gelo, de mãos dadas com Garrett, sentindo os olhos de Heath nas minhas costas. Como quando éramos crianças e, da arquibancada, ele me via girar e saltar por horas.

Fica olhando agora, pensei. *Me vendo vencer.*

Sem você.

Shaw e Lin entram na pista do Campeonato Nacional de 2006 ao som dos aplausos do público solidário após a queda de Katarina no aquecimento.

Garrett sorri e acena. Katarina se mantém concentrada.

INEZ ACTON: Kat era tão guerreira, lembro que pensei: cara, ela é foda.

ELLIS DEAN: Até então, Josie e eu estávamos em segundo lugar, atrás de Fischer e Chan, mas assim que as outras duas duplas se apresentassem cairíamos para o quarto. Pelo menos ficaríamos à frente de Gaskell e Kovalenko, que eram café com leite.

Katarina e Garrett assumem as posições iniciais. Os aplausos cessam. A música começa.

FRANCESCA GASKELL: Eu nem pensava mais em notas ou medalhas. Ficamos todos preocupados com Kat. Foi uma batida feia. Mas ela aparentava estar bem. A princípio.

A sequência coreográfica se inicia. Katarina é firme em cada passo. Garrett, mais hesitante, acaba ficando para trás.

KIRK LOCKWOOD: Garrett não ia arriscar. Tinha medo de estragar tudo, especialmente na final.

GARRETT LIN: Eu estava com medo. Não queria machucar Kat.

INEZ ACTON: Quanto mais Garrett se segurava, mais Kat ia adiante.

GARRETT LIN: Não foi nossa melhor apresentação, claro. Mas estávamos conseguindo, com uma vantagem considerável sobre Fischer e Chan. Eu pensei: tudo bem terminar em segundo. Kat vai ficar chateada por não ganhar, mas ainda vamos pros Jogos.

Eles entram na parte mais lenta da apresentação. Garrett parece mais confortável ao ritmo lânguido de "Haunt Me". Katarina continua a patinar com intensidade. Ao sair do giro combinado, ela perde o equilíbrio por um segundo, porém logo se recupera.

KIRK LOCKWOOD: Eu soube no início do levantamento.

Katarina e Garrett começam o levantamento rotacional. Ela arqueia as costas e segura a lâmina.

GARRETT LIN: A entrada foi menos firme que de costume, mas eu achei que estivesse segurando Kat direito.

Os dois giram mais rápido. Os braços de Garrett tremem. O corpo de Katarina se tensiona.

KIRK LOCKWOOD: Ele não estava segurando Kat direito.

ELLIS DEAN: Eles se esforçaram ao máximo, isso a gente tem que reconhecer.

KIRK LOCKWOOD: Ela subiu por um milagre. Mas talvez tivesse sido melhor nem subir.

O corpo de Katarina balança e ela solta a lâmina. Garrett se atrapalha e perde velocidade. Ela tenta pegar de novo a lâmina, que corta sua palma. Sangue escorre.

GARRETT LIN: Eu tentei salvar a apresentação. E proteger Kat.

Katarina escapa da pegada de Garrett, enquanto os dois ainda estão girando. Ela é atirada no gelo e bate a nuca. Ouvia-se o barulho apesar da música.

KIRK LOCKWOOD: Era sangue demais. Não dava pra saber de onde saía.

ELLIS DEAN: Todo mundo pirou. E aquela música sexy ainda tocando. Teria sido engraçado, se não fosse um horror.

FRANCESCA GASKELL: Assustador demais! O maior pesadelo de qualquer patinador.

KIRK LOCKWOOD: Quando finalmente desligaram a música, ninguém deu um pio. Kat devia estar com muita dor, mas não chorou nem gritou. Talvez de tão atordoada.

GARRETT LIN: Eu estava de joelhos no gelo, e ela ficou com um ar tão distante.

Nem se mexia. Por um segundo, achei que estivesse morta. Achei que eu tivesse matado Kat.

O público se mantém em um silêncio perplexo, como se olhassem para um acidente de carro. Então a câmera fecha em Katarina, no sangue manchando seu vestido branco.

"É sempre duro testemunhar uma queda assim", Kirk comenta no vídeo. "Mas a equipe médica está a caminho e... Espera. Quem é esse?"

A câmera volta a se afastar. A equipe médica se apressa, carregando uma maca. Antes de chegar a Katarina, uma figura pula a barreira de proteção e entra no gelo.

GARRETT LIN: E então... lá estava ele.

40

Ao acordar, a primeira coisa que sinto é a mão de Heath na minha.

Depois o acesso intravenoso na pele, o clipe do monitor cardíaco no dedo. A dor tão urgente e difusa que meu corpo inteiro parecia uma ferida aberta.

Heath estava com a cabeça caída, em posição de reza. Sacudia a perna de nervoso, como fazia antes de entrar no gelo quando havíamos começado a competir.

Entrelacei meus dedos nos dele. Heath congelou brevemente e ergueu a cabeça para me encarar.

Ele me olhou como se tivesse vagado na escuridão por muitos anos, e eu fosse o sol nascente.

"O que aconteceu?", perguntei.

"Tá tudo bem. Você está no Hospital Universitário de Saint Louis."

Heath ainda usava o figurino da dança livre. Havia manchas vermelhas na camisa do smoking.

Meu vestido branco estava pendurado na cadeira junto à janela. Apesar da luz fraca, dava para ver que tinha sido visivelmente arruinado, o tecido delicado rígido por causa do sangue seco. Do meu sangue.

Eu me lembrava de Heath ter dito para não competir. Me lembrava de ter entrado na pista mesmo assim. Daí um borrão completo. Fora o frio na barriga, a sensação de queda livre.

"O que aconteceu na final?", perguntei.

"Você caiu e se machucou."

"Não, digo..." Tentei me sentar. Num instante, Heath estava de pé, pronto para me impedir, mas eu mesma pensei duas vezes e deitei sobre os travesseiros. "O que aconteceu depois disso? Quem vai pros Jogos?"

"Não sei", Heath disse. "E não me importo."

Mais lembranças fragmentadas. As luzes ofuscantes. Tecido de cetim na minha bochecha. Eu sendo erguida do gelo, como se estivesse flutuando.

A voz de Bella ao meu lado. Só que não parecia Bella, soava fraca, suplicante. Desesperada.

Você não pode. Por favor, Heath, não faz isso, a gente precisa...

"Heath, o que você fez?", perguntei.

"Deixa pra lá." Ele se sentou na beirada da cama e apertou minha mão. "Tudo o que importa é que você tá bem, Katarina."

ELLIS DEAN: Foi tudo muito rápido.

GARRETT LIN: Foi como se o tempo tivesse parado.

Katarina permanece deitada, imóvel no gelo. Heath se ajoelha ao seu lado. Garrett se levanta, parecendo atordoado. Heath pega Katarina no colo.

GARRETT LIN: Eu nunca tinha deixado minha parceira cair. Pelo menos não desde que Bella e eu éramos pequenos e treinávamos em colchonetes. E eu sempre chorava bem mais do que minha irmã.

Heath leva Katarina para fora da pista. Ela mal demonstra estar consciente, com a cabeça caída no ombro dele, mas se agarra à lapela do paletó dele.

GARRETT LIN: Eu a decepcionei. Estava segurando Kat, e de repente...

Impotente, Garrett observa Heath e Katarina saírem da pista. Bella corre até o parceiro e agarra sua manga. Ele se solta e segue em frente.

KIRK LOCKWOOD: Eu já tinha visto reviravoltas, mas aquela...

ELLIS DEAN: Achava que Josie e eu íamos ficar com a medalha dos coitados. E de repente estou indo para os Jogos.

No último dia do Campeonato Nacional de 2006, a equipe americana de patinação artística para os Jogos de Turim é anunciada. Fischer e Chan e Hayworth e Dean vão representar os Estados Unidos na dança no gelo. Gaskell e Kovalenko são os reservas.

FRANCESCA GASKELL: Claro, fiquei feliz de ser convocada.

Os competidores parecem todos perplexos e desconfortáveis, exceto Frannie, que acena e sorri para o público, entusiasmada.

FRANCESCA GASKELL: Mas não dava pra comemorar, sabe? O motivo de eu ir era horrível demais.

JANE CURRER: Sheila entrou com um recurso para que Isabella e Heath fossem incluídos na equipe. Mas o que pesou na decisão do comitê foi a falta de experiência competitiva internacional do sr. Rocha, sem contar que havia abandonado a parceira na final do campeonato americano.

Os Lin entram em um carro, na frente do Chase Park Plaza, em Saint Louis. Repórteres se amontoam em volta, gritando perguntas. Os vidros são escuros, mas alguém consegue tirar uma foto do rosto de Bella, inchado de tanto chorar.

GARRETT LIN: Tanta espera, tanto esforço. E de repente... era o fim.

41

Aguardamos a noite toda pela alta do hospital. Heath se juntou a mim na cama estreita, e eu senti como se tivéssemos dezesseis anos de novo, abraçados no meu quarto.

Os médicos me disseram para não dormir, e eu não teria conseguido mesmo. Tudo doía demais. Uma concussão — se da primeira queda ou da segunda, não dava para saber. Levei dez pontos na palma da mão, e ainda mais na perna. Ia ficar com cicatrizes.

Ao nascer do dia, finalmente fui liberada.

Tive que sair de cadeira de rodas. Enquanto Heath me empurrava pelo saguão, notei um flash de câmera, como um raio. E outro. Então uma tempestade.

Repórteres se reuniam na entrada do hospital. Pressionados contra o vidro, como se estivessem no zoológico. Demorei para me dar conta de que estavam ali por nossa causa.

Heath xingou baixo e deu meia-volta.

"Deve ter outra saída. Já volto."

Fiquei perto dos elevadores, olhando para meu reflexo distorcido em uma porta amassada de aço inoxidável. Meu cabelo estava um caos, com um ninho de cachos de um lado, o outro amassado depois de horas apoiado no peito de Heath. A sombra e o rímel haviam se transformado em uma mancha cinza em torno dos olhos. Minha postura estava caída, os ombros curvados na jaqueta amarrotada.

Minha aparência estava péssima. Mas, pela primeira vez em muito tempo, parecia comigo mesma — bruta e indomável em vez de bonita e refinada. Eu lembrava a menina destemida que perambulava pela margem do lago com Heath, de joelhos ralados, cabelo ao vento e unhas sujas de terra.

Eu tinha me esforçado tanto para me tornar a patinadora perfeita, a parceira perfeita para Garrett. A próxima Sheila Lin. E cadê os Lin? Até onde eu sabia, não tinham ido me visitar no hospital. Nem mandado flores. Não pude contar com eles quando realmente precisei. Porque eles não eram minha família.

Heath era.

Como prometido, ele voltou logo. "Vão deixar a gente sair pela entrada das ambulâncias. Pegamos um táxi lá."

"Vamos pra casa", falei.

"Claro." Ele virou a cadeira de rodas para a rota de fuga. "A gente vai pro hotel pegar suas malas, eu ligo pra companhia aérea e..."

"Não." Eu olhei para Heath. "Quero ir pra *casa*."

42

Uma garoa leve caía enquanto Heath nos levava para longe de Saint Louis. Quanto mais avançávamos rumo ao norte, mais ela se transformava numa chuva de granizo.

Ainda não sei onde ele arranjou o carro — um Kia cinza com para-lama amassado e migalhas de comida nos bancos. Tínhamos idade para legalmente representar os Estados Unidos nos Jogos Olímpicos, mas não para alugar um veículo.

Não botamos música para tocar. Mal abrimos a boca. Mas ficamos de mãos dadas sobre o câmbio, como na ida à Cleveland, quando ainda éramos adolescentes. Heath apertava meus dedos de vez em quando, talvez para eu não pegar no sono no banco do passageiro.

Com o cérebro afetado pela concussão, faltando menos de uma hora de viagem, me ocorreu que retornar à minha casa de infância implicaria ter que lidar com meu irmão. O terreno era tanto meu quanto dele. Eu estava no meu direito.

Quando Heath parou o carro, deu a impressão de que o lugar estava abandonado, por causa das janelas escuras e calhas lotadas de folhas secas. Nada da picape de Lee na vaga de sempre, e os únicos rastros de pneus na neve eram os nossos.

"Espera aqui." Heath saiu do carro, deixando o motor e o aquecedor ligados.

Depois de morar na mansão dos Lin, minha antiga casa parecia pequena e solitária, um animal perdido se encolhendo na costa rochosa. Ainda assim, por mais que temesse rever Lee, eu era grata por ele nunca ter vendido a propriedade. Mesmo do lado de fora, eu já sentia algo dentro de mim ser liberado, depois de tanto tempo reprimido.

Os médicos haviam garantido que, com descanso e tempo, eu me recuperaria. Mas passaria meses sem poder pisar no gelo. E levaria um ano ou mais para patinar como antes — isso se conseguisse voltar a fazê-lo. Tudo por causa de um único erro idiota. No nosso esporte, isso era suficiente para mudar uma vida.

Não sei quanto tempo passou antes que Heath retornasse. O efeito do analgésico do hospital estava desfeito, e a névoa na minha cabeça se confundia com a névoa no ar.

"Lee não está aqui", Heath disse. "E acho que já faz um tempo que não está."

Fiquei tão aliviada por não precisar encontrar com meu irmão que nem pensei em onde ele poderia estar, ou quando — ou mesmo *se* — voltaria.

"A energia foi desligada. Tá o maior frio lá dentro", Heath disse. "É melhor a gente ficar num hotel."

Balancei a cabeça. A dor irradiou do crânio para a base da coluna.

"Pelo menos essa noite", Heath insistiu.

"Não deve ser pior que o estábulo. Quero ficar."

Ele me ajudou a sair do carro. Enquanto eu ia mancando para a porta da frente, apoiada em Heath, o ar vindo do lago acariciava minha bochecha. As boas-vindas de volta ao lar.

De fato, estava ainda mais frio lá dentro, como se a casa estivesse prendendo o ar, à nossa espera. Pó cobria cada superfície como uma mortalha.

Só então me ocorreu que Lee poderia estar morto, seu corpo apodrecendo na cama, ou destroçado ao pé da escada do porão, ou inchado no lago.

"Conferi todos os quartos", Heath disse, como se lesse meus pensamentos. "E o estábulo e a praia. Só estamos nós aqui, tenho certeza."

Ele me levou à sala de estar, pôs seu casaco sobre meus ombros e deixou mais uma dose de analgésico na minha mão antes de ir acender a lareira. Logo a sala estava tão quente que eu não precisava mais do casaco nem da minha jaqueta. Tirei ambos e fiquei apenas de regata.

"Vem aqui", falei.

Heath se esticou ao meu lado no sofá — devagar, com cuidado, para não me empurrar. Fazia tanto tempo que eu estava furiosa com ele, mas naquele momento não conseguia me lembrar do motivo.

Nós nos recostamos nas almofadas, eu com a cabeça apoiada em seu peito. No dia anterior, tínhamos acordado em quartos de hotel luxuosos, e estávamos prontos para nos enfrentar pelo título nacional e por uma vaga olímpica. Agora, estávamos de volta ao nosso lar de infância. Juntos.

"Como você tá?" Heath segurou meu queixo e olhou nos meus olhos. Verificava a dilatação das minhas pupilas, seguindo as orientações dos médicos, mas isso não me impedia de perder o fôlego.

"Melhor."

O remédio já fazia efeito, cobrindo minha agonia com uma camada de tranquilidade.

Toquei o rosto dele, traçando a cicatriz sob seu olho. Ainda não sabia como Heath a havia conseguido. Tanta coisa que eu ainda não sabia.

"Katarina", ele disse.

Eu não fazia ideia do que Heath ia dizer, mas tinha certeza de que arruinaria o momento. Teríamos bastante tempo para dissecar como havíamos nos machucado tanto. Para descobrir o que fazer em seguida.

Deitei a cabeça e fechei os olhos. Heath passou um braço pela minha barriga. O vento frio uivava lá fora, mas nós dois estávamos aquecidos pelo fogo e pelo calor da pele do outro. Ficava difícil saber onde ele terminava e eu começava.

"É melhor você não dormir ainda", Heath sussurrou. "Os médicos disseram que..."

Baixei seu queixo até que sua boca encontrasse a minha, e aquilo também pareceu como voltar para casa.

"Então me ajuda a ficar acordada", falei.

GARRETT LIN: Eu nunca admitiria na época. Jamais para Bella ou mamãe, mas agora posso dizer: fiquei aliviado por não ir pros Jogos Olimpícos.

VERONIKA VOLKOVA: Toda a falação sobre Sheila Lin, sua academia de elite e seus filhos com pedigree de medalhista de ouro, e o sonho olímpico se desfez num instante. Por causa de dois zés-ninguéns órfãos vindos do meio do nada.

GARRETT LIN: A culpa me devorava a cada minuto, e ainda era um tremendo alívio, me livrando de toda a pressão. Inacreditável, né?

VERONIKA VOLKOVA: Se não fosse uma profissional, eu até acharia graça.

GARRETT LIN: Mas nunca tinha visto minha irmã tão chateada. Bella passou pelo menos uma semana trancada no quarto, sem ver ninguém. Nem mesmo eu.

ELLIS DEAN: Carma é foda, e Isabella Lin também era. Achou que ia tirar a concorrência do páreo, mas acabou tomando no cu. Ficou de fora dos Jogos e sem parceiro.

GARRETT LIN: Achei que mamãe fosse... sei lá. Mas, na maior parte do tempo, ela deixou a gente sozinho. Provavelmente sabia que a gente estava se punindo mais do que ela mesma faria.

ELLIS DEAN: Josie e eu íamos competir, mas todo mundo estava cagando pra isso. O único assunto era Shaw e Rocha.

GARRETT LIN: Eu não entendia por que as pessoas ficaram tão interessadas em Kat e Heath, mas saiu em todo lugar. E aquelas fotos horríveis também.

Montagem de artigos de tabloide e blogs de fofoca, com imagens de Katarina caída no gelo manchado de sangue, depois saindo do hospital.

GARRETT LIN: Fiquei feliz por não ser o foco. Só queria ser deixado em paz.

ELLIS DEAN: De qualquer maneira, os Jogos Olímpicos nem são tudo isso.

FRANCESCA GASKELL: Reservas não vão pros Jogos, e pouca gente sabe disso, e é uma pena! Mas ainda assim foi uma honra.

ELLIS DEAN: Tipo, como uma única competição, que acontece a cada quatro anos, pode definir quem você é? Ridículo.

Jogos Olímpicos de Inverno de 2006 em Turim, Itália. Josie Hayworth e Ellis Dean apresentam sua dança livre ao som de "Mambo No. 5", de Lou Bega. Estão fora de sincronia e atrasados na música. Os dois perdem o equilíbrio na pose final e terminam no chão.

ELLIS DEAN: Fora a roubalheira, os gastos excessivos, os danos às cidades que sediam os Jogos. Não dá pra entender por que insistem numa tradição antiquada dessas.

Josie e Ellis nem se olham enquanto aguardam as notas. No placar, os dois ficam em último lugar entre as vinte e quatro duplas.

ELLIS DEAN: Bom, depois de Turim, decidi que era hora de aproveitar outras oportunidades. Minha carreira competitiva podia ter acabado, mas eu ainda tinha muito a oferecer ao esporte. Não importava se os outros gostassem ou não.

43

No Meio-Oeste, chamamos a primeira onda de calor do ano de "Primavera dos Tolos", porque a experiência nos ensina que o tempo bom não perdura. Sempre há outra onda de frio à espreita, pronta para surpreender assim que tirarmos o casaco.

O que não significa que não aproveitamos cada minuto.

No final de março, a temperatura atingiu quinze graus. Passadas dez semanas do ocorrido, pude me exercitar de verdade. Heath e eu trotamos até o estábulo e voltamos correndo para a casa.

O lugar continuava sendo só nosso. Telegramas de cobranças de um escritório de advocacia nos ajudaram a descobrir onde estava meu irmão. Ele tinha sido preso por posse de drogas com intenção de venda. Pelo visto, sua segunda vez atrás das grades; alguns anos antes, Lee foi pego em flagrante dirigindo alcoolizado. A prisão em si não me chocava, mas sim o fato de que ele tinha tentado montar um negócio, ainda que ilegal e imprudente.

Heath me acompanhava na corrida, costurando entre os bordos pontuados de botões vermelhos. Graúnas-de-asa-vermelha, retornando da migração para o sul, voavam acima da nossa cabeça, quase como um incentivo. Apertei o passo, ultrapassando Heath.

Era boa a sensação de forçar meu corpo e sentir a resposta dos meus músculos, fora a queimação gostosa se espalhando pelas minhas pernas. Atletas aprendem a valorizar os diferentes sabores da dor. Às vezes insuportável, às vezes prazerosa, às vezes deliciosa.

A casa entrou no meu campo de visão, as partículas de mica cintilando ao sol, na fachada de pedra cinza. Heath me alcançou e voltou a correr comigo. Só que eu tinha algo a provar.

Usei a força restante para estender o corpo, como se as árvores fossem a linha de chegada. Caímos no gramado amarronzado, ofegantes.

"Espero que você não tenha me deixado vencer", falei.

Heath sorriu. "Jamais."

Eu me sentia energizada, viva, com a adrenalina percorrendo meu corpo. Os machucados eram um pesadelo distante — embora as cicatrizes rosadas e brilhantes na palma e na canela servissem de lembrete. As primeiras semanas depois do Campeonato Nacional foram terríveis: dores de cabeça e confusão mental; a pele foi se fechando em um lento processo de tortura.

Aos poucos, progredi de mancar pela casa para caminhadas leves pela margem do lago e a corrida daquele dia. Heath e eu também tínhamos progredido, do amor cauteloso ao sexo atlético e apaixonado, do tipo que sempre precisou ser contido durante nossos encontros proibidos no dormitório da Academia, ou nos nossos encontros corridos e exaustos em quartos de hotel, entre voos e dias de competição.

Heath não me tocava mais com receio. Sabia o quanto eu aguentava.

Mas ele hesitava toda vez que eu mencionava voltar ao gelo. *Faltam meses pra próxima temporada*, ele dizia. *A gente não precisa tomar nenhuma decisão agora.* E se eu aludia ao tempo que tínhamos passado separados, ele simplesmente mudava de assunto.

Ou me distraía, e eu deixava.

Heath voltou a me deitar no chão e ia me beijar, com o cabelo caindo na testa. Seus cachos haviam crescido, talvez mais rebeldes do que antes. Imediatamente antes dos lábios se encontrarem, estanquei, com o olhar fixo na direção da casa.

Havia duas pessoas na varanda. À distância, eu só identificava as estaturas: uma era alta e a outra, baixa.

Heath se levantou e limpou a grama da roupa. "Aqui é propriedade privada", ele gritou.

Os visitantes se viraram — graciosamente, em total sincronia. Antes de ver os rostos, eu soube.

Bella e Garrett Lin.

44

A primeira coisa que Bella disse ao me ver foi: "Seu cabelo".

Algumas semanas antes, eu tinha tentado cortar o que restava de loiro com uma tesoura cega de cozinha. Ficou tão ruim que Heath insistiu em me levar à cidade para um corte profissional. Foi a única vez que eu saí da propriedade, fora as consultas médicas. O cabeleireiro consertou em um corte pixie, o mais curto que eu já tinha tido.

"Combina com você", Bella acrescentou, o que poderia ser tanto um elogio como um insulto.

"O que estão fazendo aqui?", perguntei.

"Tentamos ligar", ela disse. Garrett permanecia em silêncio, transferindo o peso do corpo de um pé para o outro, de modo que as velhas tábuas de madeira rangiam sob seus sapatos engraxados. "Estávamos preocupados."

Heath tinha reestabelecido a linha telefônica, a luz e o gás, mas depois de uma semana de ligações incessantes da imprensa, arrancamos o cabo da parede. Meu celular estava em alguma gaveta, sem bateria. Heath nem tinha um.

"A gente tá bem", ele disse, com o braço estendido à minha frente. Para me proteger.

Eu me esquivei, me aproximando dos gêmeos. "Vocês estavam preocupados, é? Então por que não foram me ver no hospital?"

Garrett finalmente abriu a boca. "Mas a gente foi." A voz saiu rouca, como se não falasse há dias.

"Quê?" Olhei para Heath. Seu maxilar estava cerrado.

"Pois é", Bella confirmou. "Com flores e tudo." Ela apontou com a cabeça para Heath. "*Ele* disse que você não queria ver a gente."

"E tava certo. Não queria."

Mas Heath sabia que a decisão era minha, e não dele. No mínimo, devia ter me falado que eles passaram lá.

Como eu reagiria se tivesse visto Bella aquela noite? Talvez gritasse na cara dela, jogasse as flores no lixo. Talvez a perdoasse.

Não tinha certeza de que a colisão havia sido de propósito, mas meu instinto me dizia que não. Bella Lin não costumava ter *intenção* de machucar os outros. Só não se importava caso acontecesse.

"Podemos conversar?", ela perguntou.

"Já estamos conversando."

Ela fez questão de olhar para Heath. "A sós?"

Sugeri dar uma volta. Heath e Garrett ficaram na varanda. "Seja legal", sussurrei no ouvido de Heath antes de ir ao lago. Ele soltou um resmungo qualquer, sem dizer sim ou não.

Bella se esforçou para me acompanhar no terreno irregular, com o salto alto afundando na terra macia. Isso acabaria com os sapatos dela. *Tomara*, eu pensava.

Ao fim do gramado, subi em uma das pedras empilhadas na beira do lago. Bella se acomodou numa pedra um pouco mais abaixo, tomando cuidado de se apoiar na menor área possível.

Ficamos olhando para o horizonte. Nuvens baixas cobriam o sol, e havia um toque de inverno no ar outra vez. A água parecia um espelho.

"Sinto muito, Kat", Bella falou.

Eu a encarei. "Então você fez *mesmo* de propósito."

"Não disse isso." Ela se voltou para mim. As pedras já haviam sujado seu casaco de grife. "Sinto muito pelo que aconteceu. Sinto muito por você ter se machucado."

"E você sente muito por não ter ido aos Jogos."

"Você viu?", ela perguntou.

Balancei a cabeça. Heath e eu não tínhamos tocado no assunto. Eu nem sabia quem havia ficado com o ouro.

Bella fechou mais o casaco. "Mamãe fez a gente assistir."

Esfregar o fracasso dos filhos na cara deles — como se lidasse com filhotes de cachorro sujando o tapete — realmente era do feitio de Sheila Lin.

"Como Ellis e Josie se saíram?", perguntei.

"É melhor nem comentar."

Fiz uma careta. "E os russos?"

"Yakovlevna e Yakovlev ficaram com o ouro. E ganharam o mundial, na semana passada, mesmo com Polina errando os twizzles."

Nas várias competições contra os dois, Garrett e eu nunca perdíamos. Eles só venceram os Jogos e o mundial porque a gente não estava lá.

Mas não importava. Eles iam entrar para a história, enquanto a gente viraria exemplo de fracasso.

O vento soprou mais forte e frio, fazendo a água bater nas pedras lá embaixo. Com o barulho das ondas, quase não ouvi Bella.

"Sua amizade significa muito pra mim, Kat."

"Mais que vencer?"

Queria ver se ela mentiria.

Bella me encarou, sem hesitar: "Claro que não. Sabe por que estou aqui? Porque já tá na hora de você parar de brincar de casinha e de ter pena de si mesma".

Ali estava ela: minha melhor amiga, implacável e ambiciosa.

"Quando você vai voltar?", Bella perguntou.

"Quem disse que eu vou voltar?"

Ela revirou os olhos. "Vou adivinhar. Heath não quer."

Ele não tinha ido tão longe. Ainda não. Mas estava satisfeito com nossa casinha de pedra à beira do lago, e mais relaxado do que nunca.

Alguns dias, aquilo também me satisfazia. Outros dias, me sentia presa a um purgatório criado por mim mesma. Com cada dia igual ao outro, sem trabalhar, sem melhorar, sem me esforçar. Simplesmente existindo. Heath talvez tolerasse essa vida, mas eu, não.

"Ainda não falamos disso", eu disse.

"Sério? Então o que vocês têm feito, no meio do nada, esse tempo todo?"

Ergui uma sobrancelha sugestiva.

Bella fez uma careta. "Melhor parar por aí. Se você tá preocupada com a possibilidade de eu me meter entre vocês, relaxa. Você tinha razão sobre ele." Ela riu, o que não abrandou a faísca de fúria em seus olhos. "Acho que o mundo girava mesmo ao seu redor, no fim das contas, né?"

Eu não sabia o que dizer. Bella tinha o direito de estar brava. Heath fez com que desperdiçasse seu tempo, brincou com suas emoções, e o pior de tudo: descarrilhou sua carreira no momento mais importante.

"Bom", ela disse, fungando de maneira autoritária, "ele é todo seu. Pelo menos vocês não vão ter dificuldade de conseguir patrocínio agora."

"Como assim?"

"Todo mundo tá obcecado por vocês." Bella bateu os cílios. "Heath e Shaw, os namoradinhos de infância azarados da patinação artística americana."

Fiquei a encarando, confusa. Seus olhos se arregalaram.

"Achei que você soubesse. Não viu nada mesmo?"

"Do quê, Bella?"

Ela mordeu o lábio. "Vamos entrar. Heath também precisa saber."

ELLIS DEAN: Todo mundo pirou com aquela foto.

A foto em questão: Heath Rocha carregando Katarina Shaw para fora do gelo no Campeonato Nacional de 2006.

INEZ ACTON: Os dois pareciam noivinhos de bolo de um casamento gótico. Ele de smoking, ela de vestido branco ensanguentado.

JANE CURRER: Foi bem grotesco.

FRANCESCA GASKELL: Na hora foi assustador, claro. Mas essa foto... [*Ela suspira.*] Foi muito romântico!

INEZ ACTON: Romântico, mas também brutal. Tanto sangue, a expressão intensa dele, como se carregasse um soldado ferido para longe do campo de batalha.

GARRETT LIN: A última coisa que eu queria era ser lembrado daquele dia, mas quando vi a foto... bom, não consegui desviar os olhos. Lembro que pensei: claro. Claro que os dois iam acabar se reencontrando.

ELLIS DEAN: O sumiço deles depois do Campeonato Nacional só deixou todo mundo ainda mais desesperado por informações. Então cheguei à conclusão: por que não dar às pessoas o que elas querem?

KIRK LOCKWOOD: Em março de 2006, logo depois de anunciar sua aposentadoria da dança no gelo, Ellis Dean lançou um blog de fofocas sobre o mundo da patinação artística chamado Deslizando pelos bastidores.

ELLIS DEAN: No começo, o site era bem vagabundo, feito no WordPress. Mas fez sucesso, e não só com quem era obcecado por patinação artística. Sempre que eu fazia um post sobre Kat e Heath, o número de acessos explodia com tantos compartilhamentos.

Capturas de tela de textos do Deslizando pelos bastidores: "Crianças selvagens: tudo sobre a infância difícil de Kat e Heath"; "'Eles não conseguem tirar as mãos um do outro': colegas de treino de Shaw e Rocha revelam tudo"; "Fatos que você precisa saber sobre o casal mais quente da patinação artística".

JANE CURRER: Esse site não representava de maneira alguma nosso esporte. O foco deveria ser o desempenho dos atletas no gelo, e não os detalhes íntimos da vida pessoal deles.

ELLIS DEAN: O pessoal lá de cima ficou mordendo a calcinha velha deles em escândalo.

FRANCESCA GASKELL: Eu lia, claro. Todo mundo lia, mesmo que não fosse admitir.

ELLIS DEAN: Eu abri uma janela para as pessoas verem como o mundo da patinação realmente funcionava, em vez da falsa aparência perfeita que tinha.

GARRETT LIN: Ellis e eu tínhamos perdido contato.

ELLIS DEAN: Dei um fora no enrustido.

GARRETT LIN: Ele podia ter revelado tudo sobre mim no blog, mas não o fez. Tenho que agradecer por isso.

INEZ ACTON: Chamar o Deslizando pelos bastidores de blog de fofoca é uma forma de menosprezo. A fofoca é uma ferramenta poderosa que, se utilizada pelos marginalizados, atinge o sistema. Às vezes, é a única ferramenta possível.

ELLIS DEAN: Eu não dizia só quem estava trepando e/ou brigando com quem. Também expunha questões sérias. Julgamentos enviesados, técnicas de treinamento abusivas, transtornos alimentares, conduta sexual imprópria.

Capturas de telas de textos do Deslizando pelos bastidores mencionados por Ellis: "10 sinais de que seu técnico não merece você"; "Chocante: a patinação artística ainda teme corpos femininos reais"; "Patinadora rompe o silêncio sobre parceiro abusivo e os funcionários de alto escalão que o acobertaram ao longo de anos".

ELLIS DEAN: Mas, no começo, a história de Heath e Kat era a que mais rendia cliques. A foto transformou os dois no Brad e na Angelina da patinação artística, um caminho sem volta.

Trecho de uma entrevista televisionada com Lee Shaw, irmão de Katarina. Ele está perto dos trinta, mas parece uma década mais velho, e está diante de uma parede cinza.

"Eu vi a foto. Fazia anos que não via minha irmã. Desde que ela fugiu de casa."

45

Quando Bella mostrou a foto, quase não me reconheci.

Eu parecia delicada. Frágil. Casta e feminina, por causa do sangue no vestido e nos patins brancos.

Já Heath foi retratado como se fosse matar qualquer pessoa que tentasse nos separar.

Depois que os gêmeos foram embora — para um jantar chique com um patrocinador em Chicago, o que serviu de desculpa para irem até o Meio-Oeste sem supervisão —, mergulhei de cabeça. Li todas as notícias, todos os textos sobre nós que Ellis tinha publicado em seu blog detestável.

O frenesi me chocou. Em geral, o público americano só se importa com patinação artística durante as duas semanas dos Jogos de Inverno a cada quatro anos. Mesmo assim, são as competições solo e de duplas que atraem a atenção; a dança no gelo fica em segundo plano. Mas quem não adora uma história de amor? Era o que aquilo parecia.

Ao me mostrar forte e confiante, as pessoas se afastavam. Diziam que eu era competitiva demais, ambiciosa demais, tudo demais. No entanto, depois da queda, machucada e ensanguentada, me tornei uma princesa que precisava ser resgatada, em vez de uma rainha conquistadora, e todos passaram a me amar.

Só fui me deitar depois da meia-noite, com a vista turva da tela do computador. Heath continuava acordado. Ele tirou os fones de ouvido — escutei brevemente algumas notas de Sigur Rós antes que apertasse o stop — e puxou as cobertas.

Depois do Campeonato Nacional, Heath vinha proporcionando um ambiente seguro e confortável para mim. Teria sido fácil ficar, escolher uma vida tranquila com ele, abandonar a dor e a rigidez da patinação. Tão fácil quanto pegar no sono num monte de neve, com o calorzinho que vem antes de morrer congelado.

Estendi a mão. Heath fechou os olhos, antecipando o toque. Meus dedos encostaram no entalhe da cabeceira.

"Lembra disso?", perguntei.

Shaw e Rocha. Tínhamos escrito isso apenas seis anos antes, mas parecia outra vida.

Heath assentiu, o olhar cauteloso. "Você quer voltar, né?"

"Sinto falta", admiti, embora aquilo não parecesse suficiente para abarcar o desejo profundo de voltar ao gelo. "Sinto falta..."

"Dele." Heath deixou o iPod sobre a mesa de cabeceira e cruzou os braços.

"Não, não é isso. Bom, tenho saudade de Garrett e de Bella, mas..."

"Eu não vou te perder de novo, Katarina. Nem pra ele nem pra..."

"Não quero voltar pra ele." Soltei um suspiro, fiquei de joelhos e peguei o rosto de Heath nas mãos. "Quero voltar com *você*."

Heath deu um pequeno sorriso, os olhos permaneceram circunspectos. "Tem certeza?"

Meu polegar encontrou o volume suave da cicatriz sob seu olho. Eu tinha reaprendido a topografia de seu corpo. As cicatrizes agora eram um terreno com o qual eu fiquei familiarizada. Ainda não tínhamos falado sobre elas, ou sobre os três anos que ele passou desaparecido. Eu já estava começando a achar que era até melhor. O passado era passado. Não havia como mudá-lo.

Mas o futuro... o futuro podia ser como quiséssemos.

"Eu amo você. E não quero nunca mais patinar com ninguém além de você."

O sorriso de Heath iluminou seu rosto como uma lanterna no escuro. "Também amo você, Katarina."

Shaw e Rocha, campeões olímpicos. Isso ainda poderia se tornar realidade, não era tarde demais. Faltavam quatro anos até Vancouver.

Ele me beijou e me deitou ao seu lado. Enquanto nos enrolávamos nos lençóis, eu disse a mim mesma que daquela vez tudo seria diferente.

Katarina e Heath chegam ao aeroporto de Los Angeles em abril de 2006. Os dois são imediatamente cercados por paparazzi que tiram fotos e gritam perguntas.

ELLIS DEAN: No segundo em que eles pisaram em Los Angeles foi instaurado o caos.

Tanto Katarina como Heath parecem surpresos com a quantidade de pessoas à sua espera. Incluindo fãs, que seguram cartazes feitos à mão com desenhos de corações de purpurina.

"Como está se sentindo, Katarina?", alguém da imprensa pergunta.

"Muito melhor", ela responde. "Pronta pra voltar ao trabalho."

"Onde vocês estavam esse tempo todo?"

Heath passa um braço sobre os ombros de Katarina. "Em casa", ele diz, se dirigindo à saída.

GARRETT LIN: Mamãe e Kirk tiveram que lidar com sua cota de atenção na época deles, e mesmo Bella e eu chegamos a nos desentender com paparazzi. Mas aquilo era outro nível.

Montagem de fotos de paparazzi mostram os dois no primeiro verão desde o retorno a Los Angeles: Katarina e Heath saindo do prédio onde moravam, ele carregando as bolsas com os patins deles; os dois patinando juntos na Academia, a imagem borrada porque foi tirada pela janela; na lateral do rinque, Heath ajudando Katarina a se levantar de uma queda; ela com as mãos no rosto e ele a abraçando.

FRANCESCA GASKELL: Sei que eles nem queriam tanta comoção. Mas atrapalhava bastante os outros que treinavam lá.

INEZ ACTON: Foi o pior momento pra ser famoso. Era uma terra sem lei.

A internet fazia o público sentir que tinha o direito de saber da intimidade das suas celebridades preferidas, e as redes sociais ainda não haviam decolado, por isso os famosos nem podiam controlar a narrativa, como acontece agora.

Katarina e Heath voltam para casa depois do treino. Estão em outro prédio, com um segurança corpulento que afasta a multidão autoritariamente. Os fotógrafos continuam conseguindo seus cliques: Katarina parece exausta, e Heath a envolve com um braço protetor, como se fosse seu guarda-costas, em vez de namorado.

ELLIS DEAN: O público nunca tinha se interessado tanto por dança no gelo, isso é certeza. Antes de Kat e Heath viralizarem, a maioria das pessoas nem conhecia a categoria.

JANE CURRER: Queríamos atrair mais atenção para o esporte. Mas não *esse* tipo de atenção.

ELLIS DEAN: A federação devia me agradecer. Mas tentaram me calar. *Tentaram*, claro.

Captura de tela de uma manchete do Deslizando pelos bastidores: "Já ouviram falar em liberdade de expressão, cretinos? (E com 'cretinos' me refiro à Federação Americana de Patinação Artística)". O antigo template básico do WordPress foi substituído por um design mais profissional, com um logo animado e cintilante.

ELLIS DEAN: Talvez eu que devesse agradecer pela publicidade grátis. Os anúncios explodiram tanto que tive que contratar um assistente.

GARRETT LIN: Quando Kat retomou a parceria com Heath, pensei em me aposentar. Até em fazer faculdade. Mas Bella não parava de falar sobre os Jogos de Vancouver de 2010. Ela nem me perguntou se íamos competir juntos. Só decidiu que seria assim.

Vídeo dos Lin aprendendo a coreografia de sua dança original para a temporada de 2006 e 2007. Eles realizam uma sequência de viradas em um pé só, fora de sincronia. Garrett conclui algumas notas antes de Bella, que se esforça para alcançá-lo.

GARRETT LIN: Achei que seria fácil voltar a patinar com minha irmã. Mas, depois de quatro temporadas com Kat, não foi bem assim. Mas até que estávamos melhor que ela e Heath.

Kirk Lockwood comenta o Skate America de 2006, em Hartford, Connecticut: "A gente esperava um grande embate entre as novas... ou devo dizer velhas? Bem, entre as duplas americanas; infelizmente, Katarina e Heath decidiram se retirar da competição após problemas no treino da manhã".

ELLIS DEAN: Tanto frenesi e os dois ainda nem tinham voltado a competir juntos.

FRANCESCA GASKELL: Até onde eu sei, ela estava bem fisicamente. Mas acidentes graves mexem com a cabeça da pessoa.

GARRETT LIN: Kat e Heath permaneceram em Hartford e torceram pela gente. Isso significou muito pra mim.

Katarina e Heath aparecem sentados na primeira fileira do Hartford Civic Center, enquanto Bella e Garrett apresentam sua dança compulsória ao som de "Westminster Waltz".

Quando a apresentação termina, Katarina e Heath aplaudem de pé, ambos sorrindo — a não ser por uma fração de segundo, quando Katarina baixa os olhos e limpa a manga da jaqueta.

Corta para uma captura de tela de um texto na página inicial do Deslizando pelos bastidores, acompanhado de uma foto do exato momento em que Katarina não sorri. A manchete diz: "Mantenha seus amigos perto? É melhor Bella Lin ficar de olho".

ELLIS DEAN: Olha, mulheres se apoiando não rende cliques. Não fui eu que inventei a misoginia, só não tive nenhuma vergonha de lucrar em cima dela.

Kirk volta a comentar a transmissão: "Skate America é a segunda competição que Shaw e Rocha se retiram nesta temporada. Eles também estavam inscritos no Troféu Nebelhorn, em setembro, mas nem chegaram a viajar para a Alemanha. Veremos se aparecem em Paris no mês que vem, para a próxima etapa do Grand Prix".

"Até lá, desejamos a Katarina Shaw sucesso em sua recuperação. E não percam minha entrevista exclusiva com o irmão dela, Lee Shaw, na próxima quarta-feira, às sete da noite!"

46

Ignore. Esse foi o sábio conselho de Sheila.

Ela nos disse para fingir que eles não estavam ali. Quando os paparazzi acamparam na frente da Academia, do nosso apartamento, da clínica onde eu fazia fisioterapia e até da farmácia onde eu só queria comprar absorvente.

Quando repórteres, agentes e promotores de evento começaram a ligar a qualquer hora do dia e da noite propondo entrevistas, reportagens e contratos de patrocínio que valiam mais que a soma de todos os prêmios dos Jogos Olímpicos, ela disse para deixar o telefone tocar.

Não se distraia. Você tem bastante trabalho.

E quando Lee saiu em condicional e começou a pipocar em todos os programas de entrevista, levando nossos álbuns de fotos de infância e aprimorando a história de como eu tinha separado nossa família feliz em busca de glória na Califórnia, Sheila disse que reagir só daria mais munição a ele.

Concentre-se no treino. É a única coisa que você pode controlar. Logo vai passar, vão se esquecer de você.

Eu não queria ser esquecida. Pretendia ser lembrada pela razão certa: porque era uma grande atleta. Não porque ficava uma graça toda ensanguentada no gelo, ou porque meu irmão era um otário boca de sacola.

Mas fiz o que Sheila disse, e Heath também. Mantivemos a cabeça baixa. Treinamos mais pesado do que nunca. Na maioria das manhãs, eu acordava com os músculos tão enrijecidos que Heath precisava passar pelo menos vinte minutos massageando minhas pernas, só assim eu conseguia atravessar nosso quartinho e ir ao banheiro. Eu não reclamava; só punha o despertador para tocar mais cedo, para estarmos no rinque às sete.

Às vezes, meu corpo cooperava, e eu patinava como antes. Outras vezes, parecia que a conexão entre mente e físico havia sido prejudicada. Eu precisava reaprender a confiar em mim — e em Heath.

Trabalhávamos a maior parte do tempo com os assistentes técnicos, enquanto Sheila se concentrava em fazer os gêmeos voltarem à velha forma. Ser deixada em segundo plano doía, mas eu não podia culpá-la. Heath e eu estávamos tão inconsistentes que tínhamos sorte de Sheila ter aceitado continuar trabalhando com a gente.

Abandonar as duas primeiras competições havia me deixado bem mais determinada a participar do Grand Prix da França. Como não tínhamos comparecido ao Skate America, não conseguiríamos nos classificar para a final do Grand Prix, em dezembro, mas eu não permitiria que o outono passasse sem que competíssemos nenhuma vez. Se fosse o caso, isso significaria que nossa estreia seria já no Campeonato Nacional sem nenhum teste — e provavelmente entregaríamos o título de bandeja a Garrett e Bella.

Os dois participariam da Copa da China alguns dias antes do nosso evento em Paris. Sheila aguardou até a noite anterior à partida deles para Nanjing para soltar a bomba: devido a compromissos comerciais com diferentes patrocinadores na Ásia e na Austrália, ela não chegaria a Paris a tempo, e os assistentes técnicos também lidavam com conflitos de agenda. Assim, Heath e eu estaríamos sozinhos.

Começamos bem com a valsa compulsória, só que minha lâmina pegou em um sulco no gelo e perdemos o equilíbrio. Ficamos em segundo, atrás de Yelena Volkova e seu novo parceiro, Dmitri Kipriyanov — descendente de uma dançarina do Bolshói e (segundo os boatos) de uma princesa da máfia russa. Com seu cabelo de tigelinha de boy band e seus lábios rosados e volumosos, ele era ainda mais bonito que Yelena. E, infelizmente, patinava tão bem quanto ela.

A dança original seria naquele mesmo dia, e mal tivemos tempo de correr de volta ao nosso hotel no Quartier Latin para descansar um pouco. Quando voltamos ao gelo, tentei reprimir um bocejo e sujei o dorso da mão de batom.

Durante os meses em Illinois, Heath e eu revisitamos a coleção de discos dos meus pais, e ele teve a ideia de usarmos Kate Bush na dança original. Empurramos os móveis da sala para testar os passos de tango, e a sugestão de Heath foi certeira: combinava muito bem, tanto com a música como com nosso estilo pouco convencional. As regras agora permitiam que as patinadoras se apresentassem de calça, e eu visualizei imediatamente figurinos andróginos, que em conjunto com meu cabelo curto fariam com que ficássemos iguais no gelo.

Sheila pensava diferente. Ela nos aconselhou um tango mais tradicional, "La cumparsita", trajes pretos para Heath, um vestido vermelho para mim, uma rosa presa à minha orelha. Igual a tantas duplas, então apenas a perfeição nos destacaria.

Aquela noite em Paris, passamos longe disso. Heath se atrapalhou com a passada cruzada e quase tropeçou em mim, e eu abri um buraco em sua calça com a ponta da lâmina durante um entrelaçamento de pernas. Caímos para o terceiro lugar, abaixo da dupla francesa Moreau e Emanuel — não Arielle Moreau, que se aposentou anos antes, mas sua irmã mais nova, Genevieve.

Talvez o resultado fosse melhor se Sheila estivesse nos acompanhando, mas era até melhor que não estivesse. Depois que recebemos as notas, minha vontade era de não falar com ninguém. Nem mesmo com Heath.

"É nossa primeira competição", ele me lembrou nos bastidores, enquanto trocávamos os patins por tênis. Yelena e Dmitri estavam no gelo, ressuscitando o público com sua apresentação dramática ao som do cantor de tango russo Pyotr Leshchenko. "Não precisamos ser perfeitos."

Na temporada anterior, Garrett e eu tínhamos vencido essa competição com uma vantagem considerável sobre a concorrência. Agora, eu estava empatada em terceiro lugar com uma dupla de adolescentes *très excitée* por sua primeira participação profissional. A perfeição podia até estar fora de alcance, o que não significava que eu estava disposta a ser humilhada.

Heath me puxou para um abraço. "Ainda temos a dança livre amanhã. Não acabou."

Nossa próxima performance foi elaborada por Sheila — uma apresentação clássica inspirada no balé ao som de uma serenata de Mozart, tão lenta que já quase havia me feito pegar no sono. Não era nem um pouco a nossa cara, e quanto mais treinávamos pior ficava. Mas a insistência de Sheila venceu. *Sei o que os juízes querem*, ela dizia sempre que íamos protestar. *Vocês precisam mostrar um lado novo.* Eu deixei as dúvidas de lado e optei por confiar. Afinal, ela sempre esteve certa.

"Preciso de um minuto pra pensar", eu disse a Heath. "Antes da coletiva de imprensa."

"Claro." Ele foi me conduzindo. "Vi uma área de descanso por aqui, a gente pode..."

"Sozinha."

Heath parou. A mão dele saiu da minha lombar. "O que precisar."

Dei um beijo nele e me retirei, com os olhos ainda fechados para não ver nenhuma mágoa em seu rosto. Ao fim da apresentação dos russos, os aplausos soaram tão alto quanto um terremoto assolando a arena.

Continuei andando até o barulho cessar. Eu estava em algum ponto do complexo, num corredor comprido ladeado de portas de metal idênticas e dutos industriais.

Não ficava tão longe de Heath desde que ele tinha me carregado para fora da pista de patinação em Saint Louis.

Apoiei a nuca nos blocos de concreto, amassando a rosa artificial atrás da minha orelha de que nem lembrava mais. Meu cabelo não estava tão comprido, por isso a flor havia sido presa com uma grade elaborada de grampos. Eles arranhavam meu couro cabeludo, arrancando fios pela raiz se eu me virava rápido demais.

Com um grunhido exasperado, arranquei a rosa e a joguei no chão. Depois pisei nela — uma, duas, três vezes, sentindo o impacto no joelho. Se eu ainda estivesse de patins, poderia cortar as pétalas e...

"O que você está fazendo?"

A voz que interrompia o acesso de fúria era feminina, durona e sexy. Com sotaque russo.

47

Veronika Volkova olhou confusa para a flor destruída aos meus pés.

"Acho que está morta", ela disse. "Mas não quero interromper."

Era a primeira vez que eu falava com Veronika. Ela era diferente do esperado. De perto, um brilho travesso esquentava seus famosos olhos azuis.

De qualquer forma, ela ainda parecia assustadora e vestida com seu casaco de zibelina como sempre. Outras mulheres ficariam com um ar de socialite mimada, mas não Veronika. Ela usava o casaco de pele como se tivesse esfolado os animais com as próprias mãos.

"Se tiver terminado, a coletiva de imprensa já vai começar. Yelena e Dmitri continuam em primeiro lugar, claro."

"Obrigada pela atualização." Tentei passar por ela.

Veronika não saiu do meio do corredor. "Mas tenho certeza de que os jornalistas ainda têm várias perguntas para você e o sr. Rocha." Ela fungou. "Os franceses se interessam muito mais por sexo do que por conteúdo."

Eu a encarei. Me sentia um coelho diante de um lobo. "A gente não pediu por nada disso."

Ela dispensou aquilo com um gesto. As unhas estavam pintadas de um tom sutil de nude, mas eram afiadas como garras. "Deixa esse discurso para os seus amados fãs. Sei como Sheila funciona."

"Como assim?"

"Sheila Lin tem o telefone pessoal de todos os fotógrafos de Hollywood a Hong Kong." Veronika se inclinou, tão perto que pude sentir seu perfume forte e floral, com notas de especiarias amargas. "E eles sempre atendem às ligações dela."

Soltei uma risada de desdém. Ela estava tentando mexer com a minha cabeça, me pondo contra minha técnica.

Sheila, que não estava ali. Que escolheu apresentações inadequadas e sem brilho para nossa temporada. Que nos disse para ignorar os paparazzi, não importava quão implacáveis fossem. Nem quão rápido nos encontrassem, mesmo depois de mudarmos o horário do treino, ou de apartamento. Eles sempre descobriam exatamente onde estávamos.

"Não pareça tão chocada." Veronika lustrou as unhas na lapela do casaco de pele. "A essa altura você deve saber como se joga o jogo, Katarina Shaw."

Eu achava que sim. Mas Sheila atingia outro nível.

"Você tem que se preocupar quando *não* quiserem mais tirar fotos suas e perguntar sobre sua vida amorosa", ela disse.

Veronika foi embora, balançando os quadris como se uma centena de pretendentes a observasse apaixonadamente e ela não estivesse nem aí. Quando Heath passou por ela, Veronika sorriu. Ele se encolheu, talvez com medo de ser atacado.

"Tudo bem?" Heath olhou para as pétalas amassadas, depois para o corredor; Veronika virava a esquina da sala de impressa. "Por que estava falando com..."

"Você confia em mim?"

Heath foi pego de surpresa. Mesmo assim, respondeu sem hesitar.

"Claro que sim."

"Ótimo." Sorri e peguei sua mão. "Porque ainda podemos ganhar o campeonato."

VERONIKA VOLKOVA: Eu não sei o que aconteceu.

ELLIS DEAN: Alguma coisa aconteceu. Eles pareciam outras pessoas na dança livre.

Katarina Shaw e Heath Rocha aguardam na lateral da pista quando são anunciados no Grand Prix da França de 2006, em Paris. Eles entram no gelo de mãos dadas, olhando apenas um para o outro.

KIRK LOCKWOOD: Já dava pra sentir a eletricidade no ar antes mesmo de eles esquiarem.

Katarina e Heath montam a pose de abertura. Ela olha para cima, com os braços sobre a cabeça, como uma bailarina na quinta posição. Ele mantém a mão estendida, como se a chamasse. Embora não se toquem ou façam contato visual, parecem conectados por um fio invisível totalmente esticado. A música começa: o quinto movimento da Serenata nº 10 em Si bemol maior.

KIRK LOCKWOOD: Lembro que fiquei surpreso quando descobri que eles fariam um clássico. Imaginei que Sheila tivesse pensado nisso para Kat e Garrett, quando eles ainda estavam juntos.

FRANCESCA GASKELL: Ninguém tinha visto a apresentação a não ser nos ensaios. Mas eu tinha visto algumas vezes na Academia, e pode acreditar: não tinha *nada* a ver com aquilo.

Imagens da dança livre: a coreografia é formal, mas a interpretação de Katarina e Heath faz até os movimentos mais próximos do balé se tornarem carnais. Ao se aproximarem, é como se estivessem prestes a se beijar. Ao se distanciarem, parecem desesperados para se tocar. Cada olhar, cada toque, cada passo transmite anseio e desejo.

JANE CURRER: A dança no gelo envolve certo grau de sensualidade, claro. Muitas apresentações expressam a beleza do amor entre um homem e uma mulher. No entanto, a performance da srta. Shaw e do sr. Rocha beirava o vulgar. Era impossível assistir sem imaginar...

PRODUÇÃO (fora da tela): Sem imaginar o quê?

JANE CURRER: Ora, você sabe.

Outra entrevista com Lee Shaw, agora em um estúdio de televisão com luzes fortes. "Ah, vai", ele diz, com uma careta de aversão. "Não quero pensar na minha irmã desse jeito."

ELLIS DEAN: Não era patinação artística, era uma preliminar. Só Kat e Heath deixariam Mozart obsceno.

GARRETT LIN: Não acho que tenha sido planejado. Eles só se deixaram levar.

ELLIS DEAN: Talvez Heath tenha se deixado levar. Mas Kat? Aquela safada sabia exatamente o que estava fazendo. E deu certo.

A pose final remete à inicial, só que os dois estão no meio da pista, com os braços dele a envolvendo. O público vibra, mas Katarina e Heath mal parecem ouvir. Ela gira nos braços de Heath e o beija. O público vai à loucura.

JANE CURRER: É claro que uma apresentação dessas agradaria ao público francês.

KIRK LOCKWOOD: Sim, eles enfatizaram a tensão sexual, mas a parte técnica foi fantástica. Executaram cada movimento com precisão. Timing perfeito, apresentação limpa. O único erro óbvio foi o levantamento combinado que se estendeu demais. Acima de doze segundos, há uma penalização automática.

Imagens em câmera lenta do levantamento em questão: Katarina se senta no ombro de Heath, numa pose elegante, depois desce, e ele a segura, com uma mão em sua nuca, ela com as pernas estendidas, se segurando com a própria força, criando um arco gracioso enquanto giram.

KIRK LOCKWOOD: Nem pareceu um erro. Deu a impressão de que eles não suportariam se afastar.

Katarina e Heath aparecem nos bastidores juntos, à espera de suas notas. Quando elas saem, os dois se abraçam, ainda mais apaixonados, parecendo se esquecer das câmeras.

"Nada de tristeza para esses dois!", Kirk Lockwood comenta na transmissão. "Vamos ver como os franceses e os russos se saem, mas vai ser difícil superar essa dupla. Agora é oficial: Shaw e Rocha estão de volta."

48

"Que belo retorno!" A repórter estendia o gravador para a frente. "Como conseguiram virar o jogo com a dança livre?"

Heath e eu estávamos sentados a uma mesa comprida sobre uma plataforma, na sala de imprensa do Palais Omnisports de Paris-Bercy — no lugar de honra, bem no meio.

Reservado aos medalhistas de ouro.

"Não sei", Heath respondeu, com a mão na minha coxa, escondida sob o pano da mesa. "Acho que hoje as coisas se encaixaram."

Volkova e Kipriyanov tiveram que se contentar com a prata e Moreau e Emanuel, com o bronze. Genevieve ficou em êxtase com o resultado. Eu mal conseguia lembrar a sensação de me animar genuinamente com o terceiro lugar.

"A gente tinha ressalvas quanto a uma apresentação mais tradicional", respondi. "Mas conseguimos deixar tudo com a nossa cara."

Os repórteres se agarram a cada palavra nossa, como se os outros competidores nem existissem. Passei tantos anos controlando a ansiedade que me atacava ao falar com a imprensa, mas agora estava quase me divertindo.

"Já falaram com sua treinadora?", alguém perguntou. "Ela deve estar felicíssima, dadas as dificuldades recentes."

"Ainda não. Mas com certeza Sheila vai ficar orgulhosa."

Não havia certeza nenhuma. Se estivesse nos acompanhando, teria nos dito para seguir com o que foi ensaiado, mostrando aos juízes que podíamos ser sutis e refinados.

Mas Sheila estava a milhares de quilômetros de distância. E as pessoas não queriam que Heath e eu fôssemos "sutis" ou "refinados". Ansiavam por uma história de amor épica e grandiosa. Paixão pura, roupas arrancadas. Não deveríamos ser apenas amantes — as pessoas queriam que estivéssemos dispostos a tacar fogo no mundo para ficarmos juntos.

Ao nos conectar de verdade um com o outro, finalmente nos conectamos com a música. Havia sido nosso melhor resultado, e tínhamos uma medalha de ouro como prova.

Sorri para o mar de repórteres. A mão de Heath subiu mais um pouco pela minha coxa.

"Próxima pergunta."

* * *

Depois de dois dias de competição, da coletiva de imprensa, da cerimônia de premiação e das fotos intermináveis, era de esperar que eu estivesse exausta. Mas me sentia pronta para calçar os patins e fazer tudo de novo.

Quando finalmente deixamos a arena, o sol já tinha se posto havia tempo. Eu continuava vendo os flashes das câmeras contra o céu escuro acima do Sena.

"Vamos sair", sugeri a Heath.

"Para onde?"

"Qualquer lugar que a gente quiser."

Éramos jovens apaixonados em Paris. Tínhamos acabado de ganhar o ouro e milhares de dólares em prêmio. Merecíamos comemorar.

Voltamos para o hotel, onde pus o vestido tomara que caia curto, que pretendia usar no banquete de encerramento. Geralmente, usava um casaquinho por cima e meia-calça opaca para cobrir a cicatriz na canela.

Não aquela noite. Heath arregalou os olhos, sem tirá-los de mim durante todo o jantar. O maître nos conduziu a uma mesa para dois iluminada por velas na janela da frente do restaurante, e pedimos uma tábua de frios tão grande que mal deixava espaço para nossas taças de bordeaux. Enquanto provávamos um brie triplamente cremoso e lascas de trufa, enrosquei a perna na de Heath, sem me importar com quem veria.

Depois de comer, decidimos sair para dançar — dançar *de verdade*, sem coreografia ou julgamento. Passamos por vários bairros antes de avistar uma placa de neon, descer por uma escadinha escura e chegar a um lugar que parecia mais uma caverna do que uma casa noturna. Tijolos aparentes formavam um teto abobadado, havia luzes ofuscantes e globos espelhados que iluminavam as superfícies irregulares.

Heath e eu abrimos caminho até o meio da pista lotada e pelas horas seguintes tudo o que fizemos foi *dançar*. Eu sentia a batida eletrônica pulsando no corpo. Ele dançava atrás de mim, com as mãos na minha cintura, beijando meu pescoço. Eu permanecia alheia ao que não fosse calor, sombra, som e Heath.

Não fazia ideia de que horas eram quando enfim retornamos ao mundo real. Tinha começado a chover, mas já estávamos encharcados de suor. Meu vestido ficou colado como uma segunda pele, e Heath tinha abandonado a camisa e agora estava só de camiseta. Tirei os sapatos e corri descalça sob a chuva, rindo e chutando as poças por todo o caminho até o hotel.

Antes de a porta fechar atrás de nós, já éramos um emaranhado de braços e pernas, tirando as roupas molhadas, nosso corpo ensopado e quente, e caímos sobre a namoradeira de veludo vermelho, porque nos desejávamos demais para conseguir chegar à cama.

Heath pegou no sono em seguida, apoiado nas almofadas, parecendo uma estátua clássica. Tentei dormir também, mas era como se uma descarga elétrica corresse por minhas veias.

Me desvencilhei de seu braço e peguei o celular na mesa de cabeceira. A tela se iluminou, lançando sombras sobre o papel de parede cor de damasco.

Havia duas ligações perdidas e uma única mensagem do mesmo número. De horas antes, enquanto dançávamos no meio da noite em Paris e no início do dia na China. O medo fez meu estômago revirar.

Me ligue imediatamente.

49

Eu não queria acordar Heath, por isso vesti um roupão e saí com o aparelho para a pequena sacada do quarto, com vista para a Place du Panthéon. Estava tudo vazio e silencioso, mas um cheiro de pão assando começava a se espalhar pelas ruas de paralelepípedos.

Sheila atendeu no primeiro toque.

"Pelo visto estão se divertindo em Paris."

Ela soou mais calma que de costume. Meu coração acelerou.

"É." Tentei engolir a saliva da boca seca. "A gente..."

"Vocês se expuseram ao ridículo."

"A gente ganhou."

Diferente de Bella e Garrett, que quase deixaram o bronze escapar na Copa da China.

"E não estou falando apenas da apresentação. No que estavam pensando, se comportando daquela maneira pela cidade?"

Quando o dia nasceu em Paris, havia fotos nossas por toda a internet. Alguns dias depois, quando nosso voo aterrissou em Los Angeles, fomos recebidos por bancas de jornais inteiras alardeando nossa farra nas revistas de fofocas. Um tabloide publicou sobre nossa "Noite de paixão em Paris" na primeira página, com citações de supostos hóspedes do hotel que tinham sido despertados por "gemidos altos de prazer" e "móveis quebrando". A princípio, fiquei constrangida pela comemoração particular ter sido transformada em um show público — mas as pessoas adoraram isso tanto quanto a apresentação sensual de Mozart. Nossa paixão fora do gelo fazia parte da fantasia.

Aquilo ficaria para depois. Agora, havia uma única explicação para Sheila ter se inteirado tão rapidamente do que havia acontecido, mesmo do outro lado do mundo.

A voz de Veronika Volkova ecoou na minha cabeça. *Você deve saber como se joga o jogo.*

"Se quiser criticar minha performance, tudo bem", eu disse. "Mas o que faço no meu tempo livre não é da sua conta. A vida é minha e..."

"Se você quer ser campeã, a patinação *deveria* ser sua vida. Eu sou sua técnica, tudo o que você faz é da minha conta. Você e Rocha podem procurar outra pessoa se discordam dos meus métodos."

Eu deveria ter previsto aquilo, quando decidimos retornar à Academia. Que inocência pensar que Sheila receberia Heath e eu de braços abertos, depois de termos tirado dos gêmeos o ouro olímpico que era deles por direito. Ela poderia ter nos rechaçado, ter nos mandado treinar em outro lugar — mas sob seu controle, éramos uma ameaça a ser neutralizada.

Se precisasse ofuscar nosso brilho para que os filhos brilhassem mais, ela não hesitaria. Eu estava furiosa demais, mas uma pequena parte de mim a admirava por ser tão implacável — e me culpava por não ter antecipado seus passos. Quando Sheila tinha nos incentivado a ignorar a atenção da imprensa, imaginei que fosse um conselho sábio de alguém que havia passado décadas sob os holofotes. Entretanto, Sheila Lin nunca ignorou a imprensa. Sempre jogou com ela para conseguir o que queria — assim como tinha jogado conosco para controlar nossa carreira; nossa própria história.

"Acho que já aprendemos o possível na Academia Lin."

Na minha cabeça, as palavras pareciam vis e poderosas. Quando saíram da minha boca, percebi que soava como uma menininha perdida. Sheila se manteve em silêncio por um bom tempo. A brisa ganhou força, fazendo tremular a bandeira francesa no alto do Panthéon. Fechei mais o roupão, com os olhos ardendo pelas lágrimas.

"Como você disse, srta. Shaw..." A voz saiu fria, mas eu jurava que havia um toque de pesar nela. Ou talvez eu só quisesse acreditar que sim. "A vida é sua."

E desligou. Fechei o celular bem quando a porta da sacada se abriu. Heath tinha colocado um short, mas ainda parecia sonolento.

"Falei com Sheila."

Não precisei contar o resto. Heath viu tudo no meu rosto.

Ele estendeu a mão. "Vem pra cama."

Tirei o roupão e entramos juntos debaixo das cobertas. Heath beijou minha testa.

"Não precisamos dela, Katarina. A gente só precisa um do outro."

Fechei os olhos e fiquei ouvindo seu coração bater, me permitindo acreditar nele.

PARTE IV
O JOGO

GARRETT LIN: Como eu descreveria essa fase da carreira de Kat e Heath?

KIRK LOCKWOOD: O caos completo. Eles tiveram uns dez técnicos diferentes em cinco países ao longo de dois anos.

JANE CURRER: Pavorosa. Não é exagero dizer que deixar Sheila Lin talvez tenha sido o maior erro que eles cometeram.

ELLIS DEAN: A melhor coisa que me aconteceu. Os dois ofereciam tanto conteúdo que eu mal conseguia acompanhar.

GARRETT LIN: "Selvagem", talvez? Em vários sentidos.

FRANCESCA GASKELL: Parecia que Kat e Heath estavam em todo lugar.

Katarina e Heath posam para uma foto no tapete vermelho da estreia de um filme. Estouram o champanhe na abertura de uma casa noturna. Riem no sofá de um programa de entrevistas. O cabelo dela tem um corte elegante na altura do queixo, e os dois claramente são vestidos por estilistas profissionais.

INEZ ACTON: O ensaio nu foi um ataque aos bissexuais do mundo todo. Vidas bis importam!

Imagens dos bastidores da sessão de fotos de Katarina e Heath para a edição especial "The Body Issue", da revista da ESPN, publicada anualmente. O braço dele cobre o peito dela, e a coxa dela cobre a pélvis de Heath.

INEZ ACTON: Fora as montagens no YouTube. Praticamente pornográficas.

Trecho de um vídeo feito por fãs publicado no YouTube: um clipe dramático de momentos sensuais das apresentações dos dois, editados ao ritmo da música "Promiscuous", de Nelly Furtado.

INEZ ACTON: Parece que a federação tentou tirar os vídeos, usando os direitos de imagem como argumento. Foi um grande erro, essa é a minha opinião. Era a propaganda mais eficiente da história do esporte.

JANE CURRER: Vale lembrar que a dupla ainda não tinha conquistado nenhum título importante. Mas o público geral não estava interessado neles pela capacidade técnica. Katarina e Heath eram *celebridades*.

GARRETT LIN: A maior maluquice foi... acho que chamam de fanfic?

ELLIS DEAN: Nossa, as fanfics eróticas! Imagina ter desconhecidos na internet escrevendo páginas e páginas sobre você trepando.

GARRETT LIN: Não, é claro que eu não li. Só ouvi falar.

ELLIS DEAN: [*Ele pigarreia, depois lê da tela do celular.*] "Heath metia bem no centro quente e úmido dela. 'Nossa, Katarina', ele gemeu, enquanto ela cavagalva no membro duro como pedra. 'Você transa como uma campeã.'" E essa é uma das melhores, acredita? Fizemos um apanhado geral no Deslizando pelos bastidores, antes do Campeonato Nacional de 2008.

GARRETT LIN: Bella e eu mantivemos contato com Kat e Heath. Mas só nos víamos em competições.

FRANCESCA GASKELL: Me sinto mal por admitir isso, mas até que foi bom os dois saírem da Academia. A gente podia relaxar e se concentrar nos treinos.

KIRK LOCKWOOD: Eles eram obviamente a dupla mais famosa da dança no gelo. E ainda por cima uma das melhores. Era tanta sincronia que às vezes cometiam até os mesmos erros juntos.

Durante a dança original do Campeonato Nacional de 2007, em Spokane, Katarina e Heath se atrapalham com os twizzles ao mesmo tempo, de alguma forma, sem sair do ritmo — "Under Ice", de Kate Bush, toca em vez de um tango tradicional.

GARRETT LIN: Sinceramente, devia ser péssimo. Tantos holofotes. Minha irmã e eu crescemos sob os olhos do público, mas não havia comparação.

ELLIS DEAN: Ah, os dois *adoravam* a atenção. Pelo menos Kat. E, o que Kat adorasse, Heath fingia adorar também, no mínimo.

JANE CURRER: Talvez se passassem mais tempo treinando e menos tempo posando pra fotos, ficariam mais felizes com as notas. A gente nunca sabia quando eles iam surgir com um técnico novo. Ou sem nenhum.

KIRK LOCKWOOD: A falta de consistência era um problema. Foi impressionante como eles conseguiam manter o nível de performance, considerando as distrações e reviravoltas.

O irmão de Katarina, Lee, dá outra entrevista: "Nosso pai nunca dizia não a Katie. Os olhos dela são iguais aos da nossa mãe. Katie apontava o olhar como se fosse uma arma, até que ele se rendesse".

INEZ ACTON: Katarina e Heath tinham uma vibe rebelde e sexy de quem não está nem aí. Era isso que as pessoas amavam neles. E o que odiavam também. Todo mundo sabe que as "bad girls" não são bem tratadas como os "bad boys" na nossa sociedade.

JANE CURRER: O patinador deve ser um modelo exemplar. Talvez eu seja antiquada por dizer isso, mas as atletas mulheres mais ainda. Muitas jovens se espelham nelas.

Imagens do campeonato mundial de 2008, em Gotemburgo, na Suécia. Ellis Dean entrevista Katarina e Heath logo depois que as notas da dança livre são divulgadas. Ele agora tem uma credencial de imprensa e equipamentos profissionais.

"Como se sentem com o segundo lugar?", Dean pergunta. "Na minha opinião, vocês foram roubados."

Heath mantém a mão no cotovelo de Katarina, como se quisesse segurá-la. Mas ela está exaltada. "Esse resultado é ridículo, é isso que eu penso. Kipriyanov quase caiu de cara no gelo depois do giro combinado. Os juízes só não queriam dar o ouro pra gente."

JANE CURRER: Tenho calafrios só de pensar na influência de Katarina Shaw sobre patinadoras mais jovens. E continua tendo, até hoje.

50

Em 2009, o Campeonato Nacional voltou para Cleveland.

De mãos dadas, Heath e eu passamos pelas portas abertas da arena, como havíamos feito nove anos antes. De resto, tudo era diferente.

Em vez de dirigir por horas na direção leste da rodovia, numa picape enferrujada com o aquecedor quebrado, voamos de primeira classe, vindo direto de um resort em Santa Lúcia. Estávamos hospedados em um hotel cinco estrelas, nada de motel infestado de baratas. E um carro particular nos conduziu até a arena bem a tempo do aquecimento. No nosso primeiro Campeonato Nacional, ninguém nos conhecia. Agora, éramos recebidos por uma multidão de fãs gritando nossos nomes.

Quando olhávamos para a arquibancada, também víamos nossos nomes, escritos em letras garrafais e em cores cintilantes em cartazes e pôsteres, em colagens que usavam embalagens dos chocolates KitKat e Heath, sobre imagens de nós dois nos beijando estampadas de forma caseira em camisetas, e até mesmo rabiscados nos rostos com o batom que era minha marca registrada, um tom vívido de vermelho com um leve toque de dourado, chamado "Campeã em Ousadia", fruto de uma das muitas campanhas lucrativas arranjadas por nossos agentes.

O que usávamos, dos patins e uniformes de aquecimento às roupas de baixo, era fornecido por parcerias. Aparentemente, quando você fica rico para poder comprar qualquer coisa, as pessoas se desdobram para te dar tudo de graça. Nossa estadia em Santa Lúcia não custou nada além de algumas fotos de Heath passando protetor solar nas minhas costas nuas, em frente a uma cabana privada do resort; isso faria o número de reservas disparar.

Tínhamos tudo. Menos um título nacional.

Ficamos invictos naquela temporada. Ouro no Skate America. Ouro no Troféu NHK. Ouro na final do Grand Prix, em Goyang, quando subimos no degrau mais alto do pódio contra nossos maiores rivais: Volkova e Kipriyanov, que garantiram a prata, e Bella e Garrett, o bronze.

Eu torcia para que a trajetória fosse uma prévia do mundial, a ser realizado em Los Angeles. Eu estava ansiosa para superar os gêmeos na casa deles.

Primeiro, precisávamos vencer o nacional. As danças compulsória e original nos deixaram em primeiro lugar, com cinco pontos de vantagem sobre os Lin. Não assistimos à dança livre dos dois, só dei uma olhadinha rápida no monitor enquanto aguardavam as notas. Bella e Garrett pareciam exaustos, e Sheila ostentava um sorriso rígido, típico de uma profunda decepção. Eles não foram suficientemente bons.

Na saída, Frannie Gaskell abraçou a amiga, na tentativa de consolá-la. Bella manteve as costas tensas e os braços caídos. Frannie e o parceiro tinham ficado alguns décimos atrás dos gêmeos.

Heath parecia um pouco distraído enquanto dávamos a volta na pista, aguardando nosso anúncio. Mais de uma vez, soltou minha mão e se abaixou para ajeitar os cadarços. Senti uma pedra fria de preocupação no estômago. Apesar da vantagem, apenas uma execução limpa conquistaria o ouro.

Quando a música começou, percebi que não havia com o que me preocupar. Heath e eu estávamos afinados como sempre. Nossa dança livre era muito diferente das outras, ao som de uma mistura de piano clássico melancólico e rock industrial — com arranjos do próprio Heath. Vestíamos figurino preto colado ao corpo com partes de tecido telado, e a coreografia era potente e quase agressiva, ostentando nossa força e o fato de que cobríamos o gelo como uma máquina bem azeitada.

Sheila Lin provavelmente odiou tudo. Ainda bem que não era mais nossa técnica.

Naquele momento, não tínhamos um técnico oficial. Passávamos por centros de treinamento de todo o mundo, montando uma equipe de especialistas, coreógrafos e treinadores, aprendendo o possível com cada uma antes de seguir para a próxima. Não era convencional, mas estava funcionando no nosso caso. Controlávamos nossa carreira. E nosso destino.

Às vezes, parecia que já tínhamos trabalhado com todas as autoridades em dança no gelo, salvo uma única exceção: a pessoa que tinha desenvolvido a técnica de Heath nos três anos de ausência. Ele não me contou onde esteve, ou como tinha conseguido se desenvolver tão rápido. Esse silêncio me frustrava cada vez mais, mas sempre que eu tentava conversar a respeito, ele fechava a porta e seu olhar ficava distante, praticamente assombrado. Um olhar que eu recordava da infância, sempre que mencionava a vida dele antes de nos conhecermos. Uma coisa estava clara: Heath não estava disposto a reviver aquela experiência. Ou a me submeter àquilo, independente do que fosse.

Eu tentava me convencer de que não fazia diferença. Heath me amava. Dividia mais comigo do que dividiria com qualquer pessoa. Um dia, me contaria seus segredos, ou não. No meio-tempo, estávamos ganhando.

A música terminou com um acorde de piano e uma pulsação eletrônica. Mantivemos a pose final, ofegantes. Tínhamos conseguido, dava para sentir. Íamos ser campeões nacionais. Eu fui tricampeã com Garrett. Mas vencer com Heath, patinando exatamente como eu queria e recusando a ceder meu poder, era bem mais significativo.

Comecei a me curvar para o público. Então percebi que Heath não estava me acompanhando. Ainda de mãos dadas comigo, ele tinha se ajoelhado no gelo.

A primeira coisa que me ocorreu foi que havia algo de errado — seu cadarço havia estourado, ele estava com câimbra. Ou pior: tinha se lesionado. Ao encará-lo, Heath estava segurando um objeto entre o polegar e o indicador.

Um anel de diamante.

ELLIS DEAN: Sou uma bicha amarga, mas admito: foi romântico demais!

Heath Rocha se ajoelha para pedir Katarina Shaw em casamento no Campeonato Nacional de 2009. A arena se agita quando todos percebem o que está acontecendo, segundos antes da própria Katarina.

INEZ ACTON: Pedidos de casamento em público são pura manipulação. Não dá pra acreditar que Heath pôs Kat nessa posição.

GARRETT LIN: Fiquei surpreso, claro. Sinceramente, eu não tinha certeza se Kat queria se casar, por mais que amasse Heath. Mas pensei que ele a conhecia melhor do que eu.

O rosto chocado de Katarina aparece em todas as telas da arena. Ela olha para Heath, cobrindo a boca com a mão.

FRANCESCA GASKELL: O ouro e um pedido de casamento numa única noite? O que mais ela podia querer?

GARRETT LIN: Antes do Campeonato Nacional, eles passaram duas semanas num resort no Caribe, e eu até pensei que Heath talvez fizesse o pedido lá. Cheguei a me perguntar se os dois já estavam noivos e aquilo tinha sido pura encenação.

INEZ ACTON: Katarina Shaw estava prestes a vencer o Campeonato Nacional pela quarta vez. De repente, as pessoas só se importavam com o casamento dela.

Alguém da imprensa pergunta a Lee Shaw, em um posto de gasolina no interior de Illinois: "Ei, Lee, algum comentário sobre o noivado da sua irmã?".

Lee se vira. Obviamente não sabia do noivado, mas tenta disfarçar.

"Tô muito feliz por ela, claro. E por Heath. Não sei por que demoraram tanto."

Ele se aproxima da câmera, olhando diretamente para a lente. Seus olhos estão turvos. O tom da pele não parece saudável.

"Se precisar de alguém pra te levar ao altar, Katie, sabe onde me encontrar", Lee diz.

51

Não vomita.

Foi a primeira coisa que pensei ao me dar conta do que Heath estava fazendo.

E depois: *Não. Por favor, não. Não assim.*

Com tantas testemunhas, os flashs disparando como fogos de artifício, meu rosto projetado numa tela de seis metros de altura, eu só podia dizer *sim.*

Aceitei o anel, nos beijamos, ele me pegou nos braços e me girou, e o público aplaudiu. Ao aguardar nossas notas, o anel ainda estava na minha mão cerrada. Heath precisou abri-la para pôr a joia no meu dedo.

Mais aplausos. Havia incontáveis câmeras apontadas para nós.

Senti uma dor aguda. Eu tinha apertado tanto o anel que as garras douradas que seguravam o diamante haviam arranhado a palma.

Finalmente, as notas saíram. Éramos oficialmente campeões nacionais.

Voltamos a nos beijar. E acenamos e sorrimos, até meu rosto doer.

Quando estávamos alinhados para a cerimônia de premiação, Frannie Gaskell segurou minha mão e soltou um gritinho encantado para o diamante, que brilhava sob as luzes da arena.

Já na coletiva de imprensa, a primeira pergunta não foi sequer uma pergunta. "Mostra o anel pra gente, Katarina." Obedeci, com cada faceta da pedra cintilando.

O anel era lindo. Parecia o da minha mãe — a herança de família art déco que eu tinha vendido para pagar nossa primeira viagem a Los Angeles. Foi feito sob encomenda, baseado na lembrança de Heath. Foi o que ele disse aos repórteres. Antes do início da temporada, planejava entregá-lo quando — e não *se* — ganhássemos o Campeonato Nacional. Os figurinistas tinham costurado um bolsinho no traje só para guardar o anel. Heath chegou a ficar com medo de que caísse no gelo durante a apresentação, sempre conferindo se ainda estava no lugar.

Sorri bastante, ri quando era esperado, tentei não pensar no fato de que a distração de Heath podia ter nos custado pontos, talvez até o título. Mantive a mão em seu cotovelo, revelando o anel em todas as fotos. Respondi às sequências de perguntas. Nenhuma sobre nosso desempenho.

Bella veio falar comigo depois. Me deu um abraço, o que não era do seu feitio, mesmo quando éramos mais próximas. Eu nunca contei a ela o verdadeiro motivo pelo qual havíamos saído da Academia, nunca revelei minhas suspeitas de que sua mãe andava nos sabotando. Bella e eu mantínhamos uma rivalidade cordial, mas deixamos de ser melhores amigas.

Ela não desfez o abraço. Na ponta dos pés, perguntou no meu ouvido: "Você tá bem?"

Meu corpo ficou tenso, mas logo relaxou nos braços dela. Enquanto eu recebia uma chuva de parabéns, Bella Lin viu além da minha simulação de alegria.

"Parabéns", ela disse. "Pela apresentação de hoje, e nada mais. Qualquer imbecil pode se casar, mas..."

"Só uma imbecil excepcional ganha o campeonato?"

"Exatamente." Rimos e voltamos a nos abraçar. "Mas não pensa que vou facilitar sua vida no mundial."

Sorri. "Que bom."

"E se me pedir pra organizar sua despedida de solteira, seu chá de panela ou qualquer coisa do tipo, vou contratar um cara pra quebrar seu joelho."

"Justo."

Ela apertou meu ombro. "A gente se vê no pódio, Shaw."

"Quer sair pra comemorar?", Heath perguntou no carro, voltando para o Ritz-Carlton. "Ou quer comemorar no quarto?"

Então ele beijou os nós dos meus dedos, logo acima do anel, com tanta paixão que fiquei feliz de ter fechado o vidro que separava o banco do motorista do nosso. De novo, cerrei a mão em punho.

Heath recuou. "Qual é o problema?"

"Não sei." Eu não sabia mesmo. Amava Heath. Queria ficar com ele para sempre, até onde alguém de vinte e cinco anos conseguia pensar nesses termos. Só que, toda vez que olhava para o anel no meu dedo, sentia como se estalactites perfurassem meu intestino.

"Merda", ele disse. "Você odiou, né?"

"Eu só..." Havia sido bem mais fácil com Bella. "Por que agora?"

"Estamos de volta a Cleveland, somos campeões nacionais... É como se tivéssemos encerrado um ciclo." Ele suspirou, passando a mão pelo cabelo. "Achei que seria romântico."

Deslizei a mão pelo banco de couro, do lado dele. "Foi romântico."

"Desculpa. Achei que você fosse gostar, de verdade."

Nosso relacionamento se tornou um espetáculo público; claro que ele tinha pensado que eu gostaria de um pedido de casamento espetacular. Eu mesma só descobri que esse limite não devia ser ultrapassado depois que o estrago já estava feito.

"Se não quiser casar comigo, tudo..."

Eu me virei em sua direção, sentindo o cinto de segurança apertar a clavícula. "*Claro* que quero casar com você. Só fui pega de surpresa."

O carro desacelerou até parar diante do hotel.

"Vamos nos concentrar em ganhar o mundial", falei. "Depois pensamos nessas coisas de casamento."

Só que partiríamos logo em seguida numa turnê do Stars on Ice, que, assim que terminasse, seria hora dos preparativos para a próxima temporada. A olímpica.

"Sem pressa", Heath disse. "A gente tem o resto da nossa vida."

Luzes coloridas criam um clima dramático na arena escura.

"E agora, senhoras e senhores", uma voz ecoa pelo sistema de som, "recebam os atuais campeões nacionais e agora campeões mundiais de 2009, Katarina Shaw e Heath Rocha!"

Katarina e Heath patinam pela pista, iluminados por um holofote. O público aplaude nas arquibancadas lotadas.

KIRK LOCKWOOD: É uma honra ser convidado para uma turnê de exibição assim importante. Na nossa época, Sheila e eu fomos a atração principal várias vezes. Geralmente, é um espaço reservado aos campeões olímpicos. Só que Shaw e Rocha eram tão populares que os produtores abriram uma exceção.

ELLIS DEAN: Eles nem precisavam de dinheiro ou fama. Mas, para serem os favoritos absolutos do público no ano olímpico, encabeçar a turnê do Stars on Ice seria um bom começo.

Começa a tocar a música da apresentação de Katarina e Heath, um cover da balada "Wicked Game", de Chris Isaak, cantada por uma voz feminina sussurrada. A coreografia é sensual e íntima, os figurinos reveladores deixam pouco espaço para a imaginação.

JANE CURRER: Foi uma apresentação totalmente inapropriada. Stars on Ice é um show para famílias.

Katarina desabotoa a camisa de Heath ao ritmo da linha de baixo sedutora da música. Ele inclina o corpo dela para trás, seus lábios roçando a pele nua entre o short de cetim e a blusa curta coberta de strass.

JANE CURRER: A produção no mínimo devia ter pedido que maneirassem no tom.

ELLIS DEAN: A cada cidade em que se apresentavam, a infâmia aumentava, assim como o cachê. As pessoas compravam ingressos para o Stars on Ice, mas queriam mesmo era ver Kat e Heath.

Imagens de uma câmera de segurança da Allstate Arena, em Rosemont, Illinois, mostram Lee Shaw do lado de fora da porta dos fundos, segurando um buquê de rosas murchas de supermercado. Não há som, mas ele parece tentar convencer o segurança corpulento.

O segurança acaba aceitando as rosas, mas fica esperando que Lee se afaste da porta. Assim que ele vira as costas, o segurança joga o buquê no lixo.

KIRK LOCKWOOD: Esse tipo de turnê com certeza deixa as pessoas malucas.

Katarina e Heath encerram sua apresentação com um giro de dança. Eles estão parados, e as bocas prestes a se encontrar. Por um longo momento, ofegam em uníssono, com olho no olho.

Finalmente se beijam. O público enlouquece.

KIRK LOCKWOOD: Independente do que achem de Kat e Heath, ninguém pode negar: eles eram estrelas.

52

O primeiro beijo foi espontâneo.

Heath e eu tínhamos criado a coreografia de "Wicked Game" sozinhos, especialmente para o Stars on Ice. Trabalhávamos nela sempre que havia um tempinho no gelo ou mesmo num quarto de hotel. Às vezes, ficávamos tão envolvidos com os movimentos lentos e sensuais que não conseguíamos evitar: o treino a portas fechadas havia acabado mais de uma vez com a gente na cama, a música ao fundo até o fim.

Na primeira parte da turnê, não incluímos o beijo em todas as apresentações. Se sim, era sempre um beijo diferente — às vezes um leve roçar de lábios, às vezes um beijo voraz. Depois de uma apresentação particularmente excepcional em San Jose, fiquei com tanto tesão que quase arrastei Heath até o vestiário.

Até que o beijo começou a ser aguardado. Se encerrássemos sem uma troca longa e apaixonada, ouvíamos gritos, reclamações, até vaias. Assim, demos ao público o que ele queria, mais uma vez.

Quando a última matinê, em Portland, Maine, chegou, o beijo já não passava de coreografia. Eu contava os segundos até o fim, igual aos passos ou giros.

O público não fazia distinção. Comemorou tão alto quanto em Tulsa, Tampa e as outras arenas idênticas em que tínhamos nos apresentado. Não faziam ideia de que, ao longo dos meses excruciantes de turnê, nossa vida sexual ardente havia ficado mecânica.

Heath pegou minha mão. Nos curvamos. Além do holofote, a arena estava escura como o céu à noite, os flashes das câmeras e as telas de celulares formando constelações na arquibancada.

Graças a Deus nunca mais vamos ter que fazer isso, pensei.

A turnê havia acabado, mas ainda faltava uma apresentação. Na noite seguinte, eu e Heath seríamos os convidados de honra de um evento de arrecadação de fundos para a delegação americana.

O baile foi realizado no salão da cobertura de um hotel histórico em Nova York, com vista panorâmica para o Central Park. A previsão era de tempestade à noite, e o vento já sacudia as copas dos olmos do parque. O péssimo tempo oferecia um contraste com o teto do salão de baile, onde havia sido pintado um céu azul coberto de nuvens brancas e fofinhas.

Heath e eu chegamos elegantemente atrasados, quando o lugar já estava lotado de doadores em potencial, e os muitos atletas olímpicos do passado e do futuro que fingiam desfrutar de sua companhia. Levaria meses para descobrirmos se iríamos ou não para Vancouver, mas isto fazia parte do jogo: as festas e a politicagem, a postura de campeões.

Enquanto nos misturávamos à multidão, tomei o cuidado de manter um sorriso. As pessoas deixavam as carrancas de Heath passarem, mas eu era vista como insuportável se não fosse absolutamente *encantadora*.

Os Lin estavam sentados à mesma mesa da presidência do comitê olímpico, além de Kirk Lockwood, Frannie Gaskell e uma mulher mais velha de terninho, talvez a mãe dela, CEO de um laboratório farmacêutico importante. Embora a sra. Gaskell raramente arranjasse tempo na agenda lotada para acompanhar as competições da filha, era uma das mais generosas apoiadoras da patinação artística.

Também vi Ellis Dean, perto de um arranjo floral gigantesco na forma dos anéis olímpicos. Enquanto os outros homens haviam optado por ternos clássicos, Ellis trajava um paletó de cetim branco com plumas na ponta das mangas. Embora parecesse um cisne, eu tinha que admitir que ele estava ótimo.

A cada dois passos, Heath e eu éramos puxados por desconhecidos querendo jogar conversa fora — mais sobre nosso noivado, amplamente noticiado. Pelo menos tínhamos ensaiado bem as respostas.

"Ah, andamos ocupados demais pra planejar." Era o que eu sempre dizia, com uma pitada de falso arrependimento; como se eu, uma atleta de elite, fosse adorar passar meus dias provando bolos e vestidos de princesa. "Quem sabe depois da Olimpíada?"

Então Heath sorria e abraçava minha cintura. "Uma medalha de ouro cairia bem com o vestido, concordam?"

Todos riam com educação. Nos desejavam tudo de bom. E seguíamos em frente.

As pessoas também imploravam para que dançássemos. "Por favor, só uma música! Seria maravilhoso!"

Das primeiras vezes, nos esquivamos. Até que o quarteto de cordas nos viu perto do palco e começou a tocar "Wicked Game". O salão todo vibrava em expectativa.

"Vamos?", Heath propôs.

A tempestade ainda não havia começado, porém algumas gotas salpicavam as janelas, em alerta. Eu imaginava a gente fugindo, descendo a escada, atravessando o saguão e saindo para a Quinta Avenida. Desaparecendo no parque, dançando sob os olmos enquanto a tempestade castigava a região, sentindo o gosto da chuva fresca nos nossos lábios — como naquela noite em Paris.

Abriu-se espaço na pista. Junto ao peito, Heath me segurou como num tango. O pessoal aplaudiu antes mesmo do início. Eu me ajeitei para revelar a fenda do vestido, evidenciando o forro de cetim vermelho e minhas pernas musculosas.

Apesar da relutância, havia algo que me agradava em dançar sem coreografia. Eu não precisava pensar: bastava habitar meu corpo e deixar que Heath me conduzisse. O tango se assemelha a uma conversa privada em público, cada transferência de peso e mudança de direção é um deslocamento de poder. Aquela noite, quando enganchei a perna atrás do joelho de Heath e olhei por cima de seu ombro para as nuvens de tempestade cobrindo o parque, tudo o que eu queria era me entregar.

Ao fim da música, todos aplaudiram.

Exceto Ellis Dean. Ele ainda não tinha saído do lado daquelas flores ridículas, e agora conversava com um cara com um terno cinza mal ajustado e um corte de cabelo feio. O homem parecia uma nota dissonante do restante do salão.

O quarteto de cordas voltou a tocar as músicas de sempre. Os convidados ocuparam a pista de dança. Continuei de olho em Ellis e seu amigo. Havia algo de familiar nele.

Então o homem se virou e olhou bem para mim. Perdi o ar e dei um passo para trás. Heath agarrou meu cotovelo a tempo de impedir que eu trombasse com um casal de setenta e poucos anos.

Ele me puxou, só que não para dançar. "O que foi?"

"Meu irmão tá aqui."

53

Quase uma década havia se passado sem que eu e Lee estivéssemos no mesmo ambiente.

Mas eu o tinha visto bastante. Na tv. Na primeira página de tabloides. Falando merda a meu respeito em troca de dinheiro, insistindo que me amava, que sentia minha falta e que queria acertar as coisas.

Outra vez, pensei em ir embora da festa, fugir para o parque, permitir que as árvores me engolissem. Em vez disso, fui até Lee — devagar e com cuidado, como se ele fosse uma bomba prestes a explodir.

"Katie." Lee sorriu, mostrando os dentes amarelados pelo cigarro. "Que bom te ver."

Ele estava bem mais magro do que eu recordava, e envelhecido. Embora tivesse pouco mais de trinta anos, a pele pálida e as bochechas encovadas o deixavam igual ao nosso pai.

"O que você acha que tá fazendo?", Heath perguntou a Lee.

Ele tinha atravessado o salão atrás de mim. Eu deveria ficar agradecida pelo apoio, mas já sentia seus músculos na iminência de cometer um ato de violência.

"Fui convidado", Lee disse.

Heath desdenhou. "Até parece."

Olhei para Ellis. "Foi você, não foi?"

"Posso ter exagerado. Um pouquinho." Ellis deu de ombros, e as plumas do paletó esvoaçaram. "Mas, agora que estão os dois aqui, é o momento perfeito pra resolver tudo."

"Pra quê? Pra publicar outro furo no seu blog de merda?" Balancei a cabeça. "Eu sempre soube que você era sórdido, Ellis, mas isso é demais."

"Juro que eu não sabia que foi tudo armação", Lee falou. "Mas talvez ele esteja certo. Afinal, somos irmãos."

Seus olhos ficaram fixos em Heath. Na medida do possível. Eles não pareciam conseguir focar; as pupilas estavam enormes.

Eis um detalhe que ninguém incluía nos textos: quando Lee começou seu circuito pelos programas de entrevistas, eu propus legalmente que ele fosse tratado numa clínica de reabilitação. Ele nunca respondeu.

"Você precisa ir embora. Posso te passar meu número, se quiser..."

"Katarina", Heath disse, mas eu o ignorei.

"... e aí conversamos", prossegui. "Mas não aqui. Não na frente de todo mundo."

Os dedos de Lee se fecharam em torno do meu braço. "Você continua achando que é melhor do que eu, né, Katie?"

O seu entorpecente de escolha o deixava trêmulo e fraco, enquanto eu era uma campeã mundial. Se puxasse o braço, ficaria livre.

Por outro lado, segurar Heath não seria tão fácil.

"Como se atreve a tocar nela?" Heath agarrou Lee pelas lapelas do terno barato. "Que porra é essa? Depois de tudo o que..."

"Vamos todos respirar", Ellis disse. "Chega de confusão."

"Achei que fosse o que você pretendia", retruquei. "Confusão."

Já havia gente olhando. Alguns se afastavam, outros se aproximavam. Bella veio na nossa direção.

Eu já visualizava as manchetes e os retratos de identificação da polícia. Os depoimentos escandalizados dos convidados. As fotos das manchas de sangue no salão. Não havia como convencer Heath, e eu não era tão forte para segurá-lo.

Por isso, fiz a única coisa que me veio à mente. Dei um tapa forte na boca de Ellis Dean.

ELLIS DEAN: Tá, eu mereci.

Um vídeo de baixa qualidade feito com celular mostra Katarina Shaw dando um tapa em Ellis Dean no evento beneficente. A gravação treme e sai de foco quando tentam chegar mais perto.

JANE CURRER: Foi um horror. Não há desculpa para esse comportamento.

Ellis cambaleia. Sangue escorre de seu nariz e mancha as plumas brancas do paletó.

INEZ ACTON: Uma mulher só dá um tapa no rosto de um homem por um ótimo motivo.

Lee Shaw dá um passo adiante. Katarina desvia dele, que cai sobre o arranjo dos anéis olímpicos.

PRODUÇÃO (fora da tela): O que você achava que aconteceria quando convidou o irmão de Katarina Shaw para Nova York?

ELLIS DEAN: Bom, é claro que eu não pensei que seria um reencontro caloroso. Óbvio que o cara era problema. Mas eu nem desconfiava que seria o desastre que foi.

A festa vira um pandemônio. A banda para de tocar, os convidados correm para as portas, atrapalhando a entrada dos seguranças do hotel.

Bella Lin abre caminho até Katarina, seguida por Garrett Lin. Lee está atônito, caído sobre uma pilha de rosas esmagadas.

Heath passa um braço em volta de Katarina, na tentativa de reconfortá-la. Ela o ignora. Continua olhando para o irmão, com uma mistura de fúria e desprezo.

ELLIS DEAN: Não, eu não ouvi o que ela disse. Fiquei ocupado com o sangue do meu nariz quebrado escorrendo pelo meu terno Roberto Cavalli.

Mais imagens de celular, agora focadas no rosto de Katarina. Ela fala com Lee, mas não é possível ouvir sua voz em meio à comoção.

GARRETT LIN: Nunca vou esquecer o que ela disse ao irmão.

PRODUÇÃO (fora da tela): O que ela disse?

Katarina vai embora. Heath e os Lin a seguem, até que Bella nota a pessoa filmando e diz: "Apaga ou vou acionar meus advogados".

Ouve-se um palavrão abafado e a imagem se inclina enquanto a pessoa tenta desligar a gravação. A última imagem mostra os seguranças erguendo Lee. Ele olha para a irmã, com lágrimas nos olhos injetados.

GARRETT LIN: Melhor eu não repetir. Mas considerando o que aconteceu depois... não é difícil imaginar.

54

Heath e eu fomos embora da festa antes que nos expulsassem.

Éramos os únicos no elevador, porém Heath ficou em cima de mim o tempo todo, perguntando se eu estava bem, examinando minha palma vermelha, querendo saber no que eu estava pensando ao estapear Ellis.

Além do toldo bem iluminado na entrada do hotel, a chuva obscurecia a vista. A temperatura havia caído bastante, e meus braços à mostra ficaram arrepiados. Heath fez menção de pôr o paletó sobre meus ombros.

"Para", falei.

"Você tá tremendo. Eu só ia..."

"Você fica sempre tentando cuidar de mim, mas eu não preciso disso. Para, por favor."

Os ombros de Heath caíram, as mangas do paletó rasparam na calçada. "Foi um longo dia. É melhor a gente voltar pro hotel e descansar."

"Vai indo." Cruzei os braços, com frio. "Preciso de um minuto."

"E se Lee aparecer?"

"Eu cuido dele."

Heath talvez estivesse convencido de que tinha confrontado Lee em minha defesa, mas eu sabia que não. Vi a fúria contorcendo seu rosto. Enquanto eu passei dez anos evitando meu irmão a todo custo, Heath permaneceu à espreita, torcendo para ter a chance de se vingar.

"Tá bom", Heath disse. "Tudo no seu tempo."

A partida foi tão repentina que quase não ouvi o que ele murmurou: "*Igual sempre.*"

Fiquei olhando para suas costas se afastarem. Heath seguiu na direção do Central Park, encurvado para se proteger da chuva.

"Não me diga que estão brigando de novo." Bella estava diante da entrada dourada do hotel. "Vocês precisam parar com isso, Kat."

Eu a encarei. "Como eu ia saber que meu irmão..."

"Não tô falando de hoje à noite. E sim de *tudo* o que você e Heath têm feito nos últimos anos. A busca por atenção, a troca de técnicos. As brigas, o sexo, o drama infinito. Vocês não são participantes de um reality show, são atletas de ponta. São os *campeões mundiais.*"

As palavras de Sheila de anos antes ecoaram na minha cabeça: *Agora você é uma campeã mundial. Então aja como uma.* No entanto, o tom de Bella não respingava a rispidez da mãe. Ela soava triste, quase cansada — o que era bem pior.

"Temos mais uma temporada, e só", Bella prosseguiu. "É nossa última chance de ir para os Jogos. Você precisa se recompor e se concentrar no objetivo, antes que seja tarde demais."

"Não perdemos nenhuma competição no ano", eu a lembrei.

"Tá, e tem alguém falando sobre isso?"

Bella tinha razão. Não calavam a boca sobre o noivado, a coreografia sensual, a reputação escandalosa — e o incidente na festa só reforçaria isso. As habilidades e conquistas vinham em segundo plano, ou nem eram mencionadas.

"Por que está me dizendo isso?", perguntei.

"Eu sou sua amiga."

"E minha adversária."

"Quero que você se apresente na melhor forma." Bella sorriu e bateu de leve no meu ombro. "Assim, quando eu acabar com você, vai saber que mereci o ouro."

Ficamos brevemente em silêncio, observando a chuva. Bella suspirou e deu uma olhada na porta. "Acho que é melhor eu voltar. Você vem?"

"Acho que não sou mais bem-vinda."

"Ah, vai. Eles deviam aplaudir de pé. Mais da metade da galera lá dentro já teve vontade de dar um tapa em Ellis Dean."

Quando ela me abraçou, seu perfume familiar de peônias brancas se sobressaiu ao cheiro da chuva.

"Você é minha maior rival, Katarina Shaw. Não me decepcione agora."

Pensei em ir atrás de Heath, no parque. Mas havia passado tempo demais, e o tempo estava piorando, então peguei um táxi sozinha para o nosso hotel.

Na tentativa de passar despercebidos, optamos por um hotel butique no Lower East Side sob nomes falsos. Os quartos eram ridiculamente descolados, elegantes e monocromáticos, com móveis que podiam pertencer a uma galeria de arte moderna. A vista, no entanto, era impressionante: as janelas iam do teto ao chão, na parede oposta à cama.

Deixei as luzes apagadas e fiquei olhando para a tempestade. Os raios pareciam cada vez mais próximos, um clarão contra os arranha-céus de aço e vidro.

Não era possível que Heath ainda estivesse na rua. A qualquer minuto, eu ouviria o barulho da porta sendo aberta com o cartão, e ali estaria ele, ensopado e tímido.

Uma hora se passou sem qualquer sinal dele. As nuvens de tempestade se dissiparam, e a cortina de chuva deu lugar a uma garoa firme. Talvez

Heath tivesse ido para outro lugar. Talvez tenha ido tomar um drink, sozinho ou com patinadores da turnê.

Talvez ele tivesse ido atrás de Lee.

Entrei debaixo das cobertas com o celular, como se pudesse esconder de mim mesma o que estava prestes a fazer. Numa busca rápida, descobri que nosso showzinho no evento ainda não havia aparecido em nenhum site importante, mas Ellis não demorou a publicar um longo texto para o Deslizando pelos bastidores, acompanhado de um vídeo de baixa qualidade feito por uma testemunha.

"Rainha do Gelo derrete", dizia a manchete, sobre uma captura de tela que fazia com que eu parecesse descontrolada. O relato em primeira mão mal mencionava Heath, preferindo se concentrar no meu histórico familiar problemático, e na agressão "repentina e injustificada" ao próprio autor.

Rolei a página até a seção de comentários.

Kat Shaw é uma louca! Não sei como Heath aguenta essa mulher.

ele deve ter medo. ela fincou as garras nele qd os dois eram pequenos, sabiam?

Coitado do irmão... Alguém viu a entrevista em que ele conta que o pai gostava mais do Heath do que dele? Acabou comigo.

Cada palavra era como uma unha que arrancava uma casca de ferida, tirando sangue. Depois de ler todos os comentários sobre o último texto, passei às antigas.

lembrei quem KS lembra: minha ex. narcisista e dramática que nem ela

kat se esforça tanto pra ser sexy assim não percebem que ela é uma patinadora de merda

alguém devia ensinar uma lição pra essa vagabunda

Continuei rolando a página até o polegar doer e meus olhos ficarem ásperos como lixa. Aí a porta finalmente se abriu, e eu me assustei, derrubando o celular no edredom branco.

Heath tinha chegado.

55

"Onde você foi?", perguntei.

Ele deu de ombros. "Fiquei andando por aí." O terno ensopado pingava no piso que imitava madeira, e o cabelo estava grudando na cabeça.

"Você tá tremendo." Era o que Heath tinha me dito também, antes de eu perder a paciência.

Heath devia ter vindo andando do parque.

Eu o levei ao banheiro e liguei o chuveiro. Enquanto a água esquentava, tirei suas roupas molhadas — devagar e com delicadeza, de um jeito distante da paixão que encenávamos no gelo.

Heath nem olhava para mim. Ele baixou a cabeça quando terminei de tirar as peças. Gotas frias de chuva caíam de seu cabelo e aterrissavam nos dedos dos pés.

Sem roupa também, fui ao boxe. Com o vapor nos envolvendo, embaçando o vidro, eu quase conseguia fingir que estávamos no lago, vendo a maré trazer a névoa.

Então Heath me imprensou contra a parede, agarrando meus quadris com uma força que podia deixar hematomas, e eu envolvi sua cintura com as pernas. Arranhei seus ombros, deixei novas marcas em suas costas. *Finalmente*, pensei. Depois de tantos meses de coreografia, algo real — um pouco de fogo para afastar o vento frio que entrava pelas rachaduras da nossa conexão.

No entanto, nós dois sentimos quando o clima mudou. Daí voltamos a atuar, embora não houvesse público.

Heath se afastou. A água começou a esfriar.

"Tô cansado", ele disse.

"Claro. A gente precisa descansar."

Ao sair do chuveiro, me ajoelhei para recolher as roupas.

Nós vamos ficar bem, eu disse a mim mesma. Só estávamos estressados, depois da temporada, da turnê e do reencontro com meu irmão. Precisávamos de tempo para relaxar; de um tempo em casa.

Só que eu não fazia mais ideia do que "casa" significava. Ao deixar The Heights, em 2006, na fuga pós-lesão, eu só via meu lar de infância ao fundo das entrevistas de Lee, pelos poucos segundos que tolerava antes de desligar a TV ou atirar a revista longe, enojada. Não podíamos voltar — não enquanto ele morasse lá.

Nos anos mais recentes, Heath e eu vínhamos ficando em hotéis e residências alugadas temporariamente, em continentes variados. A menos de um ano para os Jogos, não contávamos com um técnico ou um local de treino. Não tínhamos nem um endereço permanente.

Ouvi Heath fechar o chuveiro. Verifiquei as horas no celular. Era mais cedo do que eu imaginava — pouco antes da meia-noite —, mas era tarde para receber ligações, ainda que a tela mostrasse várias chamadas perdidas, com minutos de intervalo, todas de um número desconhecido de Nova York.

Lee, pensei. Provavelmente bêbado em algum bar, ou num hotel infestado de baratas. Acabei não passando meu número para ele, mas Ellis podia ter feito isso.

O aparelho começou a vibrar na minha mão. O mesmo número. Eu devia recusar a ligação, mas estava com tanta energia acumulada que quase *queria* discutir com meu irmão.

Atendi.

"Kat."

Não era Lee. Era Ellis Dean. Ligando de um número diferente, sem dúvida para me enganar.

"Vai se foder, Ellis." Eu me preparei para desligar.

"Espera! Eu preciso... Preciso te contar antes que alguém conte..."

"Contar o quê?"

Eu nunca tinha ouvido Ellis falar desse jeito — em pânico, incerto, desesperado.

E cem por cento sincero.

"Sinto muito mesmo, Kat. A culpa é toda minha."

Clipes de telejornal. "Ontem à noite", o âncora diz, "durante um evento beneficente no St. Regis Hotel, em Manhattan, a polêmica patinadora Katarina Shaw foi vista discutindo com seu irmão mais velho, Lee Shaw."

"Algumas horas depois, Lee Shaw morreu."

ELLIS DEAN: Lee tinha problemas.

Na manhã seguinte, Katarina e Heath atravessam o terminal do aeroporto de La-Guardia, ambos usando óculos escuros. Repórteres os seguem, perguntando sobre o ocorrido.

"Como você está, Katarina?"

"O que aconteceu entre vocês dois?"

"Você não parece abalada. Está feliz com a morte do seu irmão?"

A última pergunta deixa Katarina perplexa, mas ela não diminui o ritmo.

GARRETT LIN: Foi uma tragédia, mas Kat não teve culpa.

ELLIS DEAN: Ninguém teve culpa. Ele era um viciado. E sofreu uma over-dose.

INEZ ACTON: O irmão de Kat era um canalha abusivo. Vocês esperavam que ela ficasse mal com a morte dele?

FRANCESCA GASKELL: Ela superou bem rápido mesmo, mas acho que cada um vive o luto à sua maneira. Fora que, com os Jogos chegando, não havia tempo a desperdiçar.

Imagens aéreas de montanhas cobertas de neve.

JANE CURRER: No verão de 2009, Katarina e Heath foram para a Alemanha, para treinar com Lena Müller, que foi campeã solo e trabalhou com muitos atletas olímpicos na década de 1990.

Fotos de Müller, primeiro na época em que competia, depois trabalhando como técnica. Trata-se de uma mulher de aspecto severo, com o maxilar bem definido e cabelo grisalho.

KIRK LOCKWOOD: Eu soube que os dois estavam levando a sério quando começaram a trabalhar com Lena. Ela não era especialista em dança no gelo, mas eles não precisavam de ajuda com a dança em si. Precisavam de alguém que exigisse o máximo todo dia e que não tolerasse bobagens. Então Frau Müller era a pessoa perfeita. Não à toa ela ganhou o apelido de Valquíria da Antiga Bavária!

GARRETT LIN: O centro de treinamento de Müller parecia um bom lugar para eles. Tranquilo, afastado, sem distrações. Só voltamos a ver Kat e Heath na final do Grand Prix, e a diferença nas apresentações foi notável. Os dois ficaram bem mais focados. Não que evitassem *todas* as controvérsias...

Imagens de Katarina e Heath no ensaio da dança livre. O figurino de ambos é vermelho-vivo e preto. Ela usa uma gargantilha com contas que remetem a sangue escorrendo da garganta. A música é da trilha do filme Drácula de Bram Stocker, *de 1992.*

KIRK LOCKWOOD: A apresentação do vampiro? Reconheço que foi memorável.

JANE CURRER: Serviria para uma turnê de exibição, mas para o ano olímpico...

ELLIS DEAN: Eu amei. O que são os Jogos Olímpicos se não uma produção teatral gigantesca em que o mundo todo finge que se dá bem por duas semanas?

GARRETT LIN: Os fãs adoraram. E o nível técnico era tão alto que, mesmo com os juízes mais tradicionais descontando pontos, ainda seria difícil bater Kat e Heath.

Após o Campeonato Nacional de 2010, em Spokane, Washington, Kat e Heath e os Lin são anunciados como representantes dos Estados Unidos nos Jogos Olímpicos. Os medalhistas de bronze, Frannie Gaskell e Evan Kovalenko, ficam novamente na reserva. Tanya Fischer e Danny Chan, dupla mais experimente que terminou em quarto lugar, foi escolhida por ter mais experiência.

FRANCESCA GASKELL: Não vou mentir: foi uma decepção. Mas era a última chance das outras duplas de irem pros Jogos, sabe?

KIRK LOCKWOOD: Fazia anos que os Estados Unidos não tinham uma chance real de medalha olímpica na dança no gelo. Agora, nossas duas duplas estavam no páreo. Precisávamos usar isso como munição.

Chamada para os Jogos de Inverno de 2010: "Shaw e Rocha. Lin e Lin. Só uma dessas duplas poderá conquistar o ouro. Não perca o embate final ente as maiores estrelas americanas da dança no gelo!".

GARRETT LIN: Fizeram parecer que era uma luta de boxe.

ELLIS DEAN: Ah, que rivalidade *deliciosa*. Fiz até camisetas: *Time Katarina* ou *Time Bella*. A *Time Bella* vendeu mais, mas acho que foi por causa do filme *Crepúsculo*.

GARRETT LIN: Fiquei bem desconfortável. Os russos já pressionavam demais.

Imagens da cerimônia de premiação do mundial de 2009 em Los Angeles, com Shaw e Rocha no topo do pódio; Volkova e Kipriyanov, em segundo; os canadenses Pelletier e McClory, em terceiro.

VERONIKA VOLKOVA: Yelena ficou gripadíssima no dia da dança livre.

Close em Yelena no pódio do mundial, com os olhos vidrados e a testa brilhando de suor.

VERONIKA VOLKOVA: Ela se apresentou com uma febre de trinta e oito graus, e os dois só perderam o ouro por dois pontos. Se Yelena estivesse saudável, eles teriam derrotado a dupla americana.

KIRK LOCKWOOD: Pelletier e McClory também vinham bem. Eram recém--pentacampeões canadenses e competiriam em casa, já que os Jogos seriam em Vancouver. Mas não havia dúvida: Kat e Heath eram os favoritos à medalha de ouro.

VERONIKA VOLKOVA: Talvez fosse até melhor que todo mundo considerasse Shaw e Rocha como favoritos ao ouro. Afinal, quando se está no topo, é fácil cair.

56

Durante toda a minha vida, os Jogos Olímpicos foram um sonho — mas naqueles primeiros dias em Vancouver eu me senti como uma sonâmbula. Participamos da cerimônia de abertura, suando em nossas jaquetas e calças de esqui da Ralph Lauren enquanto acenávamos para o público até nossos braços doerem. Foi maravilhoso a simulação de neve, o urso-polar gigante cintilando, as folhas de bordo artificiais, os fogos de artifício. Posamos diante da bandeira olímpica, dos anéis olímpicos, da pira olímpica cercada por um vidro opaco, sorrindo em nossos uniformes da delegação americana, o braço de Heath firme na minha cintura.

Queria desfrutar de cada momento, mas me observava de fora e me avaliava. Eu parecia feliz? Confiante? Parecia uma atleta olímpica? Heath e eu parecíamos loucamente apaixonados mesmo que não transássemos há meses?

Nosso quarto na Vila Olímpica contava com duas camas de solteiro, mas mesmo no colchão king-size do chalé aconchegante que tínhamos alugado na Alemanha ficávamos cada um em um canto na maior parte das noites, como se estivéssemos magneticamente repelidos.

Após tantos anos representando intimidade para que o mundo todo visse, o fogo entre nós havia se apagado. E eu não fazia ideia de como reacendê-lo.

Mas ninguém que assistiu à nossa dança compulsória poderia imaginar a nossa distância cada vez mais crescente. Assumimos a liderança com uma apresentação apaixonada ao som de "Tango Romantica", repleta de movimentos bruscos e contato visual vivaz acompanhando o ritmo incisivo da caixa sob o bandoneon. A lâmina de Yelena Volkova pegou em um sulco no gelo durante sua segunda passagem da sequência de passos obrigatória, e os russos acabaram em terceiro lugar, atrás dos canadenses.

Bella e Garrett ficaram em quarto, por terem tido alguns pontos descontados por erros menores. Até então, havíamos mantido distância, para sustentar a narrativa de que éramos rivais amargos travando uma batalha, que fizera a audiência explodir.

Apesar do frenesi da mídia, eu sabia que os Lin não eram ameaça. Não haviam nos vencido em nenhuma competição daquela temporada. Bella continuava tão ambiciosa quanto nunca, mas depois que os gêmeos patinaram com outras pessoas, como dupla nunca mais deram liga. Se perdêssemos o ouro, não seria para eles.

Bella e eu tínhamos compartilhado um momento de solidariedade durante a cerimônia de abertura, quando tivemos certeza de que não haveria nenhuma câmera apontada para nós: demos as mãos enquanto a delegação americana entrava no estádio e trocamos um olhar que dizia: *Conseguimos. Estamos aqui.* Naquele momento, eu me senti uma verdadeira atleta olímpica.

Tivemos um dia de folga entre a dança compulsória e a original, e nossa agente — uma mulher assustadoramente controlada que, antes de nos acrescentar na sua cartela de clientes só havia representado estrelas de cinema e ídolos pop — conseguiu uma aparição em um programa matinal na tv.

"Matinal" na Costa Leste, o que significava acordar no meio da noite para fazer cabelo e maquiagem em Vancouver. Nossa técnica não tinha vindo nos acompanhar. *Sou uma idosa, preciso descansar*, ela tinha dito, embora Lena fosse provavelmente a pessoa mais vigorosa que eu já havia conhecido, independente de idade.

Kirk Lockwood iria nos entrevistar, mas enquanto colocavam os microfones na gente, a produção informou que ele tinha se sentido resfriado, cancelando toda a sua agenda, na esperança de se recuperar para os próximos dias de competição da patinação artística. Quando a substituta veio se apresentar, achei que fosse uma assistente de produção. Ela era jovem — talvez até mais jovem do que eu e Heath —, tinha o cabelo bem cacheado e usava óculos de armação grossa.

"Inez Acton", ela disse. "Estou muito animada pra conversar com vocês hoje!"

Não eram nem cinco da manhã, e Inez parecia já ter virado seis espressos. Enquanto eu e Heath nos acomodávamos na namoradeira do estúdio, os pés dela não paravam quietos nos saltos dos sapatos pretos.

O cenário havia sido montado para parecer um chalé de esqui luxuoso, com uma lareira e uma cornija de pedra cinza que até me lembrariam de casa, se não fossem tão perfeitas e impecáveis. Uma janela de acrílico atrás da fileira de câmeras dava para uma praça onde os fãs já se aglomeravam nas barreiras de proteção para nos assistir, apesar da hora.

E não eram só fãs: em meio à multidão, identifiquei uma mulher de meia-idade empunhando um cartaz em que eu aparecia desenhada com chifres de diabo e um picador de gelo ensanguentado na mão. Pontos pela criatividade.

A produção fez a contagem regressiva. Heath aguardou até o último segundo antes de entrarmos ao vivo para se aproximar e passar um braço por cima dos meus ombros.

Inez começou a entrevista, lendo de uma pilha de anotações que segurava com tanta força que os nós dos seus dedos empalideceram. Além de se atrapalhar com as palavras, suas frases eram cheias de "hum" e "hã", e em vez de dança "compulsória" ela disse dança "compulsiva". Não era possível que o canal não tivesse alguém mais experiente para enviar no lugar de Kirk.

"Vocês ficaram noivos no Campeonato Nacional do ano passado, né?", ela perguntou.

"Isso aí", Heath confirmou.

"Vamos ver uma foto."

Ela se virou para olhar um monitor, que mostrava uma foto de Heath ajoelhado no gelo em Cleveland. A multidão lá fora soltou um longo "óóóó". Aproveitando a deixa, Heath apertou meu ombro e sorriu para mim. Sorri de volta, sem sentir nada. Foi só um reflexo, músculos se contraindo para que meu rosto assumisse uma expressão agradável.

A foto se dissolveu e cedeu espaço a outra: nós dois aos dez anos, à margem do lago Michigan, tirada pelo meu pai, com a Polaroid antiga da minha mãe. Ela só era pública porque Lee havia entregado nossos álbuns de família à imprensa, sem meu consentimento.

"Que fofos!", Inez exclamou. "De namoradinhos de infância a possíveis campeões olímpicos. Vocês estão vivendo o sonho. Quando é o grande dia?"

"O grande dia?", repeti.

Inez soltou uma risadinha nervosa. "O casamento! Você já escolheu o vestido? Está todo mundo morrendo de curiosidade para ver."

Nosso casamento não passaria de uma festa idiota. O grande dia era 22 de fevereiro, o dia da final olímpica de dança no gelo.

"Ainda não", Heath respondeu quando não consegui. "Estamos concentrados nos Jogos. Quando acabar, teremos mais a contar sobre o assunto."

"E o que vai acontecer depois dos Jogos?", Inez perguntou. "Vocês vão dar uma pausa na patinação para começar uma família?"

Heath abriu um sorriso reservado. "Isso a gente vai..."

"Que tipo de pergunta é essa?"

Katarina e Heath são entrevistados por Inez Acton, correspondente iniciante da NBC, nos Jogos de Inverno de 2010. Katarina fica claramente contrariada quando o assunto se volta para o relacionamento romântico dos dois. Até que explode.

"Que tipo de pergunta é essa?"

Inez fica branca. O público presente no estúdio ofega.

INEZ ACTON: Foi minha primeira entrevista ao vivo. E última.

"Sou uma atleta olímpica", Katarina prossegue, "e você só quer saber sobre meu vestido de casamento e quando vou começar a parir filhos?"

"Eu..." Inez se atrapalha com suas anotações. "Desculpe, eu..."

KIRK LOCKWOOD: Assisti do quarto no hotel. Se não tivessem me recomendado descanso vocal, eu estaria gritando com a TV.

FRANCESCA GASKELL: Tá, a pergunta foi meio pessoal mesmo. Mas Kat não precisava ter explodido. Fiquei com pena da coitada da jornalista!

"Nem quero ter filhos", Katarina diz. Heath parece tenso, seus dedos apertam a bandeira americana na manga da jaqueta de Katarina. "Não que isso seja da sua conta."

INEZ ACTON: Espera-se que atletas olímpicos, mulheres principalmente, sigam um roteiro certinho. Que sejam respeitosas, humildes e gratas por representar seu país.

"Não sou uma princesinha do gelo, não sou uma noiva fofinha." Katarina se inclina para a frente, afastando-se de Heath, que não diz uma palavra. "E não quero ser. Quero vencer."

INEZ ACTON: Kat Shaw rasgou esse roteiro e tacou fogo nele. Na hora, olhei para ela e pensei: é esse o tipo de mulher que eu gostaria de ser. E não fui a única.

57

Depois da entrevista, restavam menos de duas horas antes do treino da manhã. Não era suficiente para um cochilo, mas foi o tempo ideal para uma discussão.

"Bom..." Eu me sentei na cama. A armação frágil de metal rangeu. "Isso foi..."

"Você não quer ter filhos?", Heath perguntou.

Dei risada. Foi a resposta errada, mas eu não conseguia acreditar que esse era seu incômodo diante do desastre que havia sido nossa aparição na tv.

"*Você* quer filhos?", perguntei.

Heath franziu a testa e se virou para as janelas. As persianas ainda estavam baixadas, porque tínhamos saído cedo, mas o sol começava a escapar pelas frestas.

"Não sei. Mas parece algo que deveríamos discutir entre a gente antes de anunciar ao vivo na tv."

Eu nem achava que o assunto merecia ser discutido. Heath me conhecia melhor do que ninguém e devia saber que não havia absolutamente nada de maternal em mim.

Chegamos a falar sobre morar em Illinois de novo; a morte de Lee significava que a casa seria só minha, e agora havia dinheiro para deixá-la do nosso jeito. Eu me imaginava pendurando as medalhas de ouro sobre a lareira. E transformando o depósito de lixo tóxico (o quarto de Lee) em uma academia com aparelhos de ponta. Mas não imaginava alguém ali, além de nós dois — e com certeza não um bebê aos prantos.

Heath se sentou na outra cama, com a cabeça nas mãos. "Não sei se consigo continuar com isso."

"São só mais alguns dias."

"Mais alguns dias, e depois outra competição, e outra, e outra. Onde acaba, Katarina?"

"Se é por causa do casamento..."

"Não tô nem aí pro casamento!" Heath começou a andar de um lado para o outro. "Por mim, a gente se casaria escondido hoje. Só preciso saber que vamos ficar juntos pra sempre, mesmo depois que..."

A frase morreu no ar, mas dava para saber o final: mesmo depois que eu não precisasse mais que ele patinasse comigo.

"Eu te amo", falei. "Você sabe disso."

"Você é tão boa fingindo que é difícil..."

Me levantei também. "Acha que te amar é *fingimento*?"

"Não foi o que eu disse."

"Então decide, Heath. Sou falsa ou sincera demais? Porque falei a verdade na entrevista, e você não gostou disso também."

"O problema é que não vejo mais a diferença. Você vê, Katarina?"

Havia certa pena em seus olhos. Eu preferia desprezo.

"Você nem chorou quando Lee morreu. Nem tocou no assunto."

"Você, entre todas as pessoas, deveria entender por que não fiquei arrasada."

Você não é minha família, Lee. Não é nada pra mim. Antes, eu queria que você tivesse morrido no lugar do papai, mas agora fico feliz que ele não esteja vivo pra te ver assim.

Graças a Deus nenhuma gravação havia captado o que eu disse no nosso último momento juntos, no evento beneficente. Mesmo sem nenhuma prova, havia muita gente convencida de que eu era uma mulher de coração gelado com o sangue do coitado do meu irmão nas mãos.

Heath foi o primeiro a frisar que a culpa não era minha. Como eu confessaria que, ao descobrir sobre o fim prematuro do meu irmão, logo pensei no que Heath teria feito no longo intervalo até que voltasse ao hotel?

Quando descobrimos que a causa da morte havia sido uma overdose, sem nenhum indício de crime, eu fiquei aliviada — e triste, e furiosa comigo mesma por ter alguma empatia por alguém que só tinha me trazido sofrimento, e me martirizando por ter desconfiado imediatamente do homem que eu amava. Meus sentimentos se mostraram complicados demais para conter; perigosos demais para expressar.

Por isso, eu os trancafiei num canto escuro dentro de mim, transformando-os em mais uma coisa com que lidaria somente ao me tornar campeã olímpica.

"Me deixa entrar, Katarina." Heath tocou meu rosto com carinho. "É tudo o que eu quero."

Me deixa entrar? Eu não sabia se ria ou gritava. A morte de Lee era só uma das coisas sobre as quais não falávamos. Por que eu deveria me abrir e demonstrar vulnerabilidade se o passado de Heath permanecia trancado num cofre?

Faltavam menos de setenta e duas horas para o ouro. Eu não podia perder o controle. Minha mente voltou àquela noite, quando tínhamos dezesseis anos e eu entrei pela janela de seu quarto.

Você dá um jeito de convencer ele. Aquilo eu podia fazer. Depois a gente se viraria no resto.

Eu o beijei, com vontade. Heath me beijou de volta, com mais vontade ainda. Agarrei seus cabelos, e ele me deitou no chão. Cada segundo de contato parecia um desafio, um passo rumo ao esquecimento. Um castigo mútuo sob o pretexto de paixão.

Tive ainda mais medo do que aconteceria se tentássemos ter essa conversa usando palavras em vez de nossos corpos. Poderíamos queimar até virarmos cinzas. Ou explodir.

Quando acabou e estávamos deitados no espaço estreito entre as camas — ensopados de suor e esfolados, com os raios de sol atravessando completamente a cortina, porque havia passado do horário do início do treino —, eu ainda não sabia se Heath tinha se convencido.

Mas, no fundo, eu me convenci de que tinha vencido.

INEZ ACTON: Todo mundo só falava da entrevista.

ELLIS DEAN: Não só por Kat ter botado as asinhas de fora. Mas por causa do olhar de Heath e do jeito como ela *não* olhou para ele. A máscara dos dois caiu por um segundo.

KIRK LOCKWOOD: O que quer que estivesse acontecendo a portas fechadas não ficou visível no gelo, durante a dança original. Aquela apresentação calou a boca de todo mundo.

JANE CURRER: O tema da dança original dessa temporada era música folclórica. A União Internacional de Patinação imaginava que a maior parte das duplas escolheria uma dança tradicional do próprio país, para celebrar sua cultura no palco olímpico.

INEZ ACTON: Foi a festa da apropriação cultural. Óbvio, o esporte é tão branco que ofusca.

ELLIS DEAN: Os húngaros dançaram hula, os britânicos dançaram bhangra e os alemães foram vestidos de gueixa. Isso em pleno 2010!

INEZ ACTON: Hoje ninguém passaria batido com esse tipo de merda. Espero que não, pelo menos. Surpreendentemente, as duplas americanas escolheram temas até que inofensivos.

GARRETT LIN: Bella e eu demos uma abordagem moderna à dança com espada chinesa. Foi a primeira vez que apresentamos algo inspirado na nossa ascendência. Chegamos a passar algumas semanas trabalhando com um mestre *jian wu*, em Tianjin. Eu ainda amo essa performance, mas foi um pouco mais de vanguarda do que nosso estilo próprio. Os juízes não entenderam.

ELLIS DEAN: Fischer e Chan optaram por uma apresentação country, com chapéu de caubói e xadrez com brilho. Vamos só dizer que não tive *nenhum* orgulho de ser americano naquele momento.

Katarina e Heath entram no gelo para sua dança original, nos Jogos Olímpicos de 2010. Ela usa um vestido preto com uma faixa xadrez de paetê. Ele veste uma camisa com cordão na gola e, em vez de calça, um kilt de couro. "Strip the Willow", música tradicional escocesa, começa com um acordeão e um violino marcantes.

KIRK LOCKWOOD: O estilo céilidh escocês se encaixava perfeitamente com os pontos fortes deles. É energético, tecnicamente desafiador e cheio de atitude.

Katarina e Heath apresentam uma sequência de passos intrincados, em todas as direções, de um lado ao outro da pista. Em determinado momento, entra um cover punk rock de "Strip the Willow". Os dois giram de mãos dadas, o short justo que Heath usa por baixo aparecesse quando a saia se abre.

ELLIS DEAN: É verdade: foi muito divertido. Só fiquei decepcionado por Heath não ter abraçado plenamente seu escocês interior, se é que você me entende.

FRANCESCA GASKELL: Que apresentação contagiante. Dava vontade de dançar junto.

Enquanto os dois realizam uma combinação que desafia a gravidade, a câmera fecha no público do Pacific Coliseum. Todos aplaudem de pé ao ritmo da música.

KIRK LOCKWOOD: Shaw e Rocha apenas precisavam manter a vantagem estabelecida na dança compulsória, assim chegariam para a dança livre em ótimos termos.

Em vez de perder força ao fim, Katarina e Heath fazem o contrário. Ao som da última nota, ambos erguem os braços, triunfantes.

FRANCESCA GASKELL: Mais do que manter, eles aumentaram a vantagem.

KIRK LOCKWOOD: Depois da dança original, Volkova e Kipriyanov continuavam em segundo lugar, agora mais distantes, e os Lin praticamente empataram em terceiro com Pelletier e McClory.

Heath abaixa o braço, mas Katarina mantém os dela erguidos, sendo exaltada pelo público. Ela ergue o queixo, parecendo extremamente confiante — ou convencida.

FRANCESCA GASKELL: A medalha de ouro era deles para perder.

58

"Patinem bem. Não me envergonhem."

Esse era o tipo de conversa que nossa técnica alemã considerava motivacional.

Lena deu um tapinha no meu ombro e no de Heath, deixando que acabássemos o aquecimento sozinhos. A dança livre aconteceria à noite, e nós seríamos os últimos a entrar no gelo, por isso havia bastante tempo para a preparação. Enquanto a apresentação da dupla na pior posição começava, eu realizava a sequência de alongamentos, respirando para conter a sensibilidade persistente nas pernas e nos quadris.

Durante a dança original, no dia anterior, a parte interna das minhas coxas havia doído com a intensidade de uma contusão — mas, pelo visto, eu consegui esconder isso muito bem. Foi nossa melhor apresentação da temporada, e deixamos os russos comendo poeira. Uma dança no gelo de quatro minutos era a única coisa que havia entre mim e tudo o que eu sempre desejei, e eu estava certa de que nada tiraria a minha concentração.

Depois do alongamento, fomos vestir os figurinos nos vestiários. Eu me maquiei — passando uma base clara que realçava as maçãs do rosto, batom vermelho-sangue, sombra escura com um toque carmesim — e pus o vestido. Precisava de Heath para prender a gargantilha que completava o decote coração, por isso saí com a bijuteria no punho cerrado, protegendo as contas delicadas.

O colar havia sido feito sob encomenda: uma imitação de corte na minha garganta, com gotas de sangue na jugular. Apesar da trilha sonora do filme *Drácula de Bram Stoker*, a nossa narrativa era muito diferente do clássico literário. Eu era a vampira ancestral e poderosa, enquanto cabia a Heath ser a jovem vítima em transe. Na maior parte da coreografia, eu assumia o papel de agressora: seduzindo-o, atormentando-o e finalmente tentando-o a provar meu sangue para que ficássemos juntos pela eternidade.

O figurino e a maquiagem de Heath eram bem mais simples — fraque com forro vermelho, manchas cinzas em torno dos olhos que conferiam um aspecto insone e abatido —, então quando eu terminava de me arrumar, ele já estava à espera. Mas ao sair do vestiário, não vi nem sinal dele.

Perambulei pelos bastidores preocupada, com a gargantilha na mão.

Todo mundo por quem eu passava — competidores, técnicos, membros da equipe — fazia questão de não olhar na minha cara. Genevieve Moreau, do primeiro grupo, me viu de relance, logo desviou o rosto e murmurou algo para uma atleta tcheca.

Será que as pessoas ainda estavam pensando na merda da entrevista? Tanto fazia, Heath e eu estávamos prestes a ser campeões olímpicos e proporcionaríamos um novo assunto.

Bella saiu do banheiro feminino. Estava maquiada, mas continuava com a roupa do aquecimento e o penteado pela metade. Ela ainda tinha tempo, um pouco menos que eu, já que os Lin seriam chamados antes.

Ao me ver, ela apertou o passo na minha direção.

"Oi", falei. "Você viu o Heath?"

"Não. Não depois que..."

Estendi a gargantilha. "Me ajuda com isso? O fecho é chatinho, mas..."

"Kat, preciso te mostrar uma coisa."

Seus olhos não sossegavam, e ela pressionava o celular no peito. Parecia ansiosa. Bella Lin nunca parecia ansiosa. Certamente não nos bastidores de uma competição, onde seria vista pela concorrência.

"O quê?"

"Desculpa." Bella virou o telefone. "Mas você precisa ver isso."

59

No Deslizando pelos bastidores, a tela mostrava uma foto de Heath — nada recente, mas de anos antes, com o cabelo ainda raspado. A aparência que ele tinha quando reapareceu na minha vida, depois de três anos de ausência.

Rolei a página até o texto. Não importava quantas vezes lesse as palavras, minha mente se recusava a aceitá-las.

"Não." Balancei a cabeça e devolvi o aparelho a Bella. "Não é verdade."

"Eu não quis acreditar também, mas..."

"Não é verdade." Balancei a cabeça com mais força, como uma bandeira tremulando ao vento, incapaz de parar antes do fim da tempestade. "De jeito nenhum."

De canto de olho, notei um lampejo vermelho. Heath corria na nossa direção, as abas do paletó esvoaçando.

Heath também tinha visto aquelas mentiras ultrajantes e vinha me assegurar do que eu já sabia: não era verdade. Se fosse, ele teria me contado.

Ele teve inúmeras chances de me contar.

Quando estávamos no cânion em Los Angeles, e eu perguntei pela primeira vez o que havia acontecido durante seu sumiço. Ao longo de todos os meses em Illinois. Dos anos que passamos juntos desde então, patinando e dormindo lado a lado, sendo parceiros em todos os sentidos.

Heath esclareceria o mal-entendido, levaríamos o ouro e daríamos risada depois. Eu sabia. Eu o conhecia.

Então vi sua expressão e caí na real. Eu não o conhecia.

"Katarina. Eu explico."

"Não." Dei as costas para Heath. A gargantilha caiu da minha mão. Ouvi as contas rasparem no chão quando ele a pegou, e seus passos me seguindo pelo corredor. "Não."

O artigo alegava que, depois de me deixar em Nagano, Heath tinha ido a Moscou implorar para ser treinado por Veronika Volkova. Ele estava disposto a fazer qualquer coisa.

Qualquer coisa. Inclusive suportar métodos de treinamento tão duros que o deixavam sangrando. Pedir a cidadania russa para se tornar oficialmente o parceiro de Yelena Volkova, quando Nikita Zolotov se aposentasse.

E o pior de tudo: revelar aos russos tudo o que sabia sobre mim, sobre os Lin, sobre a Academia, assim eles traçariam estratégias para nos derrotar.

Eu até entendia o treino com a concorrência. Passamos anos dividindo o gelo com rivais — inclusive eu contra ele. Mas *conspirar* com as Volkova... expor meus segredos, minhas fraquezas, minhas inseguranças? Passar por cima do anos de história e confiança como uma moeda de troca? Era uma traição.

"Eu deveria ter contado", Heath disse. "Sei que deveria ter contado, mas não percebe o que está acontecendo? Isso ser publicado *hoje*, imediatamente antes da nossa final olímpica. Estão tentando nos pôr um contra o outro. E não podemos deixar."

Ele pegou minhas mãos. A gargantilha ficou entre nós, como um rosário.

"Por favor, Katarina. Você sabe que tudo o que fiz foi por você, pra..." Heath piscou para conter as lágrimas, mas era tarde demais: a maquiagem ficou manchada. "Por favor. Eu te amo. Nunca parei de te amar, nem por um segundo."

Heath tinha sido impulsionado por mágoa. Desespero. De maneira distorcida, tudo aquilo havia sido feito por amor. Isso eu era capaz de perdoar.

Mas não perdoaria o prolongamento do segredo, por tanto tempo que havia sido usado contra ele — contra *nós* — no pior momento possível. Heath vivia insistindo para que eu me abrisse com ele sinceramente, mas sempre me deixou no escuro. Heath *sempre* me manteve no escuro. Só que quando ele não passava de um menininho traumatizado e não tinha o vocabulário certo para se expressar, era ok. Não éramos mais crianças.

"Não vou lidar com isso agora." Eu me afastei, levando a gargantilha comigo. Meus dedos tremiam, mas consegui fechá-la sozinha. "A gente conversa depois."

"Katarina, você não pode simplesmente..."

Eu já estava longe. Faltavam minutos para a vez do grupo final. Precisávamos nos concentrar. E vencer.

Não me lembro de ter amarrado os cadarços, retirado os protetores das lâminas, ou pisado no gelo. Apaguei da mente o aquecimento em grupo e a espera demorada enquanto as outras duplas se apresentavam. Não me lembro nem de entrar na pista, fazendo a pose inicial da dança livre. Nas minhas recordações daquela noite, eu me afasto de Heath e no segundo seguinte já estou me apresentando com ele na final olímpica.

Mas tem uma coisa que não consigo esquecer: que eu estava furiosa pra caralho.

ELLIS DEAN: Um jornalista nunca revela suas fontes.

KIRK LOCKWOOD: Eu nunca mencionaria ao vivo alegações de um blog de fofoca barata. Não antes da confirmação dos checadores do canal.

Antes da apresentação de Kat e Heath, o público começa a conversar sobre o texto chocante que estampa seus celulares.

KIRK LOCKWOOD: Não fazia diferença. Na minha época, a gente tinha que esperar o jornal da noite ou o da manhã. Agora todo mundo tem as últimas notícias dentro do bolso.

FRANCESCA GASKELL: O Deslizando pelos bastidores era divertido, mas também causava sérios danos. Ellis Dean não parecia se preocupar com o que acontecia, desde que enchesse o bolso.

ELLIS DEAN: Se publiquei alguma mentira, por favor me corrija. Eu aguardo.

VERONIKA VOLKOVA: Eu não tive nada a ver com aquilo. Como disse na época.

Nos bastidores, antes da dança livre de Volkova e Kipriyanov, Yelena e Veronika Volkova discutem aos sussurros em um russo acelerado.

PRODUÇÃO (fora da tela): Sua discussão com Yelena estava relacionada com...

VERONIKA VOLKOVA: Não lembro.

Lágrimas rolam pelo rosto de Yelena, que aponta um dedo acusatório para a tia. Legendas traduzem as poucas palavras captadas claramente pelo microfone nos bastidores: "... culpa sua. Você mentiu pra mim!".

VERONIKA VOLKOVA: Yelena às vezes era bem sensível. Ela puxou à minha irmã.

ELLIS DEAN: Claramente não foi só isso. Tinha bem mais.

VERONIKA VOLKOVA: É ridícula a ideia de que eu, ou qualquer outra pessoa, pudesse separar Katarina Shaw e Heath Rocha. Não. Só eles tinham esse poder.

60

A princípio, me convenci de que estava só entrando na personagem.

Enquanto as cordas sepulcrais ecoavam pelos alto-falantes, serpenteei em torno de Heath, agarrando seu figurino como se fosse rasgá-lo com minhas próprias mãos. Virei uma criatura da noite. Ia dobrá-lo do meu jeito. Não pararia até que o tivesse consumido, de corpo e alma.

A sequência de twizzles de abertura coincidia com um crescendo no lamento do coral, e giramos juntos, com a perna esquerda estendida, cortando o ar feito uma espada. A proximidade torna um giro mais difícil, e a ponta da minha lâmina chegou a enroscar na aba do paletó de Heath.

Ele deu uma cambaleada, mas conseguiu se segurar, lançando-se no próximo passo de dança como se não conseguisse se decidir entre arrancar minhas roupas ou torcer meu pescoço. Estava furioso também.

Ótimo, pensei. Podíamos usar aquilo — canalizar a raiva, o amor, o ódio, uma vida de ressentimentos, ciúmes e segredos fervilhando, projetar tudo no gelo e deixar lá.

Portanto, quando giramos com tanto vigor que senti a coluna estalar, cravei as unhas sob seu queixo até deixar marca, dizendo a mim mesma que isso era necessário para ser uma campeã. Eu precisava estar disposta a infligir dor e sofrer, a sacrificar tudo no altar da minha ambição.

Ao fim, percebi o estrago.

A apresentação havia sido desenfreada — muita paixão, pouca precisão. Eu não estava segura de que tínhamos realizado todos os elementos obrigatórios. Não foi uma sintonia, e sim uma guerra. Aos olhos do mundo inteiro.

Na pose final, ele me segurava nos braços, me abaixando tanto que meu cabelo roçava o gelo e enterrava o rosto no meu pescoço, como se bebesse meu sangue. Nas competições anteriores, seguia-se uma explosão de aplausos, e ele dava um beijo leve abaixo da minha orelha antes de me pôr de pé para os agradecimentos.

Em 22 de fevereiro de 2010, havia mais de quinze mil pessoas no Pacific Coliseum, mas houve apenas o silêncio. Enfim, aplausos mornos e desconfortáveis.

Eu não suportava nem mais um segundo. A pressão da mão de Heath na minha nuca. Seu hálito na minha pele. Todos os olhos em nós, se perguntando: o que exatamente haviam acabado de testemunhar?

Então eu o empurrei. Heath ainda segurava minha nuca, e seus dedos enroscaram tanto no cabelo como no fecho da gargantilha.

Contas vermelhas se espalharam pelos anéis olímpicos. Tive o impulso maníaco de recolhê-las, o que talvez fosse a única maneira de tornar tudo ainda mais humilhante.

Em vez disso, deixei para trás o colar arrebentado, e ambos abandonamos o gelo sem nos curvar para o público.

Lena nos aguardava na saída. "O que foi isso?", ela bradou, com o sotaque alemão forte.

Não respondi. Heath também não. O que podíamos dizer? Quatro minutos antes, éramos os favoritos à medalha de ouro. Agora provavelmente ficaríamos fora do pódio.

Lena foi embora, vociferando uma sequência de possíveis palavrões em alemão. Ela se recusou a se juntar a nós enquanto aguardávamos as notas, e eu não podia culpá-la. Perdi a minha própria vontade. Até os números aparecerem, eu fingiria que tudo havia sido apenas um pesadelo — eu estaria prestes a acordar na cama desconfortável da Vila Olímpica, ainda com a chance de ser campeã.

Sentamos em pontas opostas do banco. Nem vesti de novo a jaqueta da delegação americana, e o suor escorria gelado nos meus braços à mostra. Cerrei os dentes para não tremer. Heath ficou encarando o chão. A alguns passos de distância, Veronika Volkova, Yelena e Dmitri aguardavam descobrir a cor de sua medalha.

"As notas de Katarina Shaw e Heath Rocha, dos Estados Unidos, por favor."

GARRETT LIN: A dança livre deles foi meio... intensa.

KIRK LOCKWOOD: Foi inesquecível, isso é inegável.

ELLIS DEAN: Parecia que os dois estavam tentando se matar.

Imagens do pódio vazio no meio da pista do Pacific Coliseum, antes da cerimônia de premiação da dança do gelo nos Jogos de Inverno de 2010.

GARRETT LIN: Todo mundo vai pros Jogos sonhando com o ouro, mas sejamos realistas. Só pode haver um vencedor.

KIRK LOCKWOOD: Kat e Heath abriram tanta vantagem antes da dança livre, e vinham se apresentando de maneira tão impecável durante a temporada, que todo mundo achava que o ouro estava garantido.

Nos alto-falantes, primeiro o anúncio em francês, depois em inglês: "Medalha de bronze, representando os Estados Unidos...".

KIRK LOCKWOOD: Mas é por isso que amamos esse esporte maluco, não é?

"Katarina Shaw e Heath Rocha!" A música da dança livre se repete enquanto eles cortam o gelo. Os dois sobem no degrau mais baixo do pódio, sem se olhar nem se tocar.

VERONIKA VOLKOVA: Foi ridículo eles estarem no pódio.

FRANCESCA GASKELL: Se acho que eles mereceram? Bom, não cabe a mim dizer. Esse é o papel dos juízes.

VERONIKA VOLKOVA: E o pior foi que o drama impediu a melhor performance de outros competidores naquele dia.

Segue-se o anúncio dos medalhistas de prata: "Representando a Rússia, Yelena Vol-

kova e Dmitri Kipriyanov!". Yelena está péssima, com os olhos e o nariz vermelhos de tanto chorar.

GARRETT LIN: Ninguém poderia prever que a competição acabaria desse jeito.

"Medalha de ouro", começam a anunciar, porém os nomes são sufocados pelos aplausos.

GARRETT LIN: Bella e eu... bom, a gente ficou pasmo. Foi surreal.

Os canadenses Olivia Pelletier e Paul McClory entram na pista, cumprimentando seus compatriotas na arquibancada. Graças às falhas dos americanos e dos russos, eles conquistaram o ouro, numa reviravolta surpreendente.

GARRETT LIN: Terminamos em quarto, menos de um ponto abaixo de Kat e Heath. Menos de um ponto do pódio olímpico.

Katarina e Heath recebem flores e suas medalhas de bronze. Ela posiciona o buquê sobre a medalha, como se quisesse escondê-la.

JANE CURRER: Pela expressão deles, alguém tinha morrido. A maioria dos atletas ficaria muitíssimo feliz em receber uma medalha olímpica, independente da cor.

KIRK LOCKWOOD: Eles deveriam ter sido mais contidos, claro.

JANE CURRER: Sinceramente, eles não mereciam nem o bronze. O único motivo havia sido as notas altíssimas das primeiras apresentações.

Katarina e Heath estão compenetrados enquanto as bandeiras canadense, russa e americana sobem.

KIRK LOCKWOOD: Só estando nessa situação pra entender o sentimento. É o que eu imagino, porque nunca fiquei nem em terceiro nos Jogos.

GARRETT LIN: Quando as expectativas são altas, qualquer outra coisa além do melhor é um fracasso.

61

A última coisa que eu sentia vontade de fazer aquela noite era comemorar.

No entanto, de volta à Vila Olímpica, nos deparamos com uma festa. A equipe feminina de hóquei no gelo dos Estados Unidos havia derrotado a Suécia na semifinal e convidado metade dos atletas dos Jogos para celebrar a vitória.

Heath e eu atravessamos a multidão de mulheres musculosas que vestiam vermelho, branco e azul e fomos para o quarto. Não pela primeira vez, desejei que tivéssemos reservado algo fora da Vila Olímpica, como os Lin, que estavam em um hotel com vista para a água, a quilômetros de distância do caos.

Embora as acomodações oficiais não fossem nada luxuosas, havia uma importante vantagem: a imprensa não podia entrar na Vila Olímpica. E eu não conseguiria tolerar mais uma pergunta sobre nossos erros ou meu estado emocional.

Sinceramente, eu estava me sentindo uma merda. Um fracasso total. Era como se minha vida toda tivesse sido um desperdício, e acabasse agora, aos vinte e seis anos.

Heath tirou a medalha do pescoço e pôs com cuidado sobre a mesa de cabeceira. A minha ficou no peito. A fita azul lembrava uma corda no pescoço.

"A gente pode conversar?", ele perguntou.

O buquê que ganhamos no pódio era horroroso, com flores verdes e cheias de folhas, como uma salada. Joguei as pétalas no carpete cinza-industrial.

Sem resposta, Heath prosseguiu. "Eu devia ter contado. Quis contar várias vezes, mas..."

"Não. Você devia ter ficado e conversado comigo na hora em vez de fugir, porra!"

Atirei o buquê contra a parede. Heath se encolheu.

"E como tem a cara de pau de dizer que fez tudo por mim? Nunca te pedi nada."

"Você só se importa em vencer." Heath falou devagar, como se tentasse acalmar um animal selvagem. "Por isso me transformei em alguém capaz de vencer. Alguém digno da sua pessoa. Mas acho que nem isso é suficiente. Nada é suficiente pra você."

"É isso que você pensa de mim?"

"Você sempre foi assim, Katarina. E, apesar disso, sempre te amei."

Não havia mais raiva em sua voz. Nenhum sinal de crueldade. Apenas cansaço e resignação.

De alguma forma, fiquei ainda mais magoada.

"Desculpa por te causar tanto sofrimento", falei, com a voz gelada.

Enfim, ele se exaltou. "É exatamente esse o ponto! Eu digo que te amo e você esfrega isso na minha cara. Enfrento *anos* de adversidades pra voltar pra você e..."

"Você queria dar o troco. Queria que eu sofresse também. Isso não é amor, Heath."

"Meu amor também não é suficientemente bom pra você. Entendido."

"Não foi o que eu quis dizer, e você sabe."

"Então me diz, Katarina." Ele ficou de joelhos. "Diz o que você quer de mim. Me diz o que fazer, e eu faço."

Apesar da postura vulnerável, sua expressão era desafiadora. Enfiei a mão em seus cachos.

"Não tem nada que você possa fazer."

Heath fez menção de levantar. Eu o segurei pela raiz do cabelo. Ele tentou me puxar ao estender o braço para a medalha no meu pescoço.

Eu arranquei a medalha e a joguei no chão. E de novo, com o anel de noivado, que quicou e foi parar na escuridão embaixo da cama.

Daquela vez, quando fui embora, Heath não me seguiu.

Na área comum, bebi direto do gargalo da primeira garrafa que apareceu. Uma das jogadoras de hóquei, uma morena com o rosto corado e duas tranças, soltou um assovio.

"Dia difícil, Rainha do Gelo?"

Enxuguei a boca, borrando o restante de batom. "Não me chama desse apelido de merda."

62

A hora seguinte passou num borrão. Ao som de Lady Gaga, virei um copo de cerveja atrás do outro até me tornar apenas mais um corpo suado se movendo com a música.

A maior parte da minha vida, eu tinha trabalhado por um único objetivo: ganhar uma medalha de ouro nos Jogos Olímpicos. Era como a luz de um farol guiando cada movimento, cada decisão. Agora, escuridão total. Eu não conseguia visualizar meu futuro. Se tentasse pensar no nascer do dia seguinte, o pavor já tomava conta de mim, como a iminência de uma enchente.

Eu tinha medo de me afogar, caso parasse de dançar.

Por volta de meia-noite, os Lin apareceram. Garrett procurava alguém na multidão. Bella me encontrou no mesmo instante.

"O que você tá fazendo?", ela gritou mais alto do que os atletas de bobsled cantando "Bad Romance" a plenos pulmões.

"O que *você* tá fazendo?", gritei de volta. "Achei que estivessem num hotel chique pra não se misturar com o povo."

"Fomos convidados pra festa", Garrett explicou. "Você tá bem?"

Eu devia estar assim: com o cabelo grudado no pescoço e bafo de cerveja barata, só de top dançando com desconhecidos. Sem Heath.

"Achei que bebidas alcoólicas fossem proibidas na Vila Olímpica", Bella comentou.

Na teoria, sim. A delegação americana não permitia o consumo de álcool. Mas outros países não eram tão rigorosos, e regras eram mais sugestões para um bando de atletas de alta performance viciados em adrenalina. A festa ainda não havia virado os supostos bacanais de Olimpíadas anteriores, tema de muitos boatos, mas ao avançar da noite as coisas foram saindo de controle. Havia um monte de gente se pegando em cantos escuros, na parede ou em cima dos móveis, e eu notei alguns casais — e grupos maiores — se trancando nos quartos.

"Quer comer carboidrato?", Bella sugeriu. "Ouvi falar de um lugar que serve um poutine incrível, perto do..."

"Ah, *agora* você tá preocupada com meu bem-estar." Revirei os olhos e tomei um gole da cerveja em temperatura ambiente.

"O que foi?"

"Por que você me mostrou o artigo?"

Ela ficou chocada. "Quê?"

"Por que me mostrou o artigo antes da apresentação?", insisti.

Bella olhou para o irmão, mas ele nem percebeu ao passar os olhos pelo mar de rostos.

"Achei que você precisava saber", ela explicou.

"Você podia ter esperado um pouco."

"Estava todo mundo falando disso. Você já ia descobrir, e achei que fosse melhor ouvir a notícia da sua melhor amiga, em vez de..."

Dei risada. "Melhor amiga? Faz anos que a gente mal se fala, Bella."

Eu sabia que estava sendo babaca, e ela ficou visivelmente retraída. Mas não me importei.

Garrett agora olhava para nós, tentando calcular se havia necessidade de se envolver ou de ficar imparcial.

"Você não tinha a menor chance de conseguir medalha", prossegui, "a menos que desse um jeito de me derrubar. Mas adivinha só? Precisava de mais que isso."

Os olhos de Bella se acenderam de raiva. "Se você realmente quisesse vencer, o texto não te impediria. Nada deveria te impedir."

A meu ver, aquilo era uma confissão. Zero surpresa. Nossa amizade havia sido real, mas eu sempre entendi que o limite era uma competição.

"Preciso de uma bebida", Bella murmurou. "Vamos, Garrett."

"Só um minuto", o irmão disse, e ela foi embora sozinha.

"Dá pra acreditar? Bella mexe com minha cabeça de propósito, segundos antes da maior competição da minha vida, aí tem a cara de pau de agir como se..."

"Você ganhou uma medalha olímpica hoje. Percebeu isso, né?"

Pisquei algumas vezes para Garrett, ao ser surpreendida pelo tom duro em sua voz. Ele nunca falava comigo desse jeito. Eu nunca o ouvira falar assim com *ninguém*.

"Tá, Heath fez coisas bem absurdas. Mas ele te ama muito. O jeito como vocês se torturam é..." Garrett fez uma pausa, balançando a cabeça exasperado. "Eu daria tudo pra ter o que rola entre vocês, sabia?"

Joguei as mãos para o alto, derramando o restante da minha cerveja no chão. "Meu Deus, Garrett, ninguém tá nem aí se você é gay!"

As pessoas mais próximas se viraram para nós. Garrett olhou de um lado para o outro, claramente em pânico.

"Merda." Deixei o copo de lado. "Desculpa, eu não quis..."

"Claro que não, Kat. Isso exigiria pensar em alguém que não você pela porra de um segundo."

Ele seguiu o caminho de Bella.

As palavras de Garrett tiveram o efeito de um balde de água fria, me deixando sóbria. A música alta, a cacofonia de vozes, o fedor de cerveja derramada, os corpos juntos... tudo era demais.

Peguei meu moletom — ou o que achava que era meu moletom, porque os uniformes eram idênticos, o que deveria fazer com que nos sentíssemos unidos, patriotas, parte de algo maior e mais importante que nós mesmos — e saí para a sacada.

O ar estava frio, e uma brisa constante soprava da baía de False Creek. As acomodações dos atletas americanos ficavam no alto do prédio, oferecendo uma vista panorâmica do centro de Vancouver e de uma cadeia montanhosa. As Montanhas da Costa Norte. Era curioso que tivessem o mesmo nome da região onde Heath e eu tínhamos crescido e começado a patinar juntos. Aquela noite, observando os picos altos e disformes se misturarem com a escuridão, além da silhueta da cidade, eu me senti mais longe de casa do que nunca.

A porta se abriu, e Ellis Dean apareceu. Ele com certeza levava jeito para surgir no pior momento possível.

"Ora, ora, a medalhista de bronze dos Jogos Olímpicos de 2010, Katarina Shaw."

"Não tô a fim, Ellis."

Ele passou direto por mim e foi se apoiar no parapeito. Estava vestido de acordo com o tema vermelho, branco e azul, mas sua ideia de traje patriota envolvia listras de pele falsa, como se tivesse esfolado os Muppets.

"Se serve de consolo, a apresentação de vocês certamente entrará para a história. Talvez não pelos melhores motivos, mas..."

"Como você chegou aqui? A imprensa não pode entrar na Vila Olímpica."

"Sou um ex-atleta olímpico", ele explicou, de olho na ausência de anel no meu dedo. "Então os dois maluquinhos romperam de vez?"

A gente tinha rompido de vez? Eu nem sabia.

"Sei que não vale muito, mas eu achava de verdade que você já sabia", Ellis falou. "Você e seu namoradinho não dividem tudo?"

"Parece que não. E quem foi que contou tudo pra *você*?"

"Um jornalista nunca revela sua..."

"Para com isso, Ellis. Você tem um blog de fofoca, não é um repórter investigativo da porra do *New York Times*."

Agarrei uma grade e senti o metal frio queimar a pele. Apesar da hora, a praça lá embaixo continuava lotada. As pessoas riam, comemoravam, andavam em círculos, com os ombros se tocando.

No fim das contas, não importava quem havia descoberto os segredos de Heath, ou como, ou quando. Ele que não tinha me contado tudo. E agora não apenas Heath estava perdido, mas também o ouro. No mesmo dia.

Não, eu não tinha perdido Heath. Eu estava descartando Heath.

"Não é pra ser assim, né?" Eu não sabia se estava falando sobre a patinação artística, os Jogos ou meu relacionamento. "Não devia sofrer tanto."

"Você é uma patinadora. Adora dor." Ellis ficou sério de repente. "Quer um conselho?"

"Na verdade, não."

"Que pena, porque vou dar." Ele pôs uma mão sobre a minha. "Não deixa o cara sumir de novo. Pelo menos não sem tentar se resolver. Vocês são um desastre completo, mas todo mundo sabe que são loucos um pelo outro."

"Obrigada, Ellis. Isso foi quase fofo."

Ele deu as costas. O momento havia passado. "Ah, não, eu quis dizer *loucos de verdade*. Você e Heath se merecem. Talvez camisas de força combinando cairiam bem no casamento."

Revirei os olhos e ri.

"Agora é hora de se misturar", Ellis anunciou. Ele me ofereceu o braço, como tinha feito tantos anos antes, na festa Vermelho, Branco e Ouro de Sheila Lin.

"A gente se vê lá", falei.

Fiquei sozinha na sacada, desfrutando da sensação do ar fresco na pele. Por mais que eu odiasse admitir, Ellis estava certo: Heath e eu às vezes nos deixávamos loucos, mas eu odiaria imaginar uma versão do meu futuro que não o incluísse de alguma maneira. Não podia abrir mão dele sem dizer pelo menos isso a ele.

Lá dentro, a festa havia se acalmado um pouco, embora ainda houvesse bastante gente se pegando em cima dos móveis da área comum. Incluindo Garrett.

Ele estava totalmente deitado em um dos sofás, se pegando com vontade com Scott Stanton, um patinador solo que esteve com a gente na turnê do Stars on Ice e ficava notavelmente indiferente aos gritos das fãs que o cercavam depois de cada apresentação. Eu ainda me sentia péssima por ter revelado o segredo de Garrett mais cedo, mas parece que a porta do armário agora havia sido arrancada. Fiquei feliz por ele.

Quando cheguei ao quarto, tentei não fazer barulho, caso Heath estivesse dormindo. As luzes estavam apagadas, mas ele tinha deixado as venezianas abertas, de modo que sua forma se destacava sob o edredom. As flores não sujavam mais o chão. Heath devia ter limpado tudo. Ele também tinha recolhido a medalha e o anel, agora na mesa de cabeceira.

Enquanto eu decidia se deitava na minha própria cama ou quebrava o gelo entrando debaixo da coberta com Heath, eu ouvi.

Heath estava mesmo na cama. Mas não sozinho.

Imagens tremidas e em baixa resolução feitas com um celular na Vila Olímpica mostram Katarina Shaw passando depressa.

GARRETT LIN: Kat ficou chateada. Qualquer um ficaria.

Heath aparece, tentando vestir a camisa ao mesmo tempo que corre atrás dela. Bella Lin aparece em seguida, tentando ajeitar a roupa depressa.

Heath diz algo a Katarina, mas a gravação não capta. Ela grita com ele.

ELLIS DEAN: Kat pirou. Jogou uma cadeira na cabeça de Heath.

GARRETT LIN: Não, ela não jogou uma cadeira na cabeça de Heath.

Um objeto escuro atinge Heath. "Puta merda", alguém diz ao fundo.

GARRETT LIN: Foi um banquinho. Bem pequeno. Acho. Eu estava um pouco... distraído.

ELLIS DEAN: Eu tratei de ficar longe. Tinha aprendido a lição no evento beneficente.

Katarina e Heath trocam gritos no meio da área comum. Com o burburinho e a música de fundo, não se entende nada, mas os dois estão prestes a partir para agressão física.

JANE CURRER: Não estou ciente do ocorrido, mas é claro que violência ou comportamento inapropriado por parte de atletas da delegação americana traria consequências imediatas.

Katarina se vira para Bella. Heath entra no caminho, o que só parece enfurecê-las.

GARRETT LIN: Eu queria poder dizer que não seria algo do feitio da minha irmã, mas conheço Bella. Dentro ou fora do gelo, ela é capaz de qualquer coisa pra vencer.

ELLIS DEAN: Se revanche valesse medalha, Bella Lin e Heath Rocha com certeza ficariam com o ouro aquela noite.

Heath dá um passo adiante. Katarina o empurra e suas unhas arranham a pele nua sob a camisa abotoada pela metade.

GARRETT LIN: Talvez eu devesse ter feito alguma coisa. Mas estava cansado de ser o pacificador, sempre a pessoa razoável. Imaginei que elas fossem se resolver sozinhas.

"Vão se foder vocês dois", Katarina diz, a voz abafada pelo ruído de fundo. "Acabou." Ela vai embora e bate a porta.

GARRETT LIN: Depois disso, passamos anos sem notícias de Kat.

63

Não cheguei a ver os dois juntos. Não de fato. As luzes estavam apagadas. Assim que foram pegos, eles pararam. E eu corri ao perceber o que estava acontecendo.

Porém minha imaginação preencheu as lacunas rapidamente. Eu visualizava os dois a cada piscada: Bella montada em Heath, seus cabelos escuros caindo pelas costas nuas. As mãos de Heath naquela cintura fina, trazendo-a para mais perto, mais perto, mais perto.

Logo fui para fora. Atravessei a praça correndo, com os olhos ardendo por causa das lágrimas, a garganta dolorida de tanto gritar. Não me lembrava de nada que tinha dito, a não ser pelas últimas palavras, tanto para meu noivo como para minha melhor amiga: *Acabou.*

Eu fiquei andando sem rumo. Só precisava me afastar. Não tinha casaco, dinheiro, documento, nada. Nem mesmo minha credencial de atleta, então enfrentaria alguma dificuldade para conseguir voltar à Vila Olímpica.

Tanto fazia. Eu não queria voltar. Nem ver Heath ou Bella nunca mais.

Por isso, segui em frente, acompanhando a água. Ninguém me olhava duas vezes. Sem a maquiagem e com o capuz do moletom da delegação americana, eu não parecia mais a infame Katarina Shaw. Podia ser qualquer pessoa.

A margem encurtou, abrindo espaço para uma ponte de metal que passava por cima da água escura e parada. Na margem oposta, brilhava o estádio onde a cerimônia de abertura havia sido realizada. Apenas dez dias antes, embora parecesse uma eternidade.

Aí notei que não estava mais num sentido aleatório. Tinha escolhido um destino.

O hotel dos Lin era uma estrutura moderna impressionante, localizada perto do porto de Vancouver. Atravessei o saguão e fui direto aos elevadores. Não precisava do número do quarto. Sheila só podia estar na melhor suíte: no último andar, face nordeste, com vista panorâmica da água e das montanhas.

Dei uma batida leve à porta. Ninguém respondeu. Então bati como se fosse da polícia e gritei seu nome até que ela me deixasse entrar.

Sheila estava vestida para dormir — com um pijama elegante de cetim branco e um robe combinando —, mas totalmente desperta. Eu havia visto minha antiga treinadora de passagem — no Pacific Coliseum, durante a competição e em outros eventos, concorrendo com os gêmeos ao longo dos anos. No entanto, eu não olhava direito para ela desde nossa briga, em 2006.

Ela parecia mais frágil do que eu me lembrava, com as bochechas encovadas e olheiras. Aos meus olhos, Sheila sempre foi perfeita e eterna, congelada em seu triunfo em Calgary. Pela primeira vez, eu a via como uma pessoa real.

"Srta. Shaw", Sheila disse, como se me esperasse. "Bem-vinda."

Eu a segui até uma saleta de visita com móveis creme e vista das velas iluminadas de Canada Place. Havia várias garrafas vazias, tamanho miniatura, na mesinha lateral. Eu nunca tinha presenciado Sheila Lin beber mais que uma taça de vinho branco, muito menos se não fosse para acompanhar o jantar.

"Por favor." Ela pegou duas garrafinhas do frigobar e me ofereceu uma. "Sente."

A última coisa que eu precisava era beber mais, mas tomei um gole. Aquele licor era insuportavelmente doce e lembrava uma mistura de xarope de bordo e fluido de isqueiro. Tossi e deixei a bebida de lado.

Ficamos apenas olhando pela janela. Eu não fazia ideia de como começar.

"Vocês eram tão promissores", Sheila disse afinal. "Vocês quatro." Ela tomou um belo gole, inexpressiva. "Que desperdício."

Eu a encarei. "Tudo o que eu sempre quis foi ser como você, sabia?"

Sheila se virou para mim — devagar, de maneira deliberada, com os olhos acesos como os de Bella.

"Então deveria ter me ouvido."

"Então a culpa é toda minha? Você era minha técnica."

E queria que eu fracassasse. Mesmo depois de tanto tempo, eu não conseguia pôr para fora a desconfiança de que Sheila tinha atirado Heath e eu aos lobos, para que fôssemos uma ameaça menor.

"Não", ela disse. "A culpa é minha. Por ter recebido vocês na Academia, para começar. Deixei meus filhos me convencerem de que treinar com vocês faria com que voassem mais alto. Mas o que aconteceu foi que vocês rebaixaram os dois ao seu nível."

"Sinto muito por ser uma decepção", cuspi.

"Eu também sinto." Ela voltou à janela, com os olhos desfocados, ignorando a vista. "Foi minha última chance."

Mesmo que os gêmeos se classificassem para os próximos Jogos, dificilmente disputariam uma medalha de fato. Para Sheila, não fazia sentido competir se não fosse para ganhar.

"Pelo menos fiz de tudo por eles", Sheila falou tão baixo que pensei que falava consigo mesma. "Espero que os dois reconheçam isso."

Então as coisas se encaixaram, como uma chave na fechadura.

Aquele tempo todo, eu achava que sabia do que ela era capaz, como era implacável, aonde iria para vencer. Aquele tempo todo, eu não fazia ideia.

"Foi você", eu disse.

Sheila me dirigiu uma expressão sem formar exatamente um sorriso. Nem uma confirmação.

Vazar informações confidenciais imediatamente antes da final olímpica era a cara de Sheila Lin. E só havia uma explicação para ela saber tanto sobre os anos perdidos de Heath. Um único motivo para, em vez de alguém da sua longa lista de jornalistas com boa reputação, ela ter escolhido Ellis Dean, que ficava feliz em publicar primeiro e perguntar depois.

Foi Sheila quem mandou Heath para a Rússia.

64

"Aquela noite, em Nagano", eu disse. "Heath foi atrás de você, né?"

Eu visualizei meu parceiro ensopado depois de correr na chuva gelada, chegando em um quarto de hotel chique como este. Tremendo, perdido, desesperado. Após me ouvir dizer que ele estava me segurando. Com o coração partido.

"Ele ficou chateado", Sheila contou. "Disse que queria estar à sua altura, que faria qualquer coisa. Respondi que não podia ajudar, mas que sabia de alguém que talvez pudesse."

"Por quê?", consegui perguntar.

"Imaginei que bastariam alguns dias dos treinamentos medievais de Veronika para ele desistir de vez. Mas, no fim, Heath se revelou o mais forte de vocês. Que pena ele não ter tanta sede de vitória quanto desejo por você."

Heath não tinha fugido de mim. Sheila o havia mandado embora. Ele buscou conselhos, e ela o envenenou. Claro que Heath deu ouvidos — quantas vezes eu não tinha implorado para que confiasse em Sheila, porque ela sabia o que estava fazendo?

E Sheila de fato sabia. Fiquei incomodada como agora acompanhava facilmente sua lógica: livrando-se de Heath, ela juntou Bella e Zack Branwell e Garrett e eu, neutralizando os principais adversários de seus filhos e garantindo o controle sobre as principais duplas do país, tudo na mesma noite.

"Você era nossa *técnica*. Devia ajudar a gente..."

Sheila bateu a garrafinha na mesa. "Deixei que você morasse na minha casa, patinasse com meu filho, se aproximasse da minha filha. Te ofereci tudo que eu conquistei por meio do meu trabalho, tudo o que precisei *merecer*, e você simplesmente deixou pra trás, por *amor*.

Ela pronunciou a palavra como se fosse uma maldição.

"E o que é que você sabe sobre amor?", retruquei.

"Tudo o que fiz na vida foi por amor. Pelos meus filhos, por..."

"*Seus filhos* estão convencidos de que o pai deles é um medalhista de ouro, porque senão você teria feito um aborto."

Sheila foi até a janela, fechando mais seu robe de cetim.

"Ele é", ela confessou. "Foi bicampeão de esqui alpino, em Lake Placid e Sarajevo."

"E por que você nunca contou isso a eles? Não acha que eles merecem saber?"

"Passamos uma noite juntos, e nunca mais vi o sujeito. Nem lembro o nome dele. Mas acho que poderia descobrir."

Ela não se lembrava do nome do homem que era pai dos próprios filhos, mas sabia exatamente quantas medalhas de ouro olímpicas ele tinha conquistado.

Para Sheila, os fins justificavam os meios. Os gêmeos não passavam disto também — uma maneira de estender o legado, de continuar vencendo mesmo depois de ela não poder mais competir diretamente. E qual foi o resultado? Garrett escondeu seu verdadeiro eu na tentativa de proteger o nome da família. Bella ficou disposta a trair qualquer um para obter vantagem, danem-se as consequências.

As palavras de Heath ecoaram na minha mente. *Você só se importa em vencer.*

Verdade: eu era assim. Mas não desde sempre.

Era quem eu havia me tornado, depois de uma vida me esforçando para ser igualzinha a Sheila Lin. Como ela, eu tinha deixado meu passado para trás, minha casa, minha família. *Se me tornasse a melhor, não interessava quem eu machucasse, porque valeria a pena*, eu pensava. Mesmo que a maior prejudicada fosse eu mesma.

Tantos anos obcecada por Sheila — primeiro a acompanhando pela TV, depois treinando com ela, beirando a extremos por migalhas de reconhecimento —, e nunca a vi de verdade. Não até aquela noite, bebendo no escuro, num quarto de hotel em Toronto.

E tudo o que eu testemunhava agora era infelicidade.

A gente sempre pode ser melhor, Sheila tinha dito quando nos conhecemos. Mas qual era o sentido de possuir tudo e não desfrutar de nada? A vida inteira de Sheila havia sido dedicada a buscar mais — mais medalhas, mais dinheiro, mais poder —, e nunca bastaria.

Nada é suficiente pra você, Heath disse uma vez. Mas ele estava errado.

Eu finalmente havia tido o suficiente. Do esforço, da dor, da mágoa. Não queria mais ser Sheila Lin. Não queria nem ser Katarina Shaw.

Só queria desaparecer.

PARTE V
A ÚLTIMA VEZ

GARRETT LIN: Depois dos Jogos, os boatos corriam soltos.

INEZ ACTON: Diziam que Kat teve um colapso nervoso e foi internada. Porque qualquer mulher que se atreva a demonstrar raiva em público é tachada de louca.

FRANCESCA GASKELL: Diziam que ela tinha entrado pra um culto, ou mudado de nome, ou que estava atuando em filmes pornô, ou que havia se casado com um corretor da Bolsa e se mudado pra Connecticut.

ELLIS DEAN: Ah, ouvi a história do ricaço do mercado financeiro. Mas virar estrela pornô parecia muito mais plausível.

GARRETT LIN: Até onde eu sei... ela só foi pra casa.

Fotos desfocadas mostram Katarina Shaw recebendo uma encomenda na frente da casa de sua família, em The Heights, Illinois. Usa camisa xadrez, jeans rasgado e botas enlameadas. Ela olha para a câmera, como se desafiasse a pessoa a entrar em propriedade privada, depois desaparece entre as árvores.

PRODUÇÃO (fora da tela): Quando foi a primeira vez que você viu Katarina, depois de Vancouver?

ELLIS DEAN: Junto com o restante do mundo.

Katarina sai de um carro, usando um vestido preto. Seu cabelo está comprido, preso num rabo de cavalo baixo.

FRANCESCA GASKELL: Três anos depois, em janeiro de 2013.

Dá para ver o reflexo dos flashes nas lentes dos óculos escuros. Katarina apenas ignora.

GARRETT LIN: Quando ela apareceu no funeral da minha mãe.

65

Eu esqueci como o sol brilhava forte em Los Angeles.

As pessoas usavam jaquetas leves para se proteger do friozinho de meados de janeiro, mas por vir do Meio-Oeste, o clima da Califórnia parecia sempre abafado pra mim. Enquanto eu entrava no cemitério Hollywood Forever, sentia o sol esquentando minha pele como um holofote e ouvia os sussurros atrás de mim.

Não é...? Ai, meu Deus, é mesmo.
O que ela tá fazendo aqui?
Achei que tivesse morrido.
"Kat!"

Garrett Lin atravessava o gramado bem cuidado, dando um aceno simpático. Pelo menos alguém ficava feliz em me ver.

Assim que chegou perto de mim, Garrett me deu um abraço. Foi a primeira vez que alguém me tocou desde que... eu nem queria pensar nisso. Ele tinha ganhado peso, suavizando seu rosto. Ficava bem assim.

"Esse é Andre", Garrett disse, apontando para o homem que o acompanhava. "Meu namorado."

"Muito prazer, Kat." Andre aparentava ser um pouco mais velho que nós. Era bonito, com pele escura, óculos de nerd e uma voz grave e reconfortante. Ele apertou minha mão, depois ficou de mão dada com Garrett.

"Meus pêsames", falei. "Eu não fazia ideia de que ela estava doente."

"Ninguém sabia", Garrett garantiu.

Havia sido câncer, de acordo com as notícias, sem especificar o tipo. Aparentemente, Sheila lutou contra a doença em segredo por anos. Portanto, Vancouver foi mesmo sua última chance nos Jogos Olímpicos — e as últimas palavras que eu dirigi a ela foram raivosas.

A cerimônia estava programada para começar em alguns minutos, e as pessoas já migravam para as cadeiras brancas enfileiradas dos lados de um espelho d'água retangular. Atraí um monte de olhares curiosos — incluindo de Frannie Gaskell, agora crescida e atendendo pelo nome inteiro, Francesca. Ela e o parceiro não tinham perdido tempo em assumir o posto deixado por mim e Heath — a principal dupla de dança no gelo dos Estados Unidos.

Ellis Dean ficou à distância, pedindo comentários de quem passava, com um microfone incrustado de pedraria que combinava com o strass da gravata-borboleta. Quando ele tentou nos chamar, Garrett e eu fingimos não ver.

"Espero que não seja um problema eu ter vindo", falei.

"Claro que não!", Garrett disse. "Eu queria te ligar, mas com toda a agitação... Espera. Como você soube da cerimônia?"

"Heath me avisou."

Os olhos de Garrett se arregalaram. Ele e Andre se comunicaram em silêncio.

Meu estilo nada glamouroso dos últimos anos havia entediado a mídia, a ponto de agora me deixarem em paz a maior parte do tempo; raramente eu recebia uma ligação que não fosse telemarketing. Quando o telefone tocou, na noite em que Sheila faleceu, eu nem conferi a tela. Apenas no dia seguinte, quando fui ouvir música durante a corrida matinal, que eu notei uma mensagem de voz.

Sei que sou a última pessoa com quem você quer falar, mas achei que você deveria saber.

Fiquei sem ar — se por ouvir a voz de Heath ou pela notícia chocante, eu não tinha certeza.

Não chorei. Não pensei. Limpei o pó da minha mala de mão velha e comecei a enfiar coisas. Em algumas horas, estava no aeroporto de Chicago, embarcando no primeiro voo para Los Angeles.

"Você ainda patina, Kat?", Andre mudou de assunto.

Garrett ficou tenso. "Lindo, não vamos..."

"Tudo bem." Sorri. "Patino, mas só por diversão. E você, Garrett?"

"Faz anos que parei. Depois de Vancouver, eu... bom, sofri um acidente."

"Uma queda?" Eu bem que notei que ele mancava.

"Fiquei até supertarde na Academia, tentando..." Ele balançou a cabeça. "Não importa. Bom, peguei no sono no volante e capotei o carro numa batida."

Fiquei chocada. Andre apertou delicadamente a mão de Garrett.

"Puta merda", falei. "Você... você tá bem? Desculpa, eu não sabia, ou..."

"Tô bem. Agora, sim. Mas achei que era um sinal de que os dias de patinação haviam acabado."

Talvez fosse estranho pensar nisso num hospital, mas Garrett parecia saudável e feliz como nunca — o que me forçava a constatar quão tenso e infeliz ele vivia.

"Até voltei a estudar. Pensando bem, é a primeira vez que sou um aluno normal."

"Garrett tá fazendo psicologia em Stanford." Andre enlaçou a cintura do namorado e sorriu para ele, orgulhoso. "É o primeiro da turma."

"Que demais, Garrett", falei. "Parabéns."

A pastora, uma mulher grisalha de terninho, assumiu a posição atrás da tribuna. Não havia caixão, só um retrato de Sheila no auge da vida — com um vestido dourado e a medalha de ouro no pescoço — e um arranjo elaborado de orquídeas e lírios brancos, combinando com os arranjos menores em pedestais ao longo do espelho d'água.

"Senta com a gente", Garrett sugeriu, apontando para a seção reservada à família. Bella estava sozinha na primeira fileira, inconfundível na postura impecável e com um coque de tranças intrincadas.

"Ah, não, tudo bem. A gente se vê depois da cerimônia."

Eu me sentei no fundo, numa fileira vazia, e todo mundo passava reto ao me ver. Enquanto as cadeiras eram ocupadas, eu passei os olhos pela multidão, dizendo a mim mesma que não estava procurando por Heath.

Segundos depois, eu o localizei na escada ao lado do mausoléu. Estava de barba e descia dois degraus por vez, com a graça rítmica de um dançarino treinado. Torci para que não olhasse para mim ou reconhecesse minha presença, embora minha vontade fosse sair correndo nessa direção.

Eu não precisava me preocupar. Heath não me notou e foi se sentar na frente.

Bem ao lado de Bella.

A cerimônia teve início com um elogio fúnebre breve e secular, em seguida a pastora chamou Kirk Lockwood, para entreter a multidão com histórias da carreira de Sheila como patinadora. O próximo foi Garrett, que fez um discurso comovente sobre como sempre tinha admirado a mãe e como se sentia bem por ter dado a ela a chance de conhecer seu verdadeiro eu — e o homem que ele amava — antes de morrer.

"Por último", a pastora disse, "a filha de Sheila, Isabella, gostaria de dizer algumas palavras."

Me preparei para olhar para o rosto de Bella pela primeira vez desde a noite da traição. Mas ela não se levantou.

Garrett se inclinou para cochichar algo. Bella balançou a cabeça e os ombros tremeram. Estava chorando, ou se esforçando para não chorar.

Heath passou um braço por cima dos ombros de Bella, contendo o tremor. Mas ela ficou ali. Só apoiou a cabeça no ombro dele.

A pastora tentou relevar o momento de desconforto. "Agora vamos passar a..."

"Eu gostaria de falar também."

KIRK LOCKWOOD: Era difícil acreditar que Sheila tinha partido.

Close nas flores e no retrato de Sheila Lin. Uma panorâmica lenta mostra o grupo de pessoas em volta do espelho d'água do cemitério Hollywood Forever.

FRANCESCA GASKELL: Em dezembro, ela estava na final do Grand Prix, acompanhando Evan e eu, com o mesmo vigor de sempre. E algumas semanas depois...

GARRETT LIN: Foi muito repentino, mas acho que minha mãe preferiria assim, se pudesse escolher.

VERONIKA VOLKOVA: Quer que eu diga algo simpático sobre Sheila, só porque ela morreu? Me poupe. O que acha que ela diria na sua frente se eu estivesse debaixo da terra?

ELLIS DEAN: Foi uma cerimônia linda. E então Katarina Shaw se pronunciou.

"Eu gostaria de falar também", Katarina diz, fora do enquadramento.

A câmera a encontra na última fileira, depois a acompanha na ida até a tribuna. A pastora cede seu lugar, saindo do enquadramento.

Katarina tira os óculos escuros e os segura na mão.

"Eu vi Sheila Lin pela primeira vez aos quatro anos, quando minha mãe tinha acabado de morrer."

Corta para outra câmera, que captura Bella, sentada entre o irmão e Heath, na primeira fileira. Os óculos escuros espelhados refletem o céu azul.

Katarina prossegue: "Minha mãe passou um longo tempo doente. Eu nem me lembro dela saudável. Não me lembro do funeral também. Mas sabem o que nunca vou esquecer?".

Ela olha para as pessoas vestidas de preto. Ninguém se move.

"Não consegui dormir aquela noite, então fui ver TV bem baixinho, pra não acordar meu pai e meu irmão. Estava passando a final olímpica da dança no gelo."

Katarina observa a fotografia de Sheila ao seu lado.

"Vi Sheila ganhar a segunda medalha de ouro olímpica, em Calgary. Ela me parecia tão forte, tão confiante, tão perfeita, que eu não conseguia tirar os olhos da tela. Sua força me deu força quando eu mais precisava. Na manhã seguinte, pedi ao meu pai pra fazer aula de patinação."

Corta para os Lin outra vez. Garrett está chorando. A expressão de Bella é indecifrável. Apenas a mão de Heath aparece no enquadramento. Os dedos dele traçam círculos lentos no ombro dela.

"Mais velha, tive a sorte de treinar por anos com Sheila Lin. Eu achava que queria ser exatamente como ela. Mas a verdade é que..."

A voz de Katarina falha, e ela pisca para segurar as lágrimas. Corta para Heath, que assiste sério, sem piscar.

"Nunca a conheci", Katarina diz. "Talvez ninguém tenha conhecido. O que sei sobre Sheila é: ela foi bicampeã olímpica, uma mãe dedicada e uma mulher de negócios bem-sucedida. Ela também foi a pessoa mais implacável e calculista que já cruzou meu caminho."

O público reage com murmúrios de choque. Katarina continua falando.

"Sheila mudou minha vida para melhor, mas também tentou acabar comigo em mais de uma ocasião. Sheila era forte, e precisava ser, para sobreviver ao esporte problemático, mas não era só isso. Ela podia ser fraca. Podia ser cruel. Podia ser humana, mesmo que tentasse esconder."

Outra imagem de Bella, agora mais de perto. Uma única lágrima rola pela bochecha. Ela a enxuga com a ponta dos dedos.

"Sheila não era perfeita", Katarina diz. "Mas era uma campeã."

66

Apesar do que dizem por aí, o discurso no funeral de Sheila Lin não foi planejado.

Até perceber os olhares da multidão, eu mal processei que estava discursando. Não fazia ideia do que diria. E mal me lembro do que de fato disse.

O que me lembro é de apertar os olhos por conta do sol, segurando firme os óculos escuros para não tremer, e do suor escorrendo pelas costas, por baixo do vestido preto.

Também me lembro de como Bella e Heath olhavam para mim. Ela a princípio de forma hostil — com os músculos tensos e medo de uma possível cena —, mas relaxando à medida que eu falava. Quando me retirei, Bella assentiu para mim, tão rápido e sutil que pensei que fosse imaginação.

Mas Heath permaneceu tão imóvel quanto os monumentos do cemitério. Sentia seus olhos em mim, mas não conseguia encará-lo. Tinha medo do que veria — desprezo puro, satisfação perversa? Ou a pior opção: indiferença total.

Fui embora do Hollywood Forever sem dizer mais nada e adiantei o voo para partir de Los Angeles o quanto antes. Ao deixar a pista de voo, a visita à Califórnia já parecia um estranho sonho.

Acabou, pensei. Eu nunca mais veria Heath ou os Lin.

Retornei à vida solitária em Illinois. Semanas se passaram, cada dia igual ao anterior, até que uma nevasca repentina durante a noite cobriu tudo de branco cintilante.

Na manhã seguinte, abri a porta da frente e dei de cara com Bella Lin em meio à neve.

Ela estava toda de branco, idêntica à mãe. Cheguei a pensar que estava sendo visitada por um fantasma.

"Oi", Bella disse. O carro compacto atrás dela também era branco, e ficava quase invisível em meio aos montes de neve e às nuvens claras no céu.

Desci os degraus congelados e parei no último. "O que você tá fazendo aqui?"

"Estava por perto."

Ela tinha ido ao Campeonato Nacional em Omaha — a mais de seis horas de viagem. Mesmo entre os habitantes do Meio-Oeste, chamar isso de "perto" era exagero.

"O que veio fazer aqui, Bella?"

"Queria te ver."

"Você acabou de me ver, no funeral."

"É, e você foi embora sem se despedir." Ela cruzou os braços. "Sem dizer nada, na verdade, além de que a minha falecida mãe era uma filha da puta."

Fiquei sem graça. "Desculpa, eu não queria..."

"Não precisa pedir desculpa. Seu discurso foi o mais sincero do dia."

Bella me olhou de cima a baixo, notando as roupas de ginástica e a sacola de lona.

"Vai patinar?"

Confirmei com a cabeça, apertando a sacola contra a jaqueta de fleece.

"Posso ir junto? Meus patins estão no porta-malas."

Olhei em dúvida para as botas curtas de camurça dela, que já estavam molhadas. "Você trouxe outro sapato? É uma boa caminhada."

"Não tem problema." Bella deu um sorriso familiar que indicava que aceitava o desafio. "Vai na frente."

Ela me acompanhou enquanto eu me embrenhava no bosque, e sua respiração ocasionalmente pesada era o único sinal de que enfrentava dificuldades no terreno escorregadio. Eu esperava que Bella perguntasse aonde íamos, mas ela não disse nada até o destino.

"Puta merda", Bella comentou. "Você tem uma pista só pra você?"

Quando já fazia cerca de um ano do meu exílio voluntário, eu tinha transformado o antigo estábulo — onde Heath costumava se esconder — numa pista de patinação particular. Não era grande, e eu precisava passar boa parte do dia arrastando um tipo de rastelo para lá e para cá, mantendo a superfície lisa para a patinação, mas ela era só minha.

Abri as portas de correr e acendi as luzinhas penduradas nas vigas. A parede leste era um janelão que dava para a floresta e o lago, com painéis retráteis que facilitavam patinar praticamente ao ar livre quando o clima estava bom. Um sistema de refrigeração mantinha o gelo congelado no verão.

Bella girou no lugar para observar tudo, impressionada.

"Eu sabia que você não ia conseguir parar."

Eu bem que tentei, na verdade. Nas primeiras semanas após Vancouver, não fiz nada além de dormir, comer e fervilhar de raiva. Então decidi que precisava de um projeto para ocupar o tempo, e me comprometi a consertar a casa. Se eu mesma nunca atingiria meu pleno potencial, pelo menos podia fazer isso com o lugar.

Passei meses descascando tinta, arrancando papel de parede e lixando as superfícies de madeira. Fiz uma pilha de lixo na praia e taquei fogo. Arrumei o quarto do meu irmão e finalmente me permiti chorar sua morte — e sua vida —, o pó e o cheiro de fumaça velha fazendo os pulmões arderem.

No entanto, não importava o que eu fizesse, uma energia impaciente me dominava. Quando o clima ficava ameno, eu caminhava na floresta até os pés se encherem de bolhas. Quando o tempo piorava e o silêncio se tornava opressivo, eu ouvia os discos dos meus pais — *Hounds of Love*, *Private Dancer* e *Rumours*, no volume máximo —, e sentia vontade de movimentar o corpo e de dançar.

De patinar.

Dinheiro não compra felicidade, mas para mim comprou o mais próximo disso. Encontrei um especialista em fazer pistas de patinação particulares — e que por sorte nunca tinha ouvido falar de Katarina Shaw, medalhista olímpica da dança no gelo. Depois de muitos meses tendo gastado uma parcela significativa das economias, o estábulo havia sido totalmente transformado.

De início, eu ficava desajeitada sobre os patins, meus braços e minhas pernas pateticamente descoordenados pela falta de prática. Caí de bunda várias vezes, até que tivesse um grande hematoma roxo-azulado. Mas não havia ninguém para ver, ninguém para julgar. Pela primeira vez na vida, eu patinava só para mim.

"Precisamos de música", Bella anunciou, depois de amarrar os cadarços.

"Aqui não dá."

"Você construiu uma pista de patinação inteira e não instalou um mísero sistema de som?"

"Em geral sou só eu."

Eu até patinava de fone de ouvido, mas na maior parte do tempo a única coisa que me acompanhava eram as lâminas raspando no gelo, como um mantra de meditação.

Bella pôs uma música pop com uma batida animada para tocar, então apoiou o iPhone na proteção de madeira, maximizando o potencial do alto-falante minúsculo.

Ao cantar a música, ela fez uma sequência de passos básica no ritmo certo. A letra falava sobre semáforos e ruas movimentadas, e Bella deu risada quando viu que eu não reconhecia.

"Meu Deus, você é mesmo uma eremita, né? Faz meses que toca na rádio. Uma das minhas duplas juvenis quer usar na apresentação do ano que vem."

Eu fui ao gelo, e traçamos elipses sobrepostas na pista.

"As mais novas ainda falam de você, sabia?", Bella perguntou.

"Porque não querem ser como eu?" *Katarina Shaw, a rainha má do gelo, que destruiu a carreira num único dia.* Faz sentido.

"Não. Elas falam de você igualzinho você falava da minha mãe."

"Então elas me acham uma filha da puta?"

"Aham. E querem ser como você quando crescerem." Bella executou uma pirueta graciosa, com os braços acima da cabeça. "Isso é incrível. Quero uma pista de patinação no meu quintal também."

"Era um estábulo. Passou anos aos trancos e barrancos, mas..."

"Espera." Bella parou, e as lâminas espirraram gelo. "É aqui que seu irmão fazia ele dormir? No meio do inverno?"

Então Heath tinha contado sobre os abusos de Lee. Quais outros tópicos ele tinha revelado?

Fazia tempo que minha fúria em relação a Heath e Bella havia esfriado, mas doeu como uma queimadura recente a ideia de que ele tinha confessado a ela o trauma de infância que nos unia.

"Então..." Eu adiei o assunto ao máximo. "Você e Heath."

"Não é assim", Bella disse meio rápido demais.

"E como é, então?"

"Bom, na hora, foi uma vingança."

Isso foi quase um alívio. Os dois ficaram furiosos aquela noite, e qual seria a melhor maneira de me machucar se não ir para a cama juntos?

"Mas depois de Vancouver", Bella prosseguiu, "comecei a ajudar minha mãe, e Heath passou a cuidar da coreografia de duplas promissoras da Academia."

"Sério?" Eu presumia que Heath não ia mais se envolver com o mundo da patinação artística.

"Ele é ótimo com os mais novos. Principalmente meninos que não têm treinamento formal em dança. Eles se espelham em Heath. Bom, Garrett se mudou, e minha mãe..." Bella balançou a cabeça. "Não sei por que achei que trabalhar com ela seria bom pro nosso relacionamento. Mamãe me tratava como qualquer outra assistente iniciante. E eu e Heath começamos a passar bastante tempo juntos."

Pensei no modo como ela tinha repousado a cabeça no ombro de Heath no funeral, em busca de consolo, e não no irmão. Parte de mim — a que amava os dois, apesar de tudo — ficava feliz pelo apoio mútuo, independente do motivo.

A outra parte queria arrancar os cabelos de Bella e tacar fogo na construção, com ela dentro.

O impulso deve ter ficado aparente, porque Bella logo acrescentou: "É só amizade".

"Amizade colorida."

"Só amizade. A não ser por... bom, teve uma noite. Sobrou um ingresso pra ver Adele no Palladium, e Heath se ofereceu pra ir comigo."

Eu não sabia o que era mais chocante: Heath topar um show da Adele ou Bella tirar uma noite para se divertir.

"Eu juro que foi só um lance carnal. Não significou nada."

"Foi só isso?" Eu me esforçava para manter a expressão neutra e impedir manifestações de esperança na voz. "Só aquela vez e..."

"Você quer um número, é isso?" Os olhos de Bella se acenderam. "Você se mandou, Garrett se mandou, e ficamos Heath e eu. A gente só tinha um ao outro."

E eu não tinha ninguém. Mas a culpa foi minha, certo?

Durante o restante do álbum — que, depois de retornar oficialmente à sociedade, descobri que era Red, da Taylor Swift —, patinamos em silêncio, improvisando. Até que demos as mãos para dançar juntas, alternando quem conduzia e quem era conduzida.

Ao fim de "We Are Never Ever Getting Back Together", Bella se inclinou, ofegante, enquanto eu mal tinha suado.

"Nossa", ela disse. "Esse tempo todo achei que você estava, tipo, vendo novela no sofá, quando na verdade ficou treinando para Sochi."

Fiquei rindo e dei giros em um pé, em volta dela, só para me exibir. "Claro. Eu e meu parceiro imaginário. Escolhe a gente, técnica!"

"Se você quer um parceiro, eu sei de um."

Dei risada, mas Bella não acompanhou.

"Heath me odeia." Sim, ele tinha ligado para avisar do funeral de Sheila, mas deixou uma mensagem curta e bastante direta.

"Vários parceiros se odeiam. Mas com certeza Heath é incapaz de te odiar. Ele sente sua falta."

"Ele disse isso?"

"Bom, não nessas palavras. Você sabe, palavras não são o forte dele. Mas dá pra ver."

Se Heath realmente sentisse minha falta, teria entrado em contato antes de ser forçado pela morte de Sheila.

Por outro lado, eu também não entrei em contato. E saí correndo do cemitério ao fim da cerimônia, como se estivesse sendo perseguida por coiotes raivosos.

"Por que vocês dois não formam uma dupla pra Sochi? Já que são tão amigos?"

"Porque sou melhor técnica do que patinadora, e olha que eu era uma patinadora excelente." Ela ficou em silêncio. "Não sei se Garrett te contou que..."

"Ele contou." E desde então eu não parei de pensar a respeito: Garrett, levado ao limite pelo estresse, pela culpa e pela autoflagelação, por pouco não acabou com tudo. Ele quase *morreu*, e eu nem fiquei sabendo.

"Eu deveria ter percebido", Bella disse. "O que a pressão estava fazendo com Garrett. Mas me convenci de que isso tiraria o melhor dele e da gente."

"Acha mesmo que a pressão tirou o melhor da gente?"

"Provavelmente não." Bella balançou a cabeça. "É ridículo que eu só fui repensar minha vida e minhas escolhas ao ver meu irmão na pior."

Eu não queria admitir, mas cheguei a assistir a uma parte da competição em Omaha. Durante a dança livre que havia rendido o ouro a Gaskell e Kovalenko, a transmissão cortava o tempo todo para Bella, na barreira de proteção. Sheila sempre ficava imóvel enquanto seus patinadores se apresentavam; Bella era o completo oposto. Parecia se apresentar junto com eles, pulando, sorrindo e movimentando os braços. Não consegui evitar um sorriso ao vê-la tão alegre e cheia de vida.

"Não tenho dúvida de que você é uma excelente técnica. Mas não tá falando sério se acha que Heath e eu conseguiríamos nos classificar pros Jogos Olímpicos. Somos quase anciãos."

"Vocês são *experientes*. A dança no gelo americana vai mal das pernas desde que vocês se separaram. Além de Francesca e Evan, as duplas são jovenzinhos que nunca chegaram perto de um pódio internacional."

Em 2010, eu tinha absoluta certeza de que os Jogos Olímpicos seriam o ponto alto da minha existência. Era como se eu quase tivesse chegado ao topo de uma montanha, só para cair imediatamente, e agora rastejasse ao pé dela, observando o pico distante. Eu era mesmo tão louca para sequer cogitar uma nova escalada?

"Minha mãe me deixou a Academia", Bella disse. "Mas nosso nome já não tem mais o mesmo peso. O Campeonato Nacional passou, e alguns patinadores já vinham falando em procurar técnicos mais experientes. Com a volta de Shaw e Rocha, conquistando uma vaga olímpica outra vez... Bom, isso faria toda a diferença."

"Você falou sobre o assunto com Heath?" Eu sabia que demonstrava certo interesse. *Claro* que eu estava interessada. Por mais enriquecedor que fosse patinar só por patinar, eu sentia falta de competir. E de um parceiro.

E, sim, eu admito: também sentia falta de Heath. Sentia falta dele como um soldado sente falta de um membro amputado. Flagrá-lo com Bella tinha me magoado, mas nada em comparação à dor fantasma da ausência.

"Ainda não", Bella disse. "Eu não queria me animar à toa, caso você só me mandasse à merda. E aí, você vai me mandar à merda?"

Uma balada tranquila soava, diferente do ritmo do álbum até agora. O sol se punha atrás das ondas, e as luzinhas brilhavam acima de nós, como estrelas douradas.

Eu poderia mandar Bella embora. Ela daria partida no carro alugado, seguiria ao hotelzinho onde tinha reservado um quarto, pediria serviço de quarto e voltaria para a Califórnia na manhã seguinte. Cada uma continuaria seguindo o próprio caminho, cada vez mais distantes, até que se tornasse grande demais para superar.

Mas Bella tinha razão. Eu não conseguia desistir, não importava o quanto tentasse.

"Tô morrendo de fome", falei. "Quer comer carboidrato?"

Ela sorriu. "Achei que você nunca fosse sugerir."

ELLIS DEAN: Quando ouvi dizer que Kat e Heath pretendiam voltar às competições, pensei que era maluquice. Aí concluí que devia ser verdade.

JANE CURRER: Eu já não estava mais envolvida com o dia a dia da patinação artística americana, porque tinha assumido um cargo no Comitê Olímpico Internacional. Mas a notícia desse retorno foi um choque para toda a comunidade esportiva.

ELLIS DEAN: E Bella ainda treinaria os dois. Quanta confusão!

GARRETT LIN: Guardei minha opinião só pra mim. Não era mais o meu mundo. Se minha irmã queria ser a treinadora, problema dela. Se ela e Heath pretendiam continuar... Bom, como falei, não era da minha conta.

PRODUÇÃO (fora da tela): Você e Evan começaram a treinar em outro lugar naquela temporada, certo?

FRANCESCA GASKELL: Isso. E, antes que pergunte, não foi por causa de Kat e Heath. A gente só precisava de novos ares.

PRODUÇÃO (fora da tela): Mas você tem que admitir que o momento...

FRANCESCA GASKELL: Nossa técnica tinha morrido. Não foi fácil pra gente, tá?

ELLIS DEAN: Claro que Gaskell e Kovalenko saíram da Academia. Sochi deveria ser os Jogos deles, depois de duas vezes na reserva.

FRANCESCA GASKELL: Acredite ou não, a gente estava muito animado com a perspectiva de voltar a competir contra Kat e Heath. Mesmo velhos e sem prática... sem ofensa... a presença dos dois extrairia o nosso melhor.

ELLIS DEAN: Se permanecessem na Academia, os dois ficariam à sombra de Kat e Heath. E Frannie estava pronta para ser o centro das atenções.

67

Eu tinha imaginado o reencontro oficial com Heath de milhares de maneiras.

Ele correria até mim, como um herói no final de uma comédia romântica num terminal de aeroporto. Ele me receberia com um sorriso cordial e um aperto de mão firme, como se fôssemos CEOS negociando a fusão das nossas empresas. Ele me olharia em choque, se recusaria a patinar comigo, porque continuava me odiando, e tudo não havia passado de um plano elaborado de Bella.

A realidade foi muito menos dramática. Em uma terça-feira à tarde do começo de fevereiro, um táxi me deixou diante da Academia Lin. Heath e Bella estavam terminando de treinar uma dupla juvenil. Eles deviam ter entre catorze e quinze anos, embora parecessem bebês para mim.

A menina me viu primeiro. Ela arregalou os olhos como um gatinho de desenho animado e soltou um ruidinho de surpresa. Heath se dirigiu a mim.

"Olá, Katarina."

Não parecia feliz em me ver, mas também não parecia incomodado com minha presença. A expressão lembrava o lago numa noite parada: plácido na superfície, com sombras logo abaixo.

"Bem na hora", Bella disse. "Vamos começar."

Os adolescentes deixaram a pista, a menina sem tirar os olhos de mim. Sorri para ela, que quase tropeçou.

Eu me acostumei tanto com minha pista particular compacta que a pista de tamanho tradicional parecia imensa. Bella ficou de lado enquanto Heath e eu dávamos voltas, com cada vez mais velocidade. Na quarta, ele pegou minha mão.

A palma de sua mão estava úmida de suor. Então ele também estava nervoso.

Assim que os dedos se entrelaçaram, as lâminas assumiram o mesmo ritmo constante. A respiração se sincronizou. Heath me segurou para dançar na sequência de aquecimento sem um único passo em falso, como se fizéssemos aquilo todo dia.

Bella pôs uma música instrumental discreta, mais para o blues, e começamos a improvisar, misturando tranquilamente coreografias antigas com elementos novos e espontâneos. Eu fiquei preocupada que patinar com Heath fosse ser desconfortável, mecânico, difícil. Na verdade, foi fácil. Tão fácil que me assustava.

Quando Bella se aproximou para passar instruções, também pareceu fácil. Heath e eu reagíamos antes que Bella concluísse a frase, e a experiência dele como coreógrafo proporcionava uma condução ainda melhor. Com a pressão mínima das mãos, eu sentia exatamente como ele desejava que eu me movesse.

Uma hora, a música parou, e nós também. No meio do gelo, com os peitos colados, perto para um beijo, olho no olho. Meu mundo todo encolheu para caber no castanho profundo daquela íris.

"Acha que já deu por hoje", Bella disse.

A impressão era de que havia passado dez minutos, em vez de uma hora. Estávamos ambos cobertos de suor misturado. Ao desamarrar os cadarços dos patins e virar as garrafinhas de água, evitamos contato visual, como se tivéssemos nos arrependido ao acordar depois de passar a noite juntos. Ali estava o desconforto que eu esperara.

Bella ia continuar trabalhando, portanto Heath e eu saímos ainda em silêncio. Ele segurou a porta aberta para mim, e fomos para a luz dourada do dia.

"Acho que a gente...", comecei a dizer, mas fui interrompida.

"Katarina, eu..."

Uma voz nos interrompeu. "Srta. Shaw?"

A menina que tinha deixado a pista aguardava na calçada.

"Sim?"

"Você... bom, se não for muito incômodo... pode autografar isso pra mim?"

O programa da turnê de 2009 do Stars on Ice, com Heath e eu na capa.

"Claro. Você tem uma caneta?"

"Ah! Não, desculpa, eu..."

"Aqui." Heath tirou uma caneta da mochila.

"Qual é seu nome?", perguntei à menina.

"Madison. Madison Castro. Minha irmã mais velha me levou pra ver a turnê no meu aniversário. Em Dallas. Sou de lá. Bom, de uma cidade a trinta quilômetros de Dallas."

Depois que Madison superou o medo de falar comigo, não conseguia parar. Heath não disfarçou que achava graça, mas ela ficou animada demais para notar.

"Ver você patinar me fez querer ser atleta de dança no gelo. Vou pros Jogos Olímpicos um dia e..." Ela fez uma pausa. "Bom, espero ir."

"Com certeza você vai. E espero que se saia muito melhor que eu." Devolvi o programa com o autógrafo. "Boa sorte na temporada, Madison."

"Obrigada!" Ela se afastou, sorrindo com o programa junto ao peito.

"Ora, ora", Heath disse. "Acho que, no fim das contas, você ainda é um modelo para a juventude, Katarina Shaw."

Revirei os olhos, embora sorrisse. No mínimo, o entusiasmo de Madison havia rompido nosso silêncio desconfortável.

"Onde você tá hospedada?", Heath perguntou. "Por aqui?"

"Encontrei um Airbnb perto da praia."

"Marina del Rey?"

Balancei a cabeça. "Playa."

"Ah, ainda bem."

"Não vai me dizer que Heath Rocha, inimigo declarado de Los Angeles, se aclimatou a ponto de virar um especialista nos bairros da cidade."

"Ei, só quero a segurança e o bem-estar da minha parceira. Imagina se você fosse atropelada por um carrinho pra gêmeos. Marina del Rey é uma selva."

"Daqui a pouco você vai revelar que faz hot ioga e toma suco detox."

"Hot ioga é coisa do passado. A nova moda é spinning." Heath sorriu, e um cacho caiu na sua testa, brilhando ao sol minguante. "Quer uma carona pra casa?"

"Então você tem um carro esportivo metido a besta?"

"Pior."

Ele apontou para uma pequena moto estacionada no meio-fio. Havia um capacete preto com listras douradas pendurado no guidão.

"Sério? Você virou *motoqueiro*?"

"Quer ou não quer carona?"

Hesitei. Mas qual era o problema? Éramos colegas. Colegas podiam fazer gracinha. Colegas podiam oferecer carona.

Heath me passou o capacete e subiu na moto. Abracei sua cintura. Houve toques de intimidade durante o treino, mas até então se tratava de trabalho. Agora... eu não sabia exatamente o que era isso.

Ele pegou o caminho mais bonito, por Vista del Mar. Nesse dia tranquilo e sem nuvens, o sol poente se desfazia sob o mar, feito metal derretido. De repente, eu não tinha mais pressa de chegar à casa pequena, com mobília careta.

Puxei a manga de Heath. Ele assentiu e pegou a direção do mar.

Estava friozinho para a Califórnia. Além de uma mulher jogando frisbee com um pit bull gorducho, a praia seria só nossa.

"Onde você mora?", perguntei, enquanto caminhávamos pela água, com os sapatos na mão. "Espero que num lugar melhor do que o estúdio vagabundo na Higuera. Lembra como era?"

"Como esquecer?" Heath baixou os olhos. "Eu moro em Palisades."

"Apartamento? Ou..."

Um músculo na mandíbula de Heath estremeceu. *Ah.*

"Cada um tem o próprio espaço. Mas Bella estava sozinha naquela casa enorme e agora somos..."

"Amigos. Ela me contou."

Na Academia, eu cheguei a procurar sinais de atração entre os dois.

O que encontrei foi muito pior: Heath e Bella compartilhavam uma harmonia fácil, uma intimidade tranquila que tornava impossível ignorar o quanto haviam se aproximado na minha ausência.

Heath me encarou. A luz dourada refletiu nos seus olhos.

"O que mais Bella te disse?"

Eu o encarei de volta. "Que você virou coreógrafo. E que sentiu minha falta."

"Claro que senti sua falta, Katarina." Ele pisou em falso na areia. Tive que recuar, ou nos trombaríamos. "E sinto muito pelo que aconteceu em Vancouver. Se pudesse voltar atrás, eu..."

Clique.

Nossos corpos ficaram tensos ao ouvir o som tremendamente familiar de um obturador de câmera, em meio às ondas quebrando e as gaivotas grasnando.

"Atrás de você", Heath disse. "Na ciclovia."

"Como nos velhos tempos."

"O que acha?" Heath sorriu. "Vamos dar uma pauta pra eles?"

68

Se havia algo em que Heath e eu éramos bons, era em dar o que falar.

Fingimos não notar a presença do paparazzo, como costumávamos fazer quando eles nos seguiam por toda parte. Ficamos de mãos dadas. Rimos e sorrimos. Eu o empurrei de brincadeira, depois deixei que me puxasse e pusesse a mãos no meu cabelo.

Enquanto o sol mergulhava no horizonte, olhamos nos olhos um do outro, e Heath inclinou o queixo, cada vez mais perto, até ter certeza de que ia me beijar.

No último segundo, ele me deu um beijo na bochecha, raspando a barba no meu maxilar. Fiquei aliviada. E decepcionada. Mais confusa do que nunca.

"Acho que ele foi embora", Heath sussurrou no meu ouvido. Eu estava dolorosamente consciente de todos os pontos em que nossos corpos se tocavam, da mão na minha nuca aos nossos dedos dos pés se roçando enquanto afundavam na areia. "Quer..."

"Acho que a gente devia manter o profissionalismo", soltei.

Heath se afastou. "Tá."

"E eu também sinto muito." Engoli em seco. "Pelo que aconteceu em Vancouver. Mas você sabe que os problemas não começaram ali. Os sentimentos sempre nos distraíram, e se formos tentar de novo..."

"É isso que você quer? Tentar de novo?"

"Você não quer? Bella disse que..."

"Não quero falar sobre Bella agora. Isso é entre mim e você, Katarina."

"Sei que é difícil. Ir pra Sochi. Vencer os Jogos, então..."

"Você sabe que nunca me importei com medalhas como vocês duas."

"Mas continua patinando", retruquei. "Isso me surpreendeu."

"É?" Heath enfiou as mãos nos bolsos. "Também me surpreendeu. Bella disse que passei um tempo trabalhando numa loja de discos em West Hollywood?"

Aquilo era novidade. "Vou adivinhar: lidar com hipsters o dia todo fez você correr de volta pros braços gelados da patinação artística?"

"Pode ter ajudado. Mas eu sentia falta da *sensação*... de me tornar parte da música em vez de apenas ouvir. Não existe nada igual, né?"

Pensei no nosso treino aquela tarde, no que sentia ao girar em seus braços pelo gelo sem esforço. "Não. Não existe. E se a gente não for adiante, se a gente nem tentar..."

Heath abriu um sorriso, com um toque de tristeza. "Nunca vai saber."

O crepúsculo havia chegado, lançando sombras em nosso rosto. Heath parecia muito diferente daquele garoto — não só por causa da barba, mas pelas rugas nos cantos dos olhos, cortando sua testa. Ele faria trinta anos em julho; eu, em outubro. Éramos jovens segundo os padrões do mundo real, mas logo nos tornaríamos obsoletos no esporte. Por melhor que o treino tivesse corrido, meus joelhos e minhas costas doíam, e eu na manhã seguinte sentiria fisgadas como uma velhinha.

"Então a gente se vê amanhã?", perguntei.

Ele fez que sim com a cabeça. "A gente se vê amanhã, Katarina."

Mesmo depois de falar sobre manter o profissionalismo e os sentimentos servirem de distração, quando Heath me deixou em casa, depois do passeio pela praia, precisei resistir muito a convidá-lo para entrar.

Meu lar temporário era uma casa simples de madeira triangular, numa das ruas sinuosas e inclinadas a leste da praia. Havia sistema de segurança e cercas vivas altas, o que eu torcia para que fosse suficiente, dada a diminuição do interesse do público em mim — mas ser surpreendida por um paparazzo, logo no primeiro dia, não era um bom sinal.

A lâmpada da frente estava queimada, e fui procurar a chave no escuro. Meu pé bateu em algo na entrada.

Flores. Uma dúzia de rosas amarelas num vaso de cerâmica.

Eu deixei sobre o aparador que imitava o estilo modernista de meados do século passado. Não fazia ideia de quem poderia ser o remetente; apenas Bella e agora Heath sabiam onde eu estava hospedada, e por que enviariam as flores em vez de entregar pessoalmente?

Finalmente, encontrei um cartão entre as hastes. Um espinho furou meu dedo, tirando sangue. Enfiei o dedo na boca enquanto lia a mensagem.

Não tinha assinatura.

Bem-vinda de volta.

ELLIS DEAN: Claro que eles estavam transando. E as fotos na praia?

Uma montagem de fotos de paparazzi mostra Katarina Shaw e Heath Rocha na Playa del Rey, em Los Angeles. Os dois parecem um casal feliz que não consegue se largar.

ELLIS DEAN: O site bateu o maior número de acessos desde o incidente da mobília voando na Vila Olímpica.

GARRETT LIN: Acho legal os dois ficarem amigos depois de tudo.

INEZ ACTON: Quem se importa se os dois estavam ou não transando? Eles iam tentar uma façanha esportiva importantíssima, outra vaga olímpica, depois de anos afastados do esporte. Isso é *muito* mais importante do que a vida sexual. Pelo menos pra mim.

FRANCESCA GASKELL: Não acompanhei muito. Não tinha tempo, sendo sincera. Faltava um ano pros Jogos, e eu precisava trabalhar duro.

ELLIS DEAN: Chamego na praia ao pôr do sol é ótimo, mas se a história do retorno era séria, eles precisavam *patinar.*

KIRK LOCKWOOD: A temporada começou numa competição menor, como teste.

Katarina e Heath apresentam a dança livre ao som de uma composição de piano dramática de Philip Glass, usada com frequência em trailers cinematográficos, no U.S. International Classic de 2013, em Salt Lake, Utah.

KIRK LOCKWOOD: Os dois ganharam, mas por pouco, e a concorrência não era forte. No passado, teriam deixado os outros no chinelo.

ELLIS DEAN: O verdadeiro teste era o Skate America, quando enfrentariam Gaskell e Kovalenko pela primeira vez.

Durante o aquecimento para a dança livre do Skate America de 2013, em Detroit, Michigan, Katarina Shaw e Francesca Gaskell se encaram de lados opostos da pista.

ELLIS DEAN: Kat e Heath estavam na frente antes da dança livre, mas aí Francesca e Evan reverteram a diferença e ficaram com o ouro.

JANE CURRER: Faltou precisão na dança livre de Shaw e Rocha, e as notas refletiram isso.

FRANCESCA GASKELL: Talvez eles devessem ter ouvido o feedback dos juízes na pré-temporada, como o restante de nós, em vez de ficar achando que se viravam melhor sozinhos. Ou pelo menos era o que as pessoas diziam. Como mencionei, eu tinha outras preocupações.

No pódio do Skate America, Katarina e Heath acenam e sorriem, escondendo qualquer decepção com o segundo lugar.

JANE CURRER: Mas tive uma surpresa agradável com o nível da apresentação deles, e com o comportamento, dentro e fora do gelo. Achei que tinham amadurecido e abandonado os dias de drama. Até que os dois foram para a Rússia.

69

Heath e eu não pisávamos na Rússia desde 2005 — quando venci meu primeiro título mundial, com ele me assombrando da arquibancada, igual um fantasma. Ficamos surpresos de receber um convite da Federação Russa de Patinação para a etapa do Grand Prix, a Copa Rostelecom — embora soubéssemos muito bem que não se tratava de uma demonstração de boa vontade. Volkova e Kipriyanov eram a principal dupla da competição e com certeza queriam se preparar para os Jogos Olímpicos nos humilhando na casa deles.

Moscou parecia ainda mais fria e melancólica do que eu recordava. Eu tinha dificuldade de imaginar Heath morando ali, mesmo que ele passasse sem esforço do inglês ao russo para falar com balconistas e taxistas, e apontasse todos os pontos turísticos. Ele apontou inclusive para o prédio decadente em que tinha morado e a antiga igreja — convertida em pista de patinação na era soviética — onde treinava, seu tom leve disfarçando as dificuldades que provavelmente enfrentou. Ainda assim, foi o máximo que Heath havia dividido pessoalmente sobre aquela época de sua vida, ou pelo menos para mim. Eu precisei concentrar toda a minha força de vontade em conter uma enxurrada de perguntas.

A Copa Rostelecom seria realizada em um espaço menor no mesmo complexo esportivo do mundial de oito anos antes. Apesar do tempo frio do lado de fora, fazia tanto calor na arena que o gelo emanava um vapor branco, e suor se acumulava na minha lombar enquanto eu amarrava os cadarços dos patins. O lugar era um tanto claustrofóbico, com paredes lisas de concreto e pessoas me olhando feio constantemente. Durante as apresentações, o público fez as vigas tremerem com gritos roucos para os jovens russos que vinham logo antes de nós, depois ficou em silêncio completo quando nossos nomes foram anunciados.

"Não se abalem", Bella disse depois do aquecimento. "Isso é bom. Faz anos que vocês não competem, e ainda são considerados uma ameaça."

Desde Vancouver, Yelena e Dmitri tinham enfrentado poucos rivais à altura, tanto dentro como fora de casa. Eles agora treinavam num centro novinho em folha, supostamente subsidiado pela família de Kipriyanov, com segundas intenções. Depois de vencer quatro mundiais seguidos e inúmeros outros campeonatos, todos esperavam que levassem o ouro nos Jogos Olímpicos de Sochi.

Quando você passa tanto tempo no topo, é fácil se acomodar, em vez de continuar se superando. Já eu e Heath tínhamos ultrapassado nossos limites nos meses anteriores. O trabalho com Bella era menos um treinamento e mais uma colaboração entre iguais — embora às vezes eu me sentisse o membro menos crucial da equipe. Bella dava as ordens, Heath escolhia a música e criava a coreografia. Eu só patinava.

Ganhando ou perdendo, estávamos naquilo juntos. Talvez não vencêssemos nossos rivais daquela vez, mas íamos fazê-los suar.

A União Internacional de Patinação finalmente havia eliminado a dança compulsória, repetitiva e enfadonha, e renomeou a dança original como "programa curto". No ano olímpico, todos teriam que executar o finnstep — um estilo veloz e complicado, que exigia mudanças rápidas do apoio sobre as lâminas e de direção, com o qual até mesmo os patinadores mais experientes se atrapalhavam. Um passo errado e seria quase impossível recuperar o ritmo. No entanto, ir rápido demais também era um problema, sob o risco de faltar precisão à coreografia.

Foi exatamente o que aconteceu com os primeiros na pista, a dupla novata: correram com a apresentação, como se estivessem loucos para terminar, e as nuances se perderam. Ao fim, ficaram ofegantes, ele tão corado que mal se viam as espinhas que cobriam as bochechas. O cara se curvou para a frente e pôs a mão ao gelo, tentando recuperar o fôlego, enquanto sua parceira — uma adolescente de delineador azul pesado que a fazia parecer ainda mais jovem — saía do gelo sozinha.

Enquanto Heath e eu aguardávamos a vez, eu alisava a saia, esfregando o paetê até minhas mãos ficarem quase em carne viva. Quando eu vi pela primeira vez o desenho do meu figurino, achei maravilhoso o efeito degradê de grafite a branco. No entanto, o vestido em si me lembrava de neve suja no meio-fio, e o tecido era pesado demais para o finnstep.

Nós nos apresentamos em seguida — supostamente devido ao fato de não estarmos ranqueados no momento, embora todo mundo soubesse que se tratava de um simples tapa na cara. Imediatamente antes da nossa música — um cover suingado de "Crazy in Love" —, Heath inspirou fundo. Foi só no início da apresentação que vislumbrei o que o havia pegado de surpresa.

Embora Yelena e Dmitri fossem os últimos, Veronika Volkova já nos observava atrás da barreira de proteção. Ela ficou bem ao lado de Bella, de modo que não haveria como evitá-la se precisássemos de ajuda da nossa técnica.

"Olhos em mim", eu disse, apenas para Heath.

Ele assentiu e se concentrou, e nós executamos uma série maravilhosa de giros, numa sincronia tão perfeita que até arrancou alguns aplausos da plateia pouco amistosa.

320

A próxima parte da dança exigia que as duplas ficassem exatamente no mesmo ponto da pista para uma exuberante sequência de passos sem sair do lugar — nossas pernas balançando para a frente e para trás, como sinos, depois passos rápidos se equilibrando na ponta das lâminas. Sempre sorrindo, apesar do suor escorrendo dentro dos olhos.

Abraçados, senti Heath começar a cair. Sua perna esquerda falhou, como se o patim estivesse enganchado. Então seu pé escorregou.

Por instinto, segurei meu parceiro pelo ombro, mas ele já estava ao chão. Pior ainda: tinha me soltado para evitar me atingir com a lâmina e caiu no gelo de costas.

A música alegre continuava tocando quando me ajoelhei. Vapor emanava do gelo. Heath não gritava, apenas soltou um gemido baixo, audível só para mim. Eu sabia o que ele era capaz de suportar sem um pio. Então devia ser grave.

"A lâmina", ele disse, por entre os dentes. "Pegou em alguma coisa."

Examinei o local, frenética. Se tivéssemos nos apresentado depois, eu talvez desconfiasse de um sulco na pista, mas éramos a segunda dupla.

A princípio, não vi nada em meio ao vapor. Então me aproximei. Pequenos pontos cintilavam sob as luzes da arena, mal se distinguindo da superfície de gelo. Pressionei o dedo, e uma coisa grudou na pele.

Uma lantejoula.

ELLIS DEAN: Ah, sim. A CPI do Paetê.

Durante o programa curto do Grand Prix da Rússia de 2013, em Moscou, Heath sofre uma queda feia.

ELLIS DEAN: Eu que inventei o nome. A hashtag bombou por dias no Twitter.

VERONIKA VOLKOVA: CPI do Paetê. Não sei nem o que o nome significa.

ELLIS DEAN: Foi o texto de maior sucesso do ano. Até... bom, você sabe.

A equipe médica entra correndo para examinar Heath. Bella Lin faz sinal para Katarina se aproximar. Katarina, de mão erguida, mostra algo a Bella.

VERONIKA VOLKOVA: Shaw e Rocha não tinham a menor chance contra meus atletas. Então o que fizeram?

Enquanto Heath é atendido, Bella e Katarina falam com os juízes. Veronika Volkova fica de lado, irritada, com os braços cruzados sobre o casaco de pele.

VERONIKA VOLKOVA: Uma cena. Por causa de uma lantejoula.

KIRK LOCKWOOD: Sei que não parece importante, mas mesmo o menor objeto pode ser perigoso no gelo. A lâmina não pode passar por cima, então você interrompe a apresentação.

JANE CURRER: As regras diferem em desconto de pontos por interrupções. Os patinadores pararam por causa de um problema no equipamento ou o motivo não tinha nada a ver com eles?

A conversa com os juízes logo evolui para uma discussão acalorada.

JANE CURRER: De qualquer maneira, a dupla tem no máximo três minutos para voltar a se apresentar, ou é automaticamente excluída da competição.

VERONIKA VOLKOVA: As lantejoulas eram do vestido de Katarina.

ELLIS DEAN: As lantejoulas já estavam no gelo.

Após sua apresentação, o jovem patinador russo Ilya Alekhin é deixado para trás por sua parceira, Galina Levitskaya. Ele passa a mão direita na superfície do gelo.

ELLIS DEAN: O cara tocou *exatamente* onde Heath sofreu o acidente. Exatamente onde aquela sequência de passos precisava ser realizada. Acha que é coincidência?

VERONIKA VOLKOVA: Foi uma pena o parceiro de Katarina tropeçar, mas só eles são os culpados. Ou talvez aquele figurino hollywoodiano cafona.

ELLIS DEAN: Levitskaya e Alekhin eram uma dupla nova. Tinham acabado de começar a treinar em Moscou. Adivinha com quem?

VERONIKA VOLKOVA: Galina e Ilya estavam muito felizes em participar do primeiro Grand Prix profissional. Me entristece que essa experiência tenha sido maculada por uma tentativa sem-vergonha de criar calúnia e escândalo.

Aumenta o número de pessoas em volta de Katarina e Bella, com as câmeras tentando conseguir um ângulo melhor. Katarina olha diretamente para uma lente, de cara feia. A câmera chega mais perto. "Tira isso da minha cara", ela diz, perdendo a paciência.

VERONIKA VOLKOVA: Foi uma maneira patética de tentar conquistar a simpatia do público. A cara da família Lin.

ELLIS DEAN: Foi sabotagem pura e simples. Típica de Veronika Volkova.

Bella continua argumentando com um juiz russo. Ele balança a cabeça.

VERONIKA VOLKOVA: As regras são claras, não importa o chilique. Depois de três minutos, acabou.

"Katarina Shaw e Heath Rocha, dos Estados Unidos, estão eliminados da competição", diz o anúncio oficial, que se repete em russo.

A equipe médica ajuda Heath a se levantar. Ele recusa a maca, preferindo se apoiar nos ombros de Katarina e Bella. Os três cambaleiam juntos até os bastidores.

70

Quando Heath e eu decidimos voltar a competir, eu sabia que enfrentaríamos um monte de obstáculos: duplas melhores, juízes tendenciosos, críticas e as tensões no âmbito pessoal mal resolvidas entre nós, incluindo Bella.

Mas eu nunca imaginei que o fator que nos derrubaria seriam *lantejoulas*.

No quarto de hotel em Moscou, verifiquei dez vezes cada centímetro quadrado do figurino. Não havia uma única lantejoula faltando. Fora que as do gelo eram sutilmente diferentes das minhas: de um tom de branco mais forte, com borda mais áspera.

Eu *sabia* que havia sido sabotagem. Também sabia que, se insistíssemos, só alimentaríamos a reputação de escandalosos e dramáticos. O blog de fofoca de Ellis Dean esgotou o assunto, enquanto os veículos respeitáveis o trataram como piada.

De volta a Los Angeles, minha casa alugada começou a atrair paparazzi aos montes, como moscas atrás de carne podre, por isso me mudei também para o Palácio de Gelo. Embora Heath tivesse dito a verdade — ele e Bella dormiam em quartos separados e se comportavam mais como duas pessoas dividindo a casa que como amantes —, ainda era estranho os três morando juntos depois de tudo. Os mais de novecentos metros quadrados não conseguiam conter a tensão do nosso triângulo.

A equipe médica estava otimista quanto a saúde de Heath para o Campeonato Nacional, em janeiro. No meio-tempo, ele precisaria tolerar um regime rigoroso de descanso, fisioterapia e medicações para a dor aprovadas pela Agência Mundial Antidoping. Continuei treinando o melhor possível sozinha, repassando a coreografia com os braços vazios, como se dançasse com um fantasma.

Pusemos o alarme para tocar à meia-noite, a hora de assistir à transmissão ao vivo da final do Grand Prix, em Fukuoka, no Japão. Volkova e Kipriyanov ficaram com a prata depois de Gaskell e Kovalenko reverterem a desvantagem para conquistar o ouro. Essas seriam as duas duplas favoritas ao ouro em Sochi. Eu e Heath só nos classificaríamos com sorte.

Fui para a cama por volta de quatro da manhã, mas não consegui dormir. Sempre que fechava os olhos, via o rosto de princesa da Disney de Francesca Gaskell olhando para a bandeira americana. Talvez tivéssemos cometido um erro ao tentar voltar. Talvez estivéssemos velhos e cansados demais. Até mesmo Bella parecia exausta ultimamente — com olheiras escuras, remexendo a comida no prato durante o jantar.

Adiante no corredor, a porta de Heath se abriu, e ouvi os passos se aproximando.

Ele passou pelo meu quarto e parou no de Bella. Ela ainda dormia no de infância, o que significava que a suíte principal continuava vaga. A madeira da porta raspou ao abrir e fechar.

Depois silêncio.

Independente do que estivessem fazendo, eu disse a mim mesma, *não era da minha conta*. Fechei os olhos para dormir.

Dez minutos depois, me esgueirei pelo corredor para tentar ouvi-los. Prendi o fôlego e pressionei a orelha contra a porta de Bella, pronta para ouvir o repeteco do que havia sido interrompido em Vancouver.

No entanto, só ouvi vozes, baixas e familiares. Baixas demais. Tão familiares, tão confortáveis entre si, que senti uma pontada de inveja no peito.

Voltei para o quarto. Heath ficou com Bella até a manhã seguinte.

Uma semana antes do Natal, Heath finalmente foi liberado para voltar ao gelo. Mas só poderia me levantar depois do Ano-Novo — alguns dias antes do Campeonato Nacional.

Na primeira vez que experimentamos, foi assustador, mesmo fora do gelo sobre colchonetes. Seus braços tremiam, ele tinha espasmos nas costas e seu rosto se contorcia em agonia. No entanto, Heath se recusou a desistir. Tínhamos ido longe demais para desistir agora.

Quando pegamos o avião para Boston, já conseguíamos realizar levantamentos sem que meu coração pulasse para a garganta e treinávamos os programas completos. A dança livre ainda parecia meio sem brilho, e a apresentação não estava totalmente coerente com a música, mas não havia tempo para mudanças significativas. Troquei o vestido do programa curto — por um roxo plissado, com uma fenda embaixo e detalhes chamativos em verde, sem uma única lantejoula.

Nosso finnstep ficou longe de perfeito, porém graças a alguns erros inesperados de Gaskell e Kovalenko, saímos na frente. De repente, outro título nacional estava ao nosso alcance.

Quatro anos antes, vencer era uma questão de vida ou morte; agora, eu descobria em primeira mão que fracassar não acabaria comigo. Mesmo que caíssemos para segundo, havia boas chances de nos classificar para os Jogos. Preferíamos vencer, claro, para mostrar a Frannie, Evan e todo mundo que não éramos descartáveis. Heath e eu voltamos por um motivo e íamos lutar por cada ponto.

A dança livre teve início no fim da tarde. Na arena TD Garden, o céu estava preto e rajadas de neve varriam a superfície congelada do rio Charles. Até mesmo depois de entrarmos, Bella usava um casaco que parecia um saco de dormir, de zíper fechado até o queixo.

Ellis Dean tinha recebido uma credencial especial para gravar entrevistas nos bastidores. Antes de iniciar a rotina de alongamento, eu pus o fone de ouvido, torcendo para que ele entendesse o recado. No entanto, na primeira oportunidade, dei de cara com o microfone cintilante idiota.

"Parabéns por sair na frente na final de hoje", ele praticamente gritou, caso a música abafasse.

Tirei só um fone e continuei ouvindo, no último volume, a playlist que Heath tinha preparado para o aquecimento. *Damned if she do, damned if she don't*, cantava Alison Mosshart.

"Não é difícil superar as expectativas quando são baixas", Ellis prosseguiu. "Como está se sentindo em relação à dança livre?"

"Tô me sentindo *fantástica*. Obrigada por perguntar, Ellis."

"Onde está a encantadora srta. Lin? Eu adoraria entrevistar sua técnica sobre essa apresentação."

"Não faço ideia."

Eu não a via desde que chegamos, o que era estranho. Em geral, ela ficava por perto durante o alongamento e fazia um discurso motivacional antes do aquecimento em grupo. Fiquei pensativa por um momento e percebi que Bella agiu meio indiferente durante a estada em Boston. No primeiro dia, ela dormiu ao longo do treino da manhã, depois pulou o café e voltou ao quarto do hotel. Se eu não a conhecesse melhor, apostaria que estava encontrando um amante secreto durante a noite.

Ellis se dirigiu a Francesca, que sacudiu o rabo de cavalo e sorriu, felicíssima em dizer frases prontas. Fui até Heath, que fazia exercícios de fisioterapia num colchonete no chão.

"Você viu Bella?"

Ele balançou a cabeça. E logo fez uma careta.

Eu me agachei. "Suas costas?"

"É esse tempo frio. Acho que a Califórnia me deixou fraco."

Ele precisava de mais descanso, mais tempo, mais tratamento, tudo impossível.

"Bella deve ter pomada pra dor muscular." Eu levantei. "Vou atrás dela."

Pensei que Bella estaria no banheiro ou sei lá, mas não a encontrei em nenhuma cabine. Talvez tivesse ido comer alguma coisa. Por outro lado, eu não tinha visto nossa treinadora consumir nada além de barrinhas de cereal nas quarenta e oito horas anteriores, e mesmo isso só depois que Heath ofereceu uma.

Eu me lembrava de ter vistos máquinas de venda automática em outro corredor e segui nessa direção. Ali estava Bella, apoiada na parede, ainda com o casaco de inverno.

"Ei. As costas de Heath estão doendo, você não tem..."
Bella não ouviu. Nem virou a cabeça.
Assisti em silêncio, horrorizada, ela ir ao chão.

71

Corri até Bella e me agachei.

Ela estava consciente, mas não muito — a cabeça caía contra a parede, seus olhos apertados como se não suportassem as luzes fluorescentes.

"Bella?" Pus as costas da mão na testa dela. "O que você tem?"

"Merda, ela tá bem?"

Ellis. Ele tinha me seguido.

"É melhor você não escrever sobre essa porra."

Ele encostou no lenço dourado no seu pescoço. "Que tipo de monstro você acha que eu sou?"

"Quer mesmo que eu responda? Vê se faz alguma coisa útil e chama a equipe médica."

Bella soltou um gemido fraco e levou a mão à parte inferior de suas costelas. O casaco estava aberto até a metade, como se ela tivesse desistido de baixar completamente o zíper.

"Traz o Heath", gritei para Ellis, que assentiu antes de sumir correndo.

Eu nunca tinha visto Bella tão fraca. Em tantos anos de convivência, ela nunca pegou nem resfriado. Agora parecia estar morrendo, quando uma hora antes não havia nenhum problema.

Será? Reavaliei as últimas semanas — excesso de sono, apatia, falta de apetite. Sintomas que eu relacionei ao estresse da agenda exagerada de treinos e da incerteza quanto à recuperação de Heath. Mais de uma vez, eu tinha pensado de maneira nada generosa que Bella não possuía o direito de estar tão exausta, quando éramos nós que fazíamos o trabalho de verdade.

Heath apareceu no corredor. Ao nos ver, acelerou o passo.

"O que aconteceu?", ele perguntou.

"Não sei. Encontrei Bella assim."

Ele se ajoelhou, sujando de pó os joelhos da calça preta.

"Tá tudo bem", Heath murmurou, com a mão na bochecha pálida dela. "Você vai ficar bem."

"*Heath.*"

A voz de Bella falhou enquanto ela pronunciava o nome dele, que eu senti que não tinha nenhum direito de testemunhar aquilo, de tão vulnerável o tom.

Olhei para o corredor. Onde estavam os médicos? Por que demoravam tanto?

Heath abraçava Bella, com o rosto enterrado no seu cabelo.

E a mão na sua barriga.

Antes que eu pudesse processar inteiramente a cena, a equipe médica chegou às pressas.

"A pressão está muito alta", alguém da equipe disse, depois de alguns minutos. "Ela precisa ir pro hospital."

Isso fez Bella aparentemente recuperar a energia. "Não, não, eles vão se apresentar logo. Não pode esperar?"

Já tínhamos perdido o anúncio das duplas e o aquecimento. Os primeiros patinadores do último grupo já estavam no gelo, a julgar pela melodia abafada do One Direction, num contraponto estranhamente alegre ao drama nos bastidores.

"Sinto muito, mas não. A ambulância já está a caminho."

Olhei para Heath. Ele não tirava os olhos de Bella.

O que eu tinha deixado escapar em tantos meses? A conexão entre os dois. O amor. Talvez não o mesmo amor que Heath e eu havíamos sentido, mas ainda assim amor.

"É melhor você ir com ela."

Heath se virou para mim, mas quem respondeu foi Bella.

"Vou ficar bem. Vocês precisam se apresentar. É sua última chance."

Aplausos soaram quando encerraram a apresentação. No silêncio, ouvimos o lamento da sirene se aproximando.

Eu sabia que estávamos todos pensando no que aconteceu oito anos antes, em Saint Louis, quando outra ambulância foi chamada. Outra escolha difícil, que na verdade não era uma escolha.

Talvez Bella estivesse certa. Talvez fosse mesmo a última chance. Tudo o que eu sabia era que não pediria a Heath que me escolhesse dessa vez.

"Vai", eu disse a ele. "Eu vou logo atrás."

KIRK LOCKWOOD: Imaginei que a desistência repentina tinha a ver com a lesão de Heath. Eles não falavam muito a respeito, mas dava para ver que Heath não estava na melhor forma.

A NBC interrompe a transmissão das apresentações do Campeonato Nacional de 2014 para mostrar uma ambulância chegando à arena TD Garden, em Boston, Massachusetts.

KIRK LOCKWOOD: Então fiquei sabendo que Bella Lin precisava ir ao hospital.

Bella é levada em uma maca com rodinhas. Heath entra na ambulância.

ELLIS DEAN: Eu disse que não escreveria um post no blog e não escrevi. Pelo menos não imediatamente.

A ambulância vai embora. Katarina fica sozinha, com flocos de neve esvoaçando à volta.

GARRETT LIN: Andre e eu estávamos assistindo à transmissão, na Califórnia. Assim que vimos Bella, comecei a fazer a mala e ele ligou para a companhia aérea.

FRANCESCA GASKELL: Eu só soube o que estava rolando depois que Evan e eu nos apresentamos. Provavelmente foi melhor assim. Talvez soe insensível, mas conheço Bella, e ela ia querer que eu me concentrasse na competição, em vez de me preocupar com sua saúde.

JANE CURRER: O anúncio da equipe olímpica seria feito imediatamente após o Campeonato Nacional. E, de novo, no último segundo, Katarina Shaw e Heath Rocha acabaram com qualquer certeza.

Katarina sai do vestiário com roupas comuns e o cabelo num coque bagunçado, sem ter tirado a maquiagem da dança livre. Uma multidão de repórteres a aguarda.

"Katarina! O que aconteceu?"

"Por que Heath foi acompanhar sua técnica?"

"Vocês pretendem entrar com recurso para conseguir uma vaga olímpica? Ou é o fim de Shaw e Rocha?"

Katarina ignora as perguntas e tenta passar. Claramente tem dificuldade de carregar as duas malas pesadas da dupla.

"Ei, Kat."

É Ellis Dean. Katarina para.

"Fala pra gente. Por que você e Heath merecem ir para os Jogos Olímpicos mais uma vez?"

72

"Por que você e Heath merecem ir para os Jogos Olímpicos mais uma vez?"

Todo mundo ficou em silêncio, as câmeras prontas para gravar a resposta para Ellis.

A pergunta pareceu uma imensa provocação — uma tentativa de fazer com que eu apelasse para um discurso arrogante, argumentando que éramos os melhores, que eles seriam idiotas de nos deixar de fora, que sem dúvida acabaríamos com a concorrência em Sochi.

No entanto, Ellis não estava segurando um microfone ou uma câmera. Não era uma armação para garantir um artigo caça-clique. Ele estava me dando uma chance — de lembrar ao mundo de nossas conquistas passadas, de pedir que compreendessem a emergência médica envolvendo nossa técnica, de fazer uma defesa sincera da ida a Sochi, apesar de tudo.

Era a oportunidade perfeita para eu me defender, mas não consegui pensar em nada a meu favor. Eu só queria saber se minha melhor amiga estava bem.

"A gente não merece", falei.

Ellis ergueu as sobrancelhas. "Como?"

"Heath e eu não merecemos ir. Não mais do que qualquer outra dupla competindo esta noite."

Obturadores, flashes e mais perguntas dispararam. Ellis sorriu. Então abriu passagem formando um corredor estreito.

Os funcionários do Massachusetts General não paravam de me olhar. Eu não sabia se me reconheciam ou simplesmente estranhavam a maquiagem pesada, que com certeza ficou ainda pior depois de sair correndo da arena, dar uma passadinha no hotel e seguir o mais rápido para o hospital.

Bella já estava no quarto. Parecendo mais animada e confortável que antes, sentada, apesar dos fios e tubos saindo dela.

"Oi", falei. "Como você tá se sentindo?"

"Vou sobreviver."

"Que bom."

"Mas talvez tenha que te matar. Por que não competiram?"

Ela definitivamente se sentia melhor. "Porque Heath..."

"Heath teria ficado se você tivesse pedido."

Eu não tinha tanta certeza.

"Cadê ele?", perguntei.

"Foi procurar alguma coisa pra comer que não seja gelatina de melancia." Ela fez uma careta, depois ficou séria. "Olha, odeio contar assim, mas..."

"Você tá grávida."

Bella respirou fundo. "Como sabe?"

"Descobri hoje à noite."

"Então imagino que você também saiba que Heath é o pai."

Assenti, apesar da decepção. Eu realmente preferia estar enganada.

"Ficou brava?"

Eu sentia muitas coisas — tantas que não distinguia claramente "raiva", "tristeza" ou qualquer coisa.

"Não tenho o direito de ficar brava. Agora Heath e eu somos só parceiros na dança."

"Ah, vai. Vocês dois nunca vão ser 'só' nada."

"Foi por isso que não me contou?"

"Só vai nascer em maio. Achei que tinha bastante tempo." Bella levou a mão à barriga coberta pela manta do hospital. "Nada foi planejado, claro."

Procurei fazer os cálculos para saber quanto tempo fazia que a gravidez estava sendo mantida em segredo. Talvez tivesse acontecido durante o programa de treinamento obrigatório organizado pela federação, em agosto? Ela e Heath desapareceram várias noites, mas eu concluí que estavam apenas evitando as atividades de integração e a diversão compulsória da agenda apertada.

"Então você vai ter o bebê."

"Fiquei em dúvida quando soube. Até marquei o aborto, mas cancelei no último minuto. E agora..."

Eu me sentei na cadeira desconfortável ao lado da cama. "O que os médicos disseram?"

"Sinais de pré-eclâmpsia. Preciso ficar na cama até o parto."

"Merda." Para uma mulher como Bella Lin, acostumada a se esforçar cada segundo de cada dia, repouso era uma sentença pior do que a morte.

"Nem me fala." A mão traçava círculos lentos na barriga. "Heath diz que me apoia, independente da decisão, mas não sei se ele toparia embarcar com tudo. Ainda mais considerando que a gente não está exatamente..."

"Não estão exatamente o quê?"

"Juntos. Tipo, não é como se eu amasse o cara."

"Bella."

"É sério! Não como você ama. Como você amava."

"Pode tentar me enganar se quiser, mas não vai enganar a si mesma."

Ela abriu um sorriso torto. "Você sabe que odeio ficar em segundo lugar."

"Não é uma competição." Peguei a mão dela. "Existem muitos tipos de amor."

Como uma fogueira constante e quente, que te mantém vivo no frio. Como uma chama furiosa, queimando tudo no caminho até que restem apenas cinzas.

"Você..." Bella torceu uma ponta da manta. "Acha que eu vou ser uma boa mãe?"

"Tá brincando? Você vai ser uma mãe maravilhosa. A melhor."

Um sorriso se insinuou nos lábios rachados dela. "Então você acha que eu *ganharia* na maternidade?"

"Claro. As outras mães não vão chegar nem perto de ser tão boas." Apertei os dedos dela. "Você me matou de susto hoje."

"É, é. Ainda acho que vocês deviam ter se apresentado. Talvez até vencessem."

"Talvez. Ou talvez Heath estivesse tão preocupado com você que acabaria me derrubando de cabeça e eu teria que vir pro hospital também."

A gente ria quando Heath entrou no quarto. Ele olhou para as duas com apreensão, os braços carregados de lanchinhos da máquina de venda automática.

Eu dei um abraço nele, amassando as embalagens entre nós. "Parabéns." Então sussurrei no seu ouvido: "Você vai ser um ótimo pai".

Seus ombros relaxaram. "Obrigado", ele também sussurrou.

Eu fui sincera. A falta de bons modelos só faria com que Heath se esforçasse ainda mais para dar ao filho o amor e a estabilidade que nunca teve.

O *filho* de Heath. Que estranho. De alguma maneira, também soava certo. Seria algo de que ele teria que abrir mão se houvesse ficado comigo.

Heath pôs os lanchinhos na cama para Bella escolher um. Ela pegou o pacote de Oreo. Eu peguei o pacote de pretzel.

"Sabe quem ganhou?", Heath perguntou.

"Francesca e Evan, né?" Quebrei um pretzel no meio e ofereci a metade. "Saí antes da apresentação deles."

A competição já havia acabado. O comitê devia estar a portas fechadas, decidindo nosso destino. Eu cheguei a entrar com o recurso, mas sabia que as chances eram mínimas. Heath e eu tínhamos sido campeões nacionais e mundiais, fora a participação nos Jogos Olímpicos e toda a experiência em competições internacionais, mais do que toda a concorrência somada. No entanto, o histórico trazia sua própria bagagem. Talvez simplesmente tivéssemos muitos pontos contra nós.

Por ora, não havia nada que nenhum de nós pudesse fazer além de esperar. Um especialista viria examinar Bella assim que possível, e as perguntas que fazíamos aos enfermeiros eram respondidas com alguma variação de: *Aguarde só mais um pouquinho, meu bem.* Encontramos um programa bobinho de reforma de casas passando na TV e devoramos os lanchinhos.

Finalmente, alguém apareceu, mas não era da equipe médica.

Ellis Dean segurava uma bexiga com o rosto de um personagem que poderia estar sorrindo ou fazendo careta. *Melhoras*, dizia.

"Bella, como você está se sentindo?"

Ela franziu a testa. "Prefiro não responder."

Ellis ergueu as mãos. A bexiga bateu no teto baixo. "Venho em paz. E pra mandar vocês olharem a porcaria do celular."

Heath e eu pegamos nossos celulares, mas não tiramos o olho de Ellis. O meu continuava no silencioso, mas havia várias mensagens.

"Puta merda", falei.

"O que foi?", Bella perguntou. Heath passou para ela o celular.

Estávamos na equipe olímpica, junto com Gaskell e Kovalenko. Os medalhistas de prata e bronze do campeonato americano de 2014 ficariam na reserva.

A gente conseguiu. Shaw e Rocha voltariam aos Jogos Olímpicos.

"Não se atreva", Bella disse.

"Claro que não." Heath se sentou ao lado dela na cama. "Jamais deixaríamos você enquanto..."

"Ah, para com isso." O monitor cardíaco de Bella começou a apitar mais rápido. Ela voltou a cair sobre a pilha de travesseiros e me lançou um olhar cansado e irritado.

"Ellis, dá licença um minuto?", pedi.

Ele foi para o corredor, fechando a porta. A bexiga imbecil ficou para trás, nos observando de cima.

"Você quer que a gente vá pra Sochi."

"Claro que sim. Então não se atrevam a desistir da porra dos Jogos pra ficar aqui, brincando de enfermeiros. Posso muito bem pagar por enfermeiros de verdade. Fora que Garrett chega daqui a pouco, e ele é muito mais cuidadoso do que vocês dois juntos."

Verdade. Heath e eu nos entreolhamos. Eu sabia que ele estava dividido — por mais que se preocupasse com Bella e com o filho, uma parte sua queria ir até o fim. Comigo.

No passado, eu faria qualquer coisa para convencê-lo da minha vontade. Eu queria ir, claro. O desejo ardia em meu peito — outro tipo de amor, o fogo que me alimentou a vida toda.

Mas aquela era uma decisão a ser tomada em conjunto.

"Eu topo", disse a Heath. "Se você topar."

Ele pegou a mão de Bella. "Tem certeza *mesmo*?"

Ela sorriu e estendeu a outra mão para mim.

"Tenho", Bella garantiu. "Danem-se o chá de bebê e os presentes. Eu quero uma medalha de ouro."

JANE CURRER: Eu tinha ressalvas quanto à escalação de Shaw e Rocha para representar os Estados Unidos na Olimpíada, considerando... a reputação deles. Mas a decisão não era minha.

Durante o anúncio oficial da equipe de patinação artística dos Estados Unidos para os Jogos Olímpicos de Sochi, Katarina Shaw, Heath Rocha, Francesca Gaskell e Evan Kovalenko acenam e sorriam diante de um fundo com o logo da delegação americana.

ELLIS DEAN: Posso ter falado com alguns amigos do comitê. Conquistando o pódio ou não, Kat e Heath com certeza gerariam conteúdo para o blog.

FRANCESCA GASKELL: Eu fiquei feliz por finalmente, *finalmente*, ir para os Jogos Olímpicos.

GARRETT LIN: Os médicos recomendaram que Bella não andasse de avião, então ficamos presos em Boston.

KIRK LOCKWOOD: Depois do Campeonato Nacional, entrei em contato com eles.

GARRETT LIN: Kirk ajudou muito a gente. Conseguiu que Kat e Heath treinassem na pista da família dele e deixou a casa de hóspedes pra mim e Bella.

KIRK LOCKWOOD: Era o mínimo que eu podia fazer pelos filhos de Sheila.

GARRETT LIN: Eu achava que participar dos Jogos Olímpicos havia sido a coisa mais difícil da minha vida. Isso porque nunca tinha tentado manter minha irmã em repouso absoluto.

Gravações de celular mostram Bella Lin sentada em uma poltrona reclinável ao lado da pista do Centro de Treinamento Lockwood, enquanto Katarina e Heath ensaiam seu programa curto. Bella tem um microfone, para dar instruções sem precisar levantar a voz.

"As mudanças de borda ficaram péssimas", ela diz. "De novo."

"Não é hora do intervalo?", ouve-se Garrett, fora do enquadramento.

Bella mostra a língua para o irmão e diz no microfone: "De novo!".

ELLIS DEAN: Eles ignoraram totalmente a imprensa. Não tiraram fotos, não deram entrevistas, não aceitaram participar de nenhum quadro simpático da NBC Sports.

KIRK LOCKWOOD: Meus chefes ficaram putos, mas eu tinha que respeitar essa decisão.

INEZ ACTON: Até onde sei, fui a única repórter com quem eles falaram. E eu só queria umas aspas para usar em um artigo sobre a legislação russa anti-LGBT.

Captura de tela do blog feminista The Killjoy mostra uma foto de Katarina e Heath, e a manchete "Shaw e Rocha dizem que Rússia deveria ter 'vergonha' de leis anti--LGBT 'preconceituosas' — então por que seus companheiros de equipe permanecem calados?".

ELLIS DEAN: Dizer que homofobia não é legal era *o mínimo*, ainda que fosse o máximo que a maioria dos patinadores americanos estava disposta a fazer.

Francesca Gaskell e Evan Kovalenko são entrevistados pela NBC. Quando questionados sobre a controvérsia, Francesca diz: "Não acreditamos que atletas devam se posicionar politicamente". Evan assente e acrescenta: "Só estamos muito felizes de competir em Sochi".

FRANCESCA GASKELL: Vou ser bem clara aqui: tenho *vários* amigos gays.

GARRETT LIN: Em geral, os atletas viajam uma semana ou mais antes dos Jogos, para se aclimatar e se recuperar do jet lag. Mas Kat e Heath queriam treinar o máximo possível com Bella, por isso ficaram adiando a viagem.

KIRK LOCKWOOD: Eles perderam a primeira semana, incluindo a cerimônia de abertura. Até o dia anterior à partida, ainda estavam fazendo mudanças, principalmente na dança livre. Devem ter experimentado umas vinte músicas diferentes.

Gravação de celular: Katarina e Heath assumem a posição inicial da dança livre.

GARRETT LIN: Quem encontrou a música certa foi Kat. Mas acho que foi Bella que mostrou a primeira vez, quase um ano antes.

Acordes graves de piano soam. É a abertura de "The Last Time", de Taylor Swift e Gary Lightbody.

GARRETT LIN: Com aquela música, tudo finalmente se encaixou. A coreografia, a emoção, a conexão dos dois. Mas ir para os Jogos com uma apresentação que nunca havia sido feita em competições... era bem arriscado.

O ritmo acelera e a parte instrumental se junta aos vocais harmonizados. Heath vira Katarina sobre os ombros em um levantamento rotacional impressionante, sem sinal de dor ou hesitação.

A imagem embaça, mas ouvem-se aplausos e vivas.

GARRETT LIN: Acho que eles sentiam que não havia por que não se arriscar. A gente sabia que, não importava o que rolasse nos Jogos... seria mesmo a última vez.

73

"A reserva deve estar em nome de *Lin*", eu disse ao recepcionista antipático do hotel. "L-I-N."

Já fazia mais de vinte e quatro horas que Heath e eu tínhamos partido. Pegamos dois aviões e um trem, e ao finalmente pisar em Sochi fomos abordados pelo pessoal do controle de doping, que nos acompanhou até um prédio sem nada escrito e nos fez beber suco de fruta aguado até conseguirmos fornecer amostras de urina, embora tivéssemos sido submetidos várias vezes a testes aleatórios em Boston.

Chegamos tarde ao hotel — e nossos quartos, aparentemente, não estavam mais disponíveis, ainda que Bella tivesse feito a reserva havia meses, quando a porcaria do prédio nem estava pronto, e confirmado antes da partida. Duas vezes.

O lugar ainda em construção tinha serragem cobrindo os móveis do saguão, fios soltos pendendo dos lustres e um recepcionista usando um crachá escrito à mão com canetinha, que dizia "Boris".

"Nada de Lin", Boris disse. "Nada de quarto."

Heath tentou argumentar em russo. Não importava o quanto eu o ouvisse falar essa língua, nunca deixava de soar ao mesmo tempo sexy e perturbadora.

Boris não se comoveu. Continuou repetindo uma série de sons guturais que significava provavelmente *Vão embora, seus americanos idiotas, estamos lotados.*

"Sobrou só um quarto", Heath explicou, depois de algumas trocas com o homem. "Mas ele disse que é pequeno."

"Desde que tenha cama, não me importo."

Eu estava tão exausta que quase tinha inveja dos cachorros de rua dormindo do lado de fora. Havíamos concordado que estávamos velhos demais para o agito da Vila Olímpica, mas eu aceitaria de bom grado uma daquelas camas desconfortáveis só para sair da vertical.

Não havia ninguém para nos ajudar com a bagagem, ou mesmo um carrinho, por isso cambaleamos pelo corredor mal iluminado arrastando tudo, como animais. A decoração e o serviço deixavam muito a desejar, só que eu fiquei convicta de que o quarto seria melhor.

Não era. Uma caixa de sapato, com um banheiro minúsculo num canto, como se fosse um tumor, e um cabideiro no lugar de armário. O cheiro de tinta fresca permanecia forte, mas as paredes pareciam sujas. Havia cama, mas apenas uma — de casal, com aspecto estreito à luz difusa.

Pendurei os figurinos, fazendo o melhor para dividir o peso, de modo que o cabideiro frágil não tombasse ou quebrasse. A roupa de Heath era quase toda preta, porém meu vestido da dança livre era de um cetim verde-água delicado, e eu não queria que o tecido tocasse em *nada* do cômodo.

Heath deixou o restante da bagagem sobre o carpete — cinza ou bege?

"Sou eu ou o lugar é ainda pior do que aquele hotel em Cleveland?"

"Ei", falei. "Aqui tem um monte de detalhes que aquele não oferecia." Acenei com a cabeça para a única decoração nas paredes. "Por exemplo, o glorioso retrato do presidente Vladimir Putin, que vai vigiar o nosso sono."

Heath riu. "E o lustre com não apenas uma, mas *duas* moscas mortas dentro? Não se encontra isso em qualquer lugar."

Ambos gargalhamos, à beira da histeria induzida pelo cansaço. Então a luz queimou com um estouro alto. Fomos à loucura, caindo na cama, com as mãos na barriga e lágrimas rolando pelo rosto.

Um momento se passou antes que eu me desse conta da proximidade. Nossos dedos roçavam sobre o edredom fino, e uma perna minha havia caído sobre a dele. Heath percebeu também, e tentamos nos ajeitar — só para acabar ainda mais próximos, no escuro, com os olhos brilhando a centímetros.

Um baque pesado sacudiu a porta. Nos sentamos.

"O que foi isso?", perguntei.

Heath acendeu o abajur ao lado da cama. "Não sei."

Levantei do colchão. Não havia olho mágico. Tive que entreabrir a porta para olhar quem era.

Encontrei um vaso com rosas vermelhas no chão. Nada no corredor; quem quer que tivesse entregado já tinha partido.

Peguei o vaso e fechei a porta. "Você que pediu?", perguntei.

Com um terrível jet lag, eu quase tinha me esquecido da data, 14 de fevereiro — mesmo quando estávamos juntos, nunca ligávamos para o Dia dos Namorados. Talvez ele tivesse se esquecido de cancelar a encomenda para Bella.

"Não, não fui eu." Heath baixou os olhos. "Katarina, seus sapatos."

Algo vermelho pingava do vaso, manchando a ponta do tênis. Minhas mãos também estavam sujas, até os nós dos dedos.

Soltei as flores. O vaso quebrou, cobrindo o chão de cacos vermelhos. No meio da bagunça, identifiquei algo branco.

"Cuidado!", Heath disse, quando me inclinei para pegar.

Era um cartãozinho retangular, com uma frase curta impressa no alfabeto cirílico.

с возвращением Катарина

Minhas mãos tremiam ao entregar a mensagem a Heath. "O que quer dizer?"

Ele estudou o cartão. "Bom, a última palavra é Katarina. E a primeira parte... a tradução literal seria 'ao seu retorno'."

Os cantos do papel estavam manchados de um vermelho que escorria em direção ao centro. *Tinta*, eu disse a mim mesma. Só que o cheiro de cobre indicava sangue.

"Quer dizer 'bem-vinda de volta'", Heath explicou.

74

Bem-vinda de volta, Katarina.

A mesma mensagem do buquê de rosas amarelas que eu havia recebido ao retornar a Los Angeles — o qual eu não mencionara a Heath, ou a qualquer outra pessoa. As flores haviam murchado em um ou dois dias, e eu joguei no lixo, com o cartão enigmático.

Heath me explicou que receber uma dúzia de rosas possuía um significado muito diferente na cultura russa. Arranjos com um número par de flores eram usados apenas em funerais. Flores amarelas, em vez de indicar amor ou amizade, simbolizavam traição e término.

Já encher o vaso até a borda de sangue não precisava de tradução. Queria dizer *vai se foder*, em qualquer país.

Nosso primeiro dia inteiro em Sochi transcorreu sem maiores incidentes. Ensaiamos a apresentação durante o tempo reservado para usar a pista, depois tentamos dormir — o que não era fácil, com as paredes do quarto finas como papel e o colchão de molas barulhento.

Na conversa por Skype pós-treino, Bella ficou horrorizada ao saber sobre as acomodações. Mas os hotéis da região estavam lotados ou pareciam ainda piores, então não havia opção.

A competição de dança no gelo teve início no domingo à tarde, no Palácio de Patinação Iceberg, a arena novinha em frente à praça onde se encontrava a pira olímpica. No caminho, me senti ainda mais exausta do que ao chegar a Sochi. Assim que entramos, por outro lado, o entusiasmo tomou conta de mim.

A arena emanava energia — o zum-zum de ansiedade do público que ocupava a arquibancada, o nervosismo dos outros competidores, se preparando para entrar no gelo, a mistura potente de orgulho e admiração que apenas os Jogos Olímpicos podiam provocar.

Antes do aquecimento, tiramos uma selfie para mandar para os gêmeos. Ainda era cedo em Boston, mas eles deviam estar acordados, prontos para assistir à transmissão ao vivo. Garrett respondeu: *boa sorte, pessoal!!*, seguido por uma série de emojis da bandeira americana. A resposta de Bella foi mais sinistra:

Cuidado.

Não podíamos provar que os russos eram os responsáveis pelas flores, ou pelo acidente de Heath na Copa Rostelecom. No entanto, eu ficaria de olho caso tentassem aprontar mais uma.

Não vi as Volkova até Heath e eu nos separarmos para vestir o figurino. Ao entrar no vestiário, Yelena estava aplicando cristais na linha dos cílios, para combinar com o corpete de strass. Nossos olhos se cruzaram no espelho, e ela derrubou uma pedra. Enquanto apalpava o chão, passei direto.

Yelena parecia inocente como sempre, delicada e aérea como uma borboleta loira com asas translúcidas, mas eu não me deixava enganar. Ela era um lobo em roupa brilhante, assim como a tia. Caso contrário, não teria durado tanto no esporte.

Quando voltei, vestida, Yelena já tinha ido embora, e duas patinadoras alemãs disputavam um lugar ao espelho. Me sentei num banco vazio para amarrar os cadarços.

Eu tinha passado uma hora após o treino da manhã limpando e polindo os patins até que o couro branco ficasse impecável e as lâminas de aço brilhassem. Passei o polegar pelas letras gravadas formando meu nome, pensando no entalhe que eu e Heath tínhamos feito na minha cama, tantos anos antes.

Shaw e Rocha. Como nossos nomes entrariam para a história.

Por superstição, alguns patinadores calçam sempre o mesmo patim primeiro. Eles acreditam que precisam manter a ordem, sem correr o risco de atrair azar. Nunca pensei muito nisso; o esquerdo ou o direito, tanto fazia.

Antes do programa curto, em Sochi, comecei pelo esquerdo. Desfrutei da sensação da peça de couro feita sob medida abraçando meu tornozelo, embalando o peito do pé.

Então senti algo se cravando no arco do pé e tive que gritar.

VERONIKA VOLKOVA: Sim, eu ouvi o grito. Todos ouviram.

Antes do programa curto dos Jogos Olímpicos de Inverno de 2014, Katarina Shaw surge do vestiário com os patins na mão, furiosa.

Outros competidores, incluindo a colega Francesca Gaskell, correm para ver o que aconteceu. Katarina os ignora e olha freneticamente em volta, até localizar Heath Rocha sentado em um banco a vários metros de distância, prestes a pôr os patins.

"NÃO!", Katarina grita.

ELLIS DEAN: Eu estava nos bastidores, entrevistando as pessoas, fazendo meu trabalho. Aí foi o caos. Por sorte, eu já estava gravando.

Heath se levanta, confuso. Katarina passa correndo, deixando uma trilha de pegadas de sangue.

VERONIKA VOLKOVA: Ela fez um corte no pé. Só isso.

ELLIS DEAN: Kat não parava de sangrar. Foi como uma cena de crime.

FRANCESCA GASKELL: Procurei ficar fora do caminho. Você conhece Kat. [*Ela balança a cabeça.*] Tem um temperamento...

Veronika Volkova está por perto, conversando com Yelena Volkova e Dmitri Kipriyanov. Katarina vai até eles e vira os patins de cabeça para baixo. Objetos pequenos caem deles.

ELLIS DEAN: Tinha *espinhos* nos patins dela.

Katarina acusa a técnica e os patinadores russos. É possível distinguir apenas certas palavras no vídeo: "flores", "sangue" e "sabotagem".

VERONIKA VOLKOVA: Eu não fazia ideia do que ela estava falando.

ELLIS DEAN: E os espinhos não eram pequenos, não. Eram uns filhos da puta desse tamanho.

Heath verifica seus patins. Quando ele os vira, mais espinhos caem.

ELLIS DEAN: Primeiro a CPI do Paetê, e agora aquilo. O pé de Kat estava todo machucado, e se ela não tivesse avisado Heath a tempo...

A câmera se aproxima. Katarina continua com as acusações. Yelena se encolhe. Veronika se mantém firme, achando graça da situação. Dmitri fica de lado, parecendo confuso — até que Heath se coloca ao lado de Katarina.

"É golpe baixo, até mesmo pra você", Heath diz.

Dmitri vocifera algo em russo na cara de Heath. Katarina entra no meio, mas não para apartar a briga. Ela empurra Dmitri e ele cai para trás, no piso de cimento.

VERONIKA VOLKOVA: Ela deveria ter sido desclassificada na hora. Mas os americanos permitem que seus atletas se safem de tudo.

ELLIS DEAN: Uma vez na vida, Kat e Heath tinham todo direito de fazer um escândalo. Foi sabotagem. E vamos ser sinceros: todo mundo sabia quem eram os prováveis culpados.

A equipe médica verifica os cortes de Katarina — e o cóccix de Dmitri.

Heath pega suprimentos e dispensa os médicos, para cuidar do pé de Katarina. Ele se ajoelha e passa antisséptico nos cortes, enquanto Katarina continua olhando feio para os russos.

ELLIS DEAN: Uma coisa é certa: quando eles entraram no gelo, estavam sedentos por sangue.

75

Sobrevivi ao programa curto na base da adrenalina, do ódio e do ibuprofeno engolido a seco.

Ao fim da noite, estávamos em primeiro lugar, dois pontos à frente dos russos, e meu pé havia inchado tanto que não entrava no patim. Heath me ofereceu os próprios analgésicos, para dar uma segurada, mas depois se deu conta de que estavam no hotel, aonde não podíamos retornar antes de enfrentar uma enxurrada de perguntas sobre o "incidente", como insistiam em chamar, por parte dos representantes do evento.

Por que eu não chequei o patim antes de calçá-lo? Por que não relatamos o vaso com sangue de imediato, se nos incomodou tanto? Nossas malas ficaram sozinhas em algum momento? Onde? Por quanto tempo?

Como se a culpa fosse nossa. Como se não soubéssemos que os patins não deviam ser deixados sozinhos num ambiente cheio de rivais.

Entre o treino e o programa curto, o equipamento ficou sempre no campo de visão — a não ser pelo intervalo de dez minutos em que tomei banho e Heath foi buscar algo para comermos. Ele tinha certeza de que havia trancado a porta. Então quem havia feito aquilo tinha acesso ao quarto, ou subornou funcionários do hotel. Pensando nas ligações da família de Kipriyanov com a máfia russa, não teria sido difícil. Provar que os russos estavam por trás da sabotagem com certeza seria muito mais difícil.

Os representantes do evento tinham feito uma cara simpática e jurado conduzir "uma investigação completa", mas o dano já estava feito. A competição mais importante da minha carreira seria a menos de vinte e quatro horas, com meu pé todo machucado.

O hotel claramente não era seguro, mas não havia aonde ir. Teríamos que fazer uma barricada na porta e torcer pelo melhor. Na volta, Heath carregou todas as malas sozinho e deixou que eu me apoiasse nele, para não piorar o ferimento. Mesmo caminhando devagar e com todo o cuidado, cada passo mancando terminava em pura agonia.

O saguão do hotel estava deserto. As luzes piscavam à medida que avançávamos, dando um toque apocalíptico.

Quando chegamos ao quarto, Heath enfiou a mão no bolso para pegar a chave.

"Espera", falei.

A porta estava aberta. Uma fresta de escuridão escapava entre ela e a guarnição.

A adrenalina inundou meu corpo, levando a exaustão embora. Tínhamos trancado tudo. Alguém havia entrado, e daquela vez queria que soubéssemos.

"Fica aqui", Heath disse, mas eu já estava passando por ele, escancarando a porta. Apertei o interruptor, e a lâmpada continuava queimada.

A luz do corredor era suficiente para que eu enxergasse a mancha que o vaso quebrado havia deixado no carpete, a bagagem no canto, perto do cabideiro, o abajur na mesa de cabeceira... e algo mais.

Havia uma sombra escura e imóvel no colchão. Com a forma de um corpo.

76

Luzes vermelhas e azuis piscavam acima da calçada gelada. Eu sentei no meio-fio, com os joelhos junto ao queixo, tentando pensar em outra coisa.

Mas o cheiro não deixava. Denso e metálico, misturado com o perfume de rosas.

Dessa vez, não houve flores. Ou espinhos. Só pétalas — espalhadas como numa suíte de lua de mel. Meu vestido da dança livre estava estendido sobre a cama, coberto de pétalas de rosa.

E encharcado de sangue.

Sangue animal, era o que a polícia de Sochi pensava. Talvez de vaca ou porco, de um açougue. Uma pegadinha de mau gosto, certamente, mas sem feridos. Nada foi roubado. Dois policiais ficaram aguardando enquanto Heath e eu revirávamos cada compartimento de cada mala; os pertences continuavam ali, intactos, incluindo o figurino que Heath vestiria na dança livre. Eles sentiam muito pelo meu belo vestido, mas não havia outro que eu pudesse usar?

Tentamos explicar o restante da história, explicar o padrão, a escalada de flores inesperadas a ferimentos na sola do pé e aquele show de horrores no quarto de hotel. Logo atingi o limite da paciência, mas Heath continuou insistindo em russo com os policiais, o recepcionista da noite, o segurança do hotel e até alguns hóspedes que apareceram para descobrir o motivo da comoção. Ninguém havia visto nada suspeito.

"Sério?", perguntei quando Heath me disse isso.

"Foi o que disseram."

"E a polícia vai..."

"O que você acha?"

Eles não iam tomar nenhuma atitude, igual à organização do evento. Fariam perguntas, redigiriam um relatório e nos mandariam embora.

Heath estendeu a mão para me ajudar. A dor no meu pé irradiava pelo lado esquerdo do corpo. O vestido perdido era o menor dos meus problemas. Como eu ia conseguir apresentar a dança livre desse jeito?

"É melhor pôr gelo", alguém disse atrás de nós.

Ellis Dean estava sob um poste de iluminação, estranhamente contido no casaco de lã preto. Ele veio até nós, com as mãos nos bolsos, de modo muito casual.

"Como vocês estão? Fiquei sabendo do que aconteceu."

Era um mundo pequeno, e Ellis conhecia todo mundo envolvido com os Jogos. Só fiquei surpresa por ele chegar antes de qualquer veículo.

"Ellis", Heath disse. "A gente teve um longo dia."

"Eu só queria..."

"O quê? Tirar uma foto pro seu blog idiota?", eu o cortei. "Talvez uma montagem completa? Desculpa não estar com o rosto ensanguentado, aposto que seria uma imagem perfeita."

Ellis suspirou e tirou algo do bolso: um cartão de plástico preto. Heath e eu olhamos como se o objeto pudesse morder.

"É a chave do meu quarto", Ellis disse. "Meu hotel tem segurança de verdade. E as fechaduras funcionam. Fora que o café da manhã é ótimo."

Olhei para ele, desconfiada. "O que você quer?"

"Nada. Vou passar a noite em outro lugar, e não tem por que desperdiçar um quarto de hotel tão bom."

"Você tem um encontro?"

"Falei do café da manhã?" Ellis sacudiu o cartão. "Não tem um nem dois, mas *três* tipos diferentes de blini."

Mantive os olhos fixos em Ellis até que ele jogou a cabeça para trás e grunhiu.

"Tá, eu tenho um encontro. Um gato com cabelo prateado e voz dourada *talvez* tenha me convidado pra tomar um vodca martíni."

Franzi a testa. "Você e *Kirk*?"

"Ele tem idade pra ser seu pai", Heath disse.

"Ou seja, tem a idade perfeita pra pagar minhas contas." Ellis movimentou as sobrancelhas bem delineadas. "E não vou deixar o cara esperando, então vocês dois podem *por favor* deixar o orgulho de lado e aceitar esse gesto de pura bondade antes que eu mude de ideia?"

Olhei para Heath. Apesar da postura tensa, ele não fez objeção. Onde quer que Ellis estivesse hospedado, seria melhor do que a cena de crime que nos aguardava lá dentro.

"Sabe, Ellis, você pode ser um cara bem legal quando quer."

"É, eu sei." Ele pôs o cartão na minha mão. "Só não conta pra ninguém."

ELLIS DEAN: Eu nunca tinha visto Kat daquele jeito. Ela ficou assustada.

VERONIKA VOLKOVA: Quantas vezes preciso repetir? Não tive nada a ver com aquilo.

KIRK LOCKWOOD: Os russos tentaram acobertar a coisa toda. Os Jogos de Sochi já vinham sendo bastante criticados, com os casos de corrupção e as obras não concluídas. Sem mencionar a homofobia declarada do governo.

VERONIKA VOLKOVA: Acusações absurdas sem provas. Nunca encontraram nada, e continuam me perguntando sobre isso. Que insulto. Eu deveria ir embora agora mesmo.

ELLIS DEAN: Quando deixei Kat e Heath passarem a noite anterior à dança livre no meu hotel, achei mesmo que seria suficiente. Que daria um fim à história.

Katarina e Heath saem de um táxi diante do Radisson Blu Resort de Sochi, na Rússia. Enquanto ele paga o motorista, ela nota a câmera do outro lado da rua, mas parece exausta demais para olhar feio.

ELLIS DEAN: Infelizmente, era apenas o começo.

77

O quarto de Ellis no Radisson era tão genérico que podia ser parte de qualquer lugar do mundo.

Isso era maravilhoso. Tomei meu primeiro banho quente em dias, depois improvisei uma bolsa de gelo para o pé latejando, enquanto Heath tentava conectar o celular ao alto-falante com bluetooth na mesa de cabeceira. Ambos nos servimos dos analgésicos dele, depois Heath foi tomar um banho também. Ele estava tomando os mesmos remédios que me haviam prescrito depois da queda no Campeonato Nacional de 2006, e eu aguardava ansiosamente pela iminente sensação de banho quente que me inundaria assim que fizessem efeito.

Heath saiu do banheiro com uma toalha enrolada na cintura e as costas ainda molhadas. A água quente fez as cicatrizes se destacarem.

"Como tá seu pé?"

"Melhor. O gelo fez diminuir o inchaço."

Eu me ajeitei no colchão para abrir espaço para ele, que se recostou nos travesseiros, nossos ombros se tocando. Sua playlist folk rock melancólica nos envolvia como um cobertor, mas eu ainda não estava sentindo a medicação bater.

"Quero ver", Heath pediu.

"Tá feio."

"Katarina."

Com um suspiro, eu pus o pé no seu colo — tomando o cuidado de manter o roupão do hotel fechado, porque não havia nada por baixo. Não que Heath já não tivesse visto tudo.

Ele examinou os machucados, transferindo o calor das mãos para minha pele. Me encolhi.

"Desculpa", Heath disse. "Dói?"

"Não." Doía, mas eu não queria que ele parasse.

"Quer que eu enfaixe?"

"Acho que é melhor deixar assim."

Heath assentiu e pousou meu pé com delicadeza no edredom, depois ajeitou os travesseiros para ter mais apoio.

"Suas costas?"

Ele confirmou com a cabeça. Fiquei de joelho e gesticulei para que ele se sentasse.

"Você não precisa...", Heath começou a dizer.

"Mas eu quero." Passei a palma da mão pelo seu trapézio, enfiando o polegar sob a escápula. "A menos que você não aguente."

Heath sorriu. "Vai sem dó."

Nos vinte minutos seguintes, massageei os principais músculos das costas. Ele derreteu com o toque, chegando a se deitar de bruços para facilitar o trabalho. Subi nas pernas dele e apertei a lombar com os nós dos dedos, até Heath gemer.

"Você é *má*", ele murmurou contra o travesseiro.

"Ah, vai. Você já suportou coisa pior."

Eu estava brincando, mas meus dedos nas cicatrizes me fizeram perceber que não havia graça.

"Sinto muito", falei.

Embaixo de mim, Heath se virou. "Pelo quê?"

"Por você ter passado... pelo que passou. Por eu não..."

"Como você disse... Já suportei coisa pior."

"Mesmo assim." O cinto do roupão se abria. A toalha de Heath caiu, deixando os ossos do quadril expostos. "Ninguém merece... bom, ninguém merece o que a Veronika fez com você."

"Não foi Veronika."

Congelei.

"Ela nunca me tocou. Mas gritava bastante sempre que errávamos no treino. Dizia que era para não cometermos o mesmo erro duas vezes."

Minhas mãos haviam parado no peito de Heath. As pontas dos seus dedos encostavam na bainha do meu roupão.

"Se não foi Veronika, então quem..."

Meu celular vibrou na mesa de cabeceira, e nos viramos para olhar.

O rosto sorridente de Bella Lin iluminava a tela.

78

"Tá tudo bem?", Bella perguntou assim que atendi a ligação por Skype. "Vocês não me ligaram depois do programa curto, eu..."

Ela fez uma pausa, notando a cena: minhas bochechas coradas e meu cabelo bagunçado, o peito nu de Heath, a decoração diferente ao fundo. Pelo alto-falante, o duo The Civil Wars lamentava a perda de um amor antigo.

"Onde vocês estão?"

"Ellis deixou a gente passar a noite no quarto dele", expliquei.

"Ellis *Dean*?"

Contamos sobre a noite movimentada. O que havia acontecido com os patins foi mencionado na transmissão, além de imagens minhas atacando os russos nos bastidores — embora Kirk tivesse evitado acusá-los diretamente de sabotagem ao vivo. No entanto, Bella não sabia sobre a invasão do quarto, o vestido estragado ou a reação de desdém da polícia de Sochi. Ellis devia estar ocupado demais aproveitando um drink para escrever no blog.

"O que você vai usar na apresentação de amanhã?", Bella perguntou.

"O vestido do programa curto, acho." As cores fortes contrastariam com o tom da nossa dança livre, mas era minha única opção, a menos que eu me apresentasse na final olímpica com a roupa do aquecimento.

Em nenhum momento Bella questionou *se* competiríamos no dia seguinte. Éramos Shaw e Rocha. Pés inchados, costas machucadas e vestidos ensanguentados não chegavam nem perto de dar um susto.

"Como tá se sentindo?", Heath perguntou. Abri a boca para responder — aí notei que ele falava com Bella.

"Bem. Garrett tá cuidando de mim."

Ele apareceu atrás dela, com uma tigela na mão, e acenou com uma espátula coberta de massa de panqueca crua.

Bella olhou para o irmão. "Talvez ele esteja me mimando um pouco demais."

"De nada." Garrett deu um beijo no topo da cabeça dela e conferiu o telefone. "Boa sorte amanhã, pessoal! Mostrem pros russos quem são os verdadeiros campeões."

"Agora tentem descansar", Bella disse. "E, até termos certeza de quem tá por trás de tudo isso, não confiem em ninguém."

Heath e eu assentimos. A tela ficou escura. Estávamos sozinhos de novo, sentados ainda mais perto, depois de nos apertar para aparecer na imagem.

Eu me afastei, pigarreando. "Ela tem razão. É melhor a gente descansar."

Nos revezamos para vestir o pijama e escovar os dentes no banheiro.

"Quer mais um comprimido antes de dormir?", Heath perguntou, sacudindo o frasco. "Pra mim nem faz mais diferença. Tomei três e nada."

"Não precisa." A medicação não havia ajudado a diminuir minha dor, e a bolsa de gelo improvisada estava derretendo. Passei um pouco de antisséptico no pé e voltei para a cama.

Heath apagou a luz e se juntou a mim, mantendo uma distância respeitosa. Passei alguns minutos ajeitando travesseiros para manter a perna erguida, depois me deitei de novo.

"Que dupla, hein?", falei.

"Dois velhinhos se aguentando por um fio."

"Que nada, a gente estaria bem se não fosse pelas Volkova."

Heath ficou em silêncio. "Tem certeza de que foram elas?"

"Claro que sim." Eu o encarei. "Quem mais?"

"Não sei. Veronika é assustadora, mas em geral concentra a ira contra seus próprios atletas. E Yelena..."

Tentei não me incomodar com o tom carinhoso.

"Ela não é como você pensa", Heath disse. "No tempo em Moscou, foi a única pessoa que me tratou bem."

"Porque queria que você formasse dupla com ela."

"Desde antes, quando ela ainda estava com Nikita. Yelena me ajudou a aprender a língua. E me dava dicas técnicas."

"Então ela queria transar com você."

"Talvez sim." Heath se virou para mim. "Ou talvez precisasse de um amigo, assim como eu. Mas fui um péssimo amigo, no fim das contas."

"Por quê?"

"Indo embora sem me despedir, bem quando deveríamos começar os treinos. Conhecendo Veronika, com certeza ela pôs a culpa em Yelena, fazendo com que ela acreditasse que me afastou ou algo do tipo."

"Mais cedo, você disse..." Engoli em seco. Antes da ligação de Bella, Heath estava prestes a revelar a verdade, trancafiada por anos. "Se não foi Veronika quem te machucou, então quem foi?"

Ele ficou em silêncio por tanto tempo que achei que tivesse pegado no sono. Então sussurrou, como se fôssemos adolescentes outra vez, emaranhados sob as cobertas, tentando não ser flagrados.

"Fiz muitas coisas que não são dignas de orgulho, Katarina. Para voltar para você."

De alguma maneira, ficamos fisicamente próximos outra vez. Sua mão estava no meu travesseiro, no meu cabelo úmido. Meu dedo correu do seu maxilar até a cicatriz sob o olho.

"Eu também", confessei.

"E permiti que toda a minha existência girasse em torno de você, por tempo demais." As palavras de Heath saíam depressa, como se as guardasse havia tempo. "Cresci sem família, sem cultura, sem qualquer coisa própria, então quando te encontrei... não foi justo com nenhum de nós. Eu precisava descobrir minha paixão, meu propósito na vida."

Ele não ia me dar as respostas que eu desejava. Não aquela noite. Talvez nunca.

"E descobriu? Seu propósito?"

"Tô trabalhando nisso."

Em Los Angeles. Com Bella e o filho deles. Se estivessem apaixonados ou não, iam ser uma família, de uma maneira que nós dois nunca havíamos sido.

Seus lábios passaram pela minha mão. "Desperdiçamos tanto tempo, não acha?"

Verdade. Anos e anos irrecuperáveis. Ser campeões olímpicos faria tudo ter valido a pena? Não muito tempo antes, eu não hesitaria em achar que sim.

"A gente tá aqui agora", falei. "Não vamos desperdiçar mais."

KIRK LOCKWOOD: Pela manhã, todo mundo já sabia sobre o último ataque a Shaw e Rocha. A produção não me deixava acusar ninguém, mas eu tinha minhas suspeitas.

VERONIKA VOLKOVA: Cansei de falar sobre isso. Vamos mudar de assunto, ou a entrevista acabou.

ELLIS DEAN: Rolavam boatos de que Kat e Heath arregariam na dança livre.

FRANCESCA GASKELL: Ignorei tudo. Fiquei totalmente focada na final. No ouro.

ELLIS DEAN: E aí começaram a rolar boatos sobre os boatos, que Kat e Heath tinham inventado a conspiração pra ter uma desculpa e abandonar os Jogos, se poupando da humilhação da derrota.

GARRETT LIN: Ninguém que conhecesse os dois acreditaria naquelas bobagens. Nada impediria os dois de competir aquele dia.

VERONIKA VOLKOVA: Não estamos aqui para dissecar especulações sem fundamentos, né? Não. Vamos falar do que aconteceu a seguir.

79

No dia da final olímpica, dormi até mais tarde pela primeira vez em anos.

Uma batida me despertou no meio da manhã. Eu sentei. O braço de Heath, que de alguma forma havia acabado na minha cintura no meio da noite, escorregou para as cobertas amarrotadas. Através da janela, o sol brilhava sobre o Mar Negro. Eu me sentia descansada, ligada, pronta.

Até que apoiei o pé no carpete, a dor irradiou até os dedos dos pés.

Outra batida. "Eu atendo", Heath murmurou.

Ele foi até a porta, alongando o pescoço de um jeito que desencadeou uma série de estalos fortes nas costas, que lembravam uma corrente se desenrolando. Suas costas sempre ficavam pior pela manhã, e naquele dia mais ainda. Talvez seu corpo tivesse realmente se acostumado com a medicação.

Tudo o que precisávamos era sobreviver a quatro minutos de dança livre. De qualquer maneira, ao fim do dia, a carreira competitiva estaria encerrada.

No celular, havia duas mensagens de Ellis. Ele ia tomar um brunch com Kirk, portanto poderíamos ficar no quarto até a tarde — e mandou um emoji piscando sugestivamente. Ele ficaria decepcionado se soubesse que tínhamos apenas dormido.

Também avisou que a nossa localização havia vazado, e repórteres aguardavam do lado de fora. Ótimo.

Heath voltou com uma grande caixa branca. Eu me ajeitei na cama, desconfiada.

"O que é isso?"

"Não sei. O cartão diz..." Ele arregalou os olhos. "Yelena."

Ele pousou a caixa na cama e me mostrou o cartão, com uma caligrafia bonita no alfabeto cirílico.

"Lê", falei.

"Ela disse que mandou trazerem de Moscou durante a noite. Pra você."

Passei os dedos pela borda lisa, meio que esperando alguma armadilha, como dentes de metal se fechando na minha mão.

"'Somos rivais, mas não precisamos ser inimigas'", Heath continuou lendo. "'Estou ansiosa para te enfrentar à noite. Que vença a melhor dupla.'"

"Você confia mesmo nela?", perguntei.

"Mais do que nos outros." Heath deixou o cartão de lado. "Quer abrir ou abro eu?"

"Eu abro." Enfiei a unha debaixo do lacre. "Mas se tiver sangue, vou levar pra arena e bancar a Carrie do Stephen King."

Heath ficou me olhando enquanto eu levantava a tampa e abria o papel de seda.

Havia um figurino de patinação no gelo, para substituir o estragado, eu imaginava. Um belo gesto, ainda que eu não fosse caber nas roupas de Yelena Volkova de jeito nenhum.

Heath inspecionou a peça de perto. A luz do sol refletiu no bordado dourado, e eu fiquei atônita.

"Que foi?", ele perguntou.

Tomei o vestido dele, segurando contra o corpo, passando as mãos pelo tecido fino. Surpreendentemente, era bem do meu tamanho.

"Você tinha razão. Yelena não é nem um pouco como eu pensava."

Ainda assim, eu com certeza verificaria o forro, atrás de espinhos, pregos ou sinais de deslealdade, porque havia aprendido a lição.

"Odeio que ela tenha que patinar com aquele psicopata", Heath comentou.

"Dmitri?" Deixei o vestido na cama desarrumada. "Ele parece meio convencido, mas..."

"Acredita em mim. Meu único arrependimento de ter ido embora foi deixar Yelena com ele. Dmitri é um pesadelo. Nem Veronika é capaz de pôr o cara na linha."

"Porque o avô dele é um chefão da máfia ou sei lá o quê?"

"Não só o avô. A família inteira. Eles são péssimas pessoas."

"As cicatrizes. Dmitri teve alguma coisa a ver... com o que aconteceu?"

Heath hesitou. Observei os desejos conflitantes contraindo seu rosto. Uma parte dele queria se render à minha curiosidade; outra parte queria se manter protegida. Eu não podia forçá-lo. Não podia apressá-lo. Quem precisava derrubar as barreiras era Heath, tijolo a tijolo. Quando ele estivesse pronto, eu estaria aguardando do outro lado.

Ele olhou pela janela para o mar. Então, finalmente, começou a falar.

"Mais ou menos na mesma época em que Nikita se aposentou, a parceira de Dmitri fez o mesmo, então Veronika tentou juntar o idiota com Yelena. Aquela velha igreja não esquentava de jeito nenhum, e Dmitri chegou num dos dias mais frios do ano."

Tentei visualizar Heath ali, porém tudo em que conseguia pensar era nele tremendo no estábulo — e sem mim para levar cobertores, grudar nossos corpos e esfregar suas mãos geladas até que voltassem à vida.

"Yelena cometia uma sequência de erros, e Dmitri não parava de brigar com ela. E Veronika não fazia nada. Então eu puxei o cara de lado e mandei ele pegar mais leve." Heath finalmente olhou para mim, com os olhos ardendo de raiva. "Ele me empurrou em cima de um vitral."

"Nossa..."

"Acho que era um vitral de Santo André, na verdade."

"Engraçadinho." Empurrei seu braço, e ele fez uma careta. "Opa, desculpa."

"Relaxa. Sua tortura impiedosa de ontem à noite ajudou muito."

"De nada." Refleti sobre o que ele tinha contado. "E se for Dmitri? Talvez seja ele nos sabotando. Talvez as Volkova não tenham nada a ver com isso."

Os espinhos nos patins e o sangue de animal na cama pareciam medidas extremas para abalar adversários, mesmo num esporte especialmente dramático como a patinação no gelo. Mas para a máfia russa, aquilo não era nada.

Heath balançou a cabeça. "Dmitri não é tão inteligente para pensar em algo assim. Pelo menos não sozinho. Na verdade, ele parece um pouco com seu irmão. Força bruta sem controle dos impulsos."

Ele pegou dois comprimidos brancos do frasco de analgésico na mesinha.

"Quer?"

Balancei a cabeça. "Não ajudou muito ontem à noite. Acho que vou ter que aguentar."

"Se tem uma coisa em que você é boa, Katarina Shaw, é nisso."

Toquei seu braço, agora com delicadeza.

"Sinto muito pelo que aconteceu com você. E sinto muito por não estar lá."

"Eu também." Heath pôs a mão na minha. "Porque você ia ter acabado com ele, e eu adoraria ver."

Pensei na postura de Dmitri antes do programa curto, em seus olhos ameaçadoramente frios. Depois que eu o empurrara, ele recusou ajuda, rosnando como um cão feroz para os tolos que se aproximaram — os médicos, a técnica, a parceira e até mesmo Francesca Gaskell.

Eu não estava lá quando Heath tinha se cortado no vidro. Porém a melhor vingança seria acabar com Dmitri no gelo — e, graças a Yelena, eu ia estar linda quando o fizesse.

"É melhor a gente se mexer", falei. "Vamos conquistar uma medalha de ouro."

O último grupo de competidores é apresentado antes da dança livre dos Jogos Olímpicos de Inverno de 2014.

ELLIS DEAN: Foi uma bela entrada.

"Representando os Estados Unidos, Katarina Shaw e Heath Rocha!"

KIRK LOCKWOOD: Eu não conseguia acreditar nos meus olhos.

Katarina e Heath patinam de mãos dadas, fortes, formidáveis e totalmente alheios à confusão das vinte e quatro horas anteriores. Katarina ergue os braços e gira para mostrar o figurino novo. Trata-se de um vestido de veludo vermelho com bordados em dourado.

É o figurino de Catarina, a Grande, que Veronika Volkova utilizou nos Jogos de Calgary.

VERONIKA VOLKOVA: *Parecido*, de longe. Mas meu modelo de Catarina, a Grande, era bem mais impressionante.

Após o aquecimento, Veronika e Yelena Volkova têm uma discussão acalorada nos bastidores. Yelena não chora dessa vez. Ela abre um sorriso afetado para a tia e vai embora.

GARRETT LIN: Não reconheci o vestido, mas minha irmã entendeu na hora.

VERONIKA VOLKOVA: O figurino ficou apertado demais. Ela parecia uma kielbasa explodindo recheio.

GARRETT LIN: Kat estava linda, mas não por causa do vestido. Era a postura e a expressão no rosto.

A câmera fecha no rosto de Katarina, ecoando o close em Sheila Lin antes do ouro de 1988. Como Sheila, Katarina demonstra absoluta confiança, como se já tivesse vencido.

ELLIS DEAN: Katarina Shaw estava no gelo, e a filha da puta queria ganhar.

80

Faltava menos de meia hora.

Já tínhamos nos aquecido e verificado três vezes todos os equipamentos, das lâminas dos patins aos grampos no meu cabelo. Tudo o que restava era aguardar nossa vez.

As costas de Heath doíam e meu pé latejava, mas eu sabia que podíamos suportar isso. Estávamos mais fortes do que nunca — como indivíduos e como dupla. Podíamos vencer.

Deixei meus patins ao cuidado de Heath e fui retocar a maquiagem. Bem quando cheguei ao vestiário feminino, a porta se abriu. Dei espaço, mantendo os olhos no chão. Não tinha interesse em tentar desconcentrar a concorrência; aquilo dizia respeito a mim e Heath, e a ninguém mais.

Então notei os patins pretos. Apenas homens usavam patins pretos em competições.

Dei de cara com os olhos frios e cor de avelã de Dmitri Kipriyanov.

Ele sustentou o olhar por um segundo — com a expressão surpresa, os lábios cheios e rosados — e foi embora, deixando a porta balançar. Yelena devia estar lá dentro. Ele levou algo faltando para ela. Era a única explicação.

No entanto, a única pessoa ali era Francesca Gaskell.

Ela estava ao espelho, retocando o batom rosa. Da mesma cor que estavam os lábios de Dmitri. Francesca sorriu ao me ver.

"Amei o vestido. Como encontrou outro tão rápido?"

"É uma longa história." Dei um passo adiante. "Vi Dmitri saindo."

Ela fechou o batom e me deu uma boa encarada.

"Não sei o que tá rolando entre vocês", falei, "mas ele não é um cara legal."

Francesca só me encarou com os olhos arregalados. A cara da inocência.

"Talvez seja diferente com você, mas se ele te machucar ou..."

"Obrigada por se preocupar, mas não precisa."

A voz era calorosa, mas havia um brilho frio no olhar.

"Ele nunca me machucaria."

Dmitri não é inteligente... não sozinho.

Mas Francesca, sim. Bem inteligente para planejar pelas minhas costas e sorrir na minha cara. Esperta para bancar a boazinha, sem despertar desconfiança.

Não confie em ninguém.

"Achei que você, entre todas as pessoas, entenderia", ela falou.

"Eu?" Recuei um passo. "Por quê?"

"Porque você é *Katarina Shaw*. Capaz de qualquer coisa pra vencer."

"Isso não..."

"Você e Heath *claramente* fazem mal um para o outro, mas você continua chamando o homem de volta e o usa pra conseguir o que quer."

Ela fechou o zíper da bolsinha de maquiagem. O som metálico me incomodou.

"Não tô julgando", Francesca disse. "Sendo sincera, o jeito como você tem Heath na palma da mão me inspira."

"Você não sabe nada sobre a gente."

"Talvez não." Francesca deu de ombros. "Mas sei que vou sair daqui com a medalha de ouro. Vocês não têm como vencer, Kat. Seu retorno não tinha como dar certo."

As palavras deveriam ter me revoltado, a serem rebatidas no mesmo nível.

No entanto, tudo o que eu sentia era uma tristeza profunda.

Francesca tinha crescido me assistindo na tv, assim como eu cresci assistindo a Sheila. Ela me tomava como inspiração, mas o que eu inspirara? Não havia mais alegria ou luz nela. Seus sorrisos eram uma máscara, escondendo a ambição implacável.

Eu queria sacudi-la pelos ombros, dizer que não era tarde demais. Francesca ainda podia cair na real. E se dar conta de que havia mais na vida do que vencer.

Felicidade não era algo que se conquistava. Não era um objeto a ser pendurado no pescoço, enquanto milhares aplaudem. Não era um prêmio merecido por sofrimento e trabalho pesado. Felicidade era algo que precisava ser criado. Não num momento especial, no pódio, mas todo dia, repetidamente.

Eu poderia ter dito isso a Francesca, mas não faria diferença. Ela teria que aprender sozinha, como eu.

Em vez disso, dei um abraço nela.

Francesca ficou tensa, provavelmente com medo de que eu fosse cravar uma faca nas costas dela. Porém não a soltei.

"Boa sorte hoje, Frannie", sussurrei.

Francesca ficou dividida entre a fúria e a confusão ao me ver sair.

Eu também estava confusa. Por que uma patinadora jovem e tão promissora arriscaria a própria carreira com uma sabotagem tola? Com o dinheiro da família de Francesca e os contatos de Dmitri no crime, a vida não seria difícil para eles.

E qual era o sentido? Depois de tudo pelo que Heath e eu havíamos passado, os dois acreditavam mesmo que aquilo bastaria? Por outro lado, eles não eram como a gente. Haviam nascido ricos e sido mimados. Tudo ao longo da vida havia funcionado em seu favor, por que os planos não funcionariam também?

Vocês não têm como vencer, ela tinha dito, mas o que me deixou mais preocupada era não ter soado como uma ameaça. Francesca proferiu as palavras com uma confiança inabalável e tranquila, como se já estivesse tudo decidido. Como se apenas precisasse pôr na mesa suas cartas imbatíveis.

Heath estava recostado num pilar nos bastidores, com as bolsas dos patins aos pés. Enquanto me aproximava, ele levou a mão à boca, depois tomou um gole de sua garrafa de água.

Mais analgésicos. Ele tinha tomado uma dose de manhã. E outra antes de deixarmos o hotel.

"Suas costas continuam incomodando?"

"É... Parece até que o remédio piora a dor, em vez de melhorar." Ele fez uma careta quando se agachou para deixar a garrafa. "Mas não se preocupa. Só tomei um. Longe do máximo que posso tomar por di..."

"Me deixa ver."

"O quê?"

"O remédio."

Ele passou o frasco. Abri a tampa e peguei um comprimido branco. Francesca e Evan estavam prestes a entrar no gelo. Depois seria a vez de Yelena e Dmitri. E a nossa.

"Qual é o problema?", Heath perguntou.

Avaliei o comprimido, passando o dedo pela beirada. Pensei nas lantejoulas despejadas no gelo, no Grand Prix de Moscou — disquinhos brancos, parecidos com os do meu vestido. Mas não iguais.

Não exatamente.

"Temos um problema", falei.

81

Heath e eu saímos para conversar porque não queríamos ser ouvidos.

Entre o Palácio de Patinação e a carapaça de aço do Estádio Olímpico de Fisht havia um trecho de grama amarronzada e arbustos verdes, cercado por uma série de árvores de teixo. Eu havia passado por ali várias vezes ao longo da semana, presumindo que se tratava de um jardim — embora parecesse um pouco largado em comparação ao restante das instalações olímpicas, e eu nunca via ninguém dentro.

Quando corremos no escuro, atrás de alguns minutos de privacidade, me dei conta de que eu tinha me enganado. Não era um jardim.

Era um cemitério. Com fileiras de lápides sob as árvores, como sentinelas.

"Francesca e Dmitri", falei baixo, "estão trabalhando juntos."

"*Quê?*", Heath exclamou. "E o que isso tem a ver com...", ele começou a dizer, mais controlado.

"Acho que..." Inspirei fundo, sentindo o ar revigorante da noite. "Acho que podem ter adulterado seu remédio."

Francesca Gaskell era rica, mimada e herdeira de um império farmacêutico que contava com laboratórios e estoques em todos os continentes.

"Acha que eles trocaram por um placebo ou coisa do tipo?", Heath perguntou. "Por isso não sinto mais o efeito?"

Na noite do programa curto, havíamos deixado o frasco no quarto do hotel. Teria sido fácil para quem estivesse realizando o trabalho sujo por Francesca e Dmitri: encher com outros comprimidos. Ficamos tão preocupados com o sangue, o vestido, o arrombamento. Talvez essas coisas não passassem de distrações, para que a verdadeira armação passasse despercebida.

"Eles não se arriscariam só para tomarmos comprimidos de açúcar. Acho que o que tem é..."

"Alguma substância proibida." Heath levou as mãos à cabeça. "Merda."

Vocês não têm como vencer, Francesca tinha dito. Se conquistássemos o ouro, ou mesmo garantíssemos um lugar no pódio, seríamos submetidos a exames, a substância seria detectada e perderíamos as medalhas. Poderíamos comprar briga, dizer que não sabíamos o que estávamos tomando, acusar Francesca e Dmitri diretamente. Mas eles negariam, e quem acreditaria em nós, dada nossa reputação?

Heath ficou andando em círculos enquanto processava tudo. A apresentação de Francesca e Evan devia ter acabado. A dos russos começaria a qualquer segundo. Precisávamos voltar. E decidir o que fazer.

"Você tá sentindo alguma coisa diferente?", perguntei. "Qualquer sintoma, ou..."

"Não. Só dor nas costas. E você?"

Balancei a cabeça. Fora o pé machucado, eu me sentia bem. Normal. Mas só tinha tomado dois comprimidos, e na noite anterior. Heath tinha bem mais disso em seu corpo.

"É melhor a gente abandonar a competição, né?", ele sugeriu. "Se ganharmos, vamos perder. Qual é o sentido?"

Isso seria a escolha certa. No entanto, todo o trabalho duro do ano anterior teria sido à toa. Nossas carreiras se encerrariam discretamente, e não com impacto, e nunca saberíamos se teríamos ou não vencido. E se eu estivesse errada? Talvez fosse mesmo placebo. Ou só paranoia.

Olhei para o cemitério, que me lembrava muito daquele que havia na propriedade da minha família. Um trecho de natureza selvagem em meio ao novo e brilhante. Um solo sagrado por cima do qual a máquina mundial dos Jogos Olímpicos não pode passar. Que estava lá havia mais de um século e continuaria até muito depois de virarmos ossos na terra.

"A gente não vai desistir. Não agora." Estendi a mão. "O que acha?"

"Acho que..." Ele sorriu e entrelaçou os dedos aos meus. "Estou com Katarina Shaw, e não há nada que ela não possa fazer."

"Somos Shaw e Rocha. Não há nada que não possamos fazer. *Juntos*."

KIRK LOCKWOOD: Quando eles pisaram no gelo, todo mundo no Palácio de Patinação Iceberg prendeu o fôlego. Inclusive eu.

Katarina Shaw e Heath Rocha assumem a posição inicial para a dança livre, nos Jogos Olímpicos de Inverno de 2014. Não sorriem para a multidão. Estão concentrados um no outro.

ELLIS DEAN: Vale lembrar que ninguém tinha visto aquela apresentação ainda.

INEZ ACTON: Taylor Swift! Icônico pra caralho. Muita gente não dá o devido valor a "The Last Time", mas os verdadeiros swifties sabem que é cativante. Minhas amigas e eu estávamos prontas pra cantar junto.

NICOLE BRADFORD: Meu marido e eu assistimos ao vivo. Foi incrível ver quão longe eles tinham chegado. De crianças atrapalhadas no gelo a estrelas dos Jogos Olímpicos.

VERONIKA VOLKOVA: Yelena e Dmitri deixaram a porta aberta para as duplas americanas. Não tenho ideia do que aconteceu com ela. Foi como se *quisesse* se apresentar mal.

GARRETT LIN: Gaskell e Kovalenko estavam em primeiro, Volkova e Kipriyanov em segundo. Se Kat e Heath fizessem uma boa apresentação, ficariam com o ouro.

FRANCESCA GASKELL: Tínhamos feito nosso máximo. Só restava esperar.

Close em Katarina e Heath se olhando nos olhos antes do início da música. Um silêncio reverente toma conta da arquibancada.

GARRETT LIN: Tinha chegado a hora. Em quatro minutos, tudo acabaria.

82

A música falava de uma decepção amorosa, mas eu não me sentia nem um pouco decepcionada no amor enquanto Heath e eu nos apresentávamos.

A maior parte da coreografia havia sido criada durante os longos dias de inverno em Boston, e ela era perfeita para nós, com cada elemento afiadíssimo, entre a ternura e a potência.

Buscamos contato visual enquanto circulávamos lentamente na introdução romântica e sombria ao piano. As pernas se moviam no ritmo do dedilhar pesado das cordas, as mãos de Heath segurando meu queixo com suavidade. A pressão aumentava à medida que soava apenas o vocal e o tremolo do violino, e nós dois realizávamos um levantamento cujo auge coincidia com a orquestração.

Essa dança livre contava a nossa história: Heath e eu, nos afastando num segundo, só para em seguida ficar ainda mais perto. Nunca parados, nunca simples, sempre empurrando e puxando, nos estilhaçando e juntando os cacos.

Éramos adultos, éramos crianças, nos apresentávamos nos Jogos Olímpicos e também no lago congelado de casa, rindo, girando e nos abraçando forte. A sensação era de voar e cair e ser salva, tudo ao mesmo tempo.

A sensação era de segundos e horas e anos, até que terminamos. A música ainda vibrava nos ossos, e Heath pressionou a testa contra a minha, e eu só conseguia pensar em uma coisa que tornaria o momento ainda melhor.

Então fiz o que estava evitando na noite anterior.

Eu o beijei.

ELLIS DEAN: O público todo aplaudiu de pé. Incluindo os russos.

GARRETT LIN: Bella e eu gritamos, choramos, nos abraçamos. Precisei dizer pra ela se acalmar, ou os batimentos cardíacos subiriam muito, e ela atirou um travesseiro na minha cara.

INEZ ACTON: Mesmo de casa, dava pra *sentir* a energia da arena. Foi pura eletricidade.

FRANCESCA GASKELL: Eu não vi. Não consegui.

NICOLE BRADFORD: Eu queria ter estado lá. Só imagino como deve ter sido emocionante ao vivo. Senti muito orgulho dos dois.

JANE CURRER: Shaw e Rocha podiam ser arrogantes, inconsistentes, rebeldes e negligentes. Mas quando acertavam... E, naquela noite, foram impecáveis.

VERONIKA VOLKOVA: As notas ainda nem haviam saído e todo mundo já agia como se eles fossem os vencedores. Os Jogos Olímpicos não são um concurso de popularidade.

GARRETT LIN: Eles tinham conseguido. De verdade. Quando se beijaram, eu pensei... bom, não vou fingir entender o relacionamento de Bella e Heath, mas pensei que ela ia ficar chateada. Mas ela não ficou. Nem parou de sorrir.

KIRK LOCKWOOD: Nem precisávamos das notas. Todo mundo tinha certeza, absoluta, sem a menor dúvida, de que Shaw e Rocha eram os campeões olímpicos.

83

Mesmo com tudo o que acontecia à nossa volta — os fãs gritando, os flashes disparando, a chuva de flores e bichinhos de pelúcia —, parecia que estávamos a sós.

Meu mundo inteiro se reduziu ao calor dos lábios de Heath, ao suor escorrendo pela nuca e pelas mãos, seu peso sobre mim, como se ele não conseguisse chegar suficientemente perto.

Eu o puxei para mim e aprofundei o beijo. Não estava nem aí para os olhares. Tudo o que importava era ele e eu, além do que tínhamos acabado de realizar juntos no gelo.

Quando senti o gosto de sangue, ele já estava caindo.

A multidão enlouquece após a apresentação de Katarina e Heath em Sochi. Eles dão um beijo apaixonado. Heath se inclina, com as mãos na cintura dela.

Então suas pernas fraquejam e ele cai no gelo.

KIRK LOCKWOOD: Ninguém entendeu o que estava rolando.

INEZ ACTON: A princípio, parecia batom na boca dele. Do tom de vermelho que Kat sempre usava. Aliás, era o mesmo que eu tinha passado para assistir tudo com minhas amigas.

A câmera fecha em Heath. Sua pele está pálida, seus lábios estão manchados de vermelho-vivo.

FRANCESCA GASKELL: Foi totalmente inesperado... Tipo, ele começou a tossir sangue.

ELLIS DEAN: O clima mudou rapidinho pra uma tragédia grega.

Katarina se ajoelha, segurando Heath, que tem um acesso de tosse.

GARRETT LIN: Abracei minha irmã e ficamos os dois ali, congelados, horrorizados.

KIRK LOCKWOOD: Foi a primeira vez na minha carreira que eu fiquei sem palavras.

Corta para o público do Palácio de Patinação. Primeiro, uma visão geral, depois dando zoom em pessoas específicas. Um menininho chora, desconcertado, com o rosto pintado de vermelho, branco e azul. Uma mulher com moletom da delegação russa leva as mãos à boca, como se fosse vomitar. Um jovem casal parece pasmo, com a bandeira americana caída entre eles.

GARRETT LIN: Estávamos a milhares de quilômetros. Não havia nada que pudéssemos fazer.

Heath cospe mais um pouco de sangue, bem nos anéis olímpicos da pista. Lágrimas rolam pelas bochechas de Katarina, que o segura mais perto. Ele fica imóvel, com os olhos fixos nela.

ELLIS DEAN: Ninguém poderia fazer nada.

84

Quando Heath caiu de joelhos, num eco tenebroso da noite em que tinha me pedido em casamento no gelo, cinco anos antes, em Cleveland, apenas pensei: *Não, por favor, não.*

Tínhamos ganhado, eu estava certa. Deveria ser o momento mais feliz da nossa vida. A gente sorriria, acenaria e patinaria até onde aguardaríamos as notas, em vez de ficar esparramados no gelo. Eu deveria estar segurando a mão de Heath, e não seu corpo junto ao meu peito, enquanto ele tossia e sangue respingava nos detalhes dourados do meu figurino emprestado.

Não assim.

Pessoas chegaram correndo — médicos, organizadores, repórteres, quem mais? Mesmo em meio ao caos, Heath nunca tirou os olhos de mim, como se quisesse ter certeza de que meu rosto seria a última coisa que veria.

Eu me recusava a deixá-lo, embora mãos emergissem da multidão para soltar meus dedos. Eu me recusava a acreditar que aquilo estava mesmo acontecendo.

Havia tanto que eu não tinha contado. Eu não disse o quanto o amava, mesmo quando o odiava. Não revelei que, apesar da reforma na velha casa de pedra onde havíamos crescido, desmoronado, nos apaixonado, eu não tivera coragem de tocar na cabeceira da cama com nossos nomes entalhados.

Não podia terminar desse jeito.

Imagem de Katarina Shaw ensanguentada, com Heath Rocha em seus braços.

ELLIS DEAN: Todos tememos pelo pior.

Médicos chegam correndo e transferem o corpo inerte de Heath para uma maca.

INEZ ACTON: Achávamos que estávamos assistindo ao vivo à morte de um atleta olímpico.

Os outros competidores ficam atrás da barreira de proteção, atordoados. Yelena e Dmitri parecem chocados. Francesca chora abertamente no ombro de Evan, seu parceiro.

FRANCESCA GASKELL: Foi horrível. Nem um pouco como eu tinha imaginado.

PRODUÇÃO (fora da tela): Como assim? Você tinha imaginado *o quê*?

FRANCESCA GASKELL: [*Pisca, depois sorri.*] Meu primeiro Jogo Olímpico, claro. [*O sorriso desaparece.*] Por quê? Do que achou que eu estava falando?

KIRK LOCKWOOD: Quando saíram as notas triunfantes de Shaw e Rocha, os dois estavam em uma ambulância, acelerando pela rua Triumfalnaya, rumo ao hospital mais próximo.

O dr. Kenneth Archer, médico da delegação americana, participa de uma coletiva de imprensa diante do hospital.

"O sr. Rocha sofreu um evento cardiovascular que teve efeito pulmonar, incluindo uma hemorragia importante. Os exames indicaram presença de uma substância não identificada na corrente sanguínea."

Segue-se um furacão de questionamentos dos repórteres. O dr. Archer escolhe al-

guém, que pergunta: "É possível que essa 'substância não identificada' seja algum tipo de droga para melhorar o desempenho do atleta?".

"Prefiro não especular. O sr. Rocha ainda corre perigo."

ELLIS DEAN: "Droga para melhorar o desempenho do atleta"? Não me faça rir.

GARRETT LIN: Foi um milagre ele finalizar a apresentação, e ainda mais conquistando a medalha de ouro.

VERONIKA VOLKOVA: Regras são regras. Heath Rocha roubou.

ELLIS DEAN: Ele não tomou aquela merda de propósito. De jeito nenhum.

GARRETT LIN: Alguém drogou Heath e se safou.

FRANCESCA GASKELL: Kat se recusou a fazer o exame. Todo mundo ficou com a pulga atrás da orelha.

KIRK LOCKWOOD: Nunca vi as engrenagens da burocracia da patinação artística girarem tão rápido.

JANE CURRER: Tivemos que realizar uma audiência disciplinar. É o protocolo.

ELLIS DEAN: Eles nem esperaram Heath ter alta da porcaria do hospital.

GARRETT LIN: Eu queria estar lá, para apoiar os dois, mas não ia deixar minha irmã sozinha.

Semanas depois, Katarina chega à sede do Comitê Olímpico Internacional, em Lausanne, na Suíça, para a audiência da comissão disciplinar. Usa um terninho preto com saia e não dirige um único olhar aos repórteres reunidos do lado de fora.

GARRETT LIN: Kat não saiu do lado de Heath. Não até ser forçada.

85

Heath e eu pedimos uma audiência pública, a ser realizada quando ele estivesse bem para participar.

Em sua infinita sabedoria, o Comitê Olímpico Internacional recusou nosso pedido. O destino seria decidido a portas fechadas, numa bela sala de reunião, e eu teria que falar por nós dois.

"Não esqueça o que conversamos", o advogado disse enquanto nos sentávamos. A mesa era oval, provavelmente com a intenção de transmitir igualdade e transparência, mas para mim parecia uma armadilha.

As regras que o advogado tinha estabelecido com severidade na reunião antes da audiência se assemelhavam às regras que os patinadores deviam respeitar em uma competição: manter o respeito e a educação; não falar se não for sua vez; e sempre sorrir, independente do que aconteça.

Os membros da comissão disciplinar entraram em fila única. Primeiro, o presidente do COI, com queixo duplo e óculos, que supervisionaria os procedimentos, seguido por dois homens de meia-idade que não reconheci. Atrás deles, estava Jane Currer, os cachos tingidos de vermelho emolduravam a expressão austera que eu conhecia bem até demais, depois de anos atrás da bancada dos juízes. Ela sempre foi dura comigo e com Heath nas notas, e eu não imaginava que seria mais generosa naquela ocasião.

"Obrigada por se juntar a nós hoje, srta. Shaw", Jane disse. "Espero que o estado do sr. Rocha esteja melhorando."

Ao ser declarado estável para ser transferido, fizemos questão de que ele passasse do hospital estatal russo a uma clínica privada de ponta em Genebra. Mesmo sob cuidados especializados, ele permanecia fraco, de cama, acordando dezenas de vezes à noite para tossir sangue dos pulmões prejudicados. Nem preciso dizer que eu também dormia pouco. Depois das primeiras noites, Heath insistiu para que eu me hospedasse num hotel e descansasse um pouco. Claro que eu não o deixaria outra vez.

"Agradeço a preocupação", eu disse a Jane, tão solene que o esforço fez meu maxilar doer. "Heath está se recuperando. E lamenta sinceramente por não poder comparecer."

"Claro. Vamos começar?"

Um representante da Agência Mundial Antidoping foi chamado. Ele fez uma apresentação de slides com equações químicas para explicar que a substância encontrada no sangue de Heath não foi identificada de maneira conclusiva por nenhum dos exames laboratoriais disponíveis.

"Parece ser uma droga sintética de origem desconhecida, que tomada em excesso certamente poderia causar o tipo de dano cardiovascular sofrido pelo sr. Rocha."

Não nos inocentava o fato de se tratar de uma droga desconhecida fora da lista de substâncias proibidas da Agência Mundial Antidoping. Longe disso. Qualquer droga que não fosse aprovada para uso médico, independente dos efeitos, automaticamente era considerada proibida.

Chegou a vez do nosso advogado. Ele explicou que Heath e eu havíamos sido vítimas de sabotagem em Sochi, embora não tivesse feito acusações quanto a *quem* teria mexido nos nossos pertences e levado Heath a ingerir uma substância nociva sem seu conhecimento ou consentimento.

"Como os registros fornecidos demonstram claramente" — o advogado fez uma pausa para que os membros da comissão folheassem as pastas —, "a srta. Shaw e o sr. Rocha foram testados em Boston, antes de viajar, e de novo quando chegaram na Rússia. E nada foi encontrado."

Não havia prova de que eu tinha tomado alguma coisa, mas a recusa a ser submetida ao teste ao fim da competição também violava as regras antidoping. Eu me sentia sobrecarregada, com os flashes das câmeras, as sirenes, os médicos gritando em russo e tentando me tirar do caminho. Estava longe de Heath, na maca, com o rosto tão pálido e sem reação que parecia já estar morto. Eu não queria sair de perto dele, não deixava que ninguém me tocasse. Só depois pensei na impressão que passaria.

O que quer que Heath tivesse tomado, eu tinha tomado também — numa dose baixa, sem efeito perceptível. A apresentação foi boa *apesar* da droga, e não por causa dela. No entanto, isso não fazia a mínima diferença.

"Infelizmente", Jane disse, "independente de como ou por que o sr. Rocha ingeriu a substância em questão, o fato é que ela estava em seu sangue durante uma competição olímpica. Receio que não temos escolha a não ser..."

"Como a senhora explica os outros testes?", soltei. O advogado franziu o rosto.

"A senhorita tem que entender que, se abríssemos uma exceção para vocês, teríamos que abrir exceção para todos", disse Jane.

O advogado levou uma mão firme ao meu cotovelo. Eu o ignorei. Estava cansada de tanta educação e decoro. De fingir que aquilo era justo. Estava exausta.

"Acha mesmo que chegamos na porcaria da final olímpica para decidir usar uma droga perigosa a troco de nada?"

Jane franziu os lábios. "Por favor, srta. Shaw, controle o linguajar."

"Heath quase *morreu*. Você acredita mesmo que ele tomou aquela merda de propósito?"

Meu advogado me segurou com mais força. "Katarina, sugiro que..."

"Como se importasse o que eu dissesse!" Eu me soltei, me dirigindo aos membros da comissão. "Vocês sabem exatamente de quem é a culpa, mas por que falar a verdade quando Heath e eu viramos bode expiatório? Vocês decidiram o que pensam da gente anos atrás."

Não éramos suficientes, depois passamos a ser demais. Nunca seríamos dignos do ouro aos olhos deles, independente de qualquer coisa.

"Imagino que esteja se referindo às alegações publicadas por Ellis Dean", Jane disse. "As teorias certamente são... imaginativas. Mas precisamos nos basear nos fatos, e não em conjecturas difamatórias."

Até então, Ellis tinha sido o único a apontar o dedo para Francesca e Dmitri, pelo menos publicamente. Os dois tentaram se afastar da polêmica desde os Jogos, dando declarações individuais na esperança de que o assunto fosse prontamente resolvido e na confiança total de que o coi chegaria à decisão certa.

"Se as alegações são tão 'difamatórias'", gritei, "por que o Laboratório Gaskell enviou uma notificação extrajudicial e tentou fechar o blog?"

"Srta. Shaw...", Jane começou a dizer.

"E por que Ellis tem recebido ligações no meio da noite de homens com sotaque russo? Ele se mudou duas vezes no último mês e *continua* recebendo ameaças."

"Não estamos aqui para discutir sobre o sr. Dean ou outros competidores." Jane lançou um olhar severo. "Estamos aqui pra discutir..."

"Fomos sabotados e ainda assim vencemos." Eu levantei. A saia lápis subiu, e deixei assim mesmo. "O ouro é nosso, ganhamos de maneira legítima. Vocês sabem disso, e todo mundo que viu a gente aquela noite."

"Sente-se, srta. Shaw", Jane falou. "Não terminamos ainda."

"Terminamos, sim."

Peguei um trem para Genebra. Quando cheguei ao quarto de Heath, o coi já tinha divulgado sua decisão.

Havia sido unânime. Seríamos punidos. Tirariam nossas medalhas. As notas não seriam registradas. Não éramos mais medalhistas de ouro de Sochi.

Heath estava com um aspecto melhor aquela tarde, sentado na cama, com o sol dos alpes dando alguma cor à pele. Mas a julgar pela expressão, ele já tinha recebido a notícia.

"Você tá bem?"

Isso soou tão absurdo na sua voz fraca e rouca que quase dei risada.

"Não se preocupa comigo." Deixei meu blazer na cadeira, onde eu tinha passado a maior parte do tempo nas semanas anteriores. "Como você tá se sentindo hoje?"

"Podemos entrar com um recurso. Levar a questão ao Tribunal Arbitral do Esporte, ou..."

"Não." Eu me sentei na cama, nossos quadris se tocando. "Eles que façam o que quiserem. Não me importo."

"Sei", Heath disse.

Então ele percebeu que eu falava sério. Parecia que estava me vendo pela primeira vez.

"Mas..." Heath engoliu em seco. "A gente venceu."

"A gente venceu. Eu sei disso, você sabe disso, o mundo todo sabe disso." Peguei a mão dele. "Quem se importa se não temos um pedaço de metal brilhante pra provar?"

Eu fui totalmente sincera. Não me importava mais com medalhas. Não me importava mais de não entrar para a história, de ser esquecida amanhã. Um bando de burocratas decadentes numa salinha sem graça na Suíça não podia decidir se éramos ou não campeões. Eu decidia quem era. Eu decidia o que queria.

"Tem certeza, Katarina? Isso é suficiente pra você?"

Você é minha casa, Heath me disse uma vez. Apesar dos anos separados, de todo o tempo desperdiçado, ele também era a minha. Sempre foi.

"Temos o resto da nossa vida", falei. "É mais do que suficiente."

INEZ ACTON: Bom pra ela.

JANE CURRER: A srta. Shaw teve todas as oportunidades de fornecer uma explicação razoável para o que aconteceu em Sochi. Mas não aproveitou.

INEZ ACTON: Ela deu a vida ao esporte e recebia aquilo em troca? Fodam-se eles.

JANE CURRER: Não havia alternativa.

Kirk Lockwood fala na NBC: "Os atletas americanos de dança no gelo Katarina Shaw e Heath Rocha perderão as medalhas de ouro conquistadas nos Jogos de Inverno, em Sochi, na Rússia. Devido à hospitalização do sr. Rocha desde a noite da final, eles nunca chegaram a recebê-las de fato. A Federação Americana de Patinação deve se reunir nos próximos meses para considerar possíveis medidas disciplinares, incluindo banimento do esporte".

VERONIKA VOLKOVA: A cerimônia de premiação ocorreu com semanas de atraso.

Uma cerimônia protocolar é realizada com os demais medalhistas. Francesca Gaskell e Evan Kovalenko recebem o ouro, Yelena Volkova e Dmitri Kipriyanov ficam com a prata.

FRANCESCA GASKELL: Não era como eu queria vencer. Pode acreditar.

Assim que a cerimônia termina, Yelena atira a medalha nos pés da tia e vai embora.

VERONIKA VOLKOVA: Todos ficamos muito emotivos.

A imagem congela na figura de Yelena se afastando, em preto e branco. A legenda diz: "Na esteira dos Jogos de Sochi, Yelena Volkova se aposentou, de maneira inesperada.

Tentamos entrar em contato antes da produção do documentário, mas seu paradeiro é desconhecido".

ELLIS DEAN: Então, no fim das contas, a querida Frannie Gaskell se tornou campeã olímpica.

FRANCESCA GASKELL: Acha que eu concordaria em ser entrevistada se tivesse algo a esconder?

ELLIS DEAN: Na temporada seguinte, os Gaskell triplicaram a doação anual à Federação Americana. Algo perfeitamente normal e nem um pouco corrupto.

FRANCESCA GASKELL: O que vocês deveriam se perguntar é: se Kat e Heath eram inocentes, por que se recusaram a dar entrevista? Por que eu tô aqui e eles não?

JANE CURRER: Talvez nunca saibamos a verdade. Tomamos a melhor decisão possível, dadas as circunstâncias.

INEZ ACTON: Kat e Heath foram roubados. Não importa o que outros digam.

FRANCESCA GASKELL: Eu adoraria saber o que eles têm a dizer. Pelo visto, vou passar o resto da vida tendo que defender minhas conquistas.

ELLIS DEAN: Eu sei o que *realmente* aconteceu em Sochi. E o restante do mundo merece conhecer a verdadeira história de Shaw e Rocha.

FRANCESCA GASKELL: Sou uma campeã olímpica. Sou uma filantropa. Sou uma boa pessoa.

PRODUÇÃO (**fora da tela**): Ninguém disse o contrário, srta. Gaskell. Mas voltando à pergunta: como definiria seu relacionamento com Dmitri Kipriyanov?

FRANCESCA GASKELL: Quer saber? [*Ela começa a tirar o microfone.*] Já chega.

PRODUÇÃO (**fora da tela**): Srta. Gaskell, por favor...

FRANCESCA GASKELL: É claro que vocês não se interessariam pela verdade.

ELLIS DEAN: E acho que agora isso cabe a vocês, né? [*Ele pisca para a câmera.*]

Corta para a entrevista de Francesca. Ela sai do enquadramento, deixando a cadeira vazia diante de uma roseira. A câmera fecha nos botões amarelo-ouro.

GARRETT LIN: Acho que Kat e Heath nem se importavam mais com a medalha. Essa é a verdade.

KIRK LOCKWOOD: Alguns dias depois da audiência, Heath foi liberado pelos médicos para voltar aos Estados Unidos.

Imagens de uma câmera de segurança mostram a chegada discreta de Katarina e Heath ao aeroporto internacional de Boston. Ele parece magro e fraco. Ela empurra sua cadeira de rodas.

KIRK LOCKWOOD: Os dois chegaram bem a tempo do parto.

Fotos espontâneas mostram Bella e Heath com a filha no colo. Garrett, Andre e Kirk se revezam para pegá-la. Finalmente, a bebê é colocada nos braços de Katarina. Ela parece tensa e desconfortável, mas sorri para Heath.

GARRETT LIN: Ela era tão pequenininha! De longe, a bebê mais linda que eu já tinha visto. Bella e Heath decidiram dar o nome de mamãe. Não o nome pelo qual ela ficou conhecida, mas o verdadeiro.

Captura de tela do anúncio do nascimento de Mei Lin-Rocha no Deslizando pelos bastidores e votos de tudo de bom à família.

GARRETT LIN: Achei que todos fôssemos voltar pra Califórnia. Quando minha irmã contou o que tinha em mente, foi um choque.

KIRK LOCKWOOD: Bella não queria que a filhinha fosse criada em Hollywood, como foi a infância dela e de Garrett. Então decidiu se mudar para Illinois e abrir uma escola de patinação lá.

GARRETT LIN: Bella e Heath nunca se envolveram num romance de verdade, mas se deram muito bem criando a filha. E Kat se revelou uma madrasta surpreendentemente ótima.

ELLIS DEAN: Não tô falando que era um trisal, mas com certeza parecia um.

GARRETT LIN: Quanto a Kat e Heath... não vou dizer que viveram felizes para sempre. Mas posso dizer que eles provaram, pra si mesmos e pra todos, que nada manteria os dois separados por muito tempo.

PRODUÇÃO (fora da tela): Na sua opinião, qual é o verdadeiro legado de Shaw e Heath Rocha?

JANE CURRER: Eles prometiam tanto, uma pena nunca terem atingido as expectativas.

KIRK LOCKWOOD: Houve mudanças claras na dança no gelo nos últimos dez anos. Mais patinadores assumiram o controle criativo, exerceram sua agência, ultrapassaram os limites do esporte. Tudo não se deve completamente à influência de Shaw e Rocha, mas eles também são responsáveis pelo impacto.

INEZ ACTON: Katarina Shaw mostrou que as mulheres, e não só as atletas mulheres, mas todas as mulheres, podem falar o que querem, fazer as coisas do próprio jeito e vencer em seus próprios termos.

ELLIS DEAN: Kat e Heath nunca deixaram de ser eles mesmos. Você podia amar ou odiar os dois, mas ignorar? Jamais.

NICOLE BRADFORD: Desde criança, os dois eram tão *intensos*. Essa era a maior força, e a maior fraqueza. Mas eles se amavam e amavam patinar. Acho que é isso que as pessoas vão lembrar: o amor.

GARRETT LIN: Não gosto dessa pergunta. Faz parecer que eles estão mortos ou sei lá. Pra mim, quem pensa que Katarina Shaw e Heath Rocha são coisa do passado, é porque não os conhece. Eu não ficaria surpreso se eles estiverem apenas começando.

Epílogo

"Meu Deus, você assistiu?"

O sol ainda nem havia nascido, e duas meninas sentadas ao lado da pista amarram o cadarço dos patins.

"*Assisti*. Que doideira, né?"

Elas estão ocupadas demais fofocando para notar minha presença. Fecho a porta e me recosto. Fico ouvindo as frases animadas.

"E a parte dos espinhos nos patins? *Nossa*."

"A tal da Francesca é bem esquisita. E quando ela sai revoltada no fim?"

"Total! Ah! E o vídeo da treinadora jogando uma cadeira no..."

"Acha que foi demais?", pergunto.

A menina se assusta com a minha voz. Elas são tão novas. Como Bella e eu já fomos, embora a gente não se assustasse assim fácil.

"Acreditem, vocês não sabem nem metade da história." Aponto para o gelo. "Vão se aquecer."

"Sim, treinadora", as duas dizem ao mesmo tempo.

Quando Bella me convidou para fazer parte da nova escola, não aceitaria não como resposta. Pouco depois, quando os pais começaram a ameaçar desmatricular os filhos para não ter que lidar com a famosa Katarina Shaw, ela deu duas opções: que eles calassem a boca ou caíssem fora. Com receio de que minha reputação seja uma distração, eu não acompanho as competições, mas não sinto falta do estresse e da vida movimentada. Hoje prefiro mil vezes ficar perto de casa.

Madison Castro é a próxima a chegar. Bella vem logo atrás, com uma caneca térmica de café. Madison tem nos ajudado com os mais novos, em troca de uma bolsa e do título de assistente técnica. Ela e seu parceiro, Jacob, foram para os Jogos Olímpicos de 2022 e ficaram em décimo. Estão torcendo por um resultado melhor em 2026; se não for o caso, ela tem futuro como técnica.

Bella e eu observamos Madison acompanhar o aquecimento dos patinadores, indo e voltando no gelo. Mal dá para reconhecer o velho Rinque da Costa Norte, onde Heath e eu começamos. Bella fez uma reforma completa. Agora há iluminação natural, em vez de lâmpadas fluorescentes baixas, e o cheiro de salsicha e os cones de trânsito são coisa do passado.

"Elas estavam falando da porcaria do documentário?", Bella pergunta.

"Aham. Mas relaxa. Uma hora vão perder o interesse."

"É, até o aniversário de vinte anos." Bella toma um gole de café. "Talvez eu dê entrevista para o próximo. Pra contar pra todo mundo que a verdade chocante sobre Katarina Shaw não é tão assustadora, depois que a gente a conhece."

Finjo estar chocada. "Você não se atreveria."

Fiquei surpresa quando Garrett concordou em participar do documentário. De todos nós, ele era o que menos gostava dos holofotes. No entanto, Garrett disse que era importante que alguém mostrasse a parte humana por trás do escândalo — e lançasse luz sobre a pressão extrema sofrida por atletas de elite.

Bella me passa o café, para que eu tome um gole. Há uns anos ela está saindo com o dono de um restaurante badalado de Chicago, que faz maravilhas com uma máquina de espresso. Ele viaja bastante e tem um apartamento tipo studio na cidade, o arranjo ideal para Bella. Ela tem companhia quando quer e também independência.

Solto um gemido de prazer quando o gostinho de especiarias passa pela minha língua.

"Acho melhor você se casar com ele, ou eu caso."

"Acho que Heath pode ser contra", Bella diz.

"Contra o quê?", ele pergunta.

Heath entra segurando a mão enluvada da filha.

Mei puxa o braço do pai. "Posso ir patinar?"

"Claro, meu bem", Heath diz.

Na idade dela, ele era desiludido e sério. Agora, aos quarenta, está sempre sorrindo — principalmente com Mei por perto. Mas Heath nunca se recuperou totalmente; às vezes patinamos juntos na pista particular localizada na minha — agora nossa — propriedade, mas ele se cansa em minutos. Então fica me observando sentado.

"Olha só, tia Katie!", Mei grita, enquanto corre para fazer um Biellmann perfeito na pista, as marias-chiquinhas voando.

"Cuidado!", Bella grita. Eu comemoro e aplaudo, como a má influência que sou.

A filha de Heath e Bella é uma patinadora destemida, muito melhor do que eu aos nove anos. Talvez ela venha a ser o membro da nossa estranha família a finalmente levar o ouro nos Jogos Olímpicos.

Talvez ela vá fazer algo completamente diferente da vida. Cabe a Mei decidir.

Depois que voltamos de Sochi, passei a usar a aliança que Heath me deu, mas nunca nos casamos. Um documento não é nada em comparação com o que compartilhamos. Na última década, estivemos juntos, separados e tudo o que há no meio. De uma forma ou de outra, Heath e eu estaremos na vida um do outro até morrer. Mesmo que essa acabe sendo a causa da morte.

No momento, não tenho do que reclamar. O sol entra pelas claraboias, deixando tudo dourado. Bella me passa o café outra vez, e Heath pega minha mão.

Então que digam o quiserem a meu respeito. Podem me chamar de escrota, trapaceira, perdedora, puta. Não tenho uma medalha de ouro olímpica, mas sou dona de algo melhor: uma vida na qual passo todos os dias com minhas pessoas preferidas no mundo, fazendo exatamente o que eu amo.

E, se isso não é vencer, não sei o que é.

Agradecimentos

Antes de escrever *Os favoritos*, abandonei não um, mas DOIS romances após anos de trabalho, dezenas de milhares de palavras escritas e várias crises existenciais. Então, para começar, eu gostaria de agradecer a todos que ouviram as reclamações durante essa fase difícil — principalmente minha agente, Sharon Pelletier, que respondeu com graciosidade, compaixão e sábios conselhos aos meus e-mails desequilibrados e às ligações em meio a lágrimas. Sharon, você tem a paciência de uma santa e merece receber uma serenata do Harry Styles em pessoa.

Reconheço minha sorte e meu privilégio imensos de poder me dar ao luxo de oferecer a este livro (e a mim mesma!) o tempo e o espaço necessários para crescer. Agradeço aos meus avós, June e Howard, pela generosidade e pelo apoio, não apenas durante esse período estranho e estressante, mas ao longo de toda a minha vida. Agradeço também aos meus antigos empregadores, por subsidiarem minhas paixões criativas por mais de uma década e por me desejar tudo de bom quando eu saí — com ações da empresa! — para passar a escrever em tempo integral (em março de 2020... mas essa é outra história).

Quando eu finalmente (FINALMENTE) terminei *Os favoritos*, foi com a sensação de que criei algo especial. E, até agora, a jornada está extrapolando até as expectativas mais malucas. Caitlin McKenna, você foi a primeira editora com quem falei na semana em que submeti o manuscrito (que também era a semana do meu aniversário), e ao fim da nossa conversa eu já tinha um bom palpite de que você era a pessoa certa. Todos os dias que trabalhamos juntas só confirmaram isso. Com Kaiya, vocês são a equipe dos sonhos, e se edição fosse um esporte competitivo, vocês estariam no primeiro lugar do pódio. Também sou muito grata a Noa Shapiro, pelos conhecimentos e técnicas de organização inacreditáveis; esta foi a experiência de publicação mais tranquila da minha carreira, e sei que isso se deve em grande parte ao seu trabalho duro nos bastidores.

Ao restante da equipe da Random House — Andy Ward, Rachel Rokicki, Ben Greenberg, Alison Rich, Erica Gonzalez, Rebecca Berlant, Benjamin Dreyer, Robert Siek, Windy Dorresteyn, Madison Dettlinger, Keilani Lum, Maria Braeckel, Rachel Ake, Denise Cronin, Sandra Sjursen, Caroline

Cunningham e Pamela Feinstein: obrigada pelas boas-vindas calorosas e por tudo o que fizeram e farão para tornar *Os favoritos* um sucesso. Estou felicíssima em ser uma autora da Random House e espero que trabalhemos juntos em muitos livros. Também estou felicíssima em ser publicada no Reino Unido pela lendária Chatto & Windus e agradeço muito a Kaiya Shang, Clara Farmer e toda a equipe de lá.

Agradeço a Lauren Abramo por encher de carimbos o passaporte do meu livro; sempre que vejo seu nome na minha caixa de entrada, faço uma dancinha. Obrigada também a Gracie Freeman Lifschutz, Andrew Dugan, Nataly Gruender, Kendall Berdinsky e todo mundo na Dystel, Goderich & Bourret, que trabalham incansavelmente para fazer dessa uma das melhores agências do mercado.

Agradeço a Dana Spector, minha agente para adaptações cinematográficas, e seus fantásticos assistentes, incluindo Eliza Jevon e Oliver Sanderson, por marcar reuniões em que nem consigo acreditar. Com sorte, quando o livro chegar às livrarias, não vou mais precisar manter segredo!

Halley Sutton, obrigada por acreditar neste romance quando eu mesma não acreditava e por me ouvir falar sobre as diferentes versões. Obrigada a minha esposa no trabalho/crítica parceira/alma gêmea platônica Wendy Heard, que está sempre certa. Megan Collins, obrigada por ser uma agente-irmã fenomenal e uma animadora de torcida particular, e por sempre estar pronta para fofocar no nosso grupinho. Todo o meu amor às Jovens Viúvas Ricas (Kimberly Belle, Cate Holahan e Vanessa Lillie) por serem as melhores colaboradoras; aprendi muito com vocês três, e escrever nossos livros juntas me manteve sã (e com saldo bancário no azul) enquanto eu desenvolvia *Os favoritos*.

À minha amiga/professora/bruxa boa preferida Andrea Hannah: sou uma pessoa diferente do que antes de conhecer você. Não sei mesmo onde estaria sem sua orientação, e não quero saber. Obrigada a Taylor Jenkins Reid, não apenas por escrever romances que me inspiram a continuar aprimorando minhas habilidades, mas pelo webinar incrível sobre pesquisa, o qual me fez acreditar que eu conseguiria realizar um projeto tão ambicioso. Sempre que revejo a gravação ou repasso as *muitas* anotações, suas palavras me dão a dose de confiança para seguir em frente. E conhecer você, ainda que brevemente, na conferência Writer's Digest de 2022, em Pasadena, foi um dos pontos altos da minha vida.

Wendy Walker, obrigada por dividir seu passado na patinação artística comigo e pelo modo como apoiou meus livros desde o começo. Agradeço a Danielle Earl, Jordan Cowan e todos os outros fotógrafos, cinegrafistas e fãs de patinação no gelo que publicaram conteúdo que permitiu que eu me imaginasse no rinque mesmo trancada dentro de casa, com a pandemia à toda. E quem quer que tenha escaneado e arquivado todas aquelas edições antigas da revista *Skating*... Deus te abençoe, você não tem ideia da alegria que me proporcionou. Um viva para minhas patinadoras preferidas, incluindo Madison Hubbell, Kaitlyn Weaver e Amber Glenn, pelas coisas incríveis que fazem dentro e fora do gelo. E um agradecimento superespecial a Jason Brown, porque esse livro podia ter terminado de maneira *muito* diferente sem o prazer de ver sua apresentação no Stars on Ice. Fiquei absolutamente deslumbrada com tamanha maestria e alegria, e espero que minha própria felicidade criativa seja transmitida assim a todo mundo que ler *Os favoritos*.

Por último, mas não menos importante, um agradecimento sincero às pessoas mais próximas, as que mais quero bem: minha mãe, Linda — este você pode ler, mãe! —, e meu parceiro, Nate, que talvez tenha assistido a mais patinação artística do que qualquer outro homem vivo. Você é incrível, amor!

Finalmente, agradeço à duloxetina, porque uma pessoa deprimida nunca teria conseguido realizar *isto*.

TIPOGRAFIA Adriane por Marconi Lima
DIAGRAMAÇÃO Vanessa Lima
PAPEL Pólen Natural, Suzano S.A.
IMPRESSÃO Gráfica Bartira, janeiro de 2025

A marca FSC® é a garantia de que a madeira utilizada na fabricação do papel deste livro provém de florestas que foram gerenciadas de maneira ambientalmente correta, socialmente justa e economicamente viável, além de outras fontes de origem controlada.